DIE HEILERIN VON CANTERBURY

DAS FESTMAHL DER GIFTMISCHER

CELIA L. GRACE

DIE HEILERIN VON CANTERBURY

DAS FESTMAHL DER GIFTMISCHER

Deutsch von
Marion Balkenhol

Weltbild

Originaltitel: *A Feast of Poisons*
A Kathryn Swinbrooke Mystery

Originalverlag: *St. Martin's Minotaur, New York*

Besuchen Sie uns im Internet:
www.weltbild.de

Deutsche Erstausgabe 2007
Weltbild Buchverlag –Originalausgaben–

Dieses Werk wurde im Auftrag von St. Martin's Press, L.L.C., durch die Literarische Agentur Thomas Schlück GmbH, 30827 Garbsen, vermittelt.

Projektleitung: Almut Seikel
Redaktion: Jürgen Bolz
Übersetzung: Marion Balkenhol
Umschlaggestaltung: Hauptmann & Kompanie
Umschlagabbildung: akg-images
Werbeagentur GmbH, Zürich
Satz: Sabine Müller
Druck und Bindung: Bagel Roto-Offset
GmbH & Co. KG, Schleinitz

Gedruckt auf chlorfrei gebleichtem Papier

Printed in Germany

ISBN 978-3-89897-184-3

Dem Andenken an
Tatiana Faye Micallef,
die »unbefleckt an Gottes Busen zurückgekehrt« ist

»Und nach seinem Tod hat ein Tier keine weiteren Qualen; doch der Mensch muss nach seinem Tod weinen und klagen …«

Geoffrey Chaucer, Die Canterbury-Erzählungen

»Im Mittelalter gab es Ärztinnen, die auch in Kriegswirren und während großer Epidemien unbeirrt praktizierten, wie sie es immer schon getan hatten, einfach weil man sie brauchte.«

Kate Campbell Hurd-Mead,
Geschichte der Frauen in der Medizin

Historische Anmerkung

Das *Festmahl der Giftmischer* greift Ereignisse der Geschichte Englands im späten fünfzehnten Jahrhundert auf. Die Rosenkriege waren durch die herausragenden Siege der Yorkisten bei Barnet und Tewkesbury für gewisse Zeit zu einem brutalen, raschen Ende geführt worden. Die Anhänger des Hauses Lancaster flohen in alle Winkel des Königreichs, und politische Loyalitäten veränderten sich rasch. Der Mord an den drei Flüchtlingen auf dem Friedhof von St. Swithun spiegelt deutlich das Massaker an Hauptmännern des Hauses Lancaster in Tewkesbury Abbey wider. Natürlich war Gift immer eine wirkungsvolle Art und Weise, sich eines Feindes zu entledigen, und hatte in vielen Fällen den großen Vorteil, dass keine Spuren zurückblieben (Massenvergiftungen gab es im mittelalterlichen England ebenso wie heutzutage). Erst im ausgehenden neunzehnten Jahrhundert wurde aufgrund sachgemäß durchgeführter Autopsien die Wirkung von Arsen und anderen tödlichen Giften festgestellt.

Louis XI. von Frankreich war gerissen und skrupellos zugleich. Er sollte sein Königreich vereinen und allen internen Bedrohungen der französischen Krone widerstehen. Er verhandelte ständig, um Edward IV. von England und seine siegreichen Armeen aus Frankreich fern zu halten, und mit dem Vertrag von Picquigny im Jahre 1475 gelang es ihm auch. Louis war einverstanden, Edward eine jährliche Pension zu zahlen, lieferte ihm jedoch nie Henry Tudor aus, der trotz aller Bemühungen von Edwards Agenten die Grenzen zwischen Großbritannien und Frankreich nach Belieben heimlich überschritt. Natürlich waren es die Franzosen, die im Jahre 1485 Henry Tudor bei seinem erfolgreichen Versuch unterstützten, den letzten König des Hauses York, Richard III., zu stürzen.

Spionage und die Aktivitäten von Geheimagenten waren im fünfzehnten Jahrhundert ebenso an der Tagesordnung wie heute. Häufig war die Arbeit dieser Männer und Frauen klug verdeckt und gelangte nur dann zur Kenntnis, wenn sie von Erfolg gekrönt war, zum Beispiel die Geheimverhandlungen von Lady Margaret Beaufort und Christopher Urswick, um Henry Tudor im Jahre 1485 an die Macht zu bringen.
Schließlich mögen sich zwar Gewohnheiten verändern, sexuelle Sitten jedoch nicht, nur mit dem Unterschied, dass zu bestimmten Zeiten in der Geschichte spezielle Verhaltensweisen missbilligt wurden. Dennoch zeigt David Cressys ausgezeichnetes Werk *Travesties and Transgressions in Tudor and Stuart England* (Oxford University Press, 2000), dass das Anlegen von Kleidung des anderen Geschlechts und das Transvestitentum in dieser Zeit gebräuchlicher waren, als man bisher angenommen hatte.

Historische Personen

DAS HAUS LANCASTER

Henry VI.: Henry von Lancaster, Sohn des großen Henry V.; manche hielten ihn für einen Narren, andere verehrten ihn als Heiligen, für einige war er beides. Unter seiner schwachen, unfähigen Herrschaft brach der grausame Bürgerkrieg zwischen den Häusern York und Lancaster aus.

Margaret von Anjou: französische Gemahlin von Henry VI. und die eigentliche Macht hinter dem Thron; ihre Hoffnungen auf einen Sieg wurden endgültig zunichte gemacht durch herausragende Siege der gegnerischen Truppen bei Barnet und Tewkesbury in den ersten Monaten des Jahres 1471.

Beaufort von Somerset: führender General und Politiker des Hauses Lancaster; angeblicher Geliebter Margarets von Anjou, bei Tewkesbury gefallen.

Henry Tudor: der letzte Thronanwärter des Hauses Lancaster; etwa um 1473 an den Höfen Frankreichs und in der Bretagne im Exil.

DAS HAUS YORK

Richard von York: Vater Edwards IV.; Richards schrankenlose Machtgier führte zum Ausbruch der Feindlichkeiten zwischen den Häusern York und Lancaster. In der Schlacht bei Wakefield im Jahre 1460 wurde er in einen Hinterhalt gelockt und getötet.

Cecily von York (geb. Neville): »Die Rose von Raby«; Witwe Richards von York. Sie hatte vier Söhne: Edward IV., Edmund von Rutland, George von Clarence und Richard von Gloucester.

Edward IV.: erfolgreicher General der Yorkisten und späterer König.

Edmund von Rutland: Edwards Bruder, fand wie sein Bruder den Tod bei Wakefield.

George von Clarence: der gut aussehende, aber heimtückische Bruder Edwards IV.; wechselte im Bürgerkrieg die Seiten.

Richard von Gloucester: jüngster Bruder Edwards IV.; spielte beim Sieg der Yorkisten 1471 eine führende Rolle.

ENGLISCHE POLITIKER

Thomas Bourchier: betagter Erzbischof von Canterbury.

William Hastings: Gefolgsmann von Edward IV.

FRANKREICH

Louis XI.: König von Frankreich, genannt »die Spinne«.

Karl der Kühne: Herzog von Burgund, Louis' Widersacher.

1

... dass der Kerl das eine sagte,
doch etwas anderes dachte.

GEOFFREY CHAUCER

Louis XI., durch Gottes Zorn König von Frankreich, angelte und war zufrieden mit sich selbst. Er war durch das Tal der Loire gereist und hatte an seinen königlichen Residenzen Halt gemacht, um nach seiner Menagerie zu sehen, vor allem nach seinen Elefanten und einem ziemlich unbeholfenen Kamel, nicht zu vergessen die Leoparden, Strauße und andere wilde Tiere. Louis selbst war eine Spinne in Menschgestalt. Paris war der Mittelpunkt seines Netzes, doch er hatte dieses Netz so dicht gesponnen, dass es sich inzwischen über jede Stadt und jede Provinz Frankreichs legte. Louis war es zufrieden. Er hatte seine Feinde überlistet und ausgebootet; er liebte sein Land, traute ihm aber nicht über den Weg. Seine schmalen, gewundenen Waldpfade hatten schon lange vor Cäsar ihre Blütezeiten erlebt. Hier konnten durchaus Rebellen lauern, einen Hinterhalt legen, Verrat planen und einen Königsmord verüben. Daher unternahm Louis, der nie zur Ruhe kam, seine rastlosen Reisen eher zu Wasser denn zu Pferde oder in einer Kutsche. Er befuhr die großen Flüsse Frankreichs mit Booten, die er selbst entworfen hatte. Prächtige, große Prunkschiffe, auf denen er Holzhäuser mit Kaminen, Glasfenstern und allen Annehmlichkeiten eines Palasts errichtet hatte.

Der König liebte die Jagd, sei es auf das Wild im Wald

oder auf einen großen Adligen oder Kaufmann, der Louis' Herrschaft nicht anerkennen wollte. Erst vor kurzem hatte er an der Grenze zu Burgund einen Aufstand niederschlagen. Ein Prunkschiff weiter vorn auf dem Fluss beförderte Käfige, in die er seine wichtigsten Gefangenen gesteckt hatte. Er würde sie wie die Tiere seiner Menagerie benutzen und den Menschen zeigen, dass er der König war. Weder eines Menschen Macht noch Naturgewalten konnten sich seinem Zugriff entziehen. Auf dem Gefängnisschiff hatte er Pfosten aufstellen lassen, auf denen die abgetrennten Häupter von weiteren Verrätern steckten; einem davon hatte er eine mit Pelz eingefasste Kapuze aufgesetzt, um es von den anderen zu unterscheiden. Jetzt ruhte Louis sich aus. Er sah in den blauen Himmel und griff nach seiner Angelrute. Am Abend zuvor war eine Feuerschneise, ein brennender Komet, ein Feuerball quer über das Himmelszelt gezogen. Ob das eine Warnung war?, fragte er sich. Spielte es überhaupt eine Rolle? »Alea iacta est, der Würfel ist gefallen!«, murmelte er vor sich hin. Welche Gefahren auch drohen mochten, er musste sich ihnen stellen. Er hatte den Schreinen und Kirchen der nächsten Umgebung Geld geschickt und Hunderte Sondermessen angeordnet, die jegliche Gefahr abzuwehren hatten. Außerdem hatte er dem Heiligen Martin von Tours, dem Schutzpatron Frankreichs, versprochen, ein glänzendes Gitterwerk aus Metall für sein Grabmal zu kaufen. Ein veritables Kunstwerk sollte es werden, hergestellt aus elftausend Pfund reinstem Silber. Er hatte auch Botschaften nach Amboise geschickt, wo sein kleiner Sohn, der Dauphin Charles, in strikter Abgeschiedenheit lebte, in sicherer Entfernung von möglichen Entführern und von den grauenhaften Auswirkungen unzähliger Krankheiten, die sich ausbreiteten und die Städte seines Königreichs bedrohten.

Louis war froh, sich nicht dort aufzuhalten, vor allem nicht in Paris; der Klang der Glocken war ein beständiger Quell des Ärgers, die überfüllten, schmalen Straßen eine ewige Bedrohung für seine Macht, ein Ort, an dem Ideen und neue Befürchtungen wie Unkraut auf einem Misthaufen gediehen.
»Majestät?«
Louis wandte den Kopf.
»Majestät?«, wiederholte der Knappe. »Es heißt, gestern Abend sei ein Kirchturm vom Satan angegriffen worden und ausgebrannt. Die Spuren der Satansklauen sind noch an den Wänden zu sehen.«
»Stimmt das?«, murmelte Louis vor sich hin. Er drehte sich um, als die Angel zuckte. War es ein Dämon, fragte er sich, oder nur ein Blitz? Einst hatte ihm ein Gelehrter erzählt, dass Gebäude, die in den Himmel ragten, stets das Feuer vom Firmament auf sich zogen. Trotzdem musste er sich vergewissern. Louis ergriff stets Vorsichtsmaßnahmen. Er hatte den Gesandten aufgetragen, dafür zu sorgen, dass immer ein Eisenmesser über der Wiege seines Sohnes hing und in jeder Ecke Salztöpfe aufgestellt waren. Das Eisen und das Salz würden Dämonen abhalten, ganz zu schweigen von den vielen heiligen Reliquien, die an den Balken des Kinderzimmers hingen. Ärgerlich verzog Louis das Gesicht. Er glaubte einen Fisch am Köder zu haben, doch nun hing die Angel durch, wie so vieles in seinem Leben. Der König ging ruhelos auf und ab, die Sporen klirrten an seinen Stiefeln. Starr blickte er über den Fluss. Der Nebel lichtete sich. Es würde ein schöner Tag werden, auch wenn der Sommer zur Neige ging. Er sah bereits das eine oder andere goldgelbe Blatt im grünen Laub. Die Brise am Morgen war kalt, doch mit der aufgehenden Sonne würde sie sich legen. Wie auch immer, dem König war warm. Zu beiden Seiten glühten abgedeckte

Kohlebecken, in denen die rote Glut heftig knackte und hin und wieder zischte, wenn Wassertropfen aus dem Fluss durch das Gitter drangen.
Louis bog die Finger. Er war gestiefelt und gespornt, allzeit bereit, sein Prunkschiff zu verlassen und loszureiten, um sich einer Gefahr oder einem Rebellen zu stellen. Er trug sein übliches graues Gewand, mit weißem Lammfell gefüttert, über dem Kopf die Kapuze eines Mönchs. Darüber hatte Louis einen breitrandigen Hut gesetzt, eine schwere Bürde, war er doch dicht mit silbernen Medaillons besetzt, die seine Lieblingsheiligen zeigten. Louis griff nach einem Stück Käse und kaute schmatzend darauf herum. Tags zuvor hatte er Pläne geschmiedet, ehe er eine nahe gelegene Burg aufgesucht hatte, in die Gesandte aus Spanien rothäutige Schweine gebracht hatten, damit er sie sich ansah, darüber hinaus eine Schar Stieglitze, Elstern, Turteltauben, sowie zwei große Windhunde, die Halsbänder aus lombardischem Leder trugen und Hundeleinen aus getrockneter Wolfshaut. Louis blies die Luft aus den Lungen; sein Atem blieb in der Morgenluft hängen. Im Nebel weiter flussabwärts fuhren Lastkähne, dicht besetzt mit seinen Leibwachen, und an beiden Ufern hielten Truppen der normannischen Kavallerie mit dem königlichen Prunkschiff, der »Königin der Lilien«, Schritt. Louis vernahm Rufe, ein leichtes Rumpeln, als ein Boot längsseits anlegte. Er lächelte. Seine Besucher waren eingetroffen. Er reichte die Angel einem Diener. »Halt sie fest«, befahl er. »Wenn der Fisch anbeißt, hol sie schnell ein.«
Louis stieg mit klingenden Sporen und seinem klappernden, glitzernden Rosenkranz aus Perlmutt, den er um den Hals trug, die mit Leder eingefassten Stufen zur königlichen Kabine hinauf. Die Kabine schmückte sich ringsum mit hohen Fenstern; die Wände selbst waren mit dicken Gobelins behängt, die in mannigfachen, au-

genfälligen Farben – in leuchtendem Rot, Tiefblau und glitzerndem Gold – Szenen aus dem Leben der heiligen Vorfahren des Königs darstellten. Der Boden war aus glänzendem Holz und zum Schutz vor der Kälte mit Bärenfellen und Wolfspelzen ausgelegt. Ein Schreiber saß auf einem hohen Hocker und kopierte den Brief, den Louis gleich nach der dritten Messe diktiert hatte. Der König zog die Handschuhe aus und spreizte die Finger über einem Gefäß mit glühender Kohle. Hier drin war es noch immer kalt.

»Gebt dem Schatzmeister per Brief zu verstehen«, befahl er, »er soll mir ein Tierfell besorgen, ähnlich dem, das der Bischof von Valence mir schenkte. Es hat meinen Rücken vollständig bedeckt und ließ sich auch noch über den Rumpf meines Pferdes breiten.« Louis tippte sich mit dem Finger an die spitze Nase. »Wenn es regnete«, fuhr er fort, »brauchte ich keinen Umhang, während das Fell bei warmem Wetter einer kühlen Brise gleichkam. Habt Ihr das verstanden?«

Der Schreiber nickte.

»Gut!« Der König klatschte in die Hände. »Dann geht hinaus und lasst meine Besucher herein.« Louis ging hinüber zum Thron auf dem kleinen Podest, das an der gegenüberliegenden Wand unter einem blauen Baldachin mit goldenen Lilien stand, machte es sich bequem und zog sich die Lammfelldecke über. Er hatte zu lange geangelt, ihm war kalt! Die Tür ging auf, und drei Männer traten ein. Alle waren gestiefelt und gespornt; schwere wollene Militärmäntel hingen über ihren Schultern. Sie näherten sich dem Podest, zogen die Kapuzen vom Kopf und beugten das Knie. Louis musterte sie in dieser Haltung. Der etwas kleinere, rothaarige Mann in der Mitte, Vicomte Sanglier, war Louis' persönlicher Gesandter in England.

»Monsieur le Vicomte!« Louis beugte sich nach vorn.

»Hattet Ihr eine angenehme Reise?« Der Gesandte hob das bleiche Gesicht, die grünen Augen hatten rote Ränder, der rötliche Bart war sauber getrimmt. Louis fiel auf, dass der Vicomte den Bart benutzte, um seine zerklüfteten Wangen zu verdecken, Narben, welche die Pocken hinterlassen hatten.

»Majestät.« Sanglier fuhr sich mit der Zunge über die Lippen. »Wir sind gereist wie Hunde und haben geschlafen wie Hunde. Das Essen war entweder angebrannt oder halbgar, während der Wein wie Essig schmeckte.«

»Würdet Ihr dem zustimmen, Monsieur?« Louis wandte sich an François Cavignac, zuständig für auswärtige Angelegenheiten, einen jungen Mann mit ordentlich geschorenem schwarzem Haar und einem rundlichen Gesicht. Mit seinen unschuldigen Augen, den weichen Wangen und dem reichlich affektierten Auftreten erinnerte er Louis stets an einen Chorknaben. Dennoch hatte sich Cavignac als äußerst fähiger Spion erwiesen, der Louis' Agenten im Ausland eigenständig unter Kontrolle hatte. Cavignac war Gelehrter der Sorbonne, verschlagen, listig und rücksichtslos, wenn es um Louis' Feinde ging. Ein Bürgerlicher, den Louis hatte emporkommen lassen, seine Treue zur Krone rangierte gleich hinter seinem persönlichen Ehrgeiz. Obwohl Louis sich noch so viel Mühe gegeben hatte, Vicomte Sanglier hatte nur wenig entdeckt, was an Cavignacs Gewohnheiten außergewöhnlich gewesen wäre, bis auf die Tatsache, dass er ein hingebungsvoller Mann der Schrift war. Cavignac war ein Gelehrter, der Theologie studiert hatte, und er schickte gern verschlüsselte Geheimbotschaften, die auf Bibelzitaten beruhten. Dennoch war Cavignacs Privatleben für Louis nicht sonderlich interessant, denn ihm ging es nur um das eine: War Cavignac loyal? Daran gab es keinen Zweifel! Cavignac kannte die Regeln des französischen Geheimdienstes. Jeder Verrat, auch der

geringfügigste, hatte den plötzlichen, gewaltsamen Tod zur Folge.
»Monsieur.« Louis beugte sich noch weiter vor. »Ich habe Euch etwas gefragt.«
»Majestät, verzeiht.« Cavignac schwankte. »Meine Knie sind wund. Der Vicomte hat recht. Mein einziger Trost auf unserer Reise war die Begleitung meiner Kollegen und die Aussicht, in Eure Nähe zu kommen.«
Louis lächelte. Zumindest zur Hälfte war die Aussage wahr. Sie spiegelte auch wider, wie die intensive Rivalität um seine Zuneigung das Leben dieser drei Männer bestimmte.
»Und Euch geht es gut?« Louis wandte sich an den Mann zu seiner Rechten. Unter dem Militärumhang trug Claude Delacroix, zuständig für innere Angelegenheiten, die schwarz-weiße Tracht eines Dominikaners, doch er war kein Mönch, erst recht kein Pfarrer. Delacroix kleidete sich so, weil er seinen Eltern geschworen hatte, Dominikanermönch zu werden. Doch Delacroix hatte, sobald seine Eltern gestorben waren, die Ausbildung zum Priester abgebrochen, um in Montpellier Medizin zu studieren. Ein geschmeidiger Mann mit einem ausgemergelten Gesicht, zerfurchten Wangen, vorstehenden Lippen und hohlen Augen. Er erinnerte Louis an einen seiner Lieblingsrennhunde, sehnig, schnell und bösartig. Delacroix war sprachbegabt, er konnte nicht nur Englisch und Normannisch, sondern auch klassisches Latein, Deutsch, ja sogar die Verkehrssprache der italienischen Städte. Delacroix unterstanden Louis' Agenten in Frankreich, sowie die Jagd nach Spionen anderer Mächte und deren Vernichtung. Delacroix war ebenso entschlossen wie sein Herr, Edward von England und seine kriegerischen Brüder Richard von Gloucester und George von Clarence von Frankreich fern zu halten. Eines Tages würden sie die einzige fran-

zösische Stadt zurückerhalten, die noch von den Engländern gehalten wurde – Calais –, und einen Keil zwischen England und Frankreichs Todfeind treiben – den großen Herrn, der die Einheit des Königreichs gefährdete, Karl den Kühnen, Herzog von Burgund.
»Für Euch muss die Reise besonders strapaziös gewesen sein, Monsieur«, verkündete Louis. Delacroix hob amüsiert den Kopf, Lachfältchen in den Augenwinkeln. Louis brüstete sich damit, die kleinen Geheimnisse eines jeden zu kennen, der zu seinen engsten Beratern gehörte. Dank Sanglier kannte er Delacroix' Geheimnis, der die Dominikaner aufgrund seines leidenschaftlichen Verlangens nach weichem, parfümiertem Fleisch verlassen hatte. Delacroix war ein ständiger Besucher der Kurtisanen im Haus der Freude, das in seinen eigenen Obsthainen und Gärten nicht weit von der Porte de St. Denis stand.
»Majestät.« Delacroix' Stimme war weich und melodisch wie die eines freundlichen Priesters.
»Wir sind gereist, und jetzt sind wir hier, um Euren Willen zu vernehmen.«
»So sei es.« Louis richtete sich auf. »Dann erhebt Euch und kniet nicht da wie Statuen.«
Eine gewisse Unruhe entstand, als sie drei Lederstühle nach vorn rückten, damit sie vor ihrem König Platz nehmen konnten. Louis ließ sie eine Weile warten und zupfte an der Lammfelldecke, die über seinen Knien lag.
»Heute noch«, hob er an, »werdet Ihr nach England abreisen. Ihr seid meine Gesandten am Hofe Edwards von York. Ihr habt Eure Instruktionen?«
»Nach London?«, fragte Cavignac.
»Nein, nach Walmer an der Küste von Kent«, antwortete Louis, als spräche er mit sich selbst.
»Lord Henry Beauchamp. Euer alter Widersacher, Wahrer des Geheimen Siegels, erwartet Euch auf seinem

Herrensitz. Er wird in Gesellschaft eines Iren sein, ein Gefolgsmann Edwards, Colum Murtagh.«
»Aha!« Sanglier schnallte seinen Umhang auf und ließ ihn zu Boden gleiten.
»Kennt Ihr Murtagh?« Louis lächelte.
»Allerdings«, erwiderte Sanglier. »Murtagh ist ein Krieger, ein Söldner, Verwalter der Königlichen Stallungen in Kingsmead in der Nähe von Canterbury. Ich habe ihn schon einmal erwähnt, Majestät.«
»Ist er gefährlich?«
»Unter Umständen.«
»Fürchtet Ihr ihn?«
»Ich fürchte mich vor der Frau, mit der er verlobt ist, Kathryn Swinbrooke. Sie ist Ärztin, sowohl bei Hofe als auch vom Erzbischof und dem Stadtrat von Canterbury angestellt, um bestimmte Angelegenheiten zu untersuchen.«
»Ich habe von ihr gehört.« Louis wedelte mit der Hand. »Wie ich hörte, sollen sie und Murtagh heiraten, doch ich sehe nicht, wie sie sich in Eure Pläne einmischen könnten. Ihr müsst nach England reisen; Lord Henry wird Euer Gastgeber sein. Ihr sollt Eure Kenntnisse verwenden, um sicherzustellen, dass sie sich von Frankreich fern halten und Burgund weder Hilfe noch Unterhalt gewähren.«
Louis erhob sich abrupt, seine Gefolgsleute taten es ihm gleich. Der König ging zu einer kleinen, reichlich mit Schnitzereien verzierten Truhe, die drei Schlösser hatte. Er nahm den kleinen Schlüsselring, der an einem Haken an seinem Gürtel hing, öffnete die drei Schlösser, klappte den Deckel auf und zog eine polierte Schatulle heraus.
Sanglier fielen die drei winzigen Schlüssel daran auf, die in den Schlössern steckten. Louis vergewisserte sich zunächst, dass alle sich drehen ließen, ehe er die Schlüs-

sel abzog und seinen Gesandten jeweils einen gab. Dann reichte er Sanglier die polierte Schatulle.
»Hebt sie sorgfältig auf. Lasst die Engländer wissen, dass sie in Eurem Besitz ist. Edward von England würde alle Juwelen seines Kronschatzes geben, um sie zu bekommen.« Louis lachte, als er Sangliers Verwirrung sah.
»Wisst Ihr, was diese Schatulle enthält?«
Sanglier schüttelte den Kopf.
»Den englischen Geheimcode«, flüsterte Louis aus Angst, seine Stimme könnte weiter vordringen als erwünscht. »Dieses Buch wird uns in die Lage versetzen, alle Geheimbotschaften zu verstehen, die Edward von England seinen Spionen in Frankreich schickt, sowie die richtigen Namen und Aufenthaltsorte dieser Spione.«
»Woher?«, stammelte Sanglier. »Majestät, wie seid Ihr daran gekommen? Wir haben danach gesucht ...«
»Es spielt keine Rolle.« Louis streichelte die Schatulle wie einen Jagdvogel. »Lasst Edward von England einfach wissen, dass Ihr es habt, ich habe bereits Andeutungen in die Welt gesetzt.«
Louis saugte an den Zähnen und suchte mit der Zunge nach den wunden Stellen am Gaumen. Er betrachtete seine drei Gesandten. Die Verwirrung von Delacroix war ihm nicht entgangen, ebenso wenig wie der Blick, den Sanglier und Cavignac tauschten. Da war etwas Geheimnisvolles, das Louis nicht zu begreifen vermochte. Schließlich war Sanglier derjenige gewesen, der berichtet hatte, dass der echte Geheimcode zusammen mit seinem Hüter, dem Engländer Marshall, an der Seine verschwunden war. Der König seufzte und deutete auf das Tablett mit Weinkelchen auf dem Tisch neben dem Podium.
»Erfrischt Euch, probiert den Wein, es ist der beste Burgunder, den ich anbieten kann. Ich muss mich um meine Angel kümmern.«

Hastig verneigten sich die drei Männer, als Louis, kaum hörbar eine Hymne vor sich hin summend, die Kajüte verließ, wobei er dem Knappen zurief, ob er etwas habe fangen können. Sobald die Tür hinter ihm ins Schloss gefallen war, entspannten sich die drei Männer. Delacroix füllte drei Kelche mit Wein und bediente die anderen. Sie tranken sich zu, wärmten die Hände über dem Kohlebecken, und steckten, begierig wie Kinder, die ein Geschenk auspacken, ihre Schlüssel in die Schatulle. Sanglier drehte sie um und hob den Deckel. Darin lag ein kleines Buch, das in seinem glänzenden, mit Edelsteinen besetzten Einband aussah wie ein Psalter. Er öffnete die Schnallen und holte tief Luft. Die Innenseiten waren leer, beigefarbenes Pergament, Seite für Seite, alle fein säuberlich zusammengenäht, doch bar aller Zeichen, Symbole oder Bilder. Sanglier blätterte durch das knackende Pergament, dann zog er den Ledereinband ab und untersuchte sorgfältig die feste Pappe darunter.
»Nichts.« Er reichte es seinen beiden Begleitern, die es auf ähnliche Weise unter die Lupe nahmen. Cavignac hielt es an eine Kerze, um noch sorgfältiger nachzusehen. Dann riss Delacroix es ihm aus den Händen. Sanglier fing an zu lachen. Er umfasste seinen Weinkelch mit beiden Händen und setzte sich wieder auf seinen Stuhl. Er versuchte zu trinken, verschluckte sich, prustete und spuckte den Wein auf den Boden. Delacroix sah ihn schräg an. War sich Sanglier des kleinen Rätselspiels ihres Königs bewusst gewesen? Hatte er seinen guten Freund Cavignac bereits eingeweiht? Delacroix verbarg seinen Zorn. Hier war, wie er es Louis bereits zugetragen hatte, etwas Geheimnisvolles im Spiel. Seitdem Marshall verschwunden war. Versuchten die beiden ihn auszuschließen? Sanglier der Fuchs mit seinen geheimen Kenntnissen über Lord Henry Beauchamp?

Sanglier, der sich im Stillen damit brüstete, sogar einen Spion in Walmer Village zu haben? Delacroix warf einen raschen Blick auf Cavignac, doch der war in den Schatten getreten, als wollte er sein Gesicht verbergen.
»Fahrt fort.« Sanglier wedelte mit der Hand. »Reißt das Buch in Stücke. Riecht an jeder Seite. Da ist nichts. Kein Geheimcode!«
Delacroix starrte ihn an; ihm blieb nichts anderes übrig, als in das Gelächter einzustimmen. Sanglier drehte sich um und verriegelte die Tür, durch die sein Meister hinausgegangen war.
»Ein Toast auf die Spinne!« Er grinste. »Vor sechs Monaten« – Sanglier wischte sich mit dem Handrücken den Mund ab – »war Sir Henry in Paris. Wir wissen, dass er sich dort mit Edwards wichtigsten Spionen getroffen hat. Nun trug Lord Henrys Schreiber, William Marshall, angeblich den Geheimcode bei sich. Um es kurz zu machen, Marshall verschwand, und mit ihm dieses Buch.«
»Natürlich«, konstatierte Cavignac. »Ich erinnere mich daran. Wollte er nicht mit einem Boot auf der Seine unterwegs sein? Ein Unfall, heißt es, er ist ertrunken.«
»Seine Leiche wurde nie gefunden«, fuhr Sanglier fort. »Allen Berichten zufolge hatte Marshall den Geheimcode bei sich, und auch der verschwand. Nun will unser Herr Edward von England damit drohen ...«
»... dass wir den Geheimcode in Händen haben«, setzte Cavignac den Satz fort.
Sanglier nickte und hob seinen Kelch. »Bedenkt allein die Verwirrung, die das auslösen wird.«

Die alte Mother Croul war nicht in Walmer geboren, sondern viele Meilen weiter im Norden. Sie war als Braut von Crispin, dem Zimmermann, in den Ort gekommen. Nachdem er an Schweißfieber gestorben war, hatte Mother Croul Ambrose geheiratet, den Lehrjun-

gen ihres Gemahls, doch der war auf die schiefe Bahn geraten und gehängt worden. Mother Croul war in ihrer strohgedeckten, zweiräumigen Kate mit Lehmboden und einer Bettstatt auf dem Speicher allein alt geworden, in der Nähe von Blacklow Copse, einem Wäldchen am Rande von Walmer. Die Kate besaß eine verfallene Werkstatt und einen provisorischen Stall, die beide nun leer standen. Mother Croul war eher auf ihren Stock denn auf einen teuren Zelter angewiesen. An jenem Tag, dem Vorabend von Michaeli, als die ersten entsetzlichen Giftmorde geschahen, war Mother Croul bereits unbehaglich zumute. Es war kurz vor Sonnenuntergang. Sie war in ihren Kräutergarten hinausgegangen und hatte sich zwischen die Bösartigen gestellt, jene tödlichen Kräuter, Nachtschatten, Fingerhut und Schierling – Pflanzen, die das Herz eines Menschen in wenigen Atemzügen zum Stillstand bringen konnten. Das war nicht der Grund, weshalb Mother Croul sie anbaute, sondern eher, weil diese Kräuter in kleinen Dosen dem Magen und dem Herzen Linderung verschafften. Mother Croul ging wirklich umsichtig mit diesen Pflanzen um. Sie glaubte von ganzem Herzen an Jesus Christus, doch sie war sich jener Dämonen durchaus bewusst, der bösen Geister und Kobolde, die im modrigen Brachland und den Wäldern umherspukten. Mother Croul war besonders vorsichtig, wenn sie die Alraune ausgrub. Sie zog dieses Kraut nur mit einem Stück Seil aus dem Boden, das sie an ihrem Stock befestigte.
Ihre beiden gescheckten Katzen, Gog und Magog, begleiteten Mother Croul in den Garten, zwei Jäger im Dunkeln, der Schrecken aller ansässigen Vögel, erst recht aller Schädlinge, die von den Feldern hereinschwärmten. Die alte Frau war um ihre Gesellschaft dankbar, da ein ungutes Gefühl in ihr schwelte. Sie hatte Albträume gehabt, hatte finstere Teufel auf der Straße

gesehen, und in der Nacht hatte sie die Geister in dunklen Ecken schnattern hören. Mother Croul war nicht leicht zu erschrecken. Sie konnte lesen und schreiben. Vor vielen Jahren hatte sie eine Fibel besessen, war sogar unterwegs nach Canterbury gewesen und hatte die London Bridge mit ihren vielen Bögen bestaunt, auf denen Häuser und Läden standen, ganz zu schweigen von den langen Pfählen, auf denen die Schädel hingerichteter Verräter steckten. Auch wunderlich war Mother Croul nicht. Sie war vorsichtig mit allem, was sie zu sich nahm. Sie hatte oft genug mit Badern, Apothekern und klugen Reisenden gesprochen, um zu wissen, dass bestimmte Kräuter eigenartige Vorstellungen hervorriefen. Woher rührte also ihre tief sitzende Angst? Sie ging den Gartenpfad entlang und öffnete das schäbige Holztor. Mother Croul drehte sich um und blickte zurück auf ihre Kate und die paar mageren Hühner, die im Staub vor der Tür badeten. Die Kate sah ärmlich aus; Mother Croul hatte ein paar Pennies angespart und oft daran gedacht, einen Maurer oder einen Dachdecker zu bestellen, um das Notdürftigste zu reparieren, doch wozu? »Morsch und schimmelig« pflegte sie ihre Kate zu beschreiben.

»Morsch und schimmelig«, sagte sie laut vor sich hin. »Und wurmstichig, genau wie ich.« Die Alte lächelte. Dennoch hatte sie vor vielen Jahren an einem lauen Abend, als die Vögel sangen und die Luft nach Rosen duftete, mit ihrer ganz großen Liebe dort gelegen, mit Crispin, dem besten Zimmermann in der ganzen Grafschaft! Crispin, mit seinem sehnigen Körper und den heißen, leidenschaftlichen Küssen ...

»Lang, lang ist's her«, murmelte Mother Croul vor sich hin und schrak zusammen, als ein Wiesel über den Weg schoss, so schnell, dass sogar die Katzen sich nicht rührten. Andererseits hätten sie das Wiesel ohnehin in Ruhe gelassen, war es doch ein Zeichen für Unglück, und roch der Atem des Wiesels nicht abgestanden und faulig? Mother Croul sah in den blauen, vom Regen blank geputzten Himmel. Die Sonne ging nun hinter einer Wolkenbank unter. Der Herbsttag ging zur Neige, und im Blacklow Copse erwachten die Stimmen der Nacht. Eine kühle Brise kam auf, und die Krähen, die über den Bäumen kreisten, schrien laut. Mother Croul kniff die tränenden Augen zusammen und sah in die Ferne. Sie konnte die Lichter des Dorfes erkennen, Kerzenschimmer, das Feuer in der Schmiede und den Schein von Hornlaternen vor den Schenken. Hier und da flackerten Fackeln auf, wenn die Tagelöhner von den Feldern zurückkehrten. Sie würden sich im Schankraum des »Blauen Ebers« oder des geräumigeren »Silbernen Schwans« versammeln, ehe sie sich auf den Heimweg machten. Sie würden sich setzen und aus Lederkrügen frisches Ale trinken, aus Hopfen gebraut, und mit den Fischern, die sich auf eine Nacht auf See vorbereiteten, Geschichten austauschen.

»Zu Lande und zu Wasser ernten«, flüsterte Mother Croul. Ihr Blick folgte der Linie des ansteigenden Landes. Sie konnte die Felder ausmachen, Baumgruppen und hoch oben auf den Klippen die hellen Lichter des Gutshauses von Lord Henry Beauchamp, einem Großgrundbesitzer und Freund des Königs, der tief in den Kelch des Lebens geblickt hatte. Lord Henry mit seinem blonden Haar, dem freundlichen Gesicht und den eigenartigen blauen Augen, ein Mann aus Kent, ein Knappe, der die heiligen Hallen von Cambridge besucht hatte, um Schreiber zu werden. Lord Henry hatte sich auch als fähiger Soldat erwiesen. Er war dem Banner des Hauses York gefolgt und hatte in so manch blutiger Schlacht an der Seite König Edwards gekämpft, sodass die Krone ihn großzügig entlohnt hatte. O ja, sehr

großzügig! König Edward hatte Lord Henry wie einen rächenden Engel nach Walmer geschickt, Gottes Urteil zu vollstrecken und blutige Rache an der Bande Strandräuber zu nehmen, die viele Schiffe vor der Küste versenkt und die ermordeten Seelen ihrer Besatzungen vor Gottes Thron geschickt hatten. Eines der Opfer war Lord Henrys geliebter Bruder gewesen. Danach hatte der König ihm Walmer übergeben, um Vergeltung zu üben! Und wie er gewütet hatte! Auf den Klippen wurden Galgen errichtet, an denen die Schurken wie die Kadaver marodierender Krähen bei einem Bauern hingen. Sobald das alles vorüber war, hatte die Krone Lord Henry noch weiter gefördert. Mother Croul hatte unter dem Friedhofstor der Pfarrkirche St. Swithun gestanden und die Gerüchte vernommen, dass Sir Henry Ländereien, Wiesen, Weiden, Wälder, Fischrechte in ganz Kent erhalten habe. Er war wieder in diesen Ort zurückgekehrt, hatte die verfallene Burg niedergerissen und ein neues Herrenhaus errichtet, das von einer großen Mauer umgeben war. Angeblich war es wie ein Paradies, ein großes Haus aus honigfarbenen Steinen, die eigens aus den Cotswold Hills herbeigeschafft worden waren. Das Anwesen bestand aus einer Kapelle, Außengebäuden, Stallungen und Lagerhäusern, alle aus demselben leuchtenden Stein mit rotschwarzen Schieferdächern und gefliesten Böden. Die Diener, die dort arbeiteten, beschrieben die Zimmer, deren Wände mit dunklem Holz getäfelt waren, darüber hingen leuchtende Gobelins und in Gold gerahmte Bilder.
O ja, Lord Henry war ein großer Mann, sowohl bei Hofe als auch in der Grafschaft, überlegte Mother Croul. Er war Mitglied des Kronrats und zugleich Wahrer des Geheimen Siegels; er fand Gehör beim König und allen Großen des Landes. Dennoch hatte Lord Henry einen harten Preis für diesen Ruhm bezahlt: War es nicht ge-

rade ein Jahr her, dass seine Frau, Lady Mary mit dem herrlichen, kastanienbraunen Haar, bei Gallows Point von den Klippen gestürzt war? Niemand wusste, was sie so allein dort draußen zu suchen hatte. Ein Diener sagte, sie habe das Gutshaus in ängstlichem Zustand verlassen und sich geweigert, Zofen oder Diener mitzunehmen. Ein fahrender Kesselflicker fand ihr Pferd, während die vom Meer angespülte Leiche auf den Felsen darunter entdeckt wurde. Es hieß, Lady Mary sei ausgerutscht. Böse Zungen hingegen behaupteten, sie sei verrückt geworden und hinabgesprungen. Elias, der Schmied, hatte sich unter Alkohol sogar zu der Äußerung verstiegen, sie sei gestoßen worden. Andererseits hatte Elias ein loses Mundwerk und war sehr eifersüchtig auf Lord Henry. Das war das Problem von Walmer. Ein friedlicher Ort, doch wie das Meer in seiner Nähe verbarg er dunkle, wogende Geheimnisse, die abrupt ausbrechen konnten, aufgepeitscht von zu viel Ale und einem Sturm der Leidenschaft.

Mother Croul ging noch weiter über den Pfad, das Gutshaus nicht aus den Augen lassend. Sie hatte gehört, dass die Großen eingetroffen waren, Angehörige des französischen Hofs, ganz zu schweigen von anderen, einschließlich einer Ärztin – wie war doch gleich ihr Name? Mother Croul schloss die Augen, er wollte ihr einfach nicht einfallen. Sie stützte sich auf ihren Stock, starrte in die Dunkelheit, ohne auf die Katzen zu achten, die sich an ihren Fußgelenken rieben. Sie kannte alle Gerüchte, die in Walmer umgingen. Wer wen hasste, wer diese oder jene Jungfrau begehrte, welche Frau hier und da ihre Gunst gewährte. Dass Daniel, der Bäcker, häufig den Finger auf die Waagschale legte oder Kalk unter sein Mehl mischte. Dass der Arzt Roger auch von den Armen Gebühren verlangte. Dass Elias, der Schmied, nur allzu gern ein Pferd verkaufte, das nicht ihm gehörte.

Dass Isabella, die Frau des Schmieds, oft am Rande der Wälder gesehen wurde, wie sie mit Männern redete! Die schwärenden, unbedeutenden Streitigkeiten und bösartigen Eifersüchteleien, die Habgier und der Geiz, die Dämonen gleich ihr hässliches Haupt erheben konnten und Nachbar gegen Nachbar aufbrachten, Freund gegen Freund.

Mother Croul war schlau, ihr entging nicht viel. Sie hatte die Gabe, zwischen anderen zu sitzen und ihnen zu lauschen, eine eifrige Beobachterin verschlagener oder scharfer Blicke. Sie fürchtete sich nicht vor den Einwohnern von Walmer – sie konnten zum Apotheker Adam oder dem Arzt Roger gehen, doch auch Mother Croul wurde zu den Geburten gerufen, zur Behandlung von Prellungen, verstauchten Handgelenken oder einem gebrochenen Knöchel. Natürlich hieß es unter der Hand, sie sei eine Hexe. Mother Croul lachte leise vor sich hin. Jede Frau wurde als Hexe bezeichnet, die allein lebte, die Siebzig überschritten hatte, die sich in der Welt und mit Kräutern auskannte und mit zwei Katzen zusammenlebte. In ihrem Schreibpult in der Kate hatte sie einen Schutz gegen solche Hetze. Mother Croul besaß einen Brief vom Erzdiakonat zu Canterbury, in dem ihre Gabe gepriesen wurde und der Erzbischof ihr den Segen für ihre Arbeit in jener Stadt gewährte, in der sie zur Zeit der Pest als Pilgerin weilte.

Mother Croul schaute in den dunkler werdenden Himmel. Warum sollte sie sich also Sorgen machen? Sie warf einen Blick auf die hoch aufragenden Turmgiebel von St. Swithun. Ja, das war es! Gestern war Sonntag, und die Gemeinde, die sich zur Morgenmesse einfand, war erstaunt, direkt neben dem Taufbecken die Worte »Mene, mene, tekel u-parsin« auf den Boden hingekritzelt zu finden. Alle wussten, was sie zu bedeuten hatten. Die Worte waren von einem der Wandgemälde im Querschiff der Kirche abgeschrieben, einer ins Auge springenden Darstellung des Propheten Daniel in der Löwengrube. Darüber standen auf einer Pergamentrolle jene Worte aus dem Buch Daniel, fünftes Kapitel: »Mene, mene, tekel u-parsin. Gezählt hat Gott die Tage deiner Herrschaft und macht ihr ein Ende, gewogen wurdest du auf der Waage und zu leicht befunden.« Alle Gemeindemitglieder, auch solche, die des Lesens oder Schreibens nicht kundig waren, hatte man über das Gemälde und die seltsamen Worte darüber unterrichtet. Dass Gottes Finger diese Warnung an den heidnischen König Belsazar gerichtet hatte, kurz bevor er die Macht dieses Königs zerschmetterte. Pater Clement, ihr Gemeindepfarrer, für gewöhnlich ein freundlicher Mann, der mit seiner Schwester Amabilia im Pfarrhaus wohnte, war richtig wütend geworden. Nach der Messe hatte er, ohne seine grün-goldenen Messgewänder abzulegen, die Kanzel bestiegen.

»Das hier ist das Haus Gottes!« Pater Clements Augen strahlten hell aus seinem hageren, bleichen Gesicht. »Das hier ist das Haus Gottes und das Tor zum Himmel! Ein Furcht erregender Ort, der Gottes eigenen Sohn und eine Engelschar beherbergt. Wie kann es jemand wagen, solche Worte auf den Boden unserer Kirche zu schreiben?« Dann war der Pfarrer zu anderen Dingen übergegangen, als habe die Blasphemie die Tore seines Herzens aufgeschlossen. Mit donnernder Stimme hatte er seine Schäfchen der Selbstsucht, des Mangels an Fürsorge, der Eifersucht und Gehässigkeit bezichtigt. Er hatte noch sündigere Geheimnisse angedeutet, sich dann aber zurückgehalten. Alle Gemeindemitglieder waren zutiefst zerknirscht gewesen. Für gewöhnlich war Pater Clement zahm wie eine Taube. An jenem Morgen jedoch war er wie jener fahrende Prediger erschienen, der vor kurzem mit sonnenverbrannter Haut, wirrem Haarschopf und

Bart nach Walmer gekommen war. Eine Angst einflößende Gestalt, wie sie neben dem Kruzifix auf dem Marktplatz stand und warnte, der Jüngste Tag sei nahe, und der Zorn Gottes würde schon bald über sie kommen. Mother Croul fuhr sich mit der Zunge über die Lippen und hielt prüfend die Nase in die Brise: Der Wechsel der Jahreszeit stand bevor, sie roch die Fäulnis des Herbstes. Alles war dem Zerfall anheim gegeben – das hatte sie erst eine Stunde zuvor noch gedacht, als sie mit den anderen Dorfältesten im Pfarrhaus gesessen hatte. Sie hatten über diesen fremden Prediger gesprochen, der wie aus dem Nichts aufgetaucht war, um durch den Ort zu wandeln und vor dem Kreuz auf dem Marktplatz zu predigen. Mother Croul hatte die Gesichter um sich herum betrachtet: Pater Clement und Amabilia schienen erschöpft. Der Notar Benedict und seine Frau Ursula mit den scharfen Gesichtszügen hielten sich ausnahmsweise einmal zurück; der Arzt Roger gab sich wie gewöhnlich arrogant, während Simon, der Totengräber, und Walter, der Constabler, zu tief ins Glas geschaut hatten. Elias und Isabella hatten sich entschuldigt, was merkwürdig war; vielleicht war es das. Der Schmied war stets vorlaut, immer zu einem klaren Wort bereit, wenn er mit Adam, dem Apotheker, einen Streit vom Zaun brach, doch auch der Arzneihändler war in sich gekehrt. Die Atmosphäre war so unbehaglich geworden, dass Mother Croul sich entschuldigt hatte und gegangen war. Dennoch machte sie sich Sorgen. Walmer war wie jeder andere Ort, doch das Leben seit dem Ende des Krieges war nie wieder so gewesen wie zuvor, nachdem drei Lancastrianer, Flüchtlinge aus der großen Schlacht im Westen, nach Walmer gekommen waren, um sich ins Ausland abzusetzen. Ein Knappe und zwei Bogenschützen, die unerkannt bleiben wollten. Natürlich wurden sie bald als Lancastrianer enttarnt. Doch damals waren

die Nachrichten über die Siege Edwards von York über das gesamte Königreich geschwappt. Wehe denen, die Lancastrianern auf der Flucht halfen. Die drei hatten versucht, in der Kirche Asyl zu finden, doch die Dorfgemeinschaft, angeführt von den Dorfältesten, hatten sie auf dem Friedhof, dem Gottesacker, geschnappt und niedergestreckt. Sie hatten die Leichen entkleidet und nackt auf die Stufen des Marktkreuzes geworfen, um ihre Loyalität zum Hause York unter Beweis zu stellen.
Mother Croul sah auf. Jemand lief über den Pfad. Die Katzen schreckten zurück. Vögel stoben von einem Baum auf, aufgescheucht durch die Störung der abendlichen Stille. Die Alte strengte Augen und Ohren an. Eine dunkle Gestalt taumelte auf sie zu. Ein Kind ...
»Was ist los?«, rief sie.
»Mother Croul.« Völlig außer Atem geriet ein Junge vor ihr ins Straucheln. »Mother Croul, Ihr müsst kommen.«
»Ich muss kommen, warum?« Sie sah auf den Jungen des Schmieds hinab. »Hat dein Meister wieder zu viel getrunken, hat er sich verbrannt?«
»Mother Croul.« Der Junge wischte sich den Schweiß aus dem Gesicht.
Mother Croul beugte sich zu ihm hinab. »Du siehst aus wie ein Kobold aus der Hölle mit all der Asche auf Gesicht und Händen.«
»Meister Elias hat einen Anfall! Er stirbt!«
Mother Croul humpelte so schnell sie konnte den Pfad entlang. Der Junge lief neben ihr her und beschrieb in allen Einzelheiten, wie Elias in seiner Schmiede vor dem brennenden Ofen gestanden hatte. Der Schmied hatte einen Wasserkrug genommen, in großen Schlucken spritzend getrunken, als er plötzlich einen grässlichen Schrei ausgestoßen und wie ein Stein zu Boden gefallen war.
»Zitternd und bebend, wie eine Fliege auf einem heißen

Teller! Mit verdrehten Augen und Schaum vor den Lippen!« Der Junge imitierte den Schmied, schlug wild mit den Armen um sich und ließ den Kopf von einer Seite zur anderen rollen. Sie kamen in die High Street, eine breite, gepflasterte Straße, die zu beiden Seiten von Häusern gesäumt war. Auf halber Strecke, an der Ecke zur Carters Lanc, dic zu Elias' Schmiede führte, einen Steinwurf von der Kirche entfernt, stand eine Gruppe Menschen dicht beieinander. Mother Croul schlug mit ihrem Stock auf das Pflaster, zwängte sich durch sie hindurch und ging die Seitenstraße entlang, bis sie den Hof des Schmieds hinter seinem Steinhaus betrat. Die Luft war heiß, es roch nach Schweiß, Urin, Holzkohle und verbranntem Haar. Für Elias jedoch kam jede Hilfe zu spät. Er lag ausgestreckt auf dem Boden, seine Frau Isabella kniete neben ihm und wiegte sich wie im Gebet vor und zurück. Im Licht des erlöschenden Feuers im Ofen schienen Elias' Gesichtsmuskeln verhärtet; die Augen waren verdreht, sodass das Weiße seiner Augen wie bei einem Blinden glitzerte, Schaum befleckte den Bart, die Zunge klemmte fest zwischen den Zähnen. Mother Croul betastete die Muskeln in seinem Gesicht und an den Armen; sie waren steif.

»Ist es ein Anfall?«, fragte der Junge.

Mother Croul drückte die Hand an den Hals des Schmieds und vermochte kein Leben zu fühlen. Sie bat den Jungen, den Wasserkrug zu bringen. Sie schnüffelte und musste bei dem beißenden Geruch würgen.

»Woher kommt das Wasser?«, fragte sie. Der Junge deutete auf das Wasserfass auf der anderen Seite des Hofes. Mother Croul sah sich um, hob eine Axt auf und wandte sich an die Männer, die ihr in den Hof gefolgt waren.

»Zertrümmert das Fass«, rief sie.

»Warum?«, schrie die Frau des Schmieds. »Was geht hier vor?«

»Zertrümmert es!«, wiederholte Mother Croul energisch. »Mistress.« Sie tätschelte Isabella sanft auf die Schulter. »Der Herr möge mir verzeihen, aber ich glaube, Euer Gemahl wurde vergiftet.« Ihren Worten folgten ungläubige Ausrufe.
»Vergiftet?«
Adam der Apotheker trat in den Lichtkreis, einen Krug in den Händen.
»Wie kommt Ihr darauf?« Adam hatte für diese weise Frau nichts übrig.
»Ich kenne die Wirkungen von tödlichem Nachtschatten«, erwiderte Mother Croul. »Und wenn Ihr mir nicht glaubt, warum trinkt Ihr das Wasser nicht selbst?«
»Aber wer hat es dort hineingegeben?«, fragte der Junge.
Mother Croul stand wieder auf und trat ans Wasserfass. Das Licht war so schwach, dass sie sich hinunterbeugen musste. Durch das Abdeckgitter konnte sie nichts feststellen, andererseits verbreiteten die Urinlachen und Misthaufen im Hof starke Gerüche.
»Junge«, rief sie. Der Lehrjunge des Schmieds lief zu ihr. »Wer hat den Krug gefüllt?«
»Ich, Mistress«, antwortete der Junge.
»Und du hast ihn hinübergetragen?«
»Ja, mein Meister hat darauf gewartet.«
»Wenn dem so ist« – Mother Croul reichte ihm die Axt, um das Fass aufzubrechen – »wenn jemand davon trinkt, wird er denselben Weg gehen wie dein Meister.«
Ein grässlicher Schrei schallte über den Hof, der jetzt von Männern mit Pechfackeln erleuchtet war. Mother Croul humpelte so schnell wie möglich über das Pflaster, vorbei an der Leiche des Schmieds, in die Küche. Isabella, die Frau des Schmieds, lag jetzt auf dem Boden und krümmte sich, der Weinkelch hatte sich ergossen, während sie zuckte und vor Leibschmerzen um sich trat. Mother Croul konnte nur entsetzt zusehen. Auf dem

Holztisch standen die Gedecke für das Abendessen: Teller, Messer, ein Wasserkrug und ein Zinnkrug mit einem großen Henkel und einer Tülle in Form eines Entenschnabels für den Wein. Eine bleiche Magd, die Hände am Gesicht, starrte auf ihre Herrin, die schreiend und spuckend auf dem Boden lag. Mehr Menschen drängten herein. Mother Croul kniete nieder und versuchte, die Frau des Schmieds festzuhalten. Es hatte den Anschein, als würde die Frau ersticken. Mother Croul versuchte, Isabella einen Finger in den Mund zu stecken, zog ihn aber rasch wieder weg und stöhnte unter dem festen Biss. Die Frau verlor das Bewusstsein, die Augenlider flatterten, sie versuchte sich aufzurichten, um sich zu übergeben, sank aber wieder zu Boden. Jede Hilfe kam zu spät. Mother Croul nahm den Weinkelch in die Hand, roch daran und fuhr vor dem durchdringenden Mandelgeruch zurück.

Kathryn Swinbrooke, Ärztin von Canterbury und frisch verheiratet mit Colum Murtagh, Verwalter der Königlichen Stallungen in Kingsmead, sah auf die beiden nackten Leichen hinab. Sie lagen auf Holzpritschen im Leichenhaus von Walmer Manor, dem Gutshof gleich hinter der Kapelle St. Fiacre, die dem Patron der Gärtner geweiht war. Kathryn seufzte noch einmal und hielt sich die Duftkugel unter die Nase. Obwohl die Leichen frisch aussahen, strömten sie bereits den schrecklichen Geruch von Tod und Verwesung aus. Sie trat zur Seite und sah aus dem kleinen Fenster. Der schwere Umhang um ihre Schultern und die parfümierten Kohlenpfannen in der Ecke milderten die Wirkung der kalten Brise. Die Nacht ging dem Ende entgegen, überlegte Kathryn, bald würde sich die Sonne zeigen. Sie schloss die Augen. Hier war sie nun, erst seit ein paar Tagen mit der Liebe ihres Lebens vermählt; sie sollte die Fülle der ersten Tage

ihrer Ehe genießen und nicht die glücklosen Opfer eines Mörders untersuchen.
»Ich bin damit nicht einverstanden«, murmelte sie vor sich hin. Kathryn drehte sich überrascht um, als sie merkte, dass sie laut gesprochen hatte.
»Ich gebe zu«, sagte Pater Clement, der sie missverstanden hatte, »es ist schwer zu glauben. Ein armer Mann, in seiner Werkstatt ermordet, und seine Frau, in der eigenen Küche vergiftet? Wie konnte so etwas Grauenvolles geschehen?«
Kathryn betrachtete den einfachen Pfarrer in seiner braunen Soutane und den derben Sandalen. Er stand zwischen den Holzpritschen, hatte einen schwarzen Wollumhang um die Schultern, aus dem ein langer, sehniger Hals ragte. In Kathryns Augen hatte er das Gesicht eines Engels: Pater Clement hatte einen sanften Blick und weiche Lippen, weiße Haarbüschel säumten sein hohlwangiges Gesicht.
»Ich habe ihnen die Sterbesakramente erteilt, nicht wahr, Amabilia?« Pater Clement wandte sich an seine Schwester und Haushälterin. Amabilia, eine kleine, rundliche Frau, trug ein lohfarbenes Barchentkleid, eine Haube umrahmte ihr dickliches, ruhiges Gesicht; die Augen waren schwarz und groß wie Damaszenerpflaumen, über dem fröhlichen Mund saß eine Stupsnase. Amabilia war verschnupft und hatte dementsprechend rote Wangen; immer wieder zupfte sie an ihren Fäustlingen und blies auf die Fingerspitzen. Sie ließ die Hände sinken und lächelte Kathryn zu.
»Der Pater und ich waren zu dem Zeitpunkt nicht da. Wir haben einen Bauern auf der anderen Seite der Bucht besucht und sind erst nach Einbruch der Dunkelheit zurückgekehrt.« Sie blinzelte und schüttelte den Kopf. »Wir konnten nicht glauben, was geschehen war. Inzwischen hatte man die Leichen in die Vorhalle der Kirche

St. Swithun gebracht. Ich habe die Kerzen angezündet. Der Pater hat sie gesegnet und gesalbt.« Sie verstummte. »Und dann«, fügte sie nachträglich hinzu, »haben wir Lord Henry eine Nachricht zukommen lassen.«
Kathryn warf dem Herrn des Gutshauses einen kurzen Blick zu, der neben der Tür Wache stand. Trotz der frühen Stunde war Lord Henry standesgemäß gekleidet, das blonde Haar und der Bart waren sauber gestutzt und gekämmt. Er trug eine Cotehardie aus grünem, mit goldenen Rauten verziertem Samt über einer braunroten Kniehose, die in braune Lederstiefel gesteckt war; seine schlanke Taille zierte ein bestickter Gürtel mit einer Silberschnalle, an dem eine vergoldete Schwertscheide hing. Der vollkommene Höfling, dachte Kathryn. Lord Henry stand so elegant da, die eine Hand spielte mit der Gürtelschnalle, die andere trommelte einen leisen Rhythmus auf der Dolchscheide.
»Mylord?«
Lord Henry schreckte aus seinen unruhigen Träumereien auf. Er hatte sehr eigenartige blaue Augen, die Kathryn das Gefühl vermittelten, er blicke durch sie hindurch.
»Ich habe die Leichen hierher bringen lassen.« Lord Henry zuckte mit den Schultern. »Ich dachte, Ihr könntet helfen.«
»Sie sind tot, sie wurden vergiftet.« Adam der Apotheker, der sich entschieden hatte, den Leichenzug zum Gutshaus zu begleiten, trat vor, als wäre er der Anwalt dieser kalten, entstellten Leichen. Adam hatte Kathryn von Anfang an nicht leiden können und sich nie die Mühe gemacht, es zu verbergen. Sein mürrisches Gesicht, umrahmt von langen, schwarzen Haaren, war vor Wut angespannt; immer wieder tätschelte er sich den Wanst, als müsse er seine Erregung im Zaum halten.
»Sie wurden vergiftet, warum also sind sie hier? Die ein-

zige Frage, die wir stellen müssen, ist doch die, wer dafür verantwortlich ist.«
»Noch wichtiger ist ...«, verkündete Mother Croul, die auf einem Hocker in der Ecke saß. Sie lächelte, als alle sich ihr zuwandten. »... warum sie umgebracht wurden.«
Kathryn erwärmte sich für die alte Frau mit ihrem gewinnenden Gesicht, dem grauen Haar, das in der Mitte gescheitelt war und ihr bis auf die Schultern reichte. Mother Croul trug ein geflicktes grünes Gewand über einem weißen Unterkleid, das ihr bis hoch unters Kinn reichte. Ein verschmutzter Umhang hing ihr über die Schultern, an den Füßen trug sie verschlissene Sandalen, und auf ihrem Schoß ruhte ein brauner, breitrandiger Hut. Trotz der ärmlichen Kleidung saß Mother Croul da wie eine Königin, die scharfen, schwarzen Katzenaugen sprühten lebhaft.
»Warum«, wiederholte die Alte, »sollen zwei Leben ausgelöscht, zwei Seelen in die Finsternis geschickt werden?«
»Ein Unfall?«, meldete sich Amabilia zu Wort.
Mutter Croul warf den Kopf in den Nacken und lachte.
»Erzählt mir«, bat Kathryn, »was geschehen ist.«
»Ein normaler Montag in der Schmiede«, erwiderte Adam. »Elias war beschäftigt, beschlug Pferde, besserte Töpfe aus, stellte eine neue Sense her; seine Frau Isabella war auf dem Marktplatz gewesen. Sie kam zurück, um das Abendessen vorzubereiten, ein besonders schönes Stück Fleisch.« Adam warf dem Pfarrer einen Blick zu. »Pater, Ihr habt mit allen gesprochen.«
»Es passierte nichts Verdächtiges«, murmelte der Pfarrer und setzte sich auf den Hocker zwischen die beiden Leichen, streckte die Hände aus und berührte beide.
»Gar nichts?«, fragte Kathryn. »Keine unerwarteten Besucher, keine merkwürdigen Vorkommnisse?« Der Pfarrer schüttelte den Kopf.

»Fragt selbst, Mistress Swinbrooke, ein normaler Montag, die übliche Routine.«
»Hatten die beiden Kinder?«
»Keins hat überlebt.«
»Hatten sie Feinde?«
Der Apotheker wandte den Blick ab.
»Und?«, hakte Kathryn nach.
»Jedermann hat Feinde«, erwiderte der Pfarrer, »so wie wir Freunde haben. In einem Ort wie Walmer schlagen die Wogen der Leidenschaft hoch, aber nicht so, dass sie in Mord und Totschlag enden.«
»Berichtet mir über ihre Feinde«, beharrte Kathryn.
»Sie hatten ihre Feinde«, gestand Pater Clement ein. »Elias war ein guter Schmied, ein wahrer Schüler von St. Dunstan.« Kathryn schaute auf die beiden Leichen. Elias war untersetzt, hatte lange, krause Haare auf Brust und Beinen. Jetzt war die Haut blässlich und ziemlich trocken, über dem Nabel war ein dunkler, maulbeerfarbener Fleck. Trotz der Bemühungen derjenigen, die sich seiner angenommen hatten, war das Gesicht des Schmieds in Todesqualen verzerrt, die Augen halb geschlossen. Man sah nur das Weiße, die Muskeln des Körpers waren hart, seine kurzen, dicken Finger wie Krallen eingerollt. Die Leiche seiner Frau war ähnlich verzerrt, der Kopf leicht zur Seite geneigt, die grässliche Grimasse hinter dem kornblonden Haar verborgen. Sie war noch von Schweiß bedeckt, die Augen funkelten, die Lippen waren geteilt, die Zähne fest in die Zunge verbissen. Auch sie trug alle Anzeichen einer Vergiftung, dunkelrote Flecken auf Brust und Bauch, die Haut trocken. Dennoch musste sie zu Lebzeiten mit den anmutigen langen Beinen und den vollen, reifen Brüsten ganz ansehnlich gewesen sein.
»Was wolltet Ihr sagen?« Kathryn sah zu Pater Clement hinüber.

»Er trank ganz gern sein Ale, unser Elias, er hat sich im Schankraum des Blauen Ebers immer über dies und jenes ausgelassen. Er war wohlhabend und konnte Waren aus London und Canterbury kaufen, sogar Luxusgüter aus Übersee. Er hat seiner Frau ein feines, mit Grauwerk besetztes Kleid aus Brügge gekauft. Ich vermute« – der Pfarrer zuckte mit den Schultern – »er konnte Zorn und Neid erregen.«

»Und seine Frau?«, fragte Kathryn.

»Ein Herz und eine Seele«, meldete sich Mother Croul zu Wort, »aber sie gingen immer aufeinander los, die Messer gewetzt!«

Kathryn drehte sich um.

»Die Messer gewetzt!«, wiederholte die Alte.

»Er hat nicht nur in der Schenke schwadroniert, Elias war auch ein großer Schürzenjäger.«

»Und Isabella?«, fragte Kathryn.

Mother Croul sah schweigend zu Boden. Pater Clement rieb sich über das Gesicht.

»Mistress Swinbrooke, ich habe die Beichten meiner Gemeindemitglieder angehört, doch was sie gebeichtet haben, fällt unter das Beichtgeheimnis. Ich kann nur sagen, Elias hat Isabella verdächtigt, anderen ihre Gunst zu gewähren.«

Mother Croul lachte leise vor sich hin.

Kathryn warf der alten Frau einen scharfen Blick zu, die wahrscheinlich mehr wusste, als sie zugab, und sich in Anwesenheit von Adam dem Apotheker und seinesgleichen weigerte, mehr zu sagen. Kathryn trat wieder an das Erkerfenster. Das Gutshaus erwachte jetzt zum Leben. Ein Hahn krähte laut und schrill. Das Gelächter und Geschwätz von Dienern, die sich um den Brunnen herum versammelten, wurde vom Wind herübergetragen. Kathryn entschied sich, keine weiteren Fragen zu stellen. Sie zweifelte nicht im Geringsten daran, dass sowohl der Schmied als auch seine Frau ermordet worden waren. Anfangs hatte sie an Selbstmord gedacht, war aber rasch davon abgerückt. Elias und Isabella hatten nicht geplant, gestern Abend vor ihren Schöpfer zu treten. Ein Unfall? Unmöglich! Zufall? Kathryn zog an ihrem Umhang. Dass Elias geplant hatte, Isabella umzubringen, und sie gleichzeitig dasselbe am selben Ort und auf die gleiche Weise mit ihm vorhatte, war zu unwahrscheinlich. Es war Mord, aber wer hatte ihn begangen? Und warum? Sie hörte die anderen husten und unruhig mit den Füßen scharren, sodass sie wieder zu den beiden Leichen hinüberging.

Kathryn hatte sich aufmerksam angehört, was geschehen war, dass Elias Wasser aus dem Fass getrunken hatte, dann in einem Anfall zu Boden gesunken war. Seine Frau war verzweifelt in die Küche zurückgegangen, um einen Kelch Wein zu trinken. Sie hatte ihn zur Hälfte geleert, als auch sie unter Zuckungen zu leiden begann. Die Quelle der Vergiftung waren das Wasserfass im Hof gewesen und ein Fässchen Wein, aus dem die Magd den Krug gefüllt hatte. Kathryn untersuchte zuerst Elias' Leiche. Sie drehte seinen Kopf, versuchte, die Kiefer auseinander zu drücken, roch vorsichtig am Mund: ein scharfer, beißender Geruch wie von fauligem Obst schlug ihr entgegen. Dann ging sie zu Isabella, die Flecken auf ihrer Haut, die harten Muskeln. Kathryn näherte sich den zusammengebissenen Zähnen der Frau und roch den Übelkeit erregenden, süßlichen Geruch nach Mandeln. Sie setzte sich auf den Hocker, von dem der Pfarrer aufgestanden war.

»Würdet Ihr sie bitte hineinbringen?«, bat sie.

Sir Henry öffnete eigenhändig die Tür und ließ den Lehrjungen des Schmieds und die Magd ein. Der Junge trug alte Beinlinge und eine zerschlissene Lederjacke über einem kleinen Wams aus Kammgarn. Das Mädchen erschien in einem dunkelgelben Kleid, einen schwarzen Schal über den Schultern. Beide wirkten verängstigt und erkältet, die Augen trieften, die Nasen waren rot angelaufen. Kathryn ließ sie sich am Kohlebecken aufwärmen und bat sie dann, vor ihr Platz zu nehmen.

»Euer Meister und eure Herrin sind tot. Sie sind ermordet worden.« Sie lächelte, als sie in ihre braunen Augen schaute. »Ist gestern irgendetwas geschehen, was diese Tode rechtfertigt?«

Der Junge schüttelte den Kopf.

»Dann erzählt mir etwas über den Tag«, bat Kathryn, wobei sie sich bewusst war, wie still es in der Leichenkammer geworden war. Der Junge starrte auf die beiden Leichen rechts und links. Die junge Magd überlief ein Schauer, und sie schloss halb die Augen, nachdem sie einen Blick gewagt hatte. Kathryn erhob sich und bedeckte beide Leichen mit Tüchern. Sie wünschte sich, die beiden woanders befragen zu können, auch als ihr die alte Legende einfiel, der zufolge sich die Leiche eines Mordopfers in Anwesenheit des Mörders erheben und die Wahrheit sagen konnte. Kathryn nahm wieder Platz.

»Keine Bange.« Sie tätschelte den beiden die Hände. »Diese Leichen sind jetzt nur noch leere Hüllen, die bald der Erde anheim gegeben werden. Ihre Seelen sind bei Gott. Der Pater hat die Gebete gesprochen, und ich bin sicher, dass Totenmessen gesungen werden. Nun will Gott die Wahrheit wissen. Gott, der König und Lord Henry. Euer Meister und eure Herrin sind ermordet worden. Ich muss wissen, was gestern passiert ist.« Sie hielt kurz inne. »Waren Elias und eure Herrin glücklich?«

Der Junge und die Magd nickten einhellig.

»Sie haben nicht gestritten oder sich entzweit?«

»Wir wussten nichts von ihren Angelegenheiten«, erwiderte die Magd. »Wir haben allein gegessen und geschlafen, sie waren einigermaßen freundlich.«
»Seid ihr Geschwister?«, fragte Kathryn.
»Waisen«, erklärte Pater Clement. »Vom Schmied und seiner Frau aufgenommen. Ich bezweifle, dass Meister Elias seine Angelegenheiten mit ihnen besprochen hat.«
»Sie waren ganz glücklich«, meldete sich der Junge verängstigt zu Wort. »Gestern schienen sie recht zufrieden zu sein. Sie freuten sich auf ein Abendessen, eine besondere Mahlzeit.«
»Was war daran so außergewöhnlich?«, fragte Kathryn.
Bruder und Schwester schüttelten den Kopf.
»Es war der Vorabend von Michaeli«, schaltete Pater Clement sich ein. »Heute ist das Fest des heiligen Erzengels Michael, ein Tag zum Feiern.« Wehmütig blickte er auf die Stundenkerze, die auf dem eisernen Wandhalter unter dem großen hölzernen Kruzifix an der gegenüberliegenden Wand brannte.
»Ich sollte die Messe abhalten, wir brauchen die Hilfe der himmlischen Heerscharen.«
»Also.« Kathryn achtete nicht auf den Pfarrer. »Euer Meister und eure Herrin bereiteten sich auf das Michaeli-Fest vor?«
»Ja«, antworteten die beiden im Chor.
»Master Elias hat den ganzen Tag in der Schmiede gearbeitet?«
Wieder stimmten die beiden ihr zu.
»Und eure Herrin ist auf den Markt gegangen?«
»Sie ging zum Stand des Fleischers und hat Fleisch gekauft, frisch geschlachtet, nicht gepökelt oder eingelegt.«
»Wohin ging sie noch?«
»Sie hat Gewürze und Stoff gekauft. Sie hat mit verschiedenen Leuten gesprochen, ist dann aber wieder

nach Hause gekommen«, erwiderte die Magd. »Ich habe fast den ganzen Nachmittag Zinn und Messing poliert, bevor ich den Tisch gedeckt habe. Ansonsten hatte ich am Bratspieß zu tun und habe meiner Herrin geholfen, Brot zu backen. Wir haben frische Milch aus der Speisekammer geholt und einen Krug Wein aus einem Fässchen Rotwein.«

»Wann hat deine Herrin es gekauft?«

»Ich weiß nicht!«, jammerte das Mädchen. »Ich weiß nur, dass sie es aus dem Keller holte und öffnete. Sie hat den Zapfen hineingetrieben und gesagt, sie würde vor dem Abendessen davon probieren.«

»Und Meister Elias? Komm schon, Junge!«, drängte Kathryn. »Ich weiß, ihr friert, aber wenn ich mit euch fertig bin, gibt es eine Tasse Buttermilch und ein Stück warmen Kuchen mit Honig und Muskatnuss.«

»Oh, es war ein ganz normaler Tag«, erwiderte der Junge. »Die Leute gingen ein und aus, manche warteten, Master Elias hat beschlagen, und wenn er nicht gerade mit einem Pferd beschäftigt war, hat er eine Sense angefertigt. Er hat damit geprahlt, es werde die Beste, die Walmer je gesehen hat.«

»Hat er tagsüber Wasser getrunken?«

»O nein, das hat Meister Elias nie gemacht. Er hat leichtes Ale getrunken, ein Lederkrug stand immer an seiner Seite.«

»Warum hat er dann das Wasser getrunken?«

»Das war seine Gewohnheit, Mistress. Am Ende des Tages hat er immer zwei Krüge frisches Wasser getrunken.«

»Und immer aus diesem Wasserfass?«

»O ja. Er behauptete, es sei sein Wasser, das Fass war immer mit einem Maschendraht abgedeckt.«

»Woher hat Mistress Isabella dann Wasser geholt?« Kathryn wandte sich an die Magd.

»Im Haus stand ein zweites Fass«, antwortete das Mädchen. »Meister Elias hat das Wasser immer für sich in Anspruch genommen. Es stand direkt am Tor und nahm den Regen auf, wie er fiel, nicht vom Dach.«
Kathryn lächelte und nickte. Ihre Magd Thomasina zu Hause in Canterbury hielt es genauso. Regen vom Dach oder aus den Traufen war nie so rein wie der, der direkt in ein Fass oder einen Eimer fiel.
»Das Wasserfass von Meister Elias war also etwas Besonderes?«
»O ja«, antwortete der Junge. »Es war mit Kupfer ausgeschlagen, um den Schmutz abzuhalten, deshalb war es auch so schwer, es zu zertrümmern.« Er deutete auf Mother Croul. »Wie Ihr es ihnen gesagt habt.«
»Und dein Meister hat immer am Abend aus diesem Fass getrunken?«
»Das habe ich doch gesagt«, erwiderte der Junge. »Mistress, mehr weiß ich nicht. Ich habe mit meiner Schwester gesprochen, wir wissen nicht, wie jemand eine so grauenvolle Tat verüben kann.«
Kathryn tätschelte ihnen die kalten Hände.
»Geht hinaus«, flüsterte sie. »In die Küche hinunter.« Sie warf Sir Henry einen Blick zu.
»Sagt, Lord Henry habe euch geschickt und bittet um das, was ich euch versprochen habe.«

2

Kein ausgesuchter Bissen ging durch ihre Kehle;
ihre Kost passte zu ihrer Kate.

Geoffrey Chaucer

Höchst eigenartig«, verkündete Kathryn. »Da haben wir einen Mann und seine Frau, sie haben ihre Schwierigkeiten miteinander, doch sie bereiten sich auf einen Festtag vor. Sie bereitet Fleisch zu und zapft ein Fässchen vom besten Rotwein an. Er arbeitet in seiner Schmiede. Sie gehen ihrem normalen Alltag nach. Gegen Ende des Tages bittet Elias wie immer um einen Krug frisches Regenwasser aus seinem besonderen Fass. Der Junge hebt den Deckel, füllt den Krug und bringt ihn seinem Meister. Elias trinkt und bittet um einen zweiten. Dann überfallen ihn heftige Schmerzen; er fällt zu Boden und stirbt kurz darauf. Seine Frau kommt eilends herbei, kniet neben der Leiche nieder und wird hysterisch. Mother Croul trifft ein. Elias der Schmied ist tot, seine Seele ist auf dem Weg zu Gott. Mistress Isabella geht wieder in die Küche. Ihr ist übel, sie ist schwach und benommen. Der Tisch ist für das Abendessen gedeckt. Über alle Maßen schockiert zapft sie das Fässchen an, trinkt einen Becher und wird ebenfalls vergiftet.« Kathryn stand in der Mitte des Raumes und betrachtete einen nach dem anderen.

»Es gibt hier zwei große Rätsel. Erstens, die Gifte sind auf jeden Fall Heilkräuter. Ich vermute, Elias wurde von einer sehr starken Gabe Tollkirsche getötet – ihre Teile, vor allem die Wurzeln, Blätter und Beeren, sind allesamt hochgiftig. Niemand weiß, wie es funktioniert, doch die dunkelroten Beeren schmecken süß und haben doch fatale Auswirkungen. Vor den Augen des Opfers verschwimmt alles, der Herzschlag beschleunigt sich, dem Opfer wird heiß, sein Mund trocknet aus, rote Flecken entstehen auf seiner Haut.«

»Ich weiß, wie Tollkirsche wirkt«, unterbrach Adam der Apotheker sie. »Aber für gewöhnlich dauert es Stunden, bis das Opfer stirbt.«

»Nicht ganz, nicht ganz.« Kathryn schüttelte den Kopf. »Wird sie in der stärksten Form verabreicht und rasch getrunken, kann Tollkirsche innerhalb weniger Atemzüge töten.«

»Und Mistress Isabella?«, fragte Pater Clement.

»Ah!«, erwiderte Kathryn. »Die Ärzte nennen es Mandelsaft. Man kann ihn aus Kernen oder Körnern von Früchten gewinnen, wie zum Beispiel Pfirsiche, Aprikosen, Äpfel, wilde Kirschen oder Pflaumen. Die Wirkung tritt sofort ein: Ohnmacht und grauenvolle Zuckungen. Das Opfer bekommt keine Luft mehr, und der Tod kann innerhalb weniger Minuten eintreten. Ich glaube, dass sowohl Elias als auch Mistress Isabella starke Aufgüsse dieser beiden sehr wirkungsvollen Gifte verabreicht wurden.«

»Und das zweite Rätsel?«, schaltete Lord Henry sich ein. »Wie sind die Gifte überhaupt dorthin gekommen? Wir wissen, dass das Wasserfass im Hof speziell für Elias vorgesehen war. Niemand durfte in seine Nähe kommen. Ich vermute, dass jemand tagsüber in den Hof gekommen ist. Dieser Mörder hat reines Tollkirschpulver in das Wasserfass geschüttet. Es kann früh am Morgen gewesen sein, am Nachmittag oder später. Bedenkt, der Junge hat das Wasser geholt, als es dunkel wurde. Er hat nichts bemerkt. Bis dahin hat sich das Pulver im Wasser aufgelöst und schwamm trotzdem in all seiner

Fülle an der Oberfläche, die der Junge abschöpfte. Elias, der den Qualm seines Ofens einatmete, den Geruch von brennender Holzkohle, von versengtem Haar, von Urin und glühendem Eisen, hat den Geschmack erst gespürt, als es schon zu spät war. Er hatte Durst und war begierig, seinen Magen vor dem Abendessen durchzuspülen. Ein Krug Wasser, dann sofort ein zweiter, und der Tod war die Folge. Wie Mistress Isabella starb, ist noch rätselhafter. Da haben wir eine Frau, die in ihren Keller geht und ein versiegeltes Fässchen Rotwein heraufholt. Dieses Fass war wie üblich in Bordeaux versiegelt und nach England verschifft worden, wo es an einen Weinhändler verkauft wurde, bei dem Elias oder Isabella es wahrscheinlich erstanden. Diesen Händler ausfindig zu machen, würde Ewigkeiten dauern. Ich bezweifle, dass das Fässchen vergiftet war, als Elias und Isabella es kauften, und das wiederum heißt: Jemand muss ihr Haus betreten haben und in den Keller hinabgestiegen sein. Er hat ein Fässchen ausgesucht, die Siegel gebrochen, es geöffnet, sein tödliches Gift hineingegeben, das Fässchen wieder versiegelt und sich aus dem Haus geschlichen. Ein Rätsel, woher der Mörder wusste, dass dieses besondere Fässchen am selben Abend geöffnet wurde, an dem Elias das vergiftete Wasser trank.«

»Die beiden Giftmorde waren also geplant?«, fragte Lord Henry.

»Darauf lassen die Beweise schließen«, erwiderte Kathryn. »Lord Henry, welche andere Erklärung könnte es geben? Wir haben es hier mit einem sehr tüchtigen, heimtückischen Mörder zu tun, der seine beiden Opfer Elias und Isabella auserwählt hat, weiß der Himmel warum, und plante, sie gemeinsam umzubringen. Hätte Elias kein Wasser getrunken, hätten er und seine Frau den vergifteten Wein zu sich genommen. Was auch geschah, der Mörder hatte die Absicht, dass Mann und Frau zur selben Zeit sterben sollten, am selben Ort.«

»Aber warum?«, wollte Lord Henry wissen.

Kathryn hob die Schultern. »Das, Lord Henry, kann ich nicht erklären!«

* * *

Der Erzengel Michael erschien am Himmel, zückte das Flammenschwert und fragte: »Wer ist wie Gott?«

In der Kapelle von St. Fiacre stimmte Pater Clement die Einleitung für die Heilige Messe am Michaelistag an. Kathryn, die neben Colum Murtagh stand, bekreuzigte sich hastig. Ihr war noch immer unbehaglich zumute, sie war ziemlich schlecht gelaunt, nachdem man sie aus ihrem Hochzeitsbett gescheucht hatte. Sie hatte die Leichenkammer verlassen und war in ihr Zimmer zurückgekehrt, wo sie Colum schlafend vorfand, auf dem Bett ausgestreckt wie ein kleines Kind. Dort hatte sie sich rasch ausgezogen, gewaschen, ein dunkelrotes Kleid und einen weißen Schal übergezogen und sich einen Gazeschleier über das rabenschwarze Haar gelegt. Das Gesicht hatte sie sich nicht geschminkt, weil sie es für unangebracht hielt. Sie murmelte vor sich hin: »Das Fest ist vorbei, und heute liegt ein schwerer Tag vor uns!« Sie hatte Wollstrümpfe angezogen, war in weiche Lederstiefel geschlüpft und hatte das Zimmer verlassen, um einen kurzen Spaziergang über den Brunnenhof zu machen, der zwischen der Kapelle und der großen Halle von Walmer Manor lag. Die Glocke hatte zu läuten begonnen und rief zur Messe, doch sie hatte auf Colum gewartet, der sich ihr, noch mit verschlafenen Augen, anschloss. Sie wandte sich um, und ihre schlechte Laune legte sich allmählich; der Anblick von Colum, der noch halb im Schlaf auf den Beinen wankte, entlockte ihr ein

Lächeln. Die Kapelle war ein Schmuckstück, erbaut mit denselben glänzenden, honigfarbenen Ziegelsteinen wie der Rest des Gutshauses, mit schwarzen Deckenbalken und Holzsimsen unter Erkerfenstern zu beiden Seiten. Vor dem Altar war kein Lettner; Lord Henry hatte bereits Maler eingestellt, die die weiß getünchten Wände mit lebhaften Gemälden verzierten, auf denen St. Agatha vor ihren römischen Folterknechten zu sehen war und Sebastian, an einen Pfahl gebunden, von Pfeilen durchbohrt wurde.

Über dem Altar befand sich eine kleine Rosette. Das bunte Glas fing die ersten Sonnenstrahlen ein und tauchte das weiße Heiligtum in leuchtende Farben. Der Altar war ein schlichter Holztisch auf einem Podium, auf das man über drei Stufen gelangte. Hinter dem Altar führten weitere Stufen zu einem Tabernakel, in dem die Monstranz aufbewahrt wurde. Davor leuchtete eine rote Lampe, zum Zeichen, dass diese Kapelle den Leib Christi beherbergte.

Pater Clement in den goldenen liturgischen Gewändern war erpicht darauf, die Messe zu lesen. Er stand am Lesepult, das in Form eines schwebenden Adlers geschnitzt war, und sprach das erste Gebet. Kathryn beobachtete die Flammen der Kerzen an beiden Enden des Altars, wie sie im Windzug tanzten und flackerten. Der herrliche Duft von Weihrauch, Bienenwachs, Wein und Blumen lag in der Luft. Elias' Lehrjunge hatte sich freiwillig als Messdiener gemeldet, und jetzt hielt er sich hinter Pater Clement und sah sich suchend nach den Wein- und Wasserkännchen um, die der Pater für das Offertorium brauchte. Sein Blick traf auf Kathryn, die mit der Hand auf die kleine Nische in der Wand deutete, gleich neben dem Lavarium, wo Wein und Wasser in kleinen Glaskrügen lagerten. Der Junge nickte und hüpfte hinüber. Pater Clement fuhr mit der Messe fort.

Kathryn blickte sich zerstreut um. Es war ein solcher Kontrast, von den grässlichen Szenen im Leichenhaus in dieses Gotteshaus zu kommen, in dem Licht, Weihrauch und Reinheit herrschten. Noch mehr Menschen versammelten sich in der Kirche, Langschläfer, dazu auch drei Neuankömmlinge, Besucher aus Frankreich. Vicomte Sanglier begegnete ihrem Blick und verneigte sich, allerdings in spöttelnder Manier, die Augen in sardonischem Vergnügen gesenkt. Er stand neben seinen beiden Kollegen, die man Kathryn bereits vorgestellt hatte, Cavignac und Delacroix. Sie konnte die beiden nicht leiden, und beide sahen sie an, als hätte sie in Walmer nichts verloren. Cavignac und Delacroix übergingen ihren Titel als Ärztin. Sie zogen es vor, sie eine Baderin zu nennen. Lord Henry zu ihren Linken hustete und beklagte kaum hörbar die schlechten Manieren seiner Gäste. Colum fuhr zusammen und sah Kathryn an, die ihn anfunkelte.

»Schlafmütze«, murmelte sie. Er beugte sich zu ihr hinunter und küsste sie so sanft auf die Wange, dass seine Lippen ihr über die Haut strichen.

»Und wessen Schuld ist das?«, raunte er ihr zu.

Kathryn bohrte ihm den Ellenbogen in die Seite, ergriff seine Hand und fasste sich wieder. Dann konzentrierte sie sich auf die Messe.

* * *

»Drei Teile machen den Brunnen aus,
das Wasser, das Rohr, das Becken.
Auch deren drei sind doch Wesenskern des Selben.
Ebenso fließen die Wasser der Erlösung.«

Kathryn zitierte das berühmte Gedicht über die Dreieinigkeit, während sie den kleinen Springbrunnen beobachtete, der Wasser in das dunkelblaue Becken spritzte.

Auf dem Springbrunnen befand sich ein Bronzebild, das Wasser ergoss sich durch Löwenmasken. Das Gras um den Brunnen herum war sauber geschnitten, hier und da standen noch ein paar Veilchen. Der gesamte Miniaturgarten war von Bäumen umgeben, eine Annehmlichkeit, die speziell von Lord Henrys Gärtnern geschaffen worden war.
»Die Äpfel sehen gut aus.« Colum folgte ihrem Blick. »Sie werden in einem Monat reif sein, saftig und weich.« Er lächelte sie an. »So wie du.«
Kathryn stieß ihm mit dem Finger in den Bauch. »Schlafmütze! Ich wurde von Lord Henrys Dienern aus meinem Hochzeitsbett geholt und sollte zwei Leichen untersuchen, während du wie ein Kind geschlafen und dich um nichts in der Welt gekümmert hast!«
»Ich habe mich bereits gerechtfertigt.« Colums dunkles Gesicht legte sich in Lachfalten, seine blauen Augen strahlten. Er fuhr sich mit den Fingern ins schwarze Haar, das ihm ins Gesicht hing, und versuchte es glatt zu streichen. Kathryn sah ihn leidenschaftlich an. Colum hatte sich nicht rasiert, er sah noch immer so aus, als könnte er wieder ins Bett, und natürlich hatte er sich nicht richtig angezogen. Das weiße Hemd unter dem Lederwams war dasselbe, das er gestern getragen hatte; das Wams war schief geknöpft, während die grüne Kniehose in zwei unterschiedlichen Stiefeln steckte. Colum fand es sehr schwer, ein Paar vom anderen zu unterscheiden, besonders am frühen Morgen.
»Colum« – sie packte seine Hände – »wir sind erst seit ein paar Tagen verheiratet, und doch kommt es mir vor, als sei ein Jahr vergangen, seitdem wir in der Kirche St. Mildred das Gelübde abgelegt haben. Erinnerst du dich an das Fest danach? Im »Schachbrett der Hoffnung«, an die klagenden Dudelsäcke, die Trommeln, Flöten und an die singende und tanzende Thomasina?«

Colum lachte. »Das werde ich nie vergessen. Auch Pater Cuthbert vom Poor Priests Hospital nicht, der mit ihr tanzte.«

Kathryn schloss die Augen. Ihre Hochzeit hatte an einem wunderschönen Tag im September stattgefunden. Sie hatten während der Morgenmesse das Gelübde abgelegt und sich dann mit ihren Freunden im Hof der Kirche versammelt. Danach waren sie nach Hause gegangen, um sich von Wulf, Agnes und den Nachbarn, von denen viele zu ihren Patienten zählten, gratulieren zu lassen. Am frühen Nachmittag hatte Kathryn ein cremefarbenes Kleid angezogen, einen Schleier übergestreift, der Kopf und Gesicht verhüllte, und war in ein Paar dunkelgrüne Halbschuhe geschlüpft. Sie hatte sich auf einen Zelter helfen lassen und war von Colum durch die Straßen von Canterbury zur Schenke »Schachbrett der Hoffnung« geführt worden. Gäste folgten ihnen, streuten Blumen, sangen und legten kleine Geschenke in die Körbe, die an ihrem Pferd hingen. Das anschließende Fest hatten alle genossen. Weine aus den königlichen Kellern in Windsor, ein persönliches Geschenk des Königs, der beste Bordeaux, der kühlste Rheinwein, Bier und Ale. Mehrere Gänge wurden aufgetischt; Schwan, Pfau, Fasan, Rindfleisch, Lamm – alles mit einer eigenen Sauce serviert; danach gab es Süßspeisen, Pudding, Götterspeise und Obsttorten mit Sahne. Man hatte Reden gehalten und Trinksprüche ausgebracht; und Colum hatte Poeten engagiert, die Gedichte vortrugen. Als es dunkel wurde, hatte der eigentliche Trubel, Musik mit Tanz, draußen im Freien begonnen. Danach hatte sie sich mit Colum in das Zimmer zurückgezogen, das sie eigens in der Schenke gemietet hatten ...

Kathryn schlug die Augen auf und lächelte Colum an. »Kann sein, dass du jetzt verschlafen bist, mein wilder Ire, aber in jener Nacht warst du es gewiss nicht.«

Colum zog sie an sich, legte ihr die Arme um die Taille und küsste sie leidenschaftlich auf den Mund. Kathryn hielt ihn fest umschlungen. Auch jetzt, obwohl sie ein ganzes Stück von Canterbury entfernt waren, roch Colum noch nach Pferden, Schweiß und Stroh. Sie lachte still vor sich hin.
»Was ist los, Licht meines Herzens?«, flüsterte er.
»Die Sache ist die«, murmelte sie, »dass du von einem Extrem ins andere fällst, entweder du bist verschlafen, oder du brennst vor Leidenschaft.«
»Wir sollten etwas essen.« Er trat zurück, hielt sie aber an beiden Händen fest. »Wir sollten uns ins Gutshaus begeben und uns unter die anderen mischen. Lord Henry erwartet uns.«
»Lord Henry erwartet uns!«, äffte Kathryn ihn nach. »Hat irgendjemand Lord Henry, ganz zu schweigen von seiner Hoheit, dem König, gesagt, dass ich erst seit wenigen Tagen verheiratet bin, dass du die Liebe meines Lebens bist, und dass wir irgendwo ganz für uns in einem Liebesnest eigener Wahl sein sollten? Warum, Colum, warum sind wir hier? Wir hätten in Canterbury bleiben oder an einen anderen Ort gehen können.«
Er zog sie an sich und wollte sie in die Arme schließen, doch sie stieß ihn von sich.
»Leidenschaftliche Nächte«, flüsterte sie mit Tränen in den Augen. »Colum, ich war noch nie so glücklich, doch jetzt, da wir in Walmer sind, warten die französischen Gesandten darauf, mit uns zu verhandeln, während die Leichen von Mordopfern aus dem Ort hierher gebracht wurden. Ist das unser Leben, Colum? Stets hinter Kains Söhnen und Töchtern her zu sein?«
Colum ließ sich auf ein Knie nieder, nahm ihre Hand und drückte sie an sein Gesicht.
»Ich schwöre, Kathryn, beim Land, beim Meer und bei der Luft, beim Feuer und Wasser, beim Heiligen Kruzifix

und bei den Lobpreisungen des Heiligen Patrick, dass wir, wenn wir hier in Walmer fertig sind, an einen Ort gehen, an dem uns niemand kennt. Wir werden allein sein.«
Er stand auf, führte sie zu einer Gartenbank auf einem Rasenstück und setzte sich. Kathryn, wieder zur Ruhe gekommen, genoss die Sonne, auch als eine frische Brise durch das trockene Laub fuhr.

»Ein herrlicher Lustgarten«, bemerkte sie. »Doch bald werden die Blumen verblühen, die Blätter werden fallen. Der Sommer geht zu Ende, Colum.«

»Und dann kommt der Frühling schon bald«, erwiderte er trotzig. »Hör zu, Kathryn, deshalb sind wir hier. Louis XI., die Spinne von Frankreich, hat drei Gesandte geschickt. Vicomte de Sanglier, dem wir schon einmal begegnet sind, windet sich wie eine Schlange durch das Gras. Er hat zwei weitere Vipern mitgebracht, Delacroix und Cavignac. Alle drei leben in der direkten Umgebung des französischen Königs. Sie kennen die Geheimnisse seines Herzens. In seinen Gemächern flüstern sie ihm ein. Drei Männer, Kathryn, die für den Tod einiger meiner Freunde verantwortlich sind, Agenten, die in Frankreich gearbeitet haben. Wir stecken mit ihnen in einem tödlichen Spiel, wie Blindekuh, bei dem jemand dir die Augen verbindet, und du musst ihn suchen und fangen. Nur ist es hier so, dass du bewaffnet bist und sie auch. Sie sind blind, und du bist blind. Du schlägst zu, vielleicht kannst du deinen Gegner verletzen, ja, sogar töten. Es ist ein Spiel à l'outrance, auf Leben und Tod.«

»Aber sie sind nicht hier, um zu morden?«

»Nein, Kathryn, aber sie sind hier, um Morde zu planen.« Colum holte tief Luft.

»Angeblich will Louis, der Spinnenkönig, einen dauerhaften Vertrag mit Edward von England schließen.« Er lachte laut auf. »Solche Friedensverträge wurden schon einmal unterzeichnet und halten nicht länger als ein

Jahr. Louis' eigentliches Interesse besteht darin, die Engländer von Frankreich fern zu halten, sie in Calais einzuschließen und dafür zu sorgen, dass sie seinem großen Gegner, dem Herzog von Burgund, nicht helfen. Lässt man Louis in Frankreich freie Hand, macht er sich den Adel gefügig. Frankreichs Macht wird wachsen. Das begreift auch unser König. Edward hat nicht den Wunsch, sich in Louis' Fischgründen zu tummeln. Er will eine jährliche Pension von Louis als Gegenleistung für seinen guten Willen und seine Friedfertigkeit. Vor allem aber will Edward, dass Louis den letzten Thronanwärter der Lancastrianer, Henry Tudor, vertreibt oder ausliefert. Er und sein Onkel Jasper sind ein Dorn in Edwards Auge. Falls Tudor eines gewaltsamen Todes sterben oder in ein mittelloses Exil geschickt würde, könnte Edward bestens schlafen. Vor einem halben Jahr nun war Lord Henry Beauchamp mit seinem Schreiber William Marshall in Paris. William Marshall würde dir gefallen, Kathryn, ein fröhlicher Tänzer und äußerst geistreich. Er hatte das weiche Gesicht eines Mädchens, schwarzes, lockiges Haar, ein Löwe, wie geschaffen für die Damen. Er hatte einen scharfen Verstand, war sehr begabt und konnte die kompliziertesten Verschlüsselungen entziffern. Berichten zufolge ging Marshall an der Seine angeln, kehrte aber nie zurück.«

»Ermordet?«

Colum verzog das Gesicht. »Wir wissen es nicht, seine Leiche wurde nie gefunden. Lord Henry sagt, Marshall habe zu der Zeit einen Geheimcode bei sich getragen, wie ein Pfarrer seinen Psalter, in Leder gebunden. Das Buch enthielt verschlüsselt die Namen aller englischen Agenten in Paris und anderswo, Kaufleute, Kesselflicker, Adlige, Gelehrte, Studenten und Pfarrer. Menschen, die Informationen sammeln und entweder für Vergünstigungen oder für Gold an England weitergeben. Es enthielt auch den Schlüssel, um alle Briefe zu entziffern, die das englische Kanzleigericht verschlüsselt nach Frankreich geschickt hat.«

»Und haben die Franzosen es gefunden?«

»Kann schon sein. Marshalls Leiche tauchte wie gesagt nie auf, doch der französische Hof hat Andeutungen gestreut, das Buch könnte gefunden worden sein.«

»Warum benutzen sie es dann nicht?«

»Angeblich, weil zwischen England und Frankreich Waffenstillstand herrscht.«

»Ah! Verstehe.« Kathryn lächelte. »Wenn England also den Waffenstillstand bricht und gegen Frankreich in den Krieg zieht?«

»Louis und seine Minister«, erwiderte Colum, »hätten jedes Recht, alle, die auf der Liste stehen, als Helfershelfer der Krone von England zu inhaftieren. Jetzt ist dieses unselige Dreigestirn – Sanglier, Delacroix, Cavignac – nach England gekommen. Mag sein, dass sie den Waffenstillstand in einen dauerhaften Frieden umwandeln wollen. Falls Edward von England sich darauf einlässt, ohne eine Pension vom französischen Hof oder die Auslieferung des Tudors zu fordern, hat Louis angedeutet, das Buch zurückzugeben.«

»Und wenn nicht?«

Colum hob die Schultern.

»Kann Edward seine Spione nicht warnen?«, fragte Kathryn. »Kann das Kanzleigericht die Chiffrierung nicht ändern?«

»Leichter gesagt als getan. Oh, die Chiffrierung wurde bereits geändert. Doch wenn Louis unsere Geheimnisse entdeckt und Englands verdeckte Spione enttarnt hat, was nutzen dann noch Botschaften nach Frankreich, wenn dort keiner mehr ist, der sie in Empfang nimmt?«

»Der Code könnte also bereits entschlüsselt sein und die Franzosen bereit zu handeln?«

»Das bezweifeln wir«, antwortete Colum. »Er ist kompliziert, und es kann Jahre dauern. Louis weiß das, ebenso wie ...«

»Ihr habt also keine Ahnung vom wahren Sachverhalt?«, fragte Kathryn.

»Ein Sumpf voller Rätsel«, überlegte Colum laut. »Ein wirrer Morast. Ist Marshall tot, lebt er noch, wird er in einem französischen Gefängnis versteckt gehalten? Wird er gefoltert, um seinen Willen zu brechen, damit er gesteht und den Geheimcode für seine französischen Häscher übersetzt? Oder sucht Louis nur nach einem Vorwand, um den Waffenstillstand zu brechen und einen Krieg anzuzetteln? Will er seine Truppen in die Städte und Dörfer Frankreichs ausschwärmen lassen, um alle zu verhaften, die von Edward von England bezahlt werden?«

»Wer hat denn um diese Verhandlungen gebeten?«, fragte Kathryn. »Edward oder Louis?«

»Eigentlich war es eher Lord Henrys Idee. Er hat Botschaften nach Frankreich geschickt und angefragt, ob Louis den Waffenstillstand in der etwas inoffizielleren Umgebung von Walmer Manor erörtern wolle. Er hat speziell um die Entsendung unserer drei Verräter hier gebeten. Louis glaubt, Lord Henry sei in tiefer Sorge. Das wünscht er zu überprüfen, weshalb er die drei Gesandten geschickt hat.«

»Was will Lord Henry herausfinden? Ob Louis einen neuen Friedensvertrag unterzeichnen will, etwas über den Verbleib von Marshall oder die Wahrheit über den Geheimcode?«

»Vielleicht alles das?«, antwortete Colum.

»Wäre es möglich, dass Louis oder seine Spione Marshall ermordet haben?«

»Ja, andererseits« – der Ire breitete die Arme aus – »war Marshall ein akkreditierter Gesandter. Könige schwören heilige Eide darauf, dass diese Menschen unantastbar sind. Wenn wir beweisen, dass Louis hinter Marshalls Tod steckt oder eingeweiht war, würde er in ganz Europa gegeißelt. Der Papst könnte ihn sogar exkommunizieren. Niemand würde ihm mehr trauen. Wer würde es noch wagen, ihm Gesandte zu schicken? Nein, es hat den Anschein, als wären Marshall und sein Geheimcode einfach verschwunden: Ob es tatsächlich so ist, möchte Lord Henry mit unseren französischen Besuchern herausfinden.«

»Und Lord Henry selbst?«, fragte Kathryn. »Er wirkt ganz freundlich, aber sehr zurückhaltend.«

»Ich habe mich schon gefragt, wann du es ansprechen würdest.« Er legte ihr einen Arm um die Schultern. »Kathryn mit dem scharfen Blick, du weißt, dass es hier ein Rätsel gibt.« Er hielt inne, um sich zu sammeln.

»Lord Henry ist der Sohn eines ortsansässigen Knappen. Sein Vater schickte ihn nach Cambridge, wo er sich als brillanter Gelehrter und höchst fähiger Schreiber erwies. Er bekam eine Anstellung im Schatzamt und zog ein Jahr später ins Kanzleigericht im Palast von Westminster um. Außerdem stellte sich heraus, dass er ein Kämpfer war. Lord Henrys älterer Bruder Maurice nun war ein Kaufmann. Er besaß eine Kogge, die Holy Angel, die vom Heimathafen Gravesend aus die nördlichen Gewässer bereiste. Vor einigen Jahren haben Strandräuber an diesem Teil der Küste Leuchtfeuer und falsche Lichter benutzt, um die Schiffe anzulocken, damit sie auf den Felsen strandeten. Dann wurden sie ausgeraubt. Auch die Holy Angel gehörte dazu, die Mannschaft ertrank oder wurde ermordet, die Ladung gestohlen. Lord Henry war außer sich vor Wut. Inzwischen hatte er Edward von York durch seine Tapferkeit in der Schlacht von Mortimer's Cross auf sich aufmerksam gemacht. Er wurde der Busenfreund unseres jungen Königs. Henry wollte Vergeltung. Edward war einverstanden. Vollmachten wurden erteilt, die Lord Henry erlaubten, die Strandräuber von Walmer aufzutreiben und dingfest zu machen. Lord Henry war gnadenlos. Er stellte einen sechsarmigen Galgen auf die Klippen, bekannt als Gallows Point, und verfolgte die Strandräuber, die Mörder seines Bruders. Schließlich schnappte er sie, eine Bande von vierundzwanzig Männern und Frauen. Manche sind mit den Einwohnern von heute verwandt. Lord Henry hatte die königliche Richtergewalt, sein Urteil erging rasch und war brutal. Alle vierundzwanzig wurden verurteilt, alle für schuldig befunden und alle mit dem Tod durch Hängen bestraft. Lord Henry hat die Hinrichtungen persönlich überwacht, vier mal sechs. Damals hat er provisorische Galgen um das große Schafott herum errichten lassen. Die Leichen der Bösewichter wurden geteert und in Ketten gelegt. Man ließ sie so lange hängen, bis sie verwesten, eine Warnung an alle, die mit dem Gedanken spielten, Strandräuber zu werden. Danach wurde kein einziges Schiff mehr behelligt, das an dieser Küste entlangsegelte. Lord Henry wurde ein Gefolgsmann Edwards von York, mit Haut und Haaren. Er kämpfte in vielen aufeinanderfolgenden Schlachten an seiner Seite, hielt ihm den Rücken frei, und hat ihm sogar einmal das Leben gerettet. Als Edward von York das Glück verließ, erging es Lord Henry nicht anders. Und als Edward von York ins Exil ging, folgte ihm Lord Henry. Vor zwei Jahren beschloss Edward von York, ein für alle Mal die Sache mit dem Hause Lancaster zu bereinigen. Du kennst die Geschichte. Dein erster Ehemann, Alexander Wyville, schloss sich den Truppen der Lancastrianer an, die Canterbury verließen …«

Kathryn unterdrückte ein Schaudern. Obwohl sie überglücklich war, neben dem Mann zu sitzen, den sie über alle Maßen liebte, spukte der Geist von Wyville, ihrem

trunksüchtigen, gewalttätigen ersten Mann, noch immer in ihren Erinnerungen herum.
Colum spürte Kathryns Stimmungswandel und fuhr fort, um sie zu zerstreuen. »Lord Henry kämpfte in den großen Schlachten von Barnet und Tewkesbury. Als Belohnung erhielt er ausgedehnte Ländereien in Kent. Vor ein paar Jahren bekam Lord Henry Walmer Castle geschenkt. Er hat sein Vermögen dafür ausgegeben, die alte Burg abzureißen und dieses neue Gutshaus zu errichten. Er nennt es seine Privatresidenz, seinen Lustgarten.«
»Dem würde ich beipflichten.«
Kathryn erhob sich. Dieser kleine Garten lag inmitten eines noch größeren mit Apfel-, Birnen- und Kirschhainen, grünen Rasenflächen mit kleinen, bunten Pavillons, in denen Besucher bei unbeständigem Wetter sitzen konnten. Gitter mit Rosenranken säumten die üppigen Blumenbeete. Lord Henry hatte Brunnen gegraben, Springbrunnen gebaut, Höfe gepflastert und tiefe Teiche mit Karpfen bestückt. Kathryn hatte mindestens drei Taubenschläge gezählt, zwei Zwinger für Jagdhunde und Stallungen für unzählige Pferde. Dieser verschwenderische Wohlstand und Luxus waren auch im Gutshaus selbst zu finden. Sie ging durch die Galerien und Korridore und bewunderte die Zimmer, das Schreibzimmer, das sonnige Erkerzimmer, alle in jenem augenfälligen, honigfarbenen Stein erbaut, die Wände zur Hälfte mit Eiche getäfelt. Verglaste Fenster ließen Licht auf geflieste Böden fallen, auf Wandbehänge und in Gold gerahmte Gemälde. Ein breites, geschwungenes Treppenhaus, mit türkischen Teppichen ausgelegt, führte aus der Eingangshalle nach oben, und überall glänzten Kerzenhalter und Kandelaber aus Zinn und Bronze, die die Dunkelheit der Nacht überwinden halfen.

Kathryn wanderte zu einem kleinen Kräuterbeet hinüber. »Sieh mal, Colum.« Sie zeigte auf die verschiedenen Kräuter, Basilikum, Fenchel und Pfefferminze.
»Lord Henry weiß viel über Gartenbau«, erklärte Colum.
»Und über Gifte?«, fragte Kathryn.
Colum packte ihren Arm. »Von einem Diener habe ich erfahren, was passiert ist. Zwei Einwohner des Ortes wurden auf hinterhältige Weise vergiftet?«
Kathryn erzählte Colum, was sie in dem Leichenhaus gesehen hatte. »Wenn ich dieses Kräuterbeet betrachte«, fuhr sie fort, »fragte ich mich wirklich, woher der Giftmörder solche Heilkräuter hatte, andererseits jedoch sind die Felder und Wiesen voll mit gefährlichen Pflanzen.«
»Du verdächtigst doch nicht etwa Lord Henry?«, scherzte Colum.
»Er war sehr still«, erwiderte Kathryn, »und blieb an der Tür stehen. Er« – Kathryn wählte ihre Worte sorgfältig – »er wirkte gedrückt.«
Colum zog sie näher zu sich und schloss sie in die Arme. »Kathryn, ich will dir etwas erzählen. Wenn ich recht verstanden habe, wurde Isabella, die Frau des Schmieds Elias, ermordet.«
Kathryn nickte.
»Lord Henry ist ein Höfling, ein Gelehrter«, fuhr Colum fort. »Bevor er Lady Mary heiratete, war er in jeder Hinsicht ein Frauenheld.«
»Hatte er ein Verhältnis mit der Frau des Schmieds?«
»Schon möglich«, flüsterte Colum und küsste Kathryn sanft auf die Stirn. »Es heißt, die Frauen im Ort waren von Lord Henry sehr angetan. Bei seiner Ankunft in Walmer mangelte es nicht an Verehrerinnen.«
»Und Lady Mary?«
Colum trat zurück und blinzelte in den Himmel. »Ich würde Lady Mary als eine graue Maus bezeichnen. Sie

war angenehm und hübsch, hatte kastanienbraune Haare, ein nettes Gesicht und eine ziemlich rundliche Figur. Ihr Vater war auch ein Freund des Königs, sodass Edward selbst die Verbindung arrangiert hat. Es war eine Ehe aus Freundschaft, nicht aus Liebe. Lord Henry brachte seine Gemahlin nach Walmer. Sie schien zufrieden zu sein, doch dann, vor einem Jahr, verließ sie das Gutshaus zu dem Zeitpunkt, als die Arbeiten dem Ende entgegengingen. Sie sagte, sie wolle ausreiten, Abstand von der Unordnung und dem Staub gewinnen. Sie ritt nach Gallows Point. Es wurde dunkel, doch sie kam nicht zurück. Am nächsten Morgen wurde eine Suche eingeleitet, ein Mädchen fand ihre Leiche auf den Felsen unterhalb der Klippen.« Colum wandte den Blick ab.

»Was ist los, Colum? Hat sie Selbstmord begangen? War es ein Unfall?«

Colum atmete laut aus.

»Colum«, warnte Kathryn ihn, »das ist einer der Gründe, warum ich hier bin, oder? Da steckt doch mehr dahinter.«

»Man hat den Fall untersucht«, antwortete Colum bedächtig, »und kam zu dem Ergebnis, Lady Mary sei ausgerutscht, das Opfer eines unglückseligen Unfalls. Das wurde von allen hingenommen. Lord Henry trauerte, und seine Gemahlin liegt nun in der Krypta von St. Swithun begraben.«

Colum seufzte, schnallte seine Geldtasche ab und zog ein quadratisches Stück Pergament heraus, das er Kathryn reichte. Sie entfaltete es langsam und las den sauber formulierten Schriftsatz durch. Der Brief war in Normannisch verfasst, doch sie konnte ihn leicht übersetzen:

An den Lordkanzler.

Ich wünsche Euch Gesundheit und Wohlergehen. Es betrübt mich, Mylord, Euch diese Information unterbreiten zu müssen, doch ich schwöre bei allem, was heilig ist, beim Leichnam Christi und bei Seiner lieben Mutter, dass ich, Mary, Gemahlin von Lord Henry Beauchamp, brutal ermordet wurde, von den Klippen gestoßen. Der Täter dieses grausamen Verbrechens war kein Geringerer als mein Gemahl, Lord Henry.

Kathryn sah überrascht auf.
»Lies weiter«, drängte Colum.
Kathryn tat wie geheißen. Der Brief erzählte, wie Lady Mary im vergangenen August ihr Pferd gesattelt hatte und nach Gallows Point hinausgeritten war. Wie ihr Mann, erst kürzlich aus dem Krieg zurückgekehrt, ihr dorthin gefolgt war. Bei Einbruch der Dunkelheit gerieten sie in Streit, und er stieß sie über den Rand der Klippen. Kathryn war verwundert. Der Brief war unterzeichnet mit »Lady Mary Walmer«. Er trug ihr Siegel, einen Klecks grünes Wachs, auf dem ein Falke auf einer Stange zu sehen war, obwohl der Brief das Datum von Mariä Verkündigung im vergangenen März trug.
Sie reichte den Brief an Colum zurück. »Colum, was hat das zu bedeuten? Das ist eine Fälschung, ein böser Scherz, ein übler Streich, eine bösartige Seele hasst Lord Henry.«
»Ich wünschte, ich könnte das bestätigen«, erwiderte Colum leise. »Doch die Schrift stammt exakt von Lady Mary. Es ist ihr Siegel, und die Einzelheiten, die sie preisgibt, würden jeden Geschworenen ernsthaft in Sorge versetzen, der sich mit ihrem Fall beschäftigt.«
»Aber der Brief ist ungefähr acht Monate nach ihrem Tod verfasst worden.«
»Das ist das Rätsel, Kathryn. Trotzdem, hier ist ein Brief in Lady Marys Handschrift, mit ihrem Siegel versehen, aufgegeben an den Lordkanzler von England, jenen Mann, dem Lord Henry Walmer Rechenschaft ablegt.«

»Verstehe.« Kathryn schloss die Augen. »Der Lordkanzler von England ist kein Geringerer als Thomas Bourchier, Erzbischof von Canterbury, der auch mich als Ärztin sowohl für die Krone als auch für die Stadt Canterbury eingestellt hat.« Sie schlug die Augen auf. »Deshalb sind wir also hier?«
Colum nickte. »Der König hat alle Hochachtung vor dir, Kathryn. Er weiß ebenso wie der Erzbischof, dass du mit Vicomte de Sanglier bereits die Klingen gekreuzt hast. Sie schätzen deinen klugen Verstand, deine scharfe Beobachtungsgabe und deine herben Kommentare. Auch ihnen bereitet dieser Brief die größte Sorge. Ja, es könnte ein bösartiger Streich sein, gleichwohl hat der Erzbischof von Canterbury, der Lordkanzler von England, einen Brief erhalten, in dem behauptet wird, Lady Mary Walmer sei von ihrem Gemahl ermordet worden. Das zieht natürlich andere Fragen nach sich. War die Leiche, die am Fuß der Klippen gefunden wurde, Lady Mary oder jemand anders? Unser Lordkanzler hat seine eigenen vorsichtigen Nachforschungen angestellt. Nach Aussage des Arztes im Ort war Lady Marys Gesicht infolge des Sturzes und des nachfolgenden ständigen Aufpralls auf die Felsen fast unkenntlich. Schließlich und endlich« – Colum seufzte – »will der König, dass dieser Brief untersucht wird. Er fordert, dass der Gerechtigkeit Genüge getan wird.«
»Aber nicht nur um der Gerechtigkeit willen? Der König ist gerissen.«
»Der König hat große Angst, ebenso wie der Erzbischof. Wenn dieser Absender ihnen einen solchen Brief geschickt hat, warum dann nicht Lady Marys Verwandtschaft? Wenn dieser Brief an die Öffentlichkeit käme, könnte eine Blutfehde ausgelöst werden, die den Hof entzweien würde. Wichtiger noch, der König hat versprochen, dass kein Untertan über dem Gesetz steht,

was auch für Lord Henry Beauchamp gilt. Ich bitte dich, Kathryn, diesen Fall nach bestem Vermögen zu untersuchen, aber diskret.«

»Weiß Lord Henry davon?«

Colum öffnete den Mund, um ihr zu antworten, hielt dann inne und lauschte den Klängen eines Schwertspiels auf dem Turnierplatz hinter dem Gutshaus.

»Ich bin ihm gestern Abend noch begegnet, nachdem du dich von der Tafel zurückgezogen hast. Lord Henry sprach eine gewisse kühle Haltung des Königs an und fragte, ob mir die Ursache bekannt sei. Natürlich habe ich nur mit den Schultern gezuckt und es lachend abgetan.«

»Aber wenn ich ermittle«, verkündete Kathryn, »wird er sich früher oder später fragen, warum.«

»Dann wird er es früher oder später auch erfahren müssen, oder?«, erwiderte Colum.

»Ist Lord Henry hier in der Gegend beliebt?«, fragte Kathryn. »Wenn er vor Jahren hierher zog, um die Eltern, die älteren Brüder und Schwestern der Einwohner von Walmer umzubringen, muss es eine Blutfehde zwischen ihm und einigen seiner Pächter geben.« Sie lehnte sich an Colum, streifte sich einen Stiefel ab und zählte die Steine, die sich darin angesammelt hatten.

»Die Strandräuber kamen aus dem Ort, aber auch aus den umliegenden Höfen«, antwortete Colum. »Böse Männer und Frauen, die verantwortlich für die Zerstörung von mindestens einem Dutzend Schiffen waren und den Tod von mehr als hundert Menschen auf dem Gewissen hatten. Für solche Gesetzesbrecher gab es nur wenig Mitleid. Der Ort Walmer ist heutzutage friedlich. Es hat geringfügige Fehden gegeben, hin und wieder einen Mord oder den Ausbruch von Gewalt, doch Lord Henry ist anscheinend gut gelitten und geachtet, vor allem von den Damen.«

»Gibt es noch etwas? Warum hat Lord Henry nach dir gefragt, Colum?«
»Tja, wenn ich käme, müsstest du ja mitkommen.« Colum grinste.
»Aber du bist ein Kamerad von Lord Henry?«
»Wir kamen kurz nach dem Krieg hierher, bevor ich nach Canterbury zog, um die königlichen Stallungen zu übernehmen und eine gewisse Ärztin kennenzulernen.«
Kathryn hob eine herabgefallene Kirsche auf und warf sie nach ihm. Colum duckte sich rasch.
»Nach der Schlacht bei Tewkesbury«, erklärte Colum, »flohen Rebellen der Lancastrianer in alle Ecken des Königreichs, manche nach Norden, andere nach Wales, wieder andere nach Cornwall. Einige wenige entschlossen sich, einen der zahlreichen Häfen von Kent aufzusuchen und in die Niederlande oder nach Frankreich überzusetzen. Der König teilte seine Truppen in kleinere Kontingente ein, angeführt von jeweils einem Leutnant. Lord Henry wurde ermächtigt, ganz Kent nach Lancastrianern im Exil zu durchsuchen; ich gehörte diesem Kontingent an. Wir brachten Lancastrianer zur Strecke. Einige setzten sich zur Wehr und wurden auf der Stelle niedergemetzelt. Andere ergaben sich, und wenn sie nicht auf der Liste derer standen, denen man die bürgerlichen Ehrenrechte aberkannt hatte, wurden sie entwaffnet und durften nach Hause gehen. Nun hatten wir von einer Gruppe gehört, die an die Küste bei Walmer geflohen war. Lord Henry machte sich an die Verfolgung. Sie entschieden, standhaft zu bleiben und zu kämpfen, ein paar Bogenschützen und bewaffnete Krieger, die wir leicht versprengten. Zuletzt jagten wir den Anführer und zwei Bogenschützen. Wir erhielten die Nachricht, sie seien in Walmer eingetroffen und wollten in der Kirche um Asyl bitten, wenn es

ihnen nicht gelänge, auf ein Schiff zu kommen. Wir folgten ihnen dicht auf den Fersen. Doch als wir schließlich in Walmer eintrafen, hatten die Einwohner in ihrem Eifer, dem König und Lord Henry ihre Loyalität zu beweisen, die drei Männer umgebracht. Allem Anschein nach hatten diese Flüchtlinge die Friedhofsmauer erreicht und waren von den Einwohnern angegriffen worden, die sie zu Tode hackten, entkleideten und auf die Stufen des Marktkreuzes warfen. Lord Henry blieb natürlich nichts anderes übrig, als die Einwohner zu loben, sie zu ihrer Loyalität zu beglückwünschen und die rasche Beisetzung der drei Leichen in Armengräbern auf dem Friedhof von St. Swithun anzuordnen. Und mehr« – Colum warf beide Hände hoch – »weiß ich auch nicht.«
Kathryn ging wieder zu ihrem Sitzplatz, setzte sich und legte die Hände in den Schoß. Colum nahm neben ihr Platz.
»Was denkst du?«
»Ich denke, mein liebster Ire« – sie beugte sich zu ihm und küsste ihn – »dass du dich rasieren, waschen und umziehen solltest. Denn ich bin sicher, Lord Henry wird die französischen Gesandten bald treffen wollen.«
»Kommst du auf eine kurze Ruhepause mit mir?«
Kathryn schob Colum sanft von sich und lächelte ihn spitzbübisch an.
»Ich bin noch müde von der gestrigen Nacht. Ist es mir nicht vergönnt, mich auszuruhen?«
»Diese Morde.« Colum überhörte ihren Scherz. »Meinst du, es ist nur eine Fehde unter den Einwohnern?«
»Ich weiß nicht, Colum, nur, dass wir wieder einmal von Rätseln umgeben sind, und bevor wir Walmer verlassen, muss die Wahrheit ans Licht kommen.«
Colum packte sie an den Schultern und küsste sie auf die Stirn.
»Ich komme wieder«, murmelte er.

Mein stolzer Ire, dachte Kathryn, während sie ihm nachsah. Ja, Colum war in vieler Hinsicht ein großer Junge, ein Teil seiner selbst war nie erwachsen geworden. Er liebte Pferde, er kümmerte sich mit Inbrunst um sie. Er pflegte über die Tiere oder sein Heimatland so lange zu reden, bis man ihn bat, aufzuhören. Kathryn lachte in sich hinein. Colum war Soldat. Er konnte gewalttätig sein. Er hatte die Seele eines Kriegers, war ein geschickter Schwertkämpfer, doch er war auch sanft, leidenschaftlich und liebevoll. Kathryn dachte an die vorangegangene Nacht und errötete.
Sie stand auf, ging wieder an das Kräuterbeet und betrachtete die Pflanzen, die unter der Sonne so herrlich aussahen. Sie fragte sich, welche Rätsel noch unter der heiteren Gelassenheit dieses luxuriösen Gutshauses und des wohlhabenden Dorfes verborgen sein mochten. Die Giftmorde ergaben für sie keinen Sinn. Vielleicht lag jemand in blutiger Fehde mit dem Schmied und seiner Frau? Wenn das der Fall war, würde dem Mörder vielleicht früher oder später ein Fehler unterlaufen. Kathryn sah auf einen Apfelbaum. Oder war es nur der Beginn weiterer Giftmorde? Und Lord Henry? Kathryn nagte an ihrer Lippe. Wie um alles in der Welt konnte ein Brief von seiner angeblich toten Frau unter die Leute kommen, der ihn des Mordes beschuldigte und Einzelheiten der Tat preisgab? Der Brief war auf gutem Pergament mit sauberer Handschrift in einem fehlerfreien Normannisch verfasst. Es war also kein Einwohner aus dem Ort, sondern jemand, der des Schreibens kundig war. Kathryn bückte sich und ließ den Finger um die Pflanzen kreisen, vertieft in den Sumpf der Rätsel, die ringsum aus dem Boden schossen.

Adam der Apotheker war hochgradig erregt. Zu seiner Freude war er Walmer Manor entkommen und in sein

Haus in der Winingate Lane gelangt, die auf St. Swithun zulief. Das zweigeschossige Fachwerkhaus stand auf einem Steinfundament und hatte vorn und hinten einen Garten. Das obere Stockwerk war sowohl über eine Außentreppe als auch über eine Innentreppe zu erreichen. Adam war zutiefst besorgt über die grässlichen Vorkommnisse am Abend zuvor. Elias und Isabella ausgelöscht wie zwei Kerzen im Wind, die nichts als eine dünne Rauchfahne hinterließen, ihre Leichen ausgestreckt auf diesen Pritschen! Dann diese schnüffelnde Ärztin aus Canterbury! Adam konnte sie nicht ausstehen. In Wirklichkeit hatte er Angst vor ihr. Sie hatte einen scharfen, schnellen Blick und war klug! Ihr heiteres Gesicht, das schwarze Haar und die ruhigen Augen waren eine hübsche Verpackung, doch Adam erkannte einen richtigen Arzt, wenn er ihn sah. Die Swinbrooke war ein »peritus«, wirklich erfahren. Sie kannte sich mit Kräutern und Heiltränken aus. Wir lange würde es wohl dauern, bis sie nach Walmer kam, um sich hier umzusehen?

Adam saß auf einem dreibeinigen Schemel in seiner Kammer. Hier pflegte er seine eigenen Arzneien und Zaubertränke zu destillieren. Er hatte diesen Raum absichtlich schwarz gestrichen, Wände und Decke, während das einzige Fenster stets hinter Fensterläden verschlossen blieb. Adam war es lieber so. Wenn er seine Kunden hereinbat, wollte er ihnen das Gefühl vermitteln, an einem anderen Ort zu sein, einem Raum der Macht, einer Kammer mit dunklen Geheimnissen. Unter dem Fenster stand sein Tisch mit Mörser, Stößel, Messbechern, Bindfadenknäueln und Lederstücken. Auf den Regalen an den Wänden standen die Töpfe und Tiegel, Gläser und Säcke, in denen jeweils ein bestimmtes Kraut war, sauber angeordnet und ordentlich beschriftet. Adam war ein gewissenhafter Mann. Er liebte die Ordnung. Zur Linken Kräuter für Niederkunft und Kinderkrankheiten. Weißer Andorn, der, in Wasser aufgekocht, den Frauen die Wehen erleichterte. Kolbenbärlapp, sehr gut gegen Husten bei Kindern. Knoblauch und Kamille gegen Wechselfieber. Sternmiere, wozu war Sternmiere gut? Adam war stolz auf sein Wissen, doch nun war er so erregt, dass ihm die Heilwirkung der Sternmiere entfallen war.

Der Apotheker saß auf seinem Schemel, hielt seinen kostbaren Lederkrug mit Ale umschlungen und betrachtete die anderen Kräuter in dieser Kammer der Geheimnisse. Kräuter gegen Rheuma, Gicht und schmerzende Gelenke: Kräuter für den Haushalt, für Tiere, gegen Schlaflosigkeit und für alle, deren Träume von Dämonen heimgesucht wurden. Unter dem stabil wirkenden Tisch stand sein Kasten mit Giften, und der bereitete Adam Sorge; diese Truhe enthielt Mandelessenz, Arsen, Fingerhut, Bilsenkraut, Tollkirsche und ein paar weniger bekannte Gifte. Wie lange würde es also dauern, bis Mistress Swinbrooke oder eine andere geschwätzige Zunge in Walmer sich zu fragen begann, wie der Schmied und seine Frau zur selben Zeit, aber von verschiedenen Giften ermordet wurden? Adam schloss die Augen. Er dankte Gott dafür, dass seine bettlägerige Mutter Mathilda wohl fest schlafen würde. Adam vergewisserte sich. Er war es leid, dass sie ständig die Glocke läutete, mit ihrem Stock auf den Boden klopfte und so laut nach ihm rief, dass es die Nachbarn in der Gasse dahinter noch hörten. Er wollte nur in Ruhe gelassen werden. Tief in seinem Herzen wünschte er, seine Mutter würde sterben, und, ja, er war versucht gewesen ... Vielleicht ein kräftiger Heiltrank kurz vor dem Einschlafen? Adam überlief ein Schauer, er schlug die Augen auf und sah auf den Spalt in den Fensterläden, durch den Licht hereindrang. Er hatte es getan! Ja, er hatte dasselbe vor

drei Jahren mit Margaret, seiner Frau, getan. Margaret, die immer schimpfte und schlechte Laune hatte, ein zänkisches Weib, eine alte Vettel, noch dazu eine sehr unordentliche. Die Küche war nie geputzt, der Tisch nie geschrubbt, schimmeliges Brot wurde nicht weggeworfen, dann kam sie hier herein und verursachte dasselbe Chaos. Sie bediente sich an diesem und jenem. Ständig klagte sie, warum sie eigentlich in Walmer blieben. Könnten sie nicht in eine der großen Städte umziehen wie Canterbury, Maidstone oder sogar London? Doch Adam war in Walmer geboren. Heute wünschte er sich, er hätte sich eine Frau aus Walmer zur Gemahlin genommen statt Margaret, die Tochter eines Bauern, dessen Hof zehn Meilen entfernt Richtung Westen lag. Er hatte sie geheiratet und schon bald erkannt, dass es ein Fehler gewesen war. Nie würde er die schrille Stimme vergessen, die knochigen Finger, die ihn im Bett, in der Kirche oder wo auch immer anstießen, wenn Margaret ihn auf etwas Wichtiges hinweisen wollte, den Mund nah an seinem Ohr, immer gereizt und neidisch auf alle. Tatsächlich glaubte Adam, hätte er es noch länger ertragen, wäre er taub geworden und gezwungen gewesen, sich mit der gesegneten Distel oder einer anderen Arznei zu behandeln. Schließlich fand er heraus, dass Margaret nicht schlafen konnte, daher war es nur eine Sache der stärkeren Dosierung von Pulvern und Heiltränken, vermischt mit ein wenig Arsen. Niemandem war es aufgefallen, nicht einmal ihrer verbitterten Schwester Ursula, die mit dem aufgeblasenen Notar verheiratet war.
Ursula war genauso schlimm, kein Wunder, dass Benedict, ihr Mann, gern das Weite suchte und Botschaften für Lord Henry austrug. Eigenartig, dieser Benedict! Etwas reicher, als er sein sollte – und warum hatte dieser fremde Prediger, der wie aus dem Nichts aufgetaucht

war, sich so für Master Benedict interessiert? Der Prediger hatte Adam in eine Unterhaltung gezogen und über den Notar ausgefragt. Adam gähnte, er ging in Gedanken zurück zu Margaret. Alles in allem hatte es drei Monate gedauert. Er hatte um die Mittsommerzeit begonnen, und, ja, heute war der Jahrestag, der 29. September. Vor drei Jahren war Margaret beigesetzt worden, für immer schweigend, unter einem Grabstein auf dem Friedhof von St. Swithun. Adam hatte geglaubt, ihr Geist werde ihn verfolgen; tatsächlich hatte er den Mord an ihr als segensreiche Erleichterung empfunden. Er konnte in seinem Haus frei schalten und walten, konnte gehen, wohin er wollte, reden, mit wem er wollte; und dann hatte Isabella ein Auge auf ihn geworfen. Insgeheim hatte Adam immer ihre schlanke Taille und die üppigen Brüste begehrt, den blonden Haarschopf, die vollen roten Lippen.

Adam rief sich Isabellas Leiche in Erinnerung, wie sie so armselig auf der Pritsche lag. Er versuchte, ein Gebet zu flüstern, doch obwohl er regelmäßig zur Kirche ging, glaubte Adam, er habe keine Seele; und wenn doch, dann war sie bereits beim Teufel. Der Apotheker holte tief Luft. Was sollte er machen? Der Verstand sagte ihm, dass jedes Gift auf den Feldern rings um Walmer zu finden war. Dennoch hatte er seine Feinde! Er hatte Angst, falls jemand von seinen heimlichen Treffen mit Isabella im Wald oder draußen auf den Feldern etwas mitbekommen hatte, wo sie nackt dagelegen und ihm erlaubt hatte, in sie einzudringen. Nun, da sie tot war, würde sich ein neugieriger Einwohner oder die Gerüchteküche – eine Alte wie Mother Croul – daran erinnern, was sie gesehen hatten. Würden auf dem Dorfplatz tuscheln über Adam den Apotheker, der Isabella, die Frau des Schmieds, begehrt hatte, und kannte er nicht alle Geheimnisse von Kräutern?

Adam starrte an die Decke. Für gewöhnlich zündete er eine Kerze an, doch nun zog er es vor, in dieser verdunkelten Kammer allein nachzudenken. Adam hatte Angst vor den Dorfbewohnern. Schließlich wusste er noch genau, was vor über einem Jahr geschehen war, als diese drei Flüchtlinge um Asyl gebeten hatten. Angeführt von den Dorfältesten hatte er zusammen mit anderen Männern und Frauen das Gezeter angefangen; sie hatten gerufen »Ihnen nach!«, die Schwerter, Keulen, Spaten und Hacken geschwungen, alles, was sie in die Finger bekamen. Sie hatten die Rebellen bis zur Kirche verfolgt. Hatten sie diese Männer in der Hitze des Gefechts niedergemetzelt, oder war es ein Massaker gewesen? An jenem Tag hatte Adam sich wie ein richtiger Soldat gefühlt. Die drei hatten versucht, sich zu verteidigen, doch sie waren geschwächt, erschöpft und hungrig. Sie hatten auf ihr Asylrecht gepocht, was in den Wind geschlagen wurde. Adam hatte den Angriff angeführt und einen der Bogenschützen umgebracht, während Elias und der Rest die beiden anderen umzingelten und erschlugen. Danach hatten sie sich im Dorf damit gebrüstet und sich wie Hector oder die anderen großen Helden aufgeführt, ja, wie die Ritter von Artus' Tafelrunde. Elias hatte hinaustrompetet, er habe alle drei umgebracht, nur um vom Rest niedergebrüllt zu werden. Andere waren sich nicht so sicher gewesen. Die ruhigeren Seelen hatten sie traurig angesehen, und was war schließlich so ruhmreich an drei entkleideten, zerhackten Leichen, die auf den Stufen eines Marktkreuzes lagen? Lord Henry war mit seinen Soldaten gekommen. Er war abgestiegen, hatte die drei Leichen betrachtet, wobei er keinen zufriedenen Eindruck machte, und angeordnet, sie so schnell wie möglich beizusetzen. Pater Clement und seine fröhliche Schwester Amabilia waren an jenem Tag nicht in Walmer gewesen, sondern in Kent. Bei ihrer

Rückkehr hatte man sie einfach darüber in Kenntnis gesetzt, dass auf ihrem Friedhof drei frische Armengräber seien.

Adam wandte sich erneut dem Problem der Gifte zu. Auf den Feldern rings um Walmer wuchsen Kräuter und Pflanzen, giftige und wohltuende, doch wer kannte schon ihre Eigenschaften? Der Pater und seine Schwester? Adam grinste vor sich hin. Keiner von beiden hatte je derartige Kenntnisse durchblicken lassen, doch andere im Ort konnten die Gefahren der Alraune aufzählen oder giftige von ungiftigen Pilzen unterscheiden. Eine solche Liste musste er anfertigen für den Fall, dass man ihn beschuldigen sollte. Er starrte auf seine Tür, die jetzt verschlossen und verriegelt war. Niemand konnte zu ihm hinein. Er würde hier bleiben, bis sein Zittern nachgelassen hatte. Vielleicht würde er etwas Kamille einnehmen, um seine Körpersäfte zu beruhigen, und Pfefferminze für den Magen. Die Swinbrooke war an sich schon beängstigend, aber ihr dann noch im Beisein von Lord Henry zu begegnen! Adam hatte wahrlich Angst vor diesem Großgrundbesitzer. Ihm fielen die Geschichten ein, wie Lord Henry die Strandräuber zur Strecke gebracht hatte. Adam lächelte schwach. Dafür sollte er wirklich Gott und Sir Henry danken. Einer der Strandräuber war Adams Onkel gewesen, man hatte ihn am großen Galgen gehängt, und dieses Haus mit allem Drum und Dran war an Adams Vater und dann an ihn übergegangen.

Wieder blickte der Apotheker zur Decke hinauf. Seine Mutter war sehr still, doch inzwischen musste sie gemerkt haben, dass ihr Sohn zurückgekehrt war. Jeden Augenblick würde sie nun die Glocke läuten oder auf den Boden klopfen. Ach, vielleicht schlief sie auch noch. Er konnte warten. Er schloss die Hände um den Lederkrug und wanderte in Gedanken wieder zu Lord Henry zurück. Er saß immer gern hier mit seinem Krug, spürte

das Leder und wusste, was wirklich dahinter steckte. Er genoss es immer, daraus zu trinken. Er hob ihn an die Lippen und nahm einen tiefen Schluck. Das Ale schmeckte gut; er hatte es frisch aus dem Fass in der Küche gezapft.
Adam spürte ein Stechen im Magen, und ihm fiel Elias' Leiche ein, wie sie draußen auf dem Hof der Schmiede gelegen hatte. Der Schmerz kam wieder, eine Feuerzange in seinem Bauch. Er sprang auf, der Schmerz zog sich über seinen Rücken bis hinauf in die Brust. Stechen im Fleisch. Adam sank auf die Knie, der Krug fiel ihm aus der Hand. Das Atmen fiel ihm schwer. Er wollte sich übergeben, die Augen brannten. Was war los? Welches Gift war das? War er jetzt ein Opfer jener Pulver, die er verkauft hatte? Entsetzt starrte er zur Tür. Er wollte sich bewegen, hinüberkriechen, den Riegel zurückschieben, aufschließen, um Hilfe rufen, doch seinem Körper fehlte jegliche Energie. Das Atmen fiel so schwer, das Gesicht fühlte sich heiß an, der Magen war in Aufruhr; gleichzeitig brach ihm der Schweiß aus. Er sank in einen Albtraum. Er erinnerte sich an Isabella, an ihre Leiche auf der Holzpritsche, die Beine ausgestreckt, den Kopf zur Seite gedreht, der grässliche Ausdruck auf ihrem Gesicht. Und die drei Männer, die Lancastrianer auf den Stufen von St. Swithun, die um Gnade flehten, ihrer Schwerter und Dolche beraubt. Elias kam näher und hob die Axt, die er aus dem Garten draußen mitgenommen hatte. Der Schmerz war so heftig! Adam versuchte sich zu übergeben, brachte es aber nicht fertig; er versuchte, auf allen vieren zu kriechen, nur um auf die Seite zu fallen. Er wunderte sich, wie still seine Mutter war. Ob jemand oben war? War etwas passiert? Adam verlor sich in seinen Schmerzen, seine Beine zuckten unkontrolliert, er hustete und würgte, während er auf dem Boden seiner geheimen Kammer starb.

Die Bibliothek im Gutshaus war klein, aber wunderschön. Eine niedrige Decke mit Holzbalken spannte sich über den Raum. Ein kleiner Kamin aus roten Ziegelsteinen mit einem Kaminsims aus glänzender Eiche war in die Außenwand eingelassen. Jetzt, im September, war der Rost natürlich leer und der Kamin hinter einem bunten Wandschirm verborgen, der mit dem Wappen der Beauchamps verziert war. Um möglichst viel Licht hineinzulassen, befand sich zu beiden Seiten des Kamins ein Erkerfenster. Darunter stand jeweils ein Lesetisch, an dem Lord Henry oder ein Gelehrter sitzen und das volle Tageslicht nutzen konnte. An der Wand rechts von Kathryn standen Regale mit Büchern und Handschriften; sie hatte bereits ein paar heruntergeholt, Kopien von Froissart und Joinville, zwei Werke von Aristoteles und »De civitate dei« von Augustinus. Eine schöne Büchersammlung, einige in dunkelbraunes Leder gebunden, andere in Burgunderrot. Die Wand an der gegenüberliegenden Seite war weiß getüncht, darüber zeigte ein herrliches Triptychon die Heilige Familie in der Mitte mit jeweils einem Engel an den Seiten. Der Boden war gebohnert und duftete nach Bienenwachs. Kathryn saß an einem Tisch aus Walnussholz. Zu ihrer Linken, am Kopfende, betrachtete Lord Henry eine Aufstellung von Dokumenten, die er aus einem Beutel gezogen hatte. Rechts von ihr saß Colum Murtagh, der sich inzwischen gewaschen, rasiert und umgezogen hatte, um die französischen Gesandten zu treffen, die ihnen gegenübersaßen.

Kathryn lächelte sie an. Vicomte Sanglier in der Mitte erkannte sie wieder und verneigte sich. Er sieht aus wie ein Fuchs, dachte Kathryn; der Vicomte hatte die Haare nach hinten gebürstet und den Bart sauber gestutzt. Sanglier trug nicht sein übliches Rot, sondern die königlichen Farben Frankreichs, eine blauweiße, mit Pelz gefütterte Cotehardie, deren Ärmel gerafft waren. Darunter ein gefüttertes, cremefarbenes Wams, dessen Kragen dicht am Hals mit einer goldenen Lilie verschlossen war. Auf dem Kopf saß ein eleganter Hut mit Liripipium, das bis über sein Kinn auf die rechte Schulter fiel. Delacroix und Cavignac waren ähnlich gekleidet und trugen, wie Sanglier, zwei Ringe: Der erste zeigte die königliche Lilie, der andere die Oriflamme, das Kriegsbanner, das hinter der Kapelle von St. Denis in Paris aufbewahrt und von den Franzosen in eine Schlacht getragen wurde, wenn sie nicht die Absicht hatten, Gefangene zu machen.

Sanglier legte großen Wert darauf sicherzustellen, dass Colum und Lord Henry sie als französische Gesandte anerkannten, hierher gekommen, um zu verhandeln, Bedingungen zu stellen und nicht einfach hinzunehmen, was Edward von England auszuhändigen bereit war.

Kathryn hatte ein schneeweißes Unterkleid angezogen, darüber ein meergrünes Kleid, das knapp über der Brust gebunden war, auf dem Kopf einen schlichten weißen Schleier, der von verzierten Klammern gehalten wurde, am Handgelenk ein goldenes Armband, ein Geschenk von Colum. Cavignac war davon so fasziniert, dass er unentwegt darauf starrte. Kathryn fiel sein rot verschmierter Mundwinkel auf, wahrscheinlich Blut. Als Cavignac es merkte, rieb er mit den Fingern darüber, deren Nägel blank poliert waren. Dann fuhr er fort, Kathryn genau unter die Lupe zu nehmen, vor allem das Armband. Sie vermochte eine solche Überprüfung nicht länger zu ertragen, zog das Armband ab und reichte es ihm. Cavignac betrachtete es von allen Seiten und rollte es zwischen den Fingern.

»Ein Kunstwerk«, murmelte er. »Mistress, das ist wirklich wunderschön.«

»Es ist keltisch«, meldete Colum sich zu Wort. »Eine Morgengabe an meine Gemahlin.«
Cavignac reichte es mit einer Verbeugung zurück. Sanglier starrte unablässig auf einen Punkt über ihrem Kopf. Kathryn wusste nicht, ob er in sich hineinschmunzelte oder sich über einen persönlichen Witz amüsierte. Sie saßen schon geraume Zeit in der Bibliothek. Die Stundenkerze in der Mitte des Tisches, flankiert von kleinen Blumentöpfen, war deutlich kleiner geworden. Lord Henry war offenbar unbehaglich zumute. Er hatte die Begegnung damit eingeleitet, auf seine Dokumente hinzuweisen, gewisse Themen betreffend, die Sanglier angeschnitten hatte, geringfügige Angelegenheiten in Bezug auf die Schifffahrt in der Nordsee und die Sicherheit von Gesandten in London.
Kathryn beobachtete den Gutsherrn genau. War er ein Mörder?, fragte sie sich. Hatte er seine Gemahlin umgebracht? Der Brief verwirrte sie noch immer. Wie konnte eine Frau schreiben, acht Monate nachdem man sie umgebracht hatte? Wenn es ein übler Scherz sein sollte, wie konnte jemand ihre Handschrift so exakt kopieren, und woher kam das Siegel?
Lord Henry räusperte sich. »Ich glaube« – er sah auf und tippte mit dem Finger auf das Manuskript – »ich glaube, das ist ein guter Punkt, an dem wir ansetzen können, Mylord.«
»Welcher Punkt, Mylord?«, entgegnete Sanglier. »Wo sollen wir anfangen? Warum sollten wir anfangen? Wir sind seit einer Weile hier. Lord Henry, Ihr wisst nicht mehr ein noch aus. Wir sind auf Eure Einladung hier, wir wollen wissen warum, etwas über die Gedanken Eures königlichen Herrn erfahren. Und dann werden wir mit unseren eigenen Gedanken antworten.«
Kathryn hätte diese diplomatischen Nettigkeiten am liebsten mit dem Ausruf unterbrochen: »Habt Ihr den

Geheimcode? Was wisst Ihr über den Verbleib von William Marshall?« Doch sie war nur als Beobachterin hier, wie Lord Henry eindeutig klargestellt hatte, jemand, der schon einmal mit Sanglier die Klingen gekreuzt und aus dem Konflikt als Siegerin hervorgegangen war.
»Ich meine« – Lord Henry rieb sich die Wangen und lehnte sich dann auf seinem Stuhl zurück – »diese Frage der Gesandten! Vor sechs Monaten war ich in Paris in Begleitung meines Schreibers, William Marshall.«
Sanglier schnalzte bedauernd mit der Zunge und schüttelte den Kopf.
»Ihr könnt schnalzen und protestieren«, verkündete Lord Henry gereizt, die Zornesröte im Gesicht, »doch William Marshall war ein Freund und akkreditierter Gesandter, ein hochgestellter Sekretär im Amt des Grünen Siegels. Er ging an einem Dienstagnachmittag zum Angeln; er brach kurz nach Mittag auf und sagte, er wolle zurück sein, bevor die Glocken zur Vesper riefen.«
»Ich weiß, ich weiß«, unterbrach ihn Sanglier, »und das Boot, das er gemietet hatte, wurde ans Ufer getrieben und an den Anleger zurückgebracht.« Der Vicomte breitete die Arme aus. »Doch von William Marshall oder seiner Habe keine Spur.«
»Ist der Fluss abgesucht worden?«, fragte Colum.
Delacroix lachte vor sich hin, hielt aber den Kopf gesenkt.
»Verzeiht, Sir«, entgegnete Colum. »Trage ich zu Eurer Belustigung bei?«
»Ebenso gut könnte man, wie drückt Ihr es noch aus?«, spottete Sanglier. »Ja, richtig, nach Eurer sprichwörtlichen Nadel im Heuhaufen suchen. Die Seine ist ein großer Fluss, sie ist tief, unter ihrer Wasseroberfläche liegt der Unrat von Jahrhunderten. An jedem Tag verschwinden Menschen an diesem Fluss, deren Leichen nie entdeckt werden.«

»Habt Ihr es versucht?«, fragte Colum. »Wurde eine Suchmannschaft ausgeschickt?«
»Die Fischfangflotte des Königs wurde eingesetzt«, erwiderte Sanglier kühl, »und es wurde nichts gefunden. Vergesst nicht, Lord Henry« – er zeigte abrupt mit einer Hand auf seinen Gastgeber – »wir haben nur Euer Wort, dass Marshall auf einem Boot war und die Absicht hatte, zu angeln.«
»Warum sollte ich«, erwiderte Lord Henry, »über meinen Freund, einen hochrangigen Sekretär, die Unwahrheit sagen? Ich habe ihn persönlich ans Boot begleitet.«
»War noch jemand dabei?«
»Nein!« Lord Henry packte den Rand des Tisches, als müsse er sich daran festhalten. »Aber Ihr habt mein Ehrenwort. Warum sollte ich in dieser Angelegenheit lügen? William Marshall war gesund und munter und freute sich auf ein gutes Abendessen. Er legte ab. Ich bin in meine Unterkunft zurückgekehrt. Er kam nie zurück.«
»Beruhigt Euch, Mylord«, sagte Sanglier und versuchte, Lord Henrys aufsteigenden Zorn zu besänftigen, während er Colum anlächelte, der noch immer verärgert über Delacroix' spöttisches Gelächter war, »bitte, nehmt meine Entschuldigung an.«
»Eure Zusicherung wollen wir«, antwortete Lord Henry, »dass Ihr nichts über das Verschwinden von Marshall wisst.«
»Sind wir hier«, Delacroix' Stimme peitschte durch den Raum, »um über einen Friedensvertrag zwischen unseren Königen zu verhandeln oder über das Verschwinden eines englischen Sekretärs in Paris? Lord Henry, an jedem Tag verschwinden Menschen in Euren großen Städten. Wir bedauern, dass William Marshall einen Unfall auf der Seine erlitt, aber es ist nicht unsere Schuld.«
»Hatte er nicht ein enges Verhältnis?«, meldete sich Ca-

vignac zu Wort, wobei sein angenehmes, jungenhaftes Gesicht die Bosheit seiner Worte übertünchte.
»Hatte William Marshall nicht ein enges Verhältnis zu Eurer verstorbenen Gemahlin, Mylord?«
Lord Henry war sichtlich erregt. Er starrte auf das Triptychon, dann auf seine Handschriften; seine Hände zitterten. Er versuchte sich abzulenken und spielte mit einem Amethystring an der linken Hand.
»Stimmt das?« Sanglier nahm die Verfolgung auf. »Stand William Marshall Eurer Gemahlin nahe? Wir haben es sehr bedauert, Lord Henry, als wir von ihrem unglückseligen Tod hörten. Dennoch agierte Marshall, soweit uns bekannt ist, häufig als Bote zwischen Euch und Lady Mary. Vielleicht war er abgelenkt, als er mit dem Boot fuhr, vielleicht dachte er an den unglücklichen Unfall, den Eure Gemahlin erlitt?« Die Hetze ging weiter. Kathryn überlief ein kalter Schauer. Diese drei Spione waren gut unterrichtet. Sie waren gekommen, um Lord Henry zu quälen, sich zu drehen und zu winden wie die Wiesel, die sie waren. Lord Henry war ihnen sichtlich unterlegen.
»Habt Ihr den Geheimcode?« Die Worte waren Kathryn über die Lippen gekommen, noch ehe sie nachgedacht hatte, und sie zeigten unmittelbare Wirkung. Die französischen Gesandten verstummten. Cavignac lehnte sich, still vor sich hin lächelnd, auf seinem Stuhl zurück und verschränkte die Arme. Delacroix faltete die Hände wie zum Gebet. Sanglier sah sie mit einer hochgezogenen Augenbraue an.
»Den Geheimcode, Mistress?«
Kathryn achtete weder auf Colums Stups unter dem Tisch, noch auf Lord Henrys Verlegenheit.
»Ja, den Geheimcode«, verkündete Kathryn.
»Ich dachte, Ihr wärt diesem Verfahren als Beobachterin beigestellt.« Cavignac sprach, ohne den Kopf zu heben.

»Mir war nicht klar, dass Ihr eine königliche Gesandte seid, Mistress.«

»Master Murtaghs angetraute Gemahlin«, stammelte Lord Henry, »darf sich zu Wort melden, wann es ihr beliebt. Sie genießt das volle Vertrauen meines Herrn, so wie Ihr das Eures Herrn.« Der Gutsherr war sichtlich erleichtert, nicht mehr Ziel ihres Spotts zu sein.

»Ich habe etwas gefragt«, wiederholte Kathryn. »Habt Ihr den Geheimcode?«

»Mistress, was ist der Geheimcode?«

»Ein Buch, das William Marshall bei sich trug.« Kathryn beugte sich vor. »Etwa so groß wie ein Stundenbuch, ein Psalter oder Brevier. Es enthielt Verschlüsselungen, welche die englische Krone und ihre Minister verwendeten, wenn sie mit ihren Spionen im Ausland in Kontakt traten. Es enthielt auch eine Liste jener Agenten, die England in Frankreich hat. Ihr habt, dessen bin ich mir sicher, in diesem Land dieselbe Einrichtung. William Marshalls Verschwinden ist auch eine Tarnung für das Verschwinden dieses Buches.«

»Nun.« Sanglier lachte. »Hätten wir Marshall gefunden, dann hätten wir auch den Geheimcode gefunden. Stimmt.« Er grinste. »Wir haben so etwas gehört. Gerüchte nur ...«

»Wenn wir den Geheimcode gefunden hätten«, sagte Cavignac gedehnt, »dann versichere ich Euch, die Soldaten unseres Herrn hätten alle Verräter schleunigst inhaftiert, die es wagen, Informationen an andere Herrscher zu verkaufen.«

»Mylord Henry«, Sanglier schmatzte, »ich habe Hunger. Wir sind auf Euer Bitten hierher gekommen. Wir hofften, der Waffenstillstand könnte in einen Friedensvertrag umgewandelt werden, um eine dauerhafte Freundschaft zwischen den Königen von England und Frankreich herzustellen. Doch nun sitzen wir hier an einem freundlichen Septembermorgen und stellen Nachforschungen über einen englischen Sekretär und einen rätselhaften Geheimcode an.« Er schob seinen Stuhl zurück. »Vielleicht« – er sah sich langsam im Raum um und schloss Lord Henry, Kathryn und Colum in seinen Blick ein – »können wir uns diesen Angelegenheiten wieder zuwenden, wenn die Dinge übersichtlicher sind. Bis dahin, Mylord, werden wir keine Nettigkeiten austauschen. Wir sehen uns zum Abendessen.« Alle drei erhoben sich und gingen hinaus.

Kathryn lehnte sich zurück und betrachtete das bunte Glas eines Fensters. Es zeigte Satan, der einen Dudelsack spielte und eine große Schar von Seelen in den dunklen, höhlenartigen Schlund der Hölle führte. Zu beiden Seiten des Weges züngelten Flammen empor und tanzten Dämonen. In einer anderen Szene darüber wurden die Gesegneten, in Weiß und Gold gekleidet, von den Engeln an große Tische geleitet, die sich unter einer Fülle von lukullischen Genüssen bogen. Die Tische standen in einem weitläufigen grünen Garten, in dem Jesus Christus mit seiner Mutter in einer Blütenlaube saß.

»Das hättet Ihr nicht tun sollen.« Lord Henry nahm die Hand vom Gesicht. »Mistress Kathryn, das hättet Ihr nicht tun sollen.«

»Nicht?«, erwiderte Kathryn, ohne den Blick vom Fenster abzuwenden. »Mylord, wir sind zu diesem und keinem anderen Zweck hier. Kennen die Franzosen den Verbleib, das Schicksal von William Marshall? Zweitens, haben sie den Geheimcode? Wenn ja, steht Ihr und Euer königlicher Herr vor enormen Schwierigkeiten. Wenn nicht, könnt Ihr als Gleichgestellte verhandeln.«

»Aber jetzt habt Ihr sie gewarnt!« Lord Henry wirkte wie ein Gejagter, zerstreut, mitgenommen. Er wandte den Blick ab, dabei jedoch fing Kathryn nur einen Moment lang die Zufriedenheit in seinen Augen ein. Spielt er?, dachte sie. Hat er deshalb immer wieder das Gesicht verdeckt, sich über Wangen und Augen gestrichen? Kathryn hatte es bei einem ihrer Patienten erlebt, der sich damit die Farbe aus dem Gesicht rieb und zugleich die Augen rötete, um eine Belastung vorzutäuschen.

»Und?« Lord Henry blinzelte, unangenehm berührt von Kathryns prüfendem Blick.

»Mylord, wir haben keine Fehler gemacht«, erwiderte sie. »Ich schätze Eure Gastfreundschaft hier, aber ich weiß ebenso gut wie Ihr, dass Vicomte Sanglier sich wie ein Tänzer um den Maibaum drehen und wenden kann. Wir müssen die Wahrheit herausfinden. Ihr müsst das Verfahren vorantreiben.«

Erneut bedeckte Lord Henry das Gesicht mit beiden Händen. »Ich werde«, sagte er mit hohler Stimme, »über Eure Worte nachdenken, Mistress Kathryn.« Er nahm die Hände herunter und lächelte. »Vielleicht habt Ihr recht. Diese Angelegenheit müssen wir ein für alle Mal beilegen.« Er schüttelte den Kopf. »Ich muss zugeben, ich bin erschöpft. Diese Giftmorde im Ort haben mich aus der Ruhe gebracht.« Dann sammelte er seine Dokumente ein, erhob sich, verbeugte sich und verließ die Bibliothek.

»Du bist direkt, Kathryn.« Colum wandte sich ihr zu und legte ihr einen Finger auf die Nasenspitze. »Deine Worte waren scharf, du hast diese Begegnung auf jeden Fall zu einem plötzlichen Ende gebracht.«

Kathryn sah sich in diesem schönen Raum mit den in Leder gebundenen Büchern um, den sauber gestapelten Handschriften, von denen einige mit einem roten, andere mit einem grünen oder blauen Band zusammengebunden waren: die Lesetische mit ihren Tintenfässern, Bimssteinen, Federn, die nur auf die Gelehrten warteten, das Sonnenlicht, das durch die Fenster hereinströmte, die lebhaften Bilder, die sich den Augen darboten.

»Wir sind eigentlich nicht hier«, murmelte sie. »Colum, es ist, als wären wir hinunter an die Küste gegangen und mit einem Boot hinausgefahren. Wir haben kein Segel, und die Ruder sind verschwunden, weshalb wir uns im Nebel auf dem Meer im Kreise drehen. Das, was geschehen ist, ergibt für mich keinen Sinn. Aber komm mit.«

Sie verließen den Raum und traten hinaus in den kleinen Hof, der die Bibliothek und die Kapelle von dem lang gestreckten Gutshaus trennte. Sie überquerten ihn, gingen durch ein kleines Weidentor zu einer Steinbank hinüber, die neben einem kleinen Garten mit Springbrunnen stand. Alle möglichen Arten von Wildblumen verströmten ihren Duft. Der Springbrunnen selbst war in Form eines grässlichen Scheusals gemeißelt. Kathryn fragte sich, warum der Steinmetz ein solches Thema für diesen schönen Platz gewählt hatte. Das Scheusal war grauenvoll. Es trug den oberen Teil des Springbrunnens auf seinem schuppigen Rücken, sein Gesicht war das eines Dämons mit einem brüllenden Maul, hervortretenden Augen, die Hände mit den Krallen eingezogen, zum Sprung bereit.

»Der Steinmetz will deutlich machen, dass es in jedem Garten eine Schlange gibt, in jedem Lustgarten einen Dämon«, stellte Kathryn fest, als sie sich auf die Bank setzten. »In Walmer ist es ganz bestimmt so.«

»Ich musste nach dem Geheimcode fragen«, fuhr sie fort, kuschelte sich an Colum und lehnte den Kopf an seine Schulter, »um Sanglier davon abzulenken, Lord Henry zu quälen. Colum, die Lage ist prekär. Da haben wir William Marshall, einen zuverlässigen Sekretär der Krone, Lord Henrys Freund, sowie ein Freund seiner verstorbenen Gemahlin, die unter mysteriösen Umständen ums Leben kam. Marshall verschwand auf ähnlich verdächtige Weise ein paar Monate später, während er den unschätzbaren Geheimcode bei sich trug – ein Dokument von entscheidender Bedeutung für England wie für Frankreich.«

»Ich muss zugeben«, sagte Colum, knöpfte sich die Lederjacke auf und öffnete das Hemd darunter, »ich habe Lord Henry noch nie so zerstreut erlebt. Für gewöhnlich meistert er solche Situationen rasch und mit Geschick, doch heute hat er herumgedruckst wie ein Schüler vor seinen Lehrern.«

»Dann ist da noch die andere Sache«, verkündete Kathryn, »der Ort hat doch einen Constabler, oder?«

Colum nickte.

»Warum hat Lord Henry also die Leichen hierher bringen lassen, damit ich sie untersuche? Es lag doch auf der Hand, dass sie vergiftet worden waren, emordet von einem oder mehreren Unbekannten. Es ist fast so, als ob …« Kathryn richtete sich auf. »Es ist beinahe so, als würde Lord Henry mich absichtlich hineinziehen, damit ich etwas entdecke. War es Schuld? Du hast behauptet, die tote Isabella und Lord Henry könnten ein Verhältnis gehabt haben?«

Colum zuckte nur mit den Schultern. »Ich habe nur Gerüchte weitergegeben.«

»Wie spät ist es?« Kathryn war plötzlich müde.

»Ungefähr Mittag!«

Kathryn sprang bei der Stimme hinter ihr auf und wirbelte herum. Lord Henry stand dort. Kathryn spähte um ihn herum und erblickte den Jungen, der vor dem Tor von einem Fuß auf den anderen trat.

»Mylord, wir haben Euch nicht kommen hören.«

Lord Henry, nun gefasster, betrachtete sie kühl. »Mistress Kathryn, ich muss Euch um einen weiteren Gefallen bitten, eine Botschaft aus dem Dorf. Es hat einen weiteren Giftmord gegeben, an dem Mann, den Ihr heute Morgen kennengelernt habt. Adam der Apotheker. Er wurde tot in seiner Kammer aufgefunden. Ich würde Euch um einen Gefallen bitten. Würdet Ihr als mein Coroner die Ermittlungen führen?«

»Tot?« Kathryn erhob sich.

»Vergiftet!«, antwortete Lord Henry. »Das behauptet Walter der Constabler. Dem Jungen zufolge, doch dessen Geschichte ist entstellt, trank Adam gerade einen Krug Ale. Seine bettlägerige Mutter im Stockwerk darüber hat mit der Handglocke geläutet und mit ihrem Stock auf den Boden geklopft, konnte ihren Sohn aber nicht herbeirufen. Kurz darauf hörte ein Besucher das Rufen der Mutter und die Glocke und ging die Außentreppe hinauf. Adams Mutter erklärte, was passiert war, sodass der Besucher die Innentür öffnete und hinunter ins Haus ging. Das Zimmer des Apothekers war abgeschlossen und verriegelt. Nachdem er ausgiebig angeklopft hatte, merkte der Besucher, dass etwas nicht stimmte, und hat den Constabler rufen lassen. Die Tür wurde aufgebrochen, Adam lag ausgestreckt auf dem Boden.«

Kathryn beschloss, sich Lord Henry zu stellen. »Warum sollte ich dorthin gehen? Es sind ein Constabler und ein Arzt da.«

»Ich kenne Euren Ruf, Mistress Kathryn.« Lord Henry lächelte. »Scharfer Blick und kluger Verstand. Verglichen mit Euren Fähigkeiten wissen die Dorfbewohner nichts. Ich würde es sehr schätzen, wenn Ihr Euch einschalten könntet.«

»Wir werden gehen.« Colum erhob sich und schnallte seinen Gürtel fester.

»Braucht Ihr Pferde aus den Stallungen?«

»Nein.« Colum schüttelte den Kopf. »Wir gehen zu Fuß. Es wird uns guttun.«

»Mylord, Ihr kommt nicht mit?«, fragte Kathryn.

»Nein.« Lord Henry hatte sich umgedreht, kam aber wieder zurück, trat nahe an Kathryn heran und betrachtete sie mit seinen eigenartigen blauen Augen. »Nein, Mistress Kathryn, ich komme nicht mit. Ich habe Gäste und muss mich fangen, um, wie soll ich es ausdrücken, geschickter zu sein, bevor wir uns wieder begegnen.«

Kurz darauf traten Kathryn und Colum aus dem Haupttor des Gutshauses und folgten dem Weg, der sich den Hügel hinab ins Dorf wand. Sie waren erst ein paar Meter gegangen, als Kathryn stehen blieb und die Aussicht betrachtete.

»Ist es nicht herrlich, Colum? Sieh mal, von hier aus können wir das gesamte Dorf überblicken. Die Häuser, den Markt, die gewundenen Straßen und Gassen, die High Street. An einem Tag wie heute liegt alles offen da wie vor Gott.«

»Bis auf die Herzen der Menschen«, stichelte Colum.

Ach ja, dachte Kathryn und sah auf das friedliche Dorf hinunter, wohl wahr, bis auf die Heimlichkeiten des menschlichen Geistes. Trotzdem war Walmer ein erfreulicher Anblick: die Häuser, Felder und kleinen Gärten, der eckige Kirchturm mit seinem roten Ziegeldach. Sie konnte das Pfarrhaus hinter der Kirche sehen und den großen Friedhof, in dessen Mitte es lag. Zwischen dem Ort und der Küste erstreckten sich Bäume und Gebüsch bis an einen Sandstreifen, dann das Meer, das heiter in der Sonne glitzerte. Auf der anderen Seite des Dorfes lag die hügelige Landschaft mit ihren Feldern und Weiden. Die Herbsternte war früh eingebracht worden, und das Land schlief, als genieße es die letzte Sommerwärme. Kathryn drehte sich um und ging wieder zum Gutshaus zurück. Sie grüßte den Wachposten mit erhobener Hand. Dann ging sie an dem kleinen hinteren Tor vorbei und weiter, ohne auf Colums Fragen zu achten, um die Mauer herum, bis sie oben auf dem Hügel stand,

der sanft zur Landschaft darunter abfiel. Die grüne Weide tauchte ab, um dann wieder gen Gallows Point anzusteigen. Kathryn konnte deutlich den starren, schwarzen, dreiarmigen Galgen ausmachen, die Stelle, an der Lady Mary in den Tod gestürzt war.
An einem Tag wie heute, überlegte Kathryn, verließ Lady Mary das Gutshaus und ritt auf jenen Hügel dort. Sie wird abgestiegen sein, sich womöglich unter den Galgen gesetzt haben, und dann? Falls Lord Henry im Gutshaus war, als sie starb, dürfte William Marshall auch dort gewesen sein. Was wollte Sanglier andeuten? Dass Marshall und Lady Mary ein Liebesverhältnis hatten? So etwas, überlegte sie, kommt in großen Haushalten nicht selten vor, in denen ein junger Knappe seiner Herrin den Hof macht, und Affären können schnell aus dem Ruder laufen. War es möglich, dass Lord Henry seine Gemahlin in einem Anfall von Eifersucht umgebracht hatte und später plante, ihren Liebhaber zu erschlagen?
»Du denkst an Lady Mary, nicht wahr?« Colum legte ihr die Arme um die Taille und drückte das Gesicht an ihren Hals. »Kathryn«, murmelte er, »wir haben anderes zu tun.«
Sie blieb eine Weile stehen und genoss einfach den herrlichen Sonnenschein, die kühle Brise, den Duft nach verschiedenen Blumen und frisch gemähtem Heu. Aus dem Gutshaus hörte sie eine Glocke schlagen; Stimmen erhoben sich, als Mägde und Küchenjungen ihre Arbeit aufnahmen.
»Wir gehen lieber hinunter in den Ort«, verkündete Colum. »Wir müssen sehen, was in Walmer passiert ist.«
Kathryn war einverstanden, und sie gingen Hand in Hand den Hügel hinab. Zunächst war der Weg ziemlich steil. Kathryn und Colum lachten, wenn sie stolperten, doch schließlich gelangten sie an den Fuß des Hügels und folgten dem Weg ins Dorf. Sie kamen an den Fach-

werkhäusern wohlhabender Bauern vorüber, errichtet aus roten Steinen. Die Dächer waren nicht mehr mit Stroh, sondern mit Ziegeln gedeckt, ein Zeichen für den wachsenden Wohlstand dieses Ortes, der inmitten fruchtbarer Ländereien lag und zudem von den Früchten des Meeres lebte. Die High Street selbst war gepflastert, und weil das Wetter schön war, standen die Türen offen, und die Frauen hatten sich zusammengefunden, um miteinander zu reden oder einer gemeinsamen Beschäftigung wie Brauen oder Spinnen nachzugehen. Sie hielten inne, als Kathryn und Colum vorbeikamen, und begannen zu tuscheln; hier und da hob sich eine Hand zum Gruß, oder jemand rief ihnen von weitem freundlich zu.
Die High Street führte sie auf den kleinen Marktplatz, dessen Stände und Buden regen Handel pflegten. Ein paar verkauften Hausiererware wie Leder, Stoffe, Zinn oder Kupfer, die meisten Stände indes gehörten den Dorfbewohnern – Bauern, die ihre Produkte verkauften, Fischern, die den Fang der letzten Nacht loszuwerden versuchten, ehe sich der Tag hinzog und die Ware verdarb. Die Menge war geschäftig, Menschen gingen von Stand zu Stand oder blieben an den Garküchen und Schenken stehen, die den Marktplatz säumten und appetitliche Gerüche verbreiteten. Kathryn lief das Wasser im Mund zusammen, als sie frisches Brot und würziges Fleisch roch. Sie merkte, dass sie bis auf das Frühstück am frühen Morgen noch nichts gegessen hatte. Sie wäre gern stehen geblieben, um die Stimmung in sich aufzunehmen, wäre gern zwischen den Ständen umhergestreift oder hätte auch eine Schenke besucht, doch Colum, der zielstrebiger war, drängte sie weiter. Sie überquerten den Marktplatz und bogen durch eine Gasse in die Winingate Lane ein.
Das Haus Adams des Apothekers stand auf einem eige-

nen Grundstück; eine kleine Menschmenge hatte sich am Weidentor versammelt. Die wichtigen Würdenträger des Ortes waren bereits anwesend. Pater Clement in seiner grauen Soutane, die Kapuze zum Schutz vor der Sonne aufgesetzt, stellte Kathryn und Colum dem Rest vor: Walter der Constabler, ein untersetzter Mann mit aufgedunsenem Gesicht und den Zügen einer wütenden Bulldogge unter einem schwarzen Haarschopf, Master Benedict, der Notar des Ortes, und seine Frau Ursula, wohlgenährte, eingebildete Menschen mit plumpen, hochnäsigen Gesichtern. Sie hatten sich auf einen geschäftigen, erfolgreichen Markttag gefreut. Beide schienen wütend, dass man sie hergeholt hatte, aber auch neugierig und ein wenig verängstigt. Neben ihnen stand Amabilia, in eine Unterhaltung mit Simon dem Totengräber vertieft, einem rotgesichtigen, kahlköpfigen Mann, ganz in Lincolngrün gekleidet, mager und sehnig wie ein Jagdhund. Kathryn mochte ihn nicht, er hatte einen verschlagenen Blick und grinste schief. Roger der Arzt, auch er gehörte zu den Dorfältesten, war eifrig darauf bedacht, ins Haus zu kommen. Er nickte Kathryn rasch zu, sein schmales, unrasiertes Gesicht war leicht gerötet, die Augen tränten, und die Hakennase über den dünnen, blutleeren Lippen triefte. Er trug eine kostspielige Cotehardie und eine Silberkette um den Hals und roch unablässig an einer Duftkugel, als könne er den Geruch seiner Kollegen nicht ertragen. Er ließ die Tatsache, dass Kathryn Ärztin war, mit einem Blinzeln seiner farblosen Augen und einem Zucken des Mundwinkels unter den Tisch fallen. Der Anhänger an der Silberkette wies Roger als Mitglied der Ärztegilde des Bezirks Farringdon in London aus, und Kathryn fragte sich, warum ein solcher Mann wohl in Walmer lebte. Auch Mother Croul war da, sie stand etwas abseits, auf ihren Stock gestützt.

Der Pater beendete die Vorstellung, und die Dorfbewohner sammelten sich um Kathryn. Ursula, die Frau des Notars, einen scharfen Blick und einen säuerlichen Zug um den Mund, musterte sie von Kopf bis Fuß. In Kathryns Augen hatte sie ein gemeines Gesicht, das durch ihre weiße Haube, die fest am Kopf anlag, noch stärker zur Geltung kam. Walter der Constabler war aufgeblasen wie ein Hahnrei, allzeit bereit, gegen Kathryns und Colums Einmischung zu protestieren, obwohl er es besser wusste: Lord Henry war nicht nur Herr über das Gutshaus, er besaß auch Polizeigewalt und konnte entscheiden, wer einen rätselhaften Tod untersuchen sollte. Kathryn behielt trotz der beinahe offenen Feindseligkeit der Dorfbewohner ihr Lächeln bei. Sie wandte sich an Pater Clement. Hinter ihm stand Amabilia, die Hände wie zum Gebet gefaltet und einen Rosenkranz zwischen den Fingern. »Pater, was ist hier geschehen?«
»Ich werde Euch sagen, was hier passiert ist.« Ursula meldete sich barsch zu Wort. »Ich kam hierher, wie immer, um Adams Mutter zu besuchen, Mistress Mathilda. Ich war erst auf halber Treppe, als ich sie rufen und mit dem Stock auf den Boden klopfen hörte. Auch die Glocke läutete. Ich ging also weiter. Als ich die Tür öffnete« – sie zeigte auf das obere Ende der äußeren Treppe – »was für ein Anblick! Mistress Mathilda saß in ihrem Bett, läutete und schrie wie besessen. Ich beruhigte sie, und sie erklärte mir, was geschehen war. Ich schob also den Riegel zurück ...«
»Ihr habt den Riegel zurückgeschoben?«, unterbrach Kathryn sie.
Ursula legte den Kopf in den Nacken wie ein hungriges Huhn. »Nein, ich habe die Tür aufgeschlossen, so ist es, ich habe die Innentür aufgeschlossen. Ich bin die Treppe hinuntergegangen, die in den Rest des Hauses führt. Der kleine Keller war leer, ebenso wie Küche und Spülkü-

che. Aha, dachte ich, Adam muss in seiner Kammer der Pulver sein, wie er sie nannte, manchmal sprach er auch von seiner dunklen Kammer. Es gefiel unserem Adam, Leute zu ärgern, ihnen sogar Angst einzujagen. Jedenfalls habe ich an die Tür geklopft und keine Antwort erhalten, deshalb bin ich wieder hinausgegangen. Ich habe Walter den Constabler getroffen und ihn gefragt, ob er Adam auf dem Marktplatz gesehen habe. Er verneinte.«

»Ich bin immer dort«, sagte Walter mit heiserer Stimme. »Ich bin immer auf dem Markt und suche nach denen, die stehlen. Wir haben hier eine ganze Legion von Bettlern, Mistress! Eine wahrhafte Legion! Ich hatte Adam nicht gesehen«, fügte er nachträglich hinzu. »Deshalb bin ich mit Mistress Ursula ins Haus gegangen. Wir haben geklopft und an die Tür gehämmert, bis ich schließlich« – er plusterte sich wichtigtuerisch auf – »den Befehl gab, die Tür aufzubrechen. Ich ging hinaus und rief ein paar Männer herbei. Wir brachen die Tür auf. Es war schrecklich, sobald wir den Raum betraten: Master Adam lag vollkommen verdreht auf dem Boden, sein Gesicht, nun, Ihr könnt Euch ...«

»An jenem Tag«, tönte eine kräftige Stimme vom Markt hinter ihnen. »An jenem Tag wird der Herr, unser Gott, mit seinen Engeln kommen, und die Engel werden mit allen Feuern der Hölle die Guten von den Bösen trennen, die Schafe von den Böcken, und Ihr, wo werdet Ihr an jenem Tag stehen? Bedenket – am Tage des Zorns und am Tage der Trauer werden wir Himmel und Erde brennen sehen.«

Kathryn wirbelte herum und schaute zurück über den Marktplatz. Die Kinder, die am Marktkreuz gespielt hatten, waren fort, so wie die Frauen, die da gesessen und miteinander geredet hatten. Stattdessen schwadronierte dort jetzt eine finstere Gestalt, wie ein Rabe von Kopf bis

Fuß in Schwarz gekleidet. Kathryn konnte das Gesicht nicht erkennen, die Stimme indes war kräftig und volltönend wie eine Trompete. Kathryn verließ die Gruppe und ging zu der Gestalt hinüber.

»Worum sollen wir bitten?« Der Prediger zog eine ansehnliche Menge an. »Worum sollen wir bitten, wenn die Gerechten der Gnade bedürfen? O seht, welche Furcht wird unsere Herzen zerreißen, wenn der Richter vom Himmel herabsteigt.« Sein melodiöser Singsang ließ die Menschen aufhorchen.

Kathryn zwängte sich durch die Menge. Der Mann war mittelgroß, die schwarzen Haare und der Bart hingen unordentlich herab, das Gesicht war von der Sonne verbrannt, die großen Hände stießen in die Luft, wenn er seine entsetzlichen Warnungen hinausposaunte. Die Melodie seiner Predigt, die Art, wie er sich bewegte, ließ die Menge vergessen, dass sie auf dem Marktplatz war. Stattdessen warnte der Mann vor dem, was dereinst geschehen würde, wenn das Ende der Welt gekommen sei.

»Ihr Menschen von Walmer.« Der Prediger hatte beschlossen, die Menge zur Kenntnis zu nehmen. »Ihr Menschen von Walmer seid nicht anders als alle anderen.« Und wieder malte er die zu erwartenden Schrecken aus.

Kathryn hörte sich das eine Weile an. Solche Prediger faszinierten sie immer, ihre Bewegungen, die Kraft ihrer Stimme, ihre schillernde Ausdrucksweise, die Art, wie sie eine Menge hinzureißen vermochten: Sie wünschte sich oft, andere Pfarrer, die Sonntags die Predigt hielten, hätten nur einen Bruchteil des Feuers, das solche Männer inspirierte.

»Kathryn.« Colum packte sie am Arm. »Er ist nur ein Wanderprediger. Pater Clement sagt, er sei vor ein paar Tagen hier eingetroffen. Wir dürfen die anderen nicht brüskieren, sie warten ...«

Kathryn ging wieder zu der Gruppe zurück und entschuldigte sich, dass sie sich hatte ablenken lassen.

»Ich wünschte, er würde verschwinden«, knurrte Walter. »Ich wünschte, er würde einfach seinen Stab nehmen und weiterziehen. Das Leben kann schwierig genug sein, auch ohne an die letzten vier Dinge erinnert zu werden.«

»Und die wären?«, hänselte Kathryn.

»Na ja, Mistress, Himmel, Hölle, Fegefeuer und das Jüngste Gericht.« Walter verdrehte die Augen. »Ich bin nur Constabler, hin und wieder Maler, kein Theologe. Ich glaube, am besten fragt Ihr Pater Clement. Ich habe sie nicht in die richtige Reihenfolge gebracht, nicht wahr, Pater?«

»Der Prediger tut niemandem etwas zuleide.« Der Pater deutete über den Marktplatz. »Und warum sollte ich etwas gegen Menschen haben, die mich bei meiner Arbeit im Weinberg des Herrn unterstützen wollen? Mistress, Ihr kommt am besten mit ins Haus und seht, was ich gesehen habe.«

3

Denn die Trunkenheit ist das wahre Grab des Verstandes und des Urteilsvermögens eines Menschen.

Geoffrey Chaucer

Sie betraten das Haus durch die Hintertür. Kathryn fiel auf, wie sauber und ordentlich alles war: ein kleines Haus, und doch hatte alles seinen Platz. Im weiß getünchten Erkerzimmer waren frische Binsen auf dem Boden verteilt. Die Tische und Stühle aus Holz sowie die Messinggeräte, die neben dem Kamin hingen, waren alle poliert, sodass sie in dem spärlichen Licht, das durch die Fenster fiel, glänzten. Dasselbe galt für den Flur, der intensiv nach Kräutern duftete. Küche und Spülküche waren sauber geschrubbt, zerstoßene Kräuter waren über den Steinboden verstreut. Die Tür zur Kammer der Pulver hing noch schief in den Angeln. Im Raum selbst stiegen Kathryn die Gerüche in die Nase, die ihr von ihrem eigenen Laden in der Ottemelle Lane in Canterbury so vertraut waren. Auch hier war alles ordentlich, die Regale an den Wänden ringsum fein säuberlich beschriftet und unterteilt. Kräuter gegen Kinderkrankheiten, Kräuter zur Erleichterung der Niederkunft und zur Heilung von Tieren. Kathryn hielt sich nicht lange damit auf, sondern hockte sich neben die Leiche, die auf dem gefliesten Boden lag. Jemand hatte eine Decke darübergelegt, die sie rasch entfernte. Adam der Apotheker lag ausgestreckt vor ihr, das Gesicht leicht zur Seite gewandt, als versuche er, zu ihr aufzublicken, die Augen offen, die Iris verdreht. Weißer

Schaum tropfte aus dem geöffneten Mund und beschmutzte den Boden. Das Gesicht hatte eine unheimliche Farbe, als hätte jemand purpurnes Pulver auf die Wangen gerieben. Sie betastete den Hals – die Haut war klamm und kalt – in den Schultern und den Fingern trat bereits die Totenstarre ein. Sie nahm den Lederkrug zur Hand und untersuchte ihn. Der beißende Geruch überzeugte sie. Den hatte sie auch bei Elias dem Schmied gerochen.

»Tollkirsche«, murmelte sie vor sich hin. »Jemand hat Tollkirsche in diesen Alekrug gegeben.« Der dreibeinige Schemel war umgestoßen, Kathryn ging vorsichtig um die Lache aus vergiftetem Ale herum, stellte ihn wieder auf und setzte sich, den Lederkrug mit beiden Händen umfassend.

»Adam kam heute Morgen hierher, wahrscheinlich nachdem er aus Walmer zurückgekehrt war«, erklärte sie den Umstehenden. »Er wollte für sich sein und hat hier gesessen und sein Ale getrunken. Er hat die Tür abgeschlossen und verriegelt, und damit war sein Schicksal besiegelt. Er dürfte nicht viel Zeit gehabt haben, um Hilfe zu rufen.« Sie roch an dem Krug. »Es war eine starke Dosis. Er fühlt sich plötzlich krank, Übelkeit setzt ein, und die Folge davon sind Zuckungen. Adam wird schwindelig, er hat keine Kraft mehr, die Beine versagen ihm, er fällt zu Boden und kann sich kaum noch rühren, weshalb er die Tür nicht mehr erreicht hat, um Alarm zu schlagen. Woher hat er das Ale?«

»Aus der Küche«, meldete Walter sich zu Wort. »Kommt mit mir, Mistress.« Der Constabler schien etwas besänftigt. »Ich zeige es Euch.«

Sie gingen alle durch den Flur zurück. Kathryn wünschte, der Constabler hätte die anderen draußen gelassen, doch sie wollte ihm nicht zu nahe treten, sodass sie ihnen erlaubte, sich um den Tisch zu stellen, während

sie den Krug und das Fass, aus dem das Ale stammte, untersuchte.
»Sie sind beide nicht vergiftet«, verkündete sie abschließend. »Wie ist es also passiert?« Direkt über ihnen tönte eine Stimme. Kathryn ging nicht darauf ein. Sie bemerkte hoch oben an der Küchenwand ein Regal, an dessen Unterseite Haken eingeschraubt waren. An jedem hing ein Krug, der vierte Haken war leer. Kathryn ging hinaus, kippte den Rest des vergifteten Ales auf den Boden, kam zurück und hängte den Krug an den leeren Haken. »Das ist wahrlich ein Rätsel. Adam kam hier herein, nahm den Krug herunter und füllte ihn mit Ale aus der Kanne, die er aus dem Fass in der Speisekammer gefüllt hatte. Dann ging er in seine Kammer. Adam wollte dort allein sein. Er hat die Tür abgeschlossen und verriegelt. Er muss in Sorge gewesen sein«, fuhr Kathryn fort. »Wahrscheinlich hat er über den mysteriösen Tod von Elias und seiner Frau am gestrigen Abend nachgedacht. Er trinkt das Ale, wird vergiftet und stirbt, ohne Alarm zu schlagen. Das größte Rätsel ist, wie das Gift ins Ale gelangte.«
»Vielleicht hat er es selbst hineingegeben.« Mother Croul, die hinter den anderen stand, meldete sich zu Wort. Constabler Walter drehte sich um und schnalzte missbilligend mit der Zunge.
»Jemand muss es in den Krug geschüttet haben«, sagte Ursula.
»Ja«, erwiderte Kathryn. »Doch woher wusste derjenige, dass Adam heute Morgen ausgerechnet diesen Krug nehmen würde? Außerdem hat dieses Haus nur zwei Eingänge. Einmal die Hintertür ...«
»Und die hat Adam immer verschlossen gehalten«, schaltete Walter sich ein, »wegen seiner kostbaren Pulver; er hat den Schlüssel immer sicher aufbewahrt.«
»Und wenn gestern oder heute Morgen jemand hier ein-

gebrochen wäre, während Adam im Gutshaus war«, erwiderte Kathryn, »hätte der Apotheker, ein sehr ordentlicher und umsichtiger Mensch, es gemerkt.«
»Und die Außentreppe zum anderen Eingang«, verkündete Pater Clement, »ist sehr steil. Ich habe Mistress Mathilda immer besucht, kann es aber nicht mehr.« Er beugte sich vor und rieb sich die Knie. »Eine Entzündung, stechender Schmerz! Adam hat mir Pulver verabreicht, doch dann bin ich nicht mehr zu ihm gegangen, weil nichts so richtig geholfen hat.«
»Es liegt an deinen schwachen Knien«, hob Amabilia an. »Seine Knie sind es, Mistress. Es fällt ihm sogar schwer, auf die Kanzel zu steigen.«
»Aber es kann sein«, sagte Walter, »dass jemand die äußere Treppe hinaufging, Mistress Mathilda besuchte, ihre Tür aufschloss und über die Innentreppe hier herunter kam.«
»Das ist unmöglich«, fuhr Ursula ihn an. »Mathilda hätte niemandem erlaubt, durch diese Tür weiter ins Haus zu gehen, und ich sage Euch, sie hat einen leichten Schlaf. Selbst wenn jemand hier heruntergeschlichen wäre, hätte er sich noch leise bewegen müssen. Mathildas Beine mögen zwar nicht mehr taugen, aber Ohren und Augen sind noch intakt.«
Verwirrt kehrte Kathryn in die Kammer der Pulver zurück. Sie bezweifelte nicht im Geringsten, dass Adam Opfer desselben Mörders geworden war, der am Abend zuvor Elias und dessen Frau umgebracht hatte, und auch hier stellte sich die Frage nach dem Wie und Warum. Kathryn starrte auf die Leiche.
»Man sollte sie ins Leichenhaus bringen.«
»Ich möchte Euch bitten, zur Kirche zu kommen.« Der Pater redete schnell, er wirkte erregt, die Augen waren gerötet, als hätte er geweint. Er war unrasiert und hatte seine Soutane übergeworfen, als wäre er in Eile gewe-

sen. »Mistress, ich glaube, Ihr solltet zur Kirche kommen. Ich möchte Euch und den anderen Mitgliedern der Ratsversammlung etwas zeigen. Vielleicht könnt Ihr dort zu Abend essen, Mistress, falls Ihr noch nichts zu Euch genommen habt?«
Kathryn nahm sein freundliches Angebot an, ebenso wie die anderen, die nun unheimlich still geworden waren, als ihnen klar wurde, dass ein weiterer grässlicher Mord verübt worden war.
»Ich glaube, wir alle sind in Gefahr«, murmelte der Pater.
»Was soll das heißen: in Gefahr? Sind wir alle in Gefahr?«, fragte Walter und rieb sich den Wanst. »Sind alle in Walmer in Gefahr?«
»Ich weiß nicht«, murmelte Pater Clement. »Ich möchte nur, dass Ihr kommt und Euch anseht, was ich gesehen habe. Doch zunächst müssen wir hier fertig werden.«
Sie verließen den Raum, gingen zurück durch die Küche und stiegen die Außentreppe hinauf. Kathryn fiel auf, wie steil diese war. Als sie und Colum oben ankamen, fluchte sogar der Ire kaum hörbar vor sich hin. Sie klopfte an die Tür.
»Herein«, kreischte eine Stimme.
Kathryn öffnete die Tür und trat ein. Das Schlafzimmer war recht gemütlich eingerichtet. Die Deckenbalken waren ziemlich niedrig, doch die Wände waren cremefarben getüncht, und hier und da hing ein buntes Tuch oder ein kleiner Wandbehang. Das Bett dominierte den Raum; die alte Frau, die dort lag, hatte die Decken hoch um sich herum gestapelt. Sie lehnte sich an die Kopfpolster und sah Kathryn böswillig an. Als ihre Besucher eintraten, richtete sie sich auf.
»Was hat das zu bedeuten?«, kreischte sie. »Dringt denn ganz Walmer in mein Schlafzimmer ein? Was hat das zu bedeuten?« Sie drehte sich um, als wollte sie nach der

großen Glocke auf dem Tisch neben ihrem Bett greifen. Dann fiel es ihr ein, sie zog die Hand weg und begann leise zu schluchzen. Kathryn ging zu ihr und setzte sich auf die Bettkante. Sie roch die Gewürze, mit denen Adam die Gerüche des Krankenzimmers überdeckt hatte. Ihr fiel die verschmutzte Tasse auf der anderen Seite des Bettes auf, die Töpfe und Schüsseln zum Waschen und die fleckige Serviette, die darüberlag. Sie warf einen Blick durch das Zimmer; die Truhen waren geöffnet, die Deckel zurückgeklappt. Große Krückstöcke waren sorgfältig über den Raum verteilt, sodass Mistress Mathilda aus dem Bett humpeln und leicht nach einem greifen konnte. Der Raum hatte noch zwei weitere Türen, und als sie Mathilda geduldig befragte, ohne auf die anderen zu achten, die sich in den Raum drängten, fand Kathryn heraus, dass die Seitentür ins Haus hinunterführte, während man durch die anderen über einen kleinen Flur in Master Adams Schlafzimmer gelangte. Sie erhielt die Erlaubnis der alten Frau, sich dort umzusehen. Der Flur selbst war leer, kleine Holzdübel waren zu beiden Seiten in die Wände eingelassen, dann kam sie an eine weitere Tür. Kathryn öffnete sie. Das Zimmer dahinter war dem von Mathilda sehr ähnlich, jedoch geschmackvoller eingerichtet, sauber und ordentlich, nichts stand herum. Kathryn kehrte wieder ins Krankenzimmer zurück. Mathilda hatte die Hände vor den Mund geschlagen und weinte: Was sollte nun aus ihr werden? Wer würde sich jetzt um sie kümmern, da ihr Sohn tot war? Kathryn spürte, dass Mutter und Sohn sich nicht sehr nahe gestanden hatten. Mutter Mathilda war besorgter um sich selbst als um die Vorkommnisse im Stockwerk unter ihr. Kathryn gelang es, das allgemeine Durcheinander zu bändigen, und sie setzte sich wieder auf die Bettkante. Mathilda hingegen funkelte nun Colum an, als wäre er ein Dämon aus der Hölle.

»Iren konnte ich noch nie ausstehen«, flüsterte sie. »Und ich mag sie nicht in meinem Schafzimmer.« Schulterzuckend stellte Colum sich neben die Seitentür.
»Mistress Kathryn.« Mathilda ergriff Kathryns Hand. Die alte Frau musterte Kathryn mit tränenden Augen. »Es heißt, Ihr seid Ärztin. Könnt Ihr mich heilen, Ärztin?« Die Frage war mit Spott durchsetzt.
»Ich kann Euch nicht heilen, Mistress. Dazu bin ich nicht hier, sondern um herauszufinden, wer Euren Sohn umgebracht hat.« Kathryn bedauerte ihre Worte. Sobald sie ausgesprochen waren, warf die alte Frau den Kopf in den Nacken, begann laut zu schluchzen und rief: »Was wird mir widerfahren? Was wird mir widerfahren?« Schließlich konnte Kathryn sie beruhigen.
»Was ist heute Morgen hier passiert?«, fragte sie.
»Ich habe einen sehr leichten Schlaf.« Die alte Frau schüttelte den Kopf, als redete sie mit sich selbst. »Master Adam stand früh auf, noch vor dem Morgengrauen. Er kam zu mir und erzählte mir, dass Elias und Mistress Isabella tot seien.« Die Alte schniefte. »Nicht schade um die beiden, ich mochte sie nie. Master Elias hat immer mehr verlangt, als ihm zustand, wisst Ihr?«
»Ja, Mistress«, sagte Kathryn besänftigend. »Was hat Adam gesagt?«
»Er sagte, er habe eine Botschaft von Lord Henry erhalten.« Wieder schniefte sie. »Die beiden Leichen sollten ins Gutshaus gebracht werden. Eine Ärztin, damit muss er Euch gemeint haben, sei eingetroffen, um die Leichen zu untersuchen, und schon machte er sich auf den Weg.«
»Und die Seitentür dort war abgeschlossen?«, fragte Kathryn.
»O ja. Adam schloss die Tür auf jeden Fall von dieser Seite her ab und ging dann über die Außentreppe hinunter, um das Haus herum an die Hintertür.« Mathilda

redete, als könnte Kathryn schlecht hören. »Er ging zur Küche hinein, vergewisserte sich wie immer, dass seine kostbare Kammer der Pulver abgesichert war, und verließ das Haus. Ich hörte, wie er den Schlüssel in der Hintertür drehte, dann ging er seinen Geschäften nach, so wie er es stets zu tun pflegte. Wohlgemerkt, ich bin froh, dass mein Sohn ein wenig Glück fand, ehe er starb. Diese schreckliche Frau, die er hatte, Mistress, das war eine Schlampe, nicht besser als eine aus der Schenke.«

»Psch ...«, schaltete Pater Clement sich ein, »man soll über Tote nichts Schlechtes sagen.«

»Heute Morgen«, beharrte Kathryn, »hat Euer Sohn Adam die Innentür abgeschlossen und ist über die Außentreppe nach unten gegangen. Ihr habt gehört, wie er gegangen ist?«

»Ich habe gehört, wie er das Haus absicherte, und bin dann eine Weile eingenickt.«

»Und niemand kam hier herauf?«, fragte Kathryn.

»Warum auch? Ich habe Euch doch gesagt, dass ich einen leichten Schlaf habe. Wenn jemand durch diese Tür gekommen wäre oder den Schlüssel umgedreht hätte – ich hätte ihn gesehen und ganz gewiss gehört!«

»Und am restlichen Morgen ist nichts Verdächtiges passiert?«

»Nein, Mistress, ich habe gehört, wie mein Sohn zurückkehrte. Ich dachte, er würde heraufkommen, was aber nicht der Fall war, also dachte ich, lass ihn in Ruhe. Er war gern ein wenig allein. Ja, es stimmt, ich habe ihn in der Küche gehört, dann ging er durch den Flur. Ich hörte, wie die Tür zur Kammer der Pulver geöffnet und geschlossen wurde. Ich dachte, wenn er da fertig ist, werde ich nach ihm läuten. Es ist gut für einen Mann, manchmal allein zu sein, nicht wahr, Mistress?«

Kathryn bestätigte es ihr und verließ den Raum, die anderen folgten ihr. Sie ging wieder hinunter, inspizierte die Küche, das kleine Bierfass und die Alekanne und nahm dann den anstößigen Lederkrug vom Haken. Er lag schwer in ihrer Hand. Sie nahm ihn mit und legte ihn in einen Wassereimer.

»Da bleibt er wohl am besten. Master Walter, Ihr werdet sorgfältig alles aufnehmen, was in diesem Haus ist und die Kammer der Pulver versiegeln.«

»Ich kann das Haus nicht so versiegeln wie das von Elias«, erwiderte Constabler Walter. »Mistress Mathilda muss ja versorgt werden.«

»Ich werde mich darum kümmern«, meldete sich Amabilia. »Vielleicht besucht sie jemand aus unserer Pfarrgemeinde.«

Kathryn nickte und wandte sich der Leiche zu, um sie noch einmal zu untersuchen. »Halte die anderen draußen«, flüsterte sie Colum zu. Er ging sehr taktvoll vor und bat ihre Begleiter, sich draußen vor der Tür zu versammeln, während Kathryn noch einmal die Kammer der Pulver aufsuchte. Erneut untersuchte sie den Leichnam, den Schemel und die Lache aus vergiftetem Ale, den strengen Hefegeruch, der wohl das Gift überdeckt hatte.

»Werdet Ihr in der Kirche essen?«, ließ sich Pater Clements Stimme in der Kammer vernehmen.

»Ja, ja. Es wird mir eine Ehre sein«, rief Kathryn über die Schulter. »Und vielleicht noch andere aus dem Kreis der Dorfältesten? Die hätte ich auch gern dort. Ich habe ein paar Fragen zu stellen.«

»Da ist noch etwas anderes«, flüsterte Kathryn vor sich hin. Sie drehte die Leiche auf den Rücken. Luft entwich seinem Bauch. Kathryn versuchte, nicht in die vor Entsetzen aufgerissenen Augen zu sehen, während sie den Gürtel nach dem Schlüsselbund abtastete. Schließlich fand sie ihn an einem kleinen Karabinerhaken. Sie trat an die Gifttruhe neben dem Tisch unter dem Fenster. Sie

hatte sie schon zuvor bemerkt, sie jedoch nicht erwähnt aus Angst, der Constabler könnte sich einmischen. Sie zog die schwere Truhe hervor und schloss vorsichtig die drei Schlösser auf. Die Truhe enthielt zwei Tabletts, die übereinander gestapelt waren; ein jedes war in kleine Fächer unterteilt. In jedem Fach befand sich ein Beutel, an dem sorgfältig ein Schild mit dem Namen eines Gifts angebracht war. Kathryn war überrascht. Adam war reichlich mit rotem und weißem Arsen ausgerüstet, mit Tollkirsche, Giftpilzen, Gänsefingerkraut, Alraune. Am Boden der Truhe lag das, wonach Kathryn eigentlich suchte: Das Giftbuch – ein dicker, in schwarzes Leder gebundener Wälzer, auf den vorn eine Alraune eingeprägt war, und der seitlich mit einer Schnalle verschlossen wurde. Kathryn öffnete sie. Die ersten Pergamentseiten waren gelb und vom Alter zerknittert, die anderen neueren Datums, glatt und weiß. Jede Seite war gleich, wie vom Gesetz vorgeschrieben, sorgfältig gestaltet, und wies in feiner, geübter Handschrift Einzelheiten über jeden Kauf nach: was gekauft wurde, wie viel, von wem, während die letzten beiden Spalten auf der rechten Seite Preis und Datum aufzeigten. Kathryn klappte es zu und ging hinüber an die Tür.
»Das hier nehme ich mit.«
»Das könnt Ihr nicht!«, protestierte Walter. »Alles muss versiegelt werden, bis der Richter entschieden hat.«
»Lord Henry ist der Richter«, erwiderte Colum. »Er wird entscheiden. Bis dahin wird Mistress Kathryn das Buch mitnehmen.«
Walter und die anderen waren sichtlich erregt. Kathryn fragte sich, wie viel sie zu verbergen hatten. Der Wälzer, den sie in Händen hielt, war wahrlich ein Buch der Geheimnisse. Es mochte vielleicht nicht den Namen des Giftmörders preisgeben, aber es würde Auskunft geben, wer aus Walmer was gekauft hatte. In einem solchen Ort

hatte jeder etwas zu verbergen. Kathryn warf einen Blick zurück in die Kammer. Jemand hatte zwei Binsenlichter angezündet, aber dadurch wirkte sie noch unheimlicher.
»Ein feines Haus«, überlegte sie laut, »und diese Kammer wird seit einigen Jahren als Apotheke benutzt. Wie ist Adam an das Haus gekommen?«
»Er hat es von seinem Onkel geerbt«, rief Mother Croul aus dem Hintergrund. »Wohlgemerkt, sein Onkel war ein Bösewicht, ein Strandräuber, einer von denen, die Lord Henry bei Gallows Point erhängt hat.«
»Er hat auch reich geheiratet, seine verstorbene Frau Margaret war meine Schwester.« Ursula saugte an den Zähnen und funkelte Kathryn von Kopf bis Fuß an. »Wir sind nicht alle Kleinbauern, müsst Ihr wissen. Mein Vater war ein wohlhabender Landwirt, hat Rinder und Schafe gezüchtet und die Wolle für den Export verkauft.«
»Das glaube ich Euch.« Kathryn lächelte. »Aber Adam war Witwer?«
»Meine Schwester hat ihn geheiratet. Adam war Gelehrter, ging in Ely auf die Domschule. Ursprünglich sollte er in die heiligen Hallen von Cambridge, doch sein Vater holte ihn zurück. Er hatte fundierte Kenntnisse in Medizin, unser Adam, dann hat er meine Schwester geheiratet und dieses Haus geerbt, weshalb er auch die ganzen Pulver kaufen konnte.« Ursula schnaubte. »Hat ihm ja viel gebracht!«
»Wie lange war er denn schon verwitwet?«
»Ungefähr drei Jahre. Margaret ist vor drei Jahren an Magenschmerzen gestorben.«
Kathryn zog das Giftbuch näher an sich. Je länger sie hier verweilte, desto mehr empfand sie dieses Haus als finster und bedrohlich. Allein die Tatsache, dass Ursula erwähnt hatte, wie ihre Schwester gestorben war, machte sie argwöhnisch. Sie hatte Adam nur kurz gekannt, doch was sie da gesehen hatte, hatte ihr nicht gefallen.

In Canterbury war Kathryn immer beunruhigt angesichts der hohen Zahl plötzlicher Todesfälle, die nach Magenschmerzen oder Stichen im Hinterkopf eintraten. Wenn nicht gerade ein erfahrener Bader oder Arzt anwesend war, konnte so jemand rasch beigesetzt und sein Tod als Wille Gottes abgetan werden, statt darin das Werk eines Menschen, die Sünde des Mordes zu erkennen. Sie beschloss, Mistress Ursula in Bälde ein wenig genauer über Margarets Tod auszufragen.

»Wir sollten lieber gehen.« Colum, die Daumen in den Kriegsgurt gesteckt, trat vor. Die Dorfältesten stoben auseinander wie Hühner vor dem Fuchs. Sie hatten Colum genau unter die Lupe genommen und waren zunehmend auf der Hut vor diesem großen Iren mit dem dunklen Gesicht und den tiefen Augenhöhlen, der festen Mundpartie, der Art, wie er einherstolzierte, mit dem Kriegsgurt um die Taille und der Schwertscheide, die an die dunklen Lederreitstiefel schlug. Der Ire besaß Autorität, er war mit Lord Henry befreundet und daher ein mächtiger Mann. Darüber hinaus erinnerten sich die Dorfbewohner noch gut daran, dass sie im letzten Bürgerkrieg solche Männer kennengelernt hatten: irische Söldner, mit Haut und Haar dem Hause York loyal ergeben. Colum blieb stehen.

»Ihr, Sir.« Er zeigte auf Roger. Der Arzt schaute ihn mit verkniffenem Gesicht und wässrigen Augen wütend an.

»Adam ist tot«, verkündete Colum, »seine Seele ist bei Gott, also ist das Weltliche für ihn vorbei. Ihr müsst seinen Leichnam ins Leichenhaus schaffen.«

»Ja«, stimmte Kathryn ihm zu. »Das Gift wird seinen Bauch anschwellen lassen. Er wird kein angenehmer Anblick sein. Ich schlage vor, dass er rasch gewaschen wird. Pater, seine Beisetzung sollte bald stattfinden, auf jeden Fall vor morgen Vormittag, ebenso wie die von Elias und Isabella.«

»Es ist meine Aufgabe«, schaltete Walter sich ein, »Leichen zu entfernen und zu entscheiden, wann sie beigesetzt werden.«
Colum lächelte. »Solange er weggebracht und morgen früh beigesetzt wird, ist es mir schnuppe, wie Ihr entscheidet, Sir.«
»Ich kümmere mich darum «, schaltete Pater Clement sich ein. »Ich lasse einen Holzsarg von der Kirche hierher schicken.« Er wandte sich an Simon den Totengräber.
»Keine Sorge«, antwortete der Mann mit dem verschlagenen Blick. »Die Leiche wird so bald wie möglich von hier weggebracht.«
Sie verließen das Haus. Der Glanz des Tages war verschwunden. Der Himmel war trüb, der Marktplatz schien nicht mehr so fröhlich und geschäftig. Eine Frau eilte an ihnen vorüber, ein totes Huhn in der Hand, auf dem Weg zum öffentlichen Backhaus. Auf der anderen Straßenseite lehnte ein Bettler auf Stöcken volltrunken an der Hauswand, halb eingeschlafen, Speichel rann ihm aus Mund und Nase. Der Weg war holprig und voll Schlamm und Unrat. Kathryn, die sich nach hinten zu den Dorfbewohnern umschaute, rutschte aus. Colum fing sie auf. Lässig lächelte er auf sie herab. Plötzlich überkam Kathryn die Wut. Sie sollte nicht hier sein! Sie wollte es nicht. Sie sollte wieder in der Ottemelle Lane sein, wo Thomasina ihr schmackhaftes Brot buk. Sie sollte in ihrem Kräutergarten arbeiten, während Wulf über das Gras hüpfte, oder im Gewürzraum, während Agnes die verschiedenen Kräuter schnitt und zermahlte. Sie blickte die Straße hinab auf St. Swithun mit dem viergiebeligen Tor; dahinter ragten Turm und Kirchenschiff in den dunkler werdenden Himmel; der gelbliche Stein der Kirche und die roten Dachziegel ließen sie wie ein Gebäude aus einem Traum erscheinen.
»Dort ist ein Mord geschehen, nicht wahr?« Kathryn wir-

belte herum. Der Prediger stand da wie eine Krähe. Nein, dachte Kathryn, wie ein Rabe, mit scharfen Gesichtszügen und klugen Augen. Er betrachtete sie amüsiert. Er zupfte an seinem wirren Haar und dem ungepflegten Bart, als wollte er etwas hermachen: Er hielt Kathryns Blick stand. Ihr fiel auf, wie sonnenverbrannt sein Gesicht war, während der Saum seines schwarzen Gewandes mit feinem weißem Staub verkrustet war. Kathryn gefiel nicht, wie der Prediger sie anstarrte.
»Êtes-vous fatigué?«, fragte sie ihn kurzerhand auf Französisch. »Vous êtes un étranger ...«
»Mais oui, madame.« Der Prediger schloss die Augen, als er seinen Fehler erkannte, dann schlug er sie grinsend wieder auf. Er wollte sich abwenden, doch Kathryn hielt ihn am Arm fest. Darauf hob er seinen Wanderstab, ließ ihn aber sinken, als Colum zum Schwert griff.
»Madame, Ihr seid eine gute Beobachterin.«
»Euer Gesicht ist von der Sonne verbrannt«, erwiderte Kathryn. »Ich sehe das Salz, die Sole an Eurem Gewand. Nun, Ihr seid entweder einfältig und durch das Wasser gelaufen, oder Ihr wart vor kurzem an Bord eines Schiffes auf peitschenden Wogen. Ich habe Euch auf Französisch gefragt, ob Ihr müde seid und fremd hier, und Ihr habt sofort in derselben Sprache geantwortet.«
»Wie schon gesagt, Ihr seid eine gute Beobachterin, Madame.«
»Ich habe mich nur gefragt, warum ein Prediger, der von Frankreich über den Kanal übersetzen kann, ausgerechnet in einen Ort wie Walmer kommen sollte? Und ja, es hat einen Mord gegeben. Kanntet Ihr das Opfer, Adam den Apotheker?«
»Ich habe mit ihm über seine unsterbliche Seele gesprochen.« Der Prediger seufzte.
Kathryns Griff an seinem Arm wurde fester. »Nun, die ist jetzt bei Gott, warum also seid Ihr in Walmer?«

»Um Seelen zu retten, Mistress.« Sanft löste er sich aus ihrem Griff, blinzelte Colum zu und trollte sich von dannen.

Kathryn und Colum, begleitet von Pater Clement, Amabilia, Simon, Walter, Benedict, Ursula und Roger, dem Arzt, bogen in die High Street ein, kamen an Häusern vorbei, deren Türen offen standen; Hunde und Kinder rannten umher, das Surren von Spinnrädern erfüllte die Luft. Alte Männer saßen im Sonnenlicht auf hohen Schemeln, die Füße auf Holztruhen gestellt, die einen Tiegel mit glühender Holzkohle enthielten, um sie zu wärmen, da die Luft merklich abkühlte. Der Duft nach frisch gebackenem Brot und gesottenem Pökelfleisch vermischte sich mit dem Gestank von fauligem Gemüse, nassem Holz und dem hoch aufgeschichteten Unrat in der Mitte der Straße, auf dem sich streunende Katzen und verwegene Krähen einen erbitterten Kampf lieferten. Kathryn ging wie im Traum durch die Straßen. Diese Menschen mochten sie nicht, sie war eine Fremde und ein Eindringling. Die Neuigkeit über die Morde musste inzwischen die Runde gemacht haben, ebenso die Nachricht, dass der Gutsherr sich eingeschaltet und diese Fremden geschickt hatte, damit sie herumschnüffelten.

An der Ecke der Carter Lane blieb Walter wichtigtuerisch stehen, um sich, wie er es ausdrückte, mit seinen Bütteln zu beraten, die gerade dabei waren, eine Reihe von Bettlern und Übeltätern in den Stock zu spannen. Das Gestöhne dieser Männer und Frauen war erbärmlich. Der Anblick zweier rotgesichtiger, aufgeregter Frauen, die man beim Falschspiel erwischt hatte, und die nun über ein Fass gelegt und ausgepeitscht werden sollten, verstärkte Kathryns Erregung.

»Master Walter.« Sie packte den Constabler am Arm. »Master Murtagh und ich sind auf Hochzeitsreise. Wir sind Ehrengäste von Lord Henry.« Sie deutete auf das

Grüppchen der Missetäter. »Vielleicht ein Freispruch? Mitgefühl für sie?«

»Gesetz ist Gesetz, Mistress.« Walter streckte die Brust vor wie eine Taube, die sich putzte. »Der Gerechtigkeit muss Genüge getan werden.«

»Lest das.« Colum öffnete seine Tasche und drückte dem Constabler ein cremefarbenes Stück Pergament mit grünen und roten Siegeln in die fetten Finger. »Los, lest.«

Walter schlug das Pergament auf und betrachtete es; seine Lippen bewegten sich langsam.

»Es ist an alle Sheriffs, Büttel und Beamte der Krone gerichtet, dass der Träger dieses Dokuments alles, was er getan hat, zum Wohle des Königs und seines Reichs getan hat.« Colum hielt inne. »Und falls Ihr es nicht lesen könnt, es ist unterzeichnet mit Edwardus Rex und trägt den Abdruck seines persönlichen Siegelrings und das Siegel seines Kanzlers. Und jetzt«, Colum hob die Stimme, »erkläre ich diesen Tag, den Feiertag des heiligen Michael, zum Festtag, zu einer Art Jubiläum! Constabler, befreit die Gefangenen!«

Walters Unterlippe bebte, als die Gefangenen in Jubelrufe über ihr Glück ausbrachen. Der Constabler trat vor, die Daumen in den Ledergurt unter seinem Wanst gesteckt. Colum legte die Hand an den Griff seines Schwerts. Walter trat schleunigst zurück.

»Lasst die Gefangenen frei«, brüllte der Constabler. »Und jetzt, Sir«, er schnippte mit den Fingern, »hier entlang.«

Während Pater Clement Gebete über Colums Gnade vor sich hin murmelte und Amabilia geschwätzige Stoßseufzer wie »Ehre sei dem Herrn, und er sei uns allen gnädig« von sich gab, gingen Kathryn und Colum hinter Walter her die Carter Lane entlang. Es war eine breite Durchgangsstraße, zu beiden Seiten von Ständen gesäumt, an denen Stoffe und Lederwaren verkauft wurden. Die meisten waren jetzt geschlossen und wurden von Lehrjungen bewacht. Die Söhne und Töchter der Besitzer hatten sich in die nächste Schenke oder Garküche zurückgezogen, in den Silbernen Schwanen oder den Blauen Eber, um ein Ale zu trinken und etwas zu essen. Schließlich gelangten sie an den Hof von Elias. Das hintere Tor war mit dem Siegel des Constablers verschlossen. Noch immer vor Wut schnaubend, riss Walter dieses Siegel ab, hob den Riegel und führte sie in den gepflasterten Hof, eine weiträumige Fläche mit einer Senkgrube für den Unrat in der Mitte. Es roch nach verbranntem Haar, Holzkohle und Pferdedung. Die Schmiede selbst war ein großer, offener Schuppen auf der Rückseite des Hauses: Ambosse, Hämmer, Zangen und gebogene Nägel lagen herum. Die Ofentür hing offen, graue Asche drang hervor und legte sich über einen mächtigen Blasebalg. An den aufrechten Pfosten hingen Halfter und Kummets an Haken. Kathryn betrachtete den staubigen Ofen, ohne auf die anderen zu achten, die sich überall umsahen. Er war wie ein Symbol für diesen leeren, von Geistern heimgesuchten Hof. Ein Schauer überlief sie, als ihr die Worte einfielen, die der Pater an Aschermittwoch gesprochen hatte. »Bedenke, Mensch, dass du aus Staub gemacht bist, und zu Staub sollst du werden.« Sie war voller Leben, voll der Liebe zu Colum: Sie war zuversichtlich, im Frieden mit sich selbst und allen Menschen, die ihr nahe standen, doch dieser dreckige, verlassene Hof erinnerte an den Wankelmut des Lebens.

»Kathryn?«

Sie tätschelte Colums Arm und ging zu dem zertrümmerten Fass hinüber. Die Latten lagen herum, und der Kupfereinsatz war auf den Kopf gestellt. Sie nahm einen Stock zur Hand, drehte den Einsatz um und roch an dem Rand. Er war inzwischen geruchsfrei. Sie seufzte und

ging durch die Schmiede. Neben einem Schemel lag ein Lederkrug. Sie hob ihn am Griff auf und schnüffelte; der entsetzliche Gestank nach altem Fett, das in einer Pfanne verbrennt, ließ sie zurückfahren. Sie schaute hinter sich. Die anderen standen gleich hinter dem Tor beisammen und tratschten. Colum, der ihre Gesellschaft leid war, bewunderte einen Pferdehuf und fuhr mit dem Finger über die Krümmung. Der Kupferbehälter glitzerte im schwachen Sonnenlicht wie ein Leuchtturm, der sie in die Gräueltaten hineinzog, die hier begangen worden waren. Am Abend zuvor hatte das Wasserfass neben dem Tor gestanden, mit Draht abgedeckt, um Schmutz und Staub abzuhalten, damit es nur Regenwasser sammelte, frisch wie aus einer Quelle. Das Tor zur Schmiede dürfte offen gestanden haben, die Leute waren ein und aus gegangen. Es wäre für den Mörder ein Leichtes gewesen, in der Dämmerung zum Tor hineinzuschlüpfen, den Hof zu überqueren und das giftige Pulver durch das Gitter ins Wasser zu schütten. Sie konnte sich vorstellen, wie der Schmied nach seinem Wasserkrug brüllte; er trank zwei Krüge, und seine Seele ging in die Ewigkeit ein.
Kathryn warf noch einen Blick durch die Schmiede, stellte den Krug ab und ging zur Hintertür; sie war mit schmutzig-weißen Tupfern aus weißem Wachs bedeckt, die das Siegelzeichen des Constablers trugen. Kathryn brach diese Siegel und stieß die Tür auf. Die Küche dahinter war feucht und dunkel, das Fenster mit Läden verschlossen. Kathryn klappte sie auf, als sie hinter sich einen Laut vernahm. Sie wirbelte herum und unterdrückte einen Aufschrei. Zwei graue Ratten wühlten in den Essensresten auf dem Tisch und hasteten an den Rand; die eine erhob sich auf die Hinterbeine und streckte die spitze Nase schnüffelnd in die Luft. Kathryn griff nach einem Zinnbecher und warf ihn nach ihr, wo-

raufhin die Ratte forthuschte. Sie vernahm ein wütendes Kratzen an der Küchentür und eilte hin, um zu öffnen: Ein großer schwarzhaariger Kater stürmte in den Raum und jagte hinter den Ratten her; er flitzte, dem Schatten des Todes gleich, durch die halb geöffnete Tür zur Speisekammer. Es klirrte, ein grässlicher Schrei ertönte, und der Kater kam zurückgesprungen, eine große Ratte im Maul. Er schlüpfte durch die Hintertür, gerade als der Constabler in Begleitung der anderen eilig die Küche betrat. Walter wollte schon protestieren, sodass Kathryn Colum auftrug, ihn und seine Begleiter draußen zu halten. Der Ire schloss die Tür, und Kathryn ging langsam durch die Küche.

Das übrig gebliebene Fleisch auf dem Tisch war von Ratten angenagt; Fliegen schwirrten herum. Ihr fiel der dreiarmige Kandelaber auf, die feinen Zinnteller und Kelche. Auf dem Boden lag der Kelch, aus dem Isabella getrunken hatte. Er roch noch immer bittersüß. Kathryn untersuchte das Weinfass, das gedrungen und düster auf seinem Holzgestell stand; der Zapfen im Spundloch wartete darauf, bedient zu werden. Kathryn ging in die Hocke und drehte an dem Holzzapfen; der Wein ergoss sich auf den Boden. Sie nahm einen Zinnbecher, füllte ihn und hielt ihn unter die Nase. Es war ein kräftiger, fruchtiger Bordeaux, doch sie nahm noch immer den bittersüßen Mandelgeruch wahr. Die arme Isabella, erregt und verzweifelt, schockiert über den brutalen Tod ihres Mannes, dürfte kaum gemerkt haben, was geschah. Sie hatte das Fass angestochen und einen großen Schluck vom eigenen Tod genommen. Kathryn richtete sich auf und fragte sich, wie und warum der Wein überhaupt vergiftet worden war.

»Kathryn, Kathryn, ist alles in Ordnung?«

Colum stand an der Tür, die Hand am Griff seines Schwerts.

»Die Dorfältesten« – er grinste einfältig – »sind allmählich unruhig und haben Hunger.«
»Gott auch, Colum.« Kathryn lächelte schwach zurück. »Er hungert nach Gerechtigkeit, danach, dass diese blutigen Rätsel gelöst werden und den Opfern Gerechtigkeit widerfährt.« Kathryn blinzelte ihm zu. »Bitte sie, sich noch ein wenig zu gedulden. Fasten wird sowohl für ihren Körper als auch für ihre Seele gut sein.«
Sie ging zurück, um das Weinfass zu untersuchen, prüfte den Stempel und die Buchstaben, die in das Fass eingebrannt waren und verkündete, dass es aus den Weinbergen des Schlosses Mauleon in der Gascogne stammte. Mehr fand sie nicht. Wo war der Wein also vergiftet worden? Hier im Haus oder anderswo? Kathryn wusste, dass man jedes Spundloch an einem Fass öffnen und wieder versiegeln konnte, dass es ein bekannter Trick von Importeuren war, die den Wein verwässerten, um einen größeren Gewinn zu erzielen. Kathryn sah sich in der feuchten Küche um. Doch wie und warum hatte Isabella dieses besondere Fass für diesen besonderen Tag ausgewählt? Sie ließ den Wein aus dem Fass auf den Küchenboden laufen. Es war am besten, wenn das Fass geleert und später verbrannt wurde. Das würde sie auch Walter sagen.
Kathryn verließ die Küche. Im Flur entdeckte sie eine zertrümmerte Tür, die in den Keller führte. Sie knirschte in den Lederscharnieren. Kathryn ging wieder in die Küche, zündete eine Talgkerze an und ging langsam die steile Treppe hinunter, wobei sie sich an dem rauen Seil an der Kellerwand festhielt. Im Keller selbst roch es nach Schmutz: Als sie unten ankam, vernahm sie huschende Geräusche. Sie streckte die dicke Talgkerze von sich und unterdrückte einen Aufschrei. Auf dem Boden am Fuß der Treppe hatten Elias und seine Frau ein Holzbrett aufgestellt, das mit einer dicken, klebrigen Schicht

überzogen war, eine übliche Maßnahme, um Nagtiere und Kakerlaken zu fangen. Danach wurde das Brett entfernt und verbrannt. Auf dieser Holzplanke fanden sich totes Ungeziefer, Käfer, eine Ratte und zahlreiche Mäuse, von denen eine noch lebte und schwach zuckte. Kathryn streckte den Fuß aus, trat das Brett zur Seite und ging weiter. Die Kellerdecke war niedrig; leicht nach vorn gebeugt, hob Kathryn die Kerze und sah sich um. »Ein Ort für Gespenster!«, murmelte sie vor sich hin und versuchte, das grauenvolle Huschen zu ignorieren. Nur den schrecklichen Gestank vermochte sie nicht wegzudenken. Kathryn bedeckte Mund und Nase und wünschte, sie hätte eine Duftkugel bei sich. Sie atmete noch einmal tief durch und versuchte, die aufsteigende Übelkeit zurückzuhalten. Sie roch die parfümierte Creme, mit der sie sich an jenem Morgen die Hände eingerieben hatte. Allmählich wurde sie ruhiger. Sie musste sich auf diesen Keller konzentrieren, klein und mit schmutzigen, gekalkten Wänden. In einer Ecke war altes Werkzeug aufgestapelt, zerbrochene Möbelstücke, ein bereits angezapftes Fass Ale, dessen Zapfhahn noch leicht tropfte. Ein Stapel alter Kleider, gesprungene Einmachgläser und ausrangierte Töpfe und Pfannen lagen daneben. Kathryn fand einen Pfahl und stocherte durch den Unrat. Schließlich fand sie das Weinlager, doch es war nur ein Stapel versiegelter Flaschen, die von einem Weinhändler stammten – sie konnte kein zweites Fass finden. Kathryn war froh, dem Keller zu entkommen und ihre Suche oben im Haus fortzusetzen. Es war zwar gemütlich, doch sie spürte einen Mangel an Sorgfalt, es fehlte Wärme. Die gefliesten Böden waren schmutzig, die Binsen nicht allzu frisch. Das Erkerzimmer war gut eingerichtet, die Kerzendochte indes waren nicht gestutzt, und es roch nach billigen Öllampen. Die Wandbehänge waren von schlechter Qualität und leicht von Motten zerfressen. In der gegenüberliegenden Ecke des Erkerzimmers entdeckte Kathryn eine schmale Tür; sie führte in einen kleinen Raum, in dem ein fleckiger Schreibtisch, ein Stuhl mit hoher Lehne und ein Schemel standen. Dieser winzige Raum mit einem schlitzförmigen Fenster hoch oben an der Wand musste als Schreibzimmer gedient haben. Es gab ein paar Handschriften, aber keine Bücher. Kathryn stöberte durch fettiges Pergament und fand ein in Kalbsleder gebundenes Hauptbuch mit vergilbten Rändern, in dem Elias seine Buchhaltung geführt hatte. Kathryn trug es hinaus, um es später mitzunehmen, und ging dann hinauf in die Räume im ersten Stock. Einer davon war leer, in dem anderen standen zwei Bettgestelle, einige Hocker, ein Tisch, und an der Wand hing ein zerbrochenes Kruzifix über zwei in die Wand geschlagene Haken. Kathryn vermutete, dass hier die Magd und der Lehrjunge geschlafen hatten. Sämtliche Habe war verschwunden. Kathryn fiel ein, dass Lord Henry versprochen hatte, die beiden Kinder in seine Obhut zu nehmen und ihnen eine Anstellung in der Küche zu verschaffen.

Der große Schlafraum war behaglicher eingerichtet mit einem Himmelbett, das blaugoldene Vorhänge zierte. Ein Triptychon an der Wand zeigte Szenen aus dem Leben des heiligen Dunstan, des Schutzpatrons der Schmiede. Ein großer Schrank voller Kleidung stand neben einer Truhe mit persönlicher Habe, Schmuck und Juwelen. Kathryn durchwühlte sie, fand aber nichts Außergewöhnliches. Sie klappte die Fensterläden auf und sah durch das dicke Bleiglas nach draußen. Die Straße darunter war leer, die Menschen genossen nach der hektischen Arbeit am Morgen noch ihre Mittagsruhe. Ein Kind rannte auf der Jagd nach einem Hund vorbei, gefolgt von einem alten Mann, der an einem Stock humpelte. Er überquerte die Straße und zog zwei gezähmte Wiesel an einer Leine hinter sich her, die anscheinend eher erpicht darauf waren, sich miteinander zu balgen als ihrem Herrn zu folgen.

Kathryn wandte sich ab und sah sich im Schlafzimmer um. Die Tagesdecke war aus verschossenem Blaugold, ein lohfarbenes Kleid mit weißem Unterkleid lag auf der Seite. Hatte Isabella sich für den schicksalhaften Abend umziehen wollen? Kathryn trat an den Waschtisch. Die Schüssel war leer, doch der Krug war mit Wasser gefüllt, auf dessen Oberfläche sich inzwischen eine Staubschicht gebildet hatte. Auf dem Rand der Schüssel lagen zwei sauber gefaltete Tücher und ein Stück kostbare kastilische Seife. Kathryn roch daran und genoss den intensiven, süßen Duft. Sie legte die Seife wieder zurück und wischte sich die Finger an einem Tuch ab. Isabella hatte auf jeden Fall die Absicht gehabt, sich zu waschen und umzuziehen, aber warum? Wegen des Festtages? Kathryn dachte an die Küche, das kleine, von Ratten angenagte Rippenstück in der tropfenden Pfanne auf dem Tisch. Ja, eine Art Feier, aber gab es eine Verbindung zwischen Michaelistag und der Gilde der Schmiede?

Kathryn setzte sich auf die Bettkante. Sie hatte das Gefühl, als wären die Geister dieser beiden unglücklichen Opfer ganz in der Nähe und zögerten noch, das Haus zu verlassen. Sie schloss die Augen und flüsterte das Requiem. Was sie hier empfunden hatte, war die Traurigkeit zweier Seelen, deren Leben von Argwohn, Wut und gehässigem Streit überschattet war. Elias war zweifellos ein guter Schmied, ein Handwerker, doch sein Haus zeigte wenig Wohlstand, bis auf die Kleidung seiner Frau und die kleine Schmuckkassette. Kathryn hatte sie in der großen Truhe gefunden. Hatte Elias die Gewinne versoffen und seine Gemahlin in Anfällen von Großzügigkeit mit kostbaren Geschenken, Kleidern, Roben, Schmuck und kastilischer Seife versöhnlich zu stimmen versucht? Kathryn fiel ihre erste Ehe mit dem Trunkenbold Alexander Wyville ein. Er war genauso gewesen, aggressiv und gewalttätig, doch versuchte er sie mit Tand zu besänftigen, den er bei einem Goldschmied gekauft hatte. Sie hatte nichts davon behalten. Sobald Alexander gegangen war, um sich den Lancastrianern anzuschließen, hatte sie alles an einen Goldschmied im Ort verkauft.

Als Kathryn sich erhob, stieß sie mit der Ferse an den Nachttopf unter dem Bett. Sie bückte sich und zog ihn hervor. Er war sauber geschrubbt. Kathryn erblickte einen Sack, der fest zwischen die Bodendielen und das Bett geklemmt war. Sie zog und zerrte daran, nahm das kleine Messer, das sie in ihrer Tasche bei sich trug, schnitt die Schüre durch, mit denen er oben zusammengehalten war, und leerte den Inhalt auf den Boden: ein Kriegsgurt mit einer verzierten Scheide. Der Griff des Dolches bestand aus poliertem Holz, in das silberne Sterne eingelegt waren. Die Scheide war aus kostbarem Leder, das am Rand mit goldenen Beschlagnägeln verziert war. Das Schwert selbst hatte einen Griff aus Silber. Kathryn zog es heraus und stieß einen Laut der Verwunderung aus beim Anblick der glänzenden Klinge, die bläulich schimmerte, als sie sie ans Licht hielt. Sie hatte in der Waffenkammer von Kingsmead genug Waffen gesehen und konnte eine gute handwerkliche Arbeit aus Toledo oder Mailand wohl erkennen. Sie steckte das Schwert wieder in die Scheide und betrachtete den Kriegsgurt. Wie kam es, dass Elias der Schmied etwas so Kostbares besaß – das Eigentum eines Ritters oder Gefolgsmannes eines adligen Hauses? Sie nahm den Gurt in die Hand, und ihre Neugier wuchs. Der Gurt war mit einem bunten Wappen verziert, einem goldenen Falken vor silbernem Hintergrund, darunter ein rotes Fallgatter, über dem ein schwarzer finsterer Balken lag. Kathryn erkannte die Waffen als die eines führenden Lancastrianers, Bastard von Faucomberg, der versucht hatte, London gegen Edward von York zu verteidigen, nur um am Ende sowohl die Stadt als auch seinen Kopf einzubüßen.

Kathryn durchsuchte den Sack; sie fand ein gutes Leinenhemd, das leicht eingerissen und abgetragen war. Elias und seine Frau hatten offenbar erfolglos versucht, die Blutflecke auszuwaschen. Kathryn fiel Colums Geschichte von den flüchtenden Lancastrianern ein, die in Walmer niedergemetzelt worden waren. Hatte dieser Kriegsgurt einem von ihnen gehört? Sie legte die Sachen wieder in den Sack, ging die Treppe hinunter, nahm das Hauptbuch an sich und trat zu den anderen, die mit finsteren Mienen im Hof standen. Walter sah, was sie bei sich trug, und wollte schon lautstark protestieren, besann sich dann aber eines Besseren, schnaubte laut und wandte sich ab.

»Was ist das?« Colum kam zu ihr.

Kathryn stellte sich auf die Zehenspitzen und küsste ihn auf den Mund. »Die Geister sammeln sich, Colum«, flüsterte sie. »Vergossenes Blut schreit nach Rache! Gott fängt an, Notiz zu nehmen.«

4

Die Welt ist nichts als ein Weg voller Leid, und wir sind Pilger, die von hier nach dort gehen.
GEOFFREY CHAUCER

Kathryn steckte das Hauptbuch in den Sack und übergab ihn Colum.
»Halt ihn bitte eine Weile fest«, sagte sie. »Ich hätte gern ein Wort mit euch gesprochen«, rief sie den anderen zu. Sie scharten sich um Kathryn. Mother Croul kam von der anderen Seite des Hofes herüber, wo sie allein gestanden hatte. Kathryn blickte in ihre Gesichter. Mother Croul mit ihren klugen Augen, der sanfte Pater Clement, Amabilia, die ihren fröhlichen Mund nun an einer Seite herabhängen ließ. Roger der Arzt, mager und herb, der mit dem Ring an seinem Finger spielte. Benedict und Ursula standen dicht beisammen, das Gesicht des Notars war teigig, seine Augen wässrig. Ursula hatte ihren Hochmut teilweise abgelegt, als hätte ihr dieser Ort des Todes Energie entzogen. Constabler Walter mit seinem roten, aufgedunsenen Gesicht, den Schweinsäuglein und dem fettigen Haar, das ihm wie schwarze Dornen vom Kopf abstand, stolzierte noch immer umher wie ein Hahn. Er war sehr unglücklich, dass seine Autorität bedroht war, und warf wütende Blicke um sich, als wollte er um Hilfe gegen diese Eindringlinge rufen. Nur Simon der Totengräber fehlte. Kathryn war im Begriff, etwas zu sagen, als die Kirchenglocke zu läuten begann.
»Der Totengräber hat die Leichen vor dem Altar aufge-

bahrt«, sagte Pater Clement. »Die Trauerzeit hat nun begonnen.«
»Mistress, müssen wir hier stehen?«, fragte Amabilia.
»Ich würde euch gern alle an einem Ort sehen«, erwiderte Kathryn, »wo das Gedröhn der Glocke die Unterhaltung nicht erstickt.« Sie zuckte mit den Schultern. »Vielleicht ist hier nicht der richtige Zeitpunkt und der richtige Fleck.«
»Wir sollten unseren Hunger stillen«, schlug Amabilia vor. »Ich habe einen Eintopf vorbereitet, den wir in unserem Refektorium zu uns nehmen können.« Ihre Worte wurden mit zustimmendem Raunen aufgenommen, auch Kathryn war einverstanden, und sie verließen den Hof. Auf der Straße ging es wieder lebhafter zu, während die Ärmeren sich an den provisorischen, billigen Ständen drängten, an denen Kleidung aus zweiter Hand verkauft wurde. Ein Stück weiter bereiteten die Metzger ihre Bänke vor, übergossen sie mit kochend heißem Wasser, um Abfälle wegzuspülen, während ihre Lehrjungen schnappende Hunde und die in Lumpen gekleideten Armen verscheuchten, die verzweifelt nach Überresten suchten. Die Straße wurde schmaler, und der Prediger huschte in seinem flatternden schwarzen Gewand wie ein Geist von einer Gasse zur nächsten. Er blieb nicht einmal stehen, um ihren Gruß zu erwidern, sondern eilte weiter, eine Scheibe Brot in der einen, ein Stück gebratenes Fleisch in der anderen Hand. Kathryn sah ihm nach, wie er in der Dunkelheit eines Gässchens verschwand. Ihr fiel auf, dass sein Stab in der Kordel um seine Taille steckte, nach der Art, wie ein Kämpfer sein Schwert trug.
Pater Clement drängte weiter. Sie gelangten an einen Streifen Gemeindeland, das bis an die hohe Friedhofsmauer reichte. In der Mitte ragte das viergieblige Friedhofstor auf. Kathryn und Colum folgten dem Pfarrer in

den kühlen Schatten uralter, knorriger Eiben. Die Gräber waren gepflegt. Einige hatten ein schlichtes, verwittertes Holzkreuz, andere gemeißelte Grabsteine. Kathryn fiel auf, wie sauber sie gehalten wurden, so wie in ihrer alten Pfarrkirche St. Mildred in Canterbury, Moos und Flechten waren abgekratzt. Der Friedhof lag da wie entrückt, eine Ruhe, die nur durch den Ruf eines Vogels oder das Zirpen der Grillen unterbrochen wurde. Der Duft von Wildblumen wie Frauenmantel und Schmetterlingsblütlern hing wie betörender Nebel in der Luft.

»Gottes Acker«, murmelte Pater Clement vor sich hin. »Ich versuche, Kirchenrecht durchzusetzen. Ich bestehe darauf, dass dies ein heiliger Ort ist. Hier lasse ich nur das Kirchenale probieren, und in der Himmelfahrtswoche darf hier gebetet werden, und die Festspiele können hier stattfinden. Stimmt Ihr mir zu, Mistress?«

Kathryn nickte, während Pater Clement sie den Kiespfad entlang führte. Aus den Augenwinkeln erhaschte Kathryn einen Blick auf einen jungen Mann und seine Freundin, die, aufgeschreckt aus dem hohen Gras, von ihrem Liebesnest zur Friedhofsmauer schlichen.

»Ich sehe Euch, Master Ralph, und Euch, Mistress Alison«, rief Pater Clement. »Das hier ist keine Schankstube.«

Das Liebespaar floh zur Friedhofsmauer, die es rasch erklomm. Die Bemerkung des Pfarrers und der Anblick der beiden Liebenden rief Gelächter hervor.

»Es ist auf allen Friedhöfen dasselbe, nicht wahr?« Pater Clement lächelte Kathryn an. »Hier liegen Menschen, doch nicht alle sind tot.«

Kathryn schmunzelte über die witzige, aber freundliche Beobachtung des Paters. Ihr fielen die Worte von Pater Cuthbert ein, ihrem Beichtvater im Poor Priests Hospital: »Inmitten der Toten wurden mehr Kinder gezeugt als unter den Lebenden.«

Sie gingen weiter zur Kirche mit ihrem beeindruckenden Mittelschiff, dem schwarzen Schieferdach und den verglasten Fenstern, manche mit unterbrochenem, andere mit durchgehendem Maßwerk. Der verwendete Stein, erklärte Pater Clement, sei Sandstein, der einen weichen Goldton ausstrahle. Der Glockenturm, inzwischen still geworden, war erst später hinzugekommen, ebenso wie das große Portal, dessen Bogenfeld erschreckende Szenen des Jüngsten Gerichts zeigte. Zur Rechten Jesu Christi standen Engel mit Schwertern aus Feuer, zu seiner Linken Skorpione, Drachen und affengesichtige Dämonen, Symbole für die Macht der Hölle.

»Eine schreckliche Warnung«, mahnte Pater Clement, »doch kommt, Mistress, seht her.« Er führte sie näher an das Tor heran und zeigte auf die beiden steinernen Scheusale mit ihren dämonischen Gesichtern, den hervorstehenden Augen, den Stupsnasen und ihrem lächelndem Mund, doch beide trugen eine Bischofsmitra. Kathryn übersetzte die Inschrift, die unter jedes Scheusal in den Stein gemeißelt war:

Mögen seine Tage kurz sein, und möge sein Bistum an einen anderen übergehen.

»Eine merkwürdige Inschrift für eine Kirche«, bemerkte Kathryn.

»St. Swithun wurde während der unruhigen Zeiten unter König John errichtet«, erwiderte Pater Clement. »Der hier ansässige Lord, der das Recht auf eigene Pfründe besaß, ernannte nur Pfarrer, die dem zuständigen Bischof feindlich gesinnt waren.«

»Und hat Lord Henry dieses Recht heute noch?«, fragte Kathryn. »Ist er für die Ernennung der Pfarrer hier zuständig?«

»Ja.« Pater Clement blinzelte sie kurzsichtig an. »Doch bei den letzten Unruhen wechselte der ortsansässige Lord häufig, das Haus Lancaster setzte den einen, das Haus York wieder einen anderen Lehnsherrn ein, sodass die Sache nachlässig gehandhabt wurde.« Er verzog das Gesicht, dann lächelte er, und Kathryn stellte fest, wie sauber seine Zähne waren, sein Atem war frisch. »Doch Lord Henry hat meine Ernennung sofort auf Lebenszeit bestätigt. Er war nur allzu froh. Seht Ihr, Mistress«, er eilte weiter und kam ihr so nah, dass die anderen ihn nicht hörten, »ich baue in der Krypta ein Grab für seine Gemahlin, Lady Mary.«

»Ihr seid Bauhandwerker?«, fragte Colum.

»Steinmetz, Sir«, flüsterte der Pater, ohne auf die laute Bemerkung des Constablers zu achten, wie hungrig er sei. »Ich war einmal Steinmetz, ein sehr guter sogar, Mitglied der Gilde in Dover.« Pater Clement richtete sich auf. »Das war, bevor der Herr mich rief, an Seiner Kirche auf eher geistliche Art mitzubauen. Ich reiste nach Canterbury und wurde von Erzbischof Bourchier in den heiligen Orden aufgenommen.«

»Aha, Bourchier«, neckte Kathryn. »Seine Gnaden haben inzwischen die Achtzig weit überschritten. Es hat den Anschein, als wäre er schon lange alt.«

»Nun, er hat mich geweiht«, verkündete Pater Clement, »und mich nach Hardleston geschickt und anschließend für die letzten sechzehn Jahre nach Walmer. Doch alte Gewohnheiten legt man nicht so schnell ab. Ich spüre gern den Stein unter den Händen und bearbeite ihn. Kommt, ich zeige Euch die Kirche.«

Er führte sie herum, blieb an der schmalen Leichentür stehen und erklärte, die Vorhalle sei von einem späteren Lehnsherrn erbaut worden, und er habe sich um die Ziegelarbeiten gekümmert. Sie gingen um die Kirche herum. Dahinter stand das Pfarrhaus, umgeben von Bäumen, ein einstöckiges Herrenhaus mit Seitenflügeln und einem gepflasterten Hof. Die Gebäude waren mit schwarzem Schiefer gedeckt und hatten Bogenfenster, von denen einige verglast, andere mit steifem Leinen bezogen waren. Pater Clement erklärte, ein Flügel diene als Stall und Wirtschaftsgebäude, der andere sei seine Werkstatt. Er bat die anderen, Amabilia ins Haus zu folgen – es bedurfte keiner zweiten Aufforderung –, während er Kathryn und Colum in sein Haus des Steins führte, wie er es nannte, ein lang gestrecktes, niedriges Gebäude mit einem Stichbalkendach. In der Mitte stand die große Werkbank, übersät mit Werkzeug, Äxten, Meißeln, Senkschnüren, Zirkeln; überall lagen Blöcke aus Quadersteinen – hochwertiger Sandstein – und Eimer mit Anweisungen zur Herstellung von Mörtel, die auf der Seite klar eingezeichnet waren: zwei Teile Sand und ein Teil Kalk.

»Lasst Ihr Euch den Stein anliefern?«, fragte Colum.

»O ja, hinter dem Gebäude werdet Ihr beladene Karren finden. Lord Henry ist ein großzügiger Gönner. Er hat mir gesagt, er werde Stein aus Oxfordshire und Portland im Westen des Landes herbeischaffen, sowie die besten Bruchsteine, die es auf dem Markt gibt.« Er führte sie ins Freie. Kathryn stolperte auf der Schwelle und stieß dabei den Deckel von einer Milchkanne. Sie bückte sich, hob ihn auf und wollte ihn schon wieder an seinen Platz legen, als ihr der ranzige Geruch auffiel. Die Milch war nicht nur geronnen, sondern trocknete bereits aus. Pater Clement entschuldigte sich und nahm ihr den Deckel aus der Hand, wobei er ihr erklärte, dass sie sich infolge der Ereignisse nicht richtig um das Haus hatten kümmern können. Trotzdem werde die Mahlzeit, die Amabilia vorbereitet hatte, köstlich schmecken.

»Die Leichen sind aufgebahrt.« Simon der Totengräber kam über den Hof geschlendert. »Obwohl der Himmel weiß, wo ihre Seelen sind!« Simon hielt einen Lederkrug in der Hand. Der Totengräber war ohne Zweifel ein Trunkenbold, mit seinen harten blauen Augen und dem strengen Gesicht war er indes kein Dummkopf.

Amabilia stand in der Tür und winkte. »Ihr müsst kommen, alles ist fertig.«
Kathryn und Colum gingen hinüber, während Simon Pater Clement zur Seite nahm und auf ihn einflüsterte.
»Was ist in dem Sack?«, wollte Colum wissen.
»Wart's ab.« Kathryn blinzelte ihm zu. »Ich vermute, wir werden auf eine Reihe Geheimnisse stoßen. Unsere guten Gemeindemitglieder haben einiges zu verbergen.«
Sie betraten das Haus des Pfarrers. Es war behaglich und hausbacken eingerichtet: Auf dem Boden waren keine Binsen verteilt, stattdessen waren die Fliesen geschrubbt, und in den Ecken standen Kräutertöpfe. Eigentlich war es eine lange Halle, die aufgeteilt worden war. Zu ihrer Rechten erblickte Kathryn durch eine halb geöffnete Tür flüchtig ein paar Stühle und Hocker mit Polstersitzen. Das Refektorium lag linker Hand, ein langes Zimmer, das zur Küche führte. An der hinteren Wand befand sich ein Kamin, der jetzt jedoch hinter einem verzierten Wandschirm verschwand. Über der Holztäfelung zu beiden Seiten der Feuerstelle hingen Gemälde und Gobelins. Der lange Tisch war gewienert. Amabilia hatte ihn mit Tellern, Hornlöffeln und Zinnbechern gedeckt. Das Gericht, das sie auftischte, gekochte Fleischwürfel mit Gemüse, schmeckte köstlich, während Amabilia stolz verkündete, das Ale habe sie selbst gebraut. Das Brot war etwas altbacken, doch Kathryn war hungrig und griff zu, wobei sie die anderen dabei beobachtete, wie sie sich den Magen füllten. Sie und Colum saßen zu beiden Seiten von Pater Clement, Amabilia neben ihr, und die anderen hatten sich um den Tisch herum verteilt. Sie aßen alle, als würden sie schon lange Zeit hungern. Der Constabler schob sich das Essen in den Mund und hob hin und wieder den Kopf, um ihr einen wütenden Blick zuzuwerfen. Simon der Totengräber trank mehr als er aß. Benedict und Ursula pickten

zunächst noch zögerlich in ihrem Essen herum, doch schließlich begannen sie zu essen und plauderten miteinander. Mother Croul und der Arzt schwiegen die ganze Zeit. Am Ende der Mahlzeit räumte Amabilia mit Kathryns Hilfe den Tisch ab. Dann reichte sie eine Portion Birnentarte mit weißem Rheinwein, der süß schmeckte. Danach tauchte Kathryn die Finger in die Wasserschale und wischten sich Hände und Mund ab.
»Tut mir leid, ich muss Euch ein paar Fragen stellen.« Sie legte die Serviette nieder und griff nach dem Sack. Sie schob ihre Schale zur Seite und schüttete den Inhalt des Sacks auf den Tisch, ohne auf die überraschten Ausrufe zu achten. Colum stand auf, nahm den Kriegsgurt und legte ihn sich um. Er zog das Schwert und hob es hoch, dass sich das Licht darauf fing, was Betroffenheit unter den Anwesenden auslöste. »Das habe ich in Elias' Schlafzimmer gefunden«, erklärte Kathryn. »Wie kommt Elias an eine so wertvolle Waffe? Warum sollte der Schmied etwas besitzen, das einem Gefolgsmann des Bastards von Faucomberg gehört haben muss?«
»Ihr wisst, warum«, meldete sich Roger zu Wort.
Kathryn hielt den Arzt für einen schweigsamen Geheimniskrämer, doch nun, da sein Bauch mit Ale und gutem Essen gefüllt war, hatte Roger anscheinend entschieden, seiner Verärgerung über den Lauf der Dinge Luft zu machen.
»Mistress, Ihr habt uns den ganzen Morgen um Euch herumtänzeln lassen.«
»Ich habe Euch nicht tänzeln lassen!«, fuhr Kathryn ihn an. »Drei Menschen wurden hinterrücks ermordet.«
»Und wie kommt Ihr darauf«, fragte Ursula, »dass wir etwas wissen könnten?«
»Weil Ihr die Dorfältesten seid. Ich bin sicher, Euch ist klar, dass die drei Opfer auch alle dem Kreis der Dorfältesten angehörten. Ihr alle habt in diesem Ort eine wich-

tige Stellung inne. Ihr wisst Bescheid über Elias, Isabella und Adam den Apotheker. Im Namen Eurer Untertanenpflicht gegenüber der Krone, ganz zu schweigen von Eurer Treue zu Gott: Wenn Ihr Informationen habt, die diese Rätsel lösen könnten, seid ihr gesetzlich dazu verpflichtet, sie preiszugeben. Ich werde nun meine Fragen stellen. Mag sein, dass ich die Antworten erahne, doch ich würde sie gern von Euch hören.«

»Dann antworte ich.« Roger erhob sich halb von seinem Stuhl und funkelte Kathryn über den Tisch hinweg an. »Seit dem Ende des Krieges ist ein Jahr vergangen. Wir sind Dorfbewohner, kleine Leute vom Land. Wir gehen unseren Geschäften nach, während die Großen mit wehenden Bannern in den Krieg ziehen und sich um die Krone schlagen, um Besitz, um Ländereien und Rang und Namen. Walmer war eine Festung der Lancastrianer, nicht weil wir es so gewollt hätten, sondern weil die Großgrundbesitzer es so haben wollten. Dann hat Edward von York zurückgeschlagen. Er hat das Haus Lancaster bei Barnet und Tewkesbury vernichtet, und alle Lancastrianer, die nicht getötet oder gefangen genommen wurden, rannten um ihr Leben. Die drei, die auf ihrer Flucht hierher kamen, waren eine Gefahr für uns; wir haben unsere Treue zur Krone erklärt und sie verfolgt.«

»*Wir?*«, schaltete Colum sich ein.

»Wir waren alle dabei, als sie getötet wurden!«

»Ich nicht«, rief Mother Croul.

»Ich auch nicht«, sagte Pater Clement mit schneidender Stimme, »ebenso wenig wie meine Schwester.«

»Setzt Euch, Roger«, verkündete Colum. »Ich weiß Bescheid über derlei Dinge, und ich kenne mich mit Ärzten aus. Habt Ihr Euren Chaucer gelesen? ›Nirgendwo auf der ganzen Welt kam ihm jemand gleich.‹«

»Habt Ihr die Erzählungen auswendig gelernt?«, fragte Pater Clement.

»Ich finde Chaucer amüsant und lehrreich«, stellte Colum fest. »Ich kann viele Verse auswendig. Wir sind jedoch nicht hier, um uns über Poesie zu unterhalten, oder doch, Master Roger? Was geschah, als diese drei Lancastrianer hierher kamen?«

Seine Frage stieß auf eine Wand des Schweigens.

»Sagt es mir.« Kathryn zeigte auf Benedict, der ihr gegenüber saß. »Sagt Ihr mir, was an jenem Tag geschah.«

»Wie Roger der Arzt bereits sagte« – Benedict öffnete die Lippen und reinigte sich mit der Zungenspitze die Zähne – »wir kleinen Leute gingen unseren Geschäften nach. Nachrichten von großen Schlachten erreichten uns, eine im Norden, die andere im Westen.«

»Ich erhielt Befehle«, schaltete sich Constabler Walter ein. »Aufrufe vom Sheriff von Kent, alle Lancastrianer, die versuchten, außer Landes zu fliehen, seien als Verräter zu betrachten, und wenn sie sich nicht ergäben, seien sie zu erschlagen.«

»Master Constabler, vielleicht solltet Ihr die Geschichte erzählen«, schlug Kathryn vor.

»Da gibt es nicht mehr viel zu erzählen.« Der Constabler zuckte mit den Schultern. Er nahm einen Krümel vom Tisch und steckte ihn in den Mund. »Drei Reiter kamen nach Walmer. Sie stiegen ab und gingen in die Schenke, wo sie um Ale baten. Man sah ihnen an, dass sie Krieger waren, ihre Pferde waren aufgedunsen und über und über mit Schmutz bedeckt. Einer von ihnen war hier, am linken Arm, verwundet.«

»Beschreibt sie«, unterbrach Kathryn ihn.

»Der eine war ein junger Knappe, nicht älter als zwanzig Lenze, die anderen beiden waren Bogenschützen und viel älter, doch der Knappe schien das Sagen zu haben. Er war gut gekleidet in halber Rüstung und trug diesen Kriegsgurt um die Taille. Jedenfalls war Elias der Schmied wie üblich im Silbernen Schwan, um seinen

Durst zu löschen. Er wurde boshaft, stand auf und hob den Krug. ›Hoch lebe Edward von York‹, verkündete er. Die drei Lancastrianer sahen ihn schweigend an. ›Ein Hoch auf seine Hoheit Edward von York‹, wiederholte Elias. Der junge Knappe knallte seinen Krug auf den Tisch, erhob sich und ging hinaus. Elias und die anderen folgten ihm. Wir alle waren im Silbernen Schwan, bis auf Pater Clement, Amabilia und Mother Croul. Elias war betrunken und kam in Rage. Er fragte, warum sie sich dem Trinkspruch auf den König nicht anschlössen. Der Knappe sagte, er solle sich zum Teufel scheren und sie in Ruhe lassen. Elias hob ein Stück Holz auf und schlug auf den Knappen ein, als dieser gerade aufsitzen wollte. Die beiden Bogenschützen versuchten, ihr Schwert zu ziehen. Elias und wir anderen umzingelten sie. Ich vermute«, sagte Walter schnaubend, »wir hatten alle zu tief in den Kelch geschaut. Die drei Männer waren nicht in der Lage, ihre scheuenden Pferde zu besteigen, also flohen sie, und wir setzten ihnen nach. Ein Mordsgezeter hob an. Wir riefen alle: ›Nieder mit ihnen!‹ Der Knappe schien zu wissen, wohin sie sich wenden mussten. Er ging die Mercery hinunter und floh über das Gemeindeland auf den Friedhof. Er hoffte auf Asyl. Dort haben wir ihn geschnappt.« Der Constabler hatte jetzt Angst, Schweißperlen glitzerten auf seinen geäderten Wangen. Verstohlen blickte er sich um, doch die anderen hielten den Kopf gesenkt, bis auf Mother Croul, die still vor sich hin lächelte. Kathryn spürte, dass der Constabler die Unwahrheit sagte, wollte jedoch unbedingt seine Geschichte hören.
»Unterdessen hatten wir zu den Waffen gegriffen, Keulen, alles Mögliche«, fuhr der Constabler fort. »Die drei Lancastrianer waren erschöpft und verwundet. Adam und Elias haben den Knappen mit einem Hammer und einer Axt geschlagen. Der junge Mann brach zusam-

men. Die beiden Bogenschützen versuchten zu fliehen, sie wurden getrennt, niedergemacht und mit Messern traktiert.« Walter schienen die blutigen Ereignisse, die er schilderte, nicht weiter zu beeindrucken. »Danach wurden die Leichen entkleidet und vor das Marktkreuz gelegt, bis Lord Henry und andere kamen. Ah« – Walter zeigte auf Colum – »dachte ich mir doch, dass ich Euch schon einmal gesehen habe, Ihr wart in Lord Henrys Begleitung.«

»Ich war dort.«

»Und was geschah mit den Leichen?«, schaltete Kathryn sich ein.

»Ich bin am darauf folgenden Morgen zurückgekehrt«, erwiderte Pater Clement, deutlich verstört angesichts der Gewalttätigkeit seiner Gemeindemitglieder. »Lord Henry hatte unterdessen angeordnet, sie in Tücher zu hüllen und in den Armengräbern auf der westlichen Seite des Friedhofs beizusetzen – dort beerdigen wir Fremde und Bettler, die einen plötzlichen Tod erleiden und keine Verwandten haben. Ich habe die Gräber gesegnet ...« Er verstummte.

»Und niemand ist jemals hergekommen und hat Anspruch auf die Leichen erhoben?«, fragte Kathryn. »Und der Besitz dieser Männer?«

»Wie schon gesagt, Elias war unser Anführer«, erwiderte Walter. »Er war bis oben hin voll mit Ale. Wenn Elias wütend war, dann war mit ihm nicht gut Kirschen essen, und Adam war auch nicht besser.«

»Ihr habt Euch bedient, nicht wahr?«, beschuldigte Kathryn ihn. »Und damit habt Ihr das Gesetz übertreten. Das Eigentum solcher Männer ist einem Beamten der Krone auszuhändigen.«

»Wir dachten«, erklärte Benedict, »wir hätten drei Verräter zur Strecke gebracht.«

»Hat man ihnen die Chance eingeräumt, sich zu ergeben?«, fragte Kathryn. »Spricht Chaucer nicht davon, wie gut belesen Ihr Rechtsgelehrten sein sollt? Kennt Ihr das Gesetz nicht, Master Benedict?«

»Mein Mann kennt das Gesetz«, entgegnete Ursula. »Es waren Verräter, die Waffen bei sich trugen. Sie wurden niedergestreckt, die Leichen entkleidet. Master Murtagh, habt Ihr nie ein Schlachtfeld geplündert?« Sie zuckte mit den Schultern. »Also, drei Fremde, Feinde der Krone, wurden getötet, als sie sich der Gerechtigkeit des Königs durch Flucht entziehen wollten. Was haben sie mit Adams oder Elias' Tod zu tun?«

»Vielleicht nichts«, erwiderte Kathryn. »Womöglich aber auch alles. Ich möchte mehr über diesen Ort herausfinden. Lord Henry wurden Ländereien hier in der Gegend geschenkt. Er ist der Gutsherr.«

»Ja, das stimmt«, spottete der Arzt. »Wir alle kennen den großen Lord Henry, ihm gehören Fischteiche, Weiden, Waldstücke, Ackerland und vieles mehr. Wir alle zahlen ihm Abgaben.«

»Er ist ein guter Lord«, schaltete Benedict sich taktvoll ein. »Er ist ein guter Lord. Mistress, noch einmal fragen wir Euch, was hat das alles mit dem Mord an Adam und Elias und seiner Frau zu tun?«

»Wie schon gesagt, ich möchte möglichst viel über Euren Ort erfahren. Diese drei Lancastrianer, Verräter, wie Ihr sie nennt, wurden also ermordet und in Armengräbern beigesetzt. Was ist seither noch geschehen, irgendetwas Außergewöhnliches?«

»Mene, mene, tekel u-parsin«, murmelte Pater Clement vor sich hin. »Stand das nicht da, Schwester?«

Amabilia, die in der Küche gewesen war, seitdem Kathryn den Sack ausgeschüttet hatte, kam herüber und setzte sich zu ihnen. Sie sah Kathryn an und nickte.

»Pater, worauf spielt Ihr an?«

»In der Kirche gibt es ein Gemälde, das den Propheten

Daniel beim Fest des Babylonischen Königs darstellt. Gottes Hand ist auf diesem Fest erschienen und hat eine Warnung an die Wand geschrieben.«
»Und?«, fragte Colum und setzte sich neben Kathryn.
»Diese Worte hat jemand am Eingang unserer Kirche auf den Boden gekritzelt.« Pater Clement biss sich vor Zorn auf die Lippen.
»Es war also eine Person, die schreiben konnte?«, fragte Kathryn.
»Die Buchstaben waren ungelenk.« Benedict meldete sich zu Wort. »Jeder hätte sie abschreiben können. Am vergangenen Sonntagmorgen, als wir zur Messe gingen, fanden wir diese Wort auf den Boden gekritzelt, und wir wissen nicht, von wem oder warum.«
»Sie könnten jederzeit geschrieben worden sein.« Pater Clement seufzte.
»Ich habe die Kirche tags zuvor kurz vor Mitternacht abgeschlossen«, erklärte Simon der Totengräber, »und vor dem Morgengrauen wieder geöffnet. Das Licht drinnen ist spärlich.« Er schüttelte den Kopf. »Mir wäre es nicht aufgefallen, aber Ihr wisst, wer es war, Pater!«
Kathryn warf dem Pfarrer einen Blick zu.
»Der Prediger«, sagte Pater Clement und blinzelte. »Er ist am späten Samstagabend in der Kirche gesehen worden. Er zitiert immer aus den Schriften, andererseits kann Satan das auch, während der Teufel wie ein Engel aus Licht erscheinen kann.«
Der Pater und seine Schwester waren sichtlich erregt. Pater Clement war bleich, und Amabilia tupfte sich unablässig die Augen ab.
»Da ist noch etwas, nicht wahr, Pater?«, fragte Colum. »Ihr habt es bereits erwähnt. Etwas, das Ihr uns zeigen wollt?«
Colums Frage wurde von den anderen wiederholt. Der Pater bekreuzigte sich, stand auf und verließ das Refektorium. Seine Gäste unterhielten sich mit gedämpf-

ter Stimme, bis er mit einem quadratischen, dunklen, verschmierten Stück Pergament in der Hand zurückkam. Er reichte es Kathryn. Das Stück Pergament sah aus, als habe man es aus einem Folianten gerissen; es war an einer Seite gezackt, doch bis auf die Worte, die in tiefschwarzer Tinte eingeätzt waren, unbenutzt. Sie erinnerten Kathryn an die Schrift im Hauptbuch des Apothekers und waren mit kühnem Schwung geschrieben:

»Wer soll uns von diesem verderblichen Pfarrer erlösen?«

Darunter erkannte Kathryn ein falsches Zitat aus einem der Bücher der Propheten:

»Ich werde erst die Herde, dann den Hirten geißeln.«

»Das war am vergangenen Sonntagmorgen an meine Haustür genagelt«, murmelte Pater Clement. »Deshalb war ich so wütend, als ich nach der Messe predigte.«

»Wer?«, fragte Kathryn. »Warum?«

»Ich weiß es«, durchbrach der Totengräber die Stille; er wirkte aggressiv. »Und Ihr wisst es auch Pater, ich habe Euch gesagt, Ihr solltet nicht ...«

»Ich habe den Prediger am Samstagabend im Leichenhaus übernachten lassen«, gestand der Pfarrer. »Ich habe ihm eine Decke gegeben, Wein und etwas zu essen. Ich habe versucht, wie ein Christ zu handeln. Er war einigermaßen freundlich und hat mich nach dem Tun und Treiben meiner Gemeindemitglieder gefragt.« Pater Clement zeigte auf den Notar. »Besonders nach Euch, Benedict.«

»Wichtigtuer!«, keifte Ursula, als ihr Mann leicht errötete und die Hände vor den Mund nahm.

»Wenn es der Prediger war«, fragte Colum, »woher hatte er Pergament, Feder und Tinte?«

»Vom Apotheker.« Pater Clement zuckte mit den Schultern. »Heute Morgen hat Adam mir gesagt, dass der Prediger ihn vergangenen Samstagabend aufgesucht habe. Ihm fiel auf, dass seine Finger ziemlich schwarz waren, als hätte er mit Holzkohle hantiert. Er bat Adam um eine Feder, ein Tintenfass und ein Stück Pergament. Adam war einverstanden, der Kerl setzte sich draußen auf eine Plinthe, wo er etwas niederschrieb. Dann ging er wieder.«

»Ja, stimmt.« Der Totengräber lächelte triumphierend in die Runde. »Adam hat das Pergament verwendet, um Pulver einzupacken, während die Schrift in der Kirche mit Holzkohle geschrieben wurde. Und ich vermute«, krähte er, »Adam hat bei der Versammlung der Dorfältesten natürlich nichts von dem Prediger erwähnt, der zuvor bei ihm war.« Seiner Vermutung wurde mit allgemeinem Nicken begegnet.

»Man sollte ihn festnehmen!«, verkündete der Constabler. »Pater, warum habt Ihr das noch nicht erwähnt?«

»Zunächst hielten wir es für einen grausamen Scherz«, erklärte Amabilia. »Der Prediger ist ein Fremder, Master Constabler, er ist kein Sündenbock.«

Colum und Kathryn pflichteten ihr bei.

»Es wurden hinterhältige Morde verübt«, verkündete Colum, »und es wäre falsch, ohne schlüssigen Beweis mit dem Finger auf jemanden zu zeigen.«

»Gut.« Kathryn nahm den Zinnkrug in die Hand und drückte ihn an ihre heiße Wange. »Drei Lancastrianer, Unbekannte, werden getötet und hier begraben. Elias, einer der Anführer der Schar, die sie getötet hat, nimmt ihren kostbarsten Besitz an sich und versteckt alles in der Hoffnung, ihn zu gegebener Zeit verkaufen zu können. Am vergangenen Sonntag wird eine Warnung von einem Wandgemälde in der Kirche auf den Boden gekritzelt. Pater Clement wird bedroht, und der Prediger verhält sich verdächtig. Lasst uns nun auf den Tod von Elias kommen. Hatte er Feinde?«

»Lasst uns eine andere Frage stellen«, spottete der Arzt. »Hatte er Freunde? Um offen zu sein, Mistress, Elias hatte ein loses Mundwerk, war leicht erregbar und mit den Fäusten schnell bei der Hand. Er war seiner Frau und seinen Nachbarn gegenüber gewalttätig. Viele in Walmer sehen ihn lieber tot als lebendig.«

»Und Isabella?«, fragte Kathryn.

»Sie war hübsch«, schaltete Ursula sich ein, »stand in der Blüte ihrer Jahre.«

»Sie war lüstern«, verkündete Roger in spöttelndem Flüsterton. »Der Herr sei ihrer Seele gnädig, doch Isabella machte gern schöne Augen und verteilte ihre Gunst großzügig.«

»An Euch?«, fragte Kathryn.

Der Arzt wischte sich nur den Mund mit dem Handrücken ab.

»An alle Männer hier?«, hakte Kathryn nach. Benedict sah vor sich auf den Tisch und biss sich auf die trockenen Lippen.

»Master Benedict, kanntet Ihr die Frau des Schmieds? Ich meine, intim?«

»Wie könnt Ihr es wagen!«, kreischte Ursula. »Wie könnt Ihr es wagen, meinen Mann zu beschuldigen, etwas mit einem solchen Flittchen gehabt zu haben!«

»Sie ist tot«, unterbrach Pater Clement. »Welche Sünden sie auch begangen hat, der Herr möge ihr gnädig sein.«

»Ich habe Eurem Gemahl nur eine Frage gestellt«, sagte Kathryn leise. »Er kann sie bejahen oder verneinen.«

»Ich habe sie nicht gekannt!« Benedict blickte auf. »Jedenfalls nicht so, wie Ihr meint. Ich traf sie auf der Straße, und wir grüßten einander. Ich sprach dann mit ihr über die Ernte, das Wetter, das Tun und Treiben der Großgrundbesitzer.« Wieder kaute er nervös auf den Lippen. »Aber mehr war nicht.«

»Wenn Ihr nach einem Schuldigen sucht«, verkündete

Walter, »dann, Mistress, habt Ihr gerade seine Leiche gesehen.«

»Adam der Apotheker?«

»Adam der Apotheker«, erwiderte der Constabler. »Er und Isabella waren dafür bekannt, dass sie in den Wald schlichen. Stimmt's, Mother Croul?«

Die alte Frau am Ende des Tisches schien sich mehr für das Essen und Trinken zu interessieren als für ihre Gesellschaft.

»Wir alle sind Sünder«, verkündete sie. »Jeder in diesem Raum ist ein Sünder. Isabella war nicht anders. Sie hat gesündigt, doch der Herr hat Mitleid. Ihr Mann war gewalttätig und gefährlich. Wäre Elias nicht in diesem oder dem nächsten Jahr in einer Schenke vergiftet worden, hätte man ihn erstochen.« Die Heftigkeit, mit der die alte Frau ihre Worte vorbrachte, überraschte Kathryn. Mother Croul sah Kathryn an. »Nun seid Ihr hier, Mistress, und stellt Fragen. Ich weiß, was Ihr denkt. Die Warnung in der Kirche, die Worte, die dort abgeschrieben wurden, sind eine Warnung an uns alle. Gott wird Rache üben für die Sünden, die hier begangen wurden.«

»Welche Sünden?«, fragte Colum. »Warum sollte Walmer sündiger sein als irgendein anderer Ort im Königreich?«

»Ich weiß nicht«, antwortete Mother Croul. »Wüsste ich es, würde ich es Euch sagen. Wer immer den Schmied und seine Frau umgebracht hat, erst recht den Apotheker, wird immer wieder zuschlagen. Das glaubt Ihr doch, Mistress, nicht wahr?« Sie zeigte mit ihrem knochigen Finger auf Kathryn, die zustimmend nickte.

»Dann lasst uns also zur Sache kommen.« Mother Crouls Stimme wurde kräftiger. »Stellt Eure Fragen, Mistress. Elias war gewalttätig, Isabella machte schöne Augen, und Adam der Apotheker … ja, den habe ich mit Isabella im Wald gesehen, wie Ihr vielleicht auch, Master Roger.« Roger winkte nur ab, nahm ein paar Krumen vom Tisch und verbarg das Gesicht hinter seinem Krug.

»An dem Abend, als Elias getötet wurde ...« Kathryn nahm ihre Befragung wieder auf.

»Am Spätnachmittag hat eine Sitzung der Dorfältesten stattgefunden«, antwortete Pater Clement, »hier in diesem Raum.«

»Wer war dabei?«

»Alle hier Anwesenden. Amabilia hatte in der Küche zu tun. Wir reichen den Mitgliedern des Rats immer ein wenig Naschwerk und Wein.«

»Aber Elias und seine Frau kamen nicht?«, fragte Kathryn. »Warum?«

»Sie entschuldigten sich«, erwiderte der Pater. »Sie schickten eine Nachricht, sie hätten zu tun, und das stimmt. Sie sagten, sie wollten feiern. Ich glaube, sie haben sich auf den heutigen Feiertag vorbereitet.«

»Ist jemand von euch gestern im Hof der Schmiede gewesen?«, fragte Kathryn. Allgemeines Kopfschütteln war die Antwort. »Seid Ihr sicher?«, fragte Kathryn. »Wenn ich beweisen kann, dass jemand von euch im Hof der Schmiede war und es jetzt leugnet, gerät er in Verdacht.«

»Ich habe Elias am Morgen aufgesucht«, erwiderte Benedict, »aber nur, weil Elias einen Vertrag mit einem Lieferanten von Nägeln abschließen wollte. Ich habe den Hof nicht betreten, ich habe ihn in der Küche getroffen. Oh, es muss so ungefähr eine Stunde vor Mittag gewesen sein.«

»Ist Euch etwas Ungewöhnliches aufgefallen?«

»Nichts!« Der Notar schüttelte den Kopf. »Bis auf die Vorbereitungen. Ich fragte Isabella, was sie vorhabe. Sie antwortete: ›Elias und ich werden heute Abend wie Könige und Königinnen feiern‹, mehr nicht.«

»Habt Ihr das Weinfass gesehen«, fragte Kathryn, »eine

kleine Tonne? Master Constabler, wenn Ihr wieder in das Haus geht, werdet Ihr feststellen, dass der Wein auf den Küchenboden entleert wurde. Das Fässchen sollte verbrannt werden, es enthielt das Gift.«

»Ich habe es heute Morgen überprüft, das Fass war frisch angeschlagen und noch fast voll. Die einzigen, die dieses Weinfass angezapft haben, dürften Elias oder Isabella gewesen sein.« Walter verzog das Gesicht.

»Da liegt Ihr richtig, Master Constabler. Ich vermute, der Wein war vergiftet, noch ehe er ins Haus des Schmieds geliefert wurde.« Kathryns Feststellung wurde mit verwunderten Ausrufen aufgenommen.

Kathryn klärte die Runde auf: »Weinhändler sind bekannt dafür, dass sie das Spundloch öffnen, etwas Wein entnehmen, Wasser hineinschütten und wieder versiegeln. Wenn das ein Händler kann, warum nicht dann auch ein anderer, nur um diesmal Gift hineinzugeben?«

»War es dasselbe Gift?«, fragte Mother Croul.

Kathryn schüttelte den Kopf. »Das Gift, das Elias verabreicht wurde, braucht eine Zeit, abhängig von seiner Dosierung, und er war von sehr kräftiger Statur, doch die bittersüße Mandelsubstanz ist wahrhaft tödlich. Nach wenigen Herzschlägen liegt das Opfer bereits im Sterben. Das zweite leidige Problem ist, wer auch immer Elias getötet haben mag, er hatte die Absicht, seine Frau zur gleichen Zeit zu vergiften. Er, sie oder mehrere wollten, dass der Schmied und seine Frau diese Welt gleichzeitig verließen.«

»Aber, aber ...« Der Notar schob die Ärmel seiner Robe zurück. Er machte sich über Kathryn lustig und tat, als wäre er ein Richter mit einem sehr zweifelhaften Kläger. »Aber das ist doch unmöglich, Mistress. Wie konnte der Giftmörder wissen, dass Elias und Isabella zur gleichen Zeit ein vergiftetes Getränk zu sich nehmen würden?«

»Es kann schon sein«, erwiderte Kathryn. »Jeder hier

weiß, dass Elias am Ende eines Arbeitstages immer zwei Krüge reines Regenwasser aus seinem speziellen Fass getrunken hat. Was die Frau des Schmieds angeht, wie viele von Euch hier würden einen Schluck Wein trinken, wenn sie ein Festessen vorbereiten? Nur dass Isabella es nicht zur Feier des Tages getrunken hat, sondern vielmehr, um sich zu beruhigen, um sich nach dem Tod ihres Mannes zu stärken. Gesetzt den Fall,« – Kathryn sah den Notar durchdringend an – »Elias hätte an jenem besonderen Abend kein Wasser getrunken, sondern sich gleich zu seiner Frau an den Küchentisch gesetzt. Das Fass wäre angezapft worden, man hätte die Kelche gefüllt, und dennoch wären sie zusammen gestorben, mit dem einzigen Unterschied, dass sie dasselbe Gift zu sich genommen hätten. Das Weinfass enthielt den besten Bordeaux aus Mauleon in der Gascogne. Haben Isabella oder Elias je erwähnt, dass ihnen jemand so etwas geschenkt hätte?«

Wieder Schweigen.

»Weiß jemand, woher das Fässchen stammt?«

»Mistress, die meisten von uns kaufen ihren Wein im Silbernen Schwan oder im Blauen Eber«, bemerkte Benedict. »Natürlich gibt es auch welche, die den Wein einführen, ohne Zoll zu zahlen.«

»Es könnte sich also um Schmuggelware gehandelt haben?«, fragte Kathryn.

»Das bezweifle ich«, antwortete Mother Croul. »Seitdem die Strandräuber erhängt wurden, hat es hier in dieser Gegend keinen Schmuggel mehr gegeben. Das wüsste ich; ich schlafe kaum, und ich gehe nachts raus.«

»So wie andere Hexen auch«, flüsterte Roger. Mother Croul überhörte ihn.

»Dieses kleine Weinfass wurde Isabella von jemandem geschenkt, der sie und ihren Mann vergiften wollte.« Mother Croul schnalzte mit der Zunge. »Die Dorfbe-

wohner hier haben große Angst vor Lord Henry, sie werden nicht riskieren, wieder zu schmuggeln. Ich weiß, mein zweiter Mann war einer von denen, die vom großen Lord gehängt wurden.«
»Und er hat es verdient«, fuhr Roger sie an.
»Ihr müsst meinen verstorbenen Mann nicht verfluchen«, stellte Mother Croul fest. »Der Herr möge ihm seine Sünden vergeben. Schwarz in Herz und Seele ist er vor seinen göttlichen Richter getreten. Gute, ehrliche Seeleute sind von seiner Hand gestorben. Ich weine nicht um ihn, warum solltet Ihr es also tun? Mistress, es gibt keinen Schmuggel; das Fässchen wurde der Frau des Schmieds geschenkt.«
Kathryn blickte über den Tisch. »Weiß jemand irgendetwas über den Tod von Elias und seiner Frau? Wenn nicht, dann wenden wir uns Adam dem Apotheker zu. Mistress Ursula, er war mit Eurer Schwester verheiratet.«
»Ja.«
»Eine glückliche Ehe?«, fragte Kathryn.
Ursula verzog das Gesicht.
»Und wie lange ist Eure Schwester tot?«
Ursula starrte vor sich auf den Tisch. »Drei Jahre«, flüsterte sie. »Oh, Domine miserere!« Die Hände vor den Mund geschlagen, sagte sie: »Oh, Domine miserere!«
»Wie bitte?«, fragte Kathryn.
»Meine Schwester Margaret ist genau heute vor drei Jahren gestorben, am neunundzwanzigsten September, an Michaeli. Oh!« Die Frau erhob sich halb, doch ihr Mann drückte sie sanft wieder an ihren Platz.
»Woran ist sie gestorben?«, fragte Kathryn. Sie achtete nicht auf Rogers sarkastisches Flüstern: »Atemnot!«
Benedict hingegen beugte sich über den Tisch und zeigte dem Arzt die geballte Faust. »Wenn Ihr über die Toten redet, Sir ...« Roger machte ein unfeines Geräusch

mit den Lippen und nahm seinen Krug in die andere Hand, ohne Benedicts Blick auszuweichen.
»Warum sagt Ihr Mistress Swinbrooke nicht«, murmelte der Arzt, »wie Eure Schwägerin gestorben ist?«
»Sie ist an Magenschmerzen gestorben«, sagte Ursula.
»Ich habe sie versorgt«, verkündete Roger. »Eine innere Wunde, vielleicht ein Tumor oder eine Zyste, ich konnte nichts mehr für sie tun.«
»Wie immer«, bemerkte Benedict.
»Sie wurde also Anfang Sommer krank, für wie lange?«
»Ein paar Monate«, erwiderte Ursula. »Dann bekam sie Fieber«, fügte sie rasch hinzu, »wir konnten nichts mehr machen.«
»Was wollt Ihr damit sagen?« Der Totengräber hatte viel getrunken und saß schwankend und halb im Schlaf auf seinem Stuhl. »Was wollt Ihr damit andeuten, Mistress Swinbrooke?«
»Es ist ein Zufall«, erwiderte Kathryn, »und trotzdem: Dass Adam am selben Tag wie seine Frau und zudem an Gift sterben sollte ... Master Roger, Ihr seid Arzt, und ich bin sicher, ein sehr guter; wart Ihr je misstrauisch, was Margarets Krankheiten betraf?«
Der Arzt stellte den Krug ab und nahm die Hände ans Gesicht.
»Warum sagt Ihr es ihr nicht«, verkündete Benedict, »Ihr wart in meine Schwägerin verliebt.«
»Margaret war eine anmutige Frau.« Roger nahm die Hände wieder vom Gesicht. »Meine Bemerkung von vorhin tut mir leid. Sie sollte meinen Kummer verbergen. Ja.« Er wählte seine Worte mit Sorgfalt. »Ich mochte Mistress Margaret. Ich fand Adam den Apotheker ziemlich finster. Und ja, der Gedanke, Adam könnte beim Tod seiner Frau seine Hand im Spiel haben, ging mir durch den Kopf.« Er achtete nicht auf die Ausrufe der anderen und Ursulas Aufschrei, die sich an ihren Mann klam-

merte und Roger anstarrte, als wäre er ein Kobold aus der Hölle.

»Das habt Ihr mir nie gesagt«, erklärte Benedict, »Ihr habt nie etwas verlauten lassen.«

»Wie sollte ich denn?« Der Arzt breitete in hilfloser Geste die Arme aus. »Adam war so finster und gewalttätig wie Elias. Erinnert Ihr Euch an die drei Lancastrianer? Adam hatte ihr Blut an den Händen, es hat ihm gefallen, das sah ich ihm an. Er und Elias waren die Anführer bei dieser blutigen Schlächterei. Wie hätte ich meinen Verdacht auf einen solchen Mann äußern sollen? Ich hatte keinen Beweis. Als Margaret starb, wurde ihr Leichnam sofort in Laken gehüllt, eingesargt und beigesetzt.«

Kathryn lauschte dem Stimmengewirr; jeder brachte sein Urteil über Margaret und Adam zum Ausdruck. Sie starrte auf ihre Hände und spielte an dem Ring, den Colum ihr geschenkt hatte. Er fing das Licht ein, das durch das Fenster hinter ihr in den Raum drang. Walmer, überlegte sie, ist auch nicht anders als Canterbury. Die Menschen lebten ihr Leben und versteckten sich hinter Masken; nur in schwierigen Zeiten wurden die Masken abgerissen.

Sie warf Pater Clement einen scharfen Blick zu. Er hielt seinen Krug und schwenkte das Ale darin. Amabilia war aufgestanden und in die Küche gegangen. Sie kam mit einem frisch gefüllten Weinkrug zurück. Kathryn fiel auf, dass alle gegessen hatten und niemand sich um Gift gesorgt hatte. Dennoch war sie sich sicher, dass manche Menschen in diesem Ort ebenso viel über Gift wussten wie sie.

»Mistress.« Benedict verschaffte sich Gehör. »Glaubt Ihr, Margarets Tod war verdächtig?«

»Wie schon gesagt«, antwortete Kathryn, »verdächtig ist, dass Adam und seine Frau am selben Tag starben. Ich habe mir die Beschreibungen von Margarets Krankheiten angehört. Es besteht die Möglichkeit, dass sie vergiftet wurde. Bestimmte Gifte, Arsen zum Beispiel, ob rot oder weiß, können in immer höheren Dosen verabreicht werden, sodass der Tod erst nach Wochen, ja sogar Monaten eintritt. Ich habe von solchen Fällen gehört, und auch einige hier dürften darüber Bescheid wissen.«

»Aber kann man es beweisen?« Benedict schlug mit der Faust auf den Tisch.

»Master Benedict, Ihr seid Rechtsgelehrter. Ich war bei der Exhumierung einer Leiche. Mein Vater hat mich als junges Mädchen einmal mitgenommen. Eine Frau war unter recht merkwürdigen Umständen gestorben, doch niemand wagte, einen Verdacht zu äußern. Mein Vater jedoch kannte die Eigenschaften von Arsen. Er behauptete, wenn jemand an Arsenvergiftung sterbe, verfalle der Körper nicht so schnell und werde häufig konserviert.«

»Und als die Leiche exhumiert wurde?«, fragte Simon der Totengräber.

»Sie war fast so frisch wie am Tag ihrer Beisetzung«, erwiderte Kathryn.

»Nach kirchlichem Recht«, sagte der Pfarrer langsam, »habe ich mit der weltlichen Gesetzgebung zusammenzuarbeiten. Falls Lord Henry den Befehl gäbe, Mistress Margarets Sarg ausgraben zu lassen, dann würden Simon und ich dafür sorgen; die Kirche hat ein Ritual, das zu befolgen ist.«

»Im Augenblick«, erwiderte Kathryn, »wollen wir Mistress Margaret außer Acht lassen und uns wieder auf Adam konzentrieren. Sein Tod ist ebenso rätselhaft wie der von Elias und Isabella. Wir haben einen Apotheker, der aus dem Gutshaus zurückkehrt. Pater, Ihr wart bei ihm. Was ist dann geschehen?«

»Die Leichen von Elias und Isabella wurden auf den Karren der Pfarrei geladen, der für Beerdigungen verwendet wird. Wir haben sie hierher gebracht und Simon übergeben, damit er sie ins Leichenhaus bringt.« Er zuckte mit den Schultern. »Danach ging Adam nach Hause, später wurde Alarm geschlagen, und man fand Adams Leiche.«

»Als er nach Hause zurückkehrte, dürfte er die Hintertür benutzt haben«, bemerkte Kathryn. »Er geht in die Küche, nimmt einen Lederkrug und füllt ihn aus einer Kanne mit Ale. Dann nimmt er diesen Krug mit in seine Kammer der Pulver, schließt die Tür ab und legt den Riegel vor, trinkt das Ale und stirbt leider an dem starken Gifttrank, den das Ale enthält. Nun«, sagte sie seufzend, »wir wissen, dass das Ale vergiftet war, doch die Kanne ist sauber, das heißt, das Gift muss im Lederkrug gewesen sein. Doch wenn das der Fall ist, woher wusste der Giftmörder, dass Adam ausgerechnet nach diesem Krug greifen würde? Vier hängen an Haken, es hätte Tage, Wochen dauern können, ehe Adam nach diesem speziellen Krug griff, um seinen Durst zu löschen. Da ist noch ein weiteres Rätsel: Wie ist diese Person ins Haus gekommen? Nach allem, was Ihr uns erzählt habt und was hinlänglich bekannt ist, hat Adam die Hintertür seines Hauses fest verschlossen gehalten. Das Zimmer seiner Mutter kann demnach nur über die Außentür erreicht werden, und die ist nur eingeklinkt?«

»O ja.« Amabilia ging herum und füllte die Kelche. »Immer unverschlossen, Adam hatte Angst, seine Mutter könnte eine Kerze umstoßen und könnte dann nicht hinaus oder ein anderer nicht hinein. Adams Worten zufolge würde jeder, der dieses Zimmer betrat, von seiner Mutter gehört oder gesehen. Sie hat einen leichten Schlaf, und die Handglocke hatte sie stets griffbereit.«

»Also könnte jemand«, fuhr Kathryn fort, »durch die Außentür ins Haus gelangen, hätte aber das Zimmer der alten Dame durchqueren und die andere Tür aufschließen müssen, um hinunter zu gelangen.«

»Wenn das jemand versucht hätte«, lallte Simon der Totengräber, »hätte Adams Mutter Zeter und Mordio geschrien. Wir hätten sie von einem Ende des Dorfes bis zum anderen gehört. So zerbrechlich sie auch wirkt, Mathilda kann schreien, wie wir alle zur Genüge wissen.«

»Sie ist ein übellauniger Drachen«, sagte Ursula, »jeder betritt das Schlafzimmer nur, wenn es unbedingt sein muss.«

»Doch die Frage bleibt«, beharrte Kathryn: »Wie ist jemand in das Haus gekommen? Woher wusste er, dass Adam diesen speziellen Krug nehmen würde? Woher wusste er, dass Adams Mutter ihn weder sehen noch hören würde? Und warum wurde Adam vergiftet? Was hatte er getan? Wen hatte er gekränkt?«

»Wenn Elias noch lebte«, fügte Mother Croul hinzu, »würde ich sagen, es war der Schmied, doch da dessen Körper verfault und seine Seele bei Gott ist ...«

»Hatte der Apotheker noch andere Feinde?«, fragte Kathryn.

»Er war eingebildet«, erklärte Benedict, »und verschlossen. Er verteilte seine kostbaren Pülverchen, als wäre er der Hüter großer Geheimnisse.«

»Ich habe sein Hauptbuch.«

»Ich glaube nicht, dass man sich darauf verlassen kann«, meinte Roger der Arzt. »Adam ging der Ruf voraus, dass er Liebestränke oder Pülverchen an junge Mädchen gab, die schwanger waren und eine Fehlgeburt wollten. Er hatte schlechtes Blut in den Adern: Sein Vater war Bader, sein Onkel war vor Adam hier der Apotheker ...«

»Er war auch Strandräuber«, verkündete Mother Croul. »Er und mein verstorbener Mann waren vom selben Schlag, sie mordeten und plünderten nach Herzenslust. Lord Henry hat sie am Galgen hängen lassen, wie es ein Bauer mit Ratten tun würde.«

»War jemand von Euch in Adams Haus?«, fragte Kathryn mit erhobener Stimme. »Ich meine, in den Tagen, bevor er starb?«
»Wir alle haben den Apotheker aufgesucht.« Amabilia nahm wieder Platz. »Ich ging hin, um seiner Mutter Trost zu spenden.«
»Und ich brachte das Viatikum«, erklärte Pater Clement, »allerdings nicht oft. Mistress Mathilda hat eine böse Zunge. Sie benutzte diese Gelegenheiten häufig, um mich mit dem ganzen Klatsch zu erfreuen. Ich glaube, das passt nicht unbedingt zum Empfang des heiligen Abendmahls.«
»Und ich habe sie besucht«, sagte Ursula, »weil sie mir leidtat, aber in letzter Zeit war ich nicht da. Ich habe es eher als Pflicht denn als Vergnügen empfunden.«
Die anderen stimmten ihr zu. Roger beschrieb, dass er am vergangenen Donnerstag im Haus des Apothekers gewesen sei, um ein paar Pulver zu holen, und dann nach oben zu Mistress Mathilda gegangen sei. Die anderen machten ähnliche Aussagen, und Kathryn merkte, dass sie mit ihrer Befragung nicht weiterkam.
»Pater, ich danke für Eure Gastfreundschaft.« Sie beugte sich zu ihm hinüber und tätschelte dem Pfarrer die Hände, die er vor sich auf dem Tisch gefaltet hatte. Ihr fiel auf, wie weich und glatt die Haut war, die Risse von der Arbeit am Stein waren gut verheilt.
»Pater, ich muss gehen. Dennoch muss ich Euch allen eine sehr wichtige Frage stellen, die keiner sofortigen Antwort bedarf. Sie besteht aus zwei Teilen. Erstens: Warum sollte jemand Ende September ohne erkennbares Motiv drei Bewohner von Walmer umbringen? Und zweitens: Wenn der Giftmörder dreimal zugeschlagen hat, warum dann nicht häufiger? Ich gehe davon aus, dass Ihr alle sehr vorsichtig seid mit dem, was Ihr zu Euch nehmt.«

5

Seine Rede klang nach hoher Moral;
er pflegte freudig zu lernen und freudig zu lehren.

GEOFFREY CHAUCER

Pater Clement räusperte sich und stand auf. »Mistress Swinbrooke, ich muss Euch und Master Murtagh noch meine Kirche zeigen. Mir fiel plötzlich ein«, er lächelte in die Tischrunde, »dass wir vergaßen, das Dankgebet zu sprechen, wir waren alle so ausgehungert, so begierig auf das Essen. Also, in nomine patris et filii.« Pater Clement schlug das Kreuz und stimmte sein Dankgebet an.

»Wir danken dir, Allmächtiger Gott«, fielen die anderen mit ein. Der Pfarrer erteilte den Segen und zeigte auf den Sack, den Kathryn mitgebracht hatte.

»Werdet Ihr die Sachen Lord Henry geben?«

»Ich muss«, erwiderte Kathryn. »Es sind die Habseligkeiten eines Rebellen, der Herr sei seiner Seele gnädig. Da Lord Henry der Richter in dieser Gegend ist, bin ich sicher, dass er sie entweder verkaufen lässt und das Geld dem Ort spendet, oder …« Den Rest des Satzes ließ sie in der Luft hängen. »Das hat er zu entscheiden.«

Die anderen bedankten sich beim Pfarrer für die Mahlzeit, nickten Kathryn zu und gingen. Amabilia räumte den Tisch ab. Pater Clement nahm Kathryn und Colum mit hinaus, überquerte den gepflasterten Hof, ging um die Kirche herum und zum Haupteingang hinein. Sie blieben im Portal stehen, das an sich bereits ein Raum war. Pater Clement erklärte, er persönlich habe das

Weihwasserbecken gemeißelt und die Inschrift darüber eingraviert: *Wer diese heilige Stätte betritt, möge sein Gesicht mit Weihwasser besprenkeln.*
»Eine Mahnung.« Der Pfarrer lächelte. »Meine Gemeindemitglieder betreten das Haus Gottes und das Himmlische Tor.« Er öffnete die zweite Tür und führte sie ins Innere. Gleich an der gegenüberliegenden Wand war ein Bild des heiligen Christophorus, der Christus, das Kind, trug, ganz ähnlich dem Gemälde in St. Mildred in Canterbury. Kathryn fiel die Legende ein, die Sicherheit und Frieden für den Tag versprach, an dem man das Bild anschaute. Sie bekreuzigte sich.
St. Swithun war eine beeindruckende Kirche. Das Steinwerk und die Holzarbeiten waren bemalt und vergoldet. Die Fenster hoch an der Wand schimmerten saphirblau, golden und silbern – Farben, die bei der Ausstattung von Kirchen in Mode gekommen waren. Hier und da gab es kleine Votivkapellen, die von einem hölzernen Wandschirm abgeteilt waren und einen kleinen Altar unter der Statue eines Heiligen enthielten; die bedeutendste dieser Statuen war die des heiligen Swithun. Das Mittelschiff war lang, hatte zu beiden Seiten Säulen, während am Ende ein großer, geschnitzter Lettner ins Allerheiligste führte. Davor standen, zur Beisetzung hergerichtet und von purpurnen Kerzen umstellt, drei Särge auf ihren Gestellen. Pater Clement deutete einen Segen in ihre Richtung an und führte Kathryn und Colum durch die Kirche, wobei er ihnen erklärte, dass erfolgreiche Pfarrer, zu denen auch er gehörte, Maler eingestellt hätten, um jeden Zoll der Wände mit lebhaften Malereien zu bedecken: die Jungfrau mit dem Gekreuzigten, der Wolf, der den abgetrennten Kopf des Märtyrers St. Edmund bewacht hatte; die sieben Todsünden im Wettstreit mit den Kardinaltugenden; eine Eule, die von zwei Elstern attackiert

wurde (um zu illustrieren, wie hinderlich müßige Schwätzer der Weisheit sind).

Pater Clement begleitete seine Gäste und erklärte, die Kirche sei von den ortsansässigen Lords stets begünstigt worden; hinzu kamen beträchtliche Gewinne aus den zahlreichen Hinterlassenschaften, Seelenmessen für die Verstorbenen abzuhalten. Schließlich führte er sie ins Allerheiligste. Der Boden war mit weichen türkischen Teppichen bedeckt, ebenso wie die Stufen vor dem Hochaltar, auf dem zwei große Kerzenständer aus Messing standen. Hinter dem Altar, noch ein paar Stufen höher, hing die Monstranz mit der Hostie. Davor schimmerte eine rote Lampe, ein matter Feuerschein. Die Kirche roch nach Bienenwachs und parfümierten Kerzen, dem allgegenwärtigen Weihrauch, einer beständigen Mahnung, dass dies eine heilige Stätte war.

Kathryn ließ den Pfarrer plaudern – er war so begeistert von seiner Kirche, den Gemälden, Steinmetzarbeiten und Statuen. Er ging ihnen voran in die Sakristei und zeigte ihnen die Chorkleider, die Messgewänder und die Stolen sowie die große, geschnitzte Holztruhe, in der die Dokumente der Pfarrgemeinde lagen.

»Und das Gemälde?«, unterbrach Kathryn ihn. »Das von Daniel.«

»O ja, kommt mit, ich zeige es Euch.« Pater Clement führte sie zurück durch das Kirchenschiff bis an die Wände zu beiden Seiten des Haupteingangs. Hier hatte der Künstler, grob, aber in augenfälligen Farben, die Geschichte des Propheten Daniel aus dem Alten Testament beschrieben. Wie er Berater des Königs war, wie er in den Löwenkäfig geworfen wurde und entkam, und dann, an der gegenüberliegenden Wand, das berühmte heidnische Fest, bei dem Gottes Hand die Worte an die Wand geschrieben hatte, mit denen er den heidnischen König und das ganze Königreich dem Untergang weihte:

»Mene, mene, tekel, u-parsin«, klar eingezeichnet in Schwarz auf silbernem Hintergrund. Kathryn kam zu dem Schluss, dass selbst ein Analphabet die Zeichen hätte abschreiben können.
»Aber woher sollte jemand aus der Gemeinde wissen, was diese Worte bedeuten?«, fragte Colum. »In einer Sprache, die ich nie gehört habe.«
Kathryn zeigte auf den unteren Teil des Gemäldes, wo in goldener Schrift vor grünem Hintergrund die Worte übersetzt waren:

Gezählt hat Gott die Tage deiner Herrschaft und macht ihr ein Ende, gewogen wurdest du auf der Waage und zu leicht befunden.

»Sie wurden auf die Bodenplatte dort drüben, gleich am Eingang gekritzelt«, erklärte Pater Clement. »Weder Simon noch ich haben sie gesehen. Benedict war der Erste, der zur Frühmesse am Sonntag kam; ihm fielen sie auf, und er hat uns darauf aufmerksam gemacht.«
»Und warum wurden sie wohl geschrieben, was meint Ihr, Pater?«
»Ich weiß es nicht.« Der Pfarrer fuhr sich mit der Hand durch das schüttere Haar. »Wirklich nicht. Weder, warum ich mir Sorgen machen sollte, noch, warum der Prediger, sollte er es gewesen sein, Groll gegen mich hegen sollte. Ihr habt das Brot mit mir gebrochen, Mistress, habt an meinem Tisch gesessen, habt dem Geschwätz meiner Gemeindemitglieder zugehört. Jede Pfarrgemeinde ist wie ein stiller See, ruhig an der Oberfläche. Aber nehmt einen Stock und beginnt zu stochern, dann kommen alle möglichen scheußlichen Sachen nach oben.« Er zeigte auf einen großen Stuhl, der neben einer Säule stand, ein Betschemel an der abgewandten Seite. »Dort sitze ich, Mistress Swinbrooke und nehme ihnen

die Beichte ab. Ihr wärt überrascht, was in einem Ort wie Walmer passiert, der starke Hass, die Verstimmungen und der Neid. Die Streitigkeiten, die beizulegen sind, alter Groll, aufpoliert und scharf, verbitterte Worte, angespitzt wie der Pfeil eines Bogenschützen. Der Herr möge uns allen gnädig sein. Es sind gute Menschen, sie sind großzügig, sie besuchen die Messe, sie versuchen, ein gutes Leben zu führen, es ist nur ...« Er spähte ins Dunkel. »Es ist, als liefen die Dinge schief, weil sie schief laufen, Mistress. Das hat doch Augustinus gesagt, nicht wahr? Wir wollen Gott, wir verfolgen das Gute, aber wir sind nie mit uns selbst im Gleichgewicht, nicht mit unseren Nachbarn, nicht mit der Welt und nicht mit Gott. In Walmer ist es nicht anders. Um Eure Fragen offen zu beantworten; nein, ich weiß nicht, warum diese Worte dort hingekritzelt wurden, warum diese Botschaft geschickt wurde. Vielleicht hat jemand einen Groll gegen mich oder einen anderen gehegt. Ich war wütend, als es passiert ist. Ich habe eine meiner strengsten Predigten gehalten. Doch als die Dorfältesten zusammenkamen, hatte ich mich wieder beruhigt. Amabilia wirkt immer besänftigend auf mein hitziges Gemüt ein.«

»Und Lady Mary?« Kathryn hakte sich beim Pfarrer unter und zog ihn zu sich heran, eine Geste der Freundschaft, die er zu schätzen wusste. Er tätschelte ihr die Hand.

»Pater, Ihr wart ausgesprochen gastfreundlich«, entschuldigte sich Kathryn, »und ich frage nicht gern nach dem Geschwätz im Ort, doch vor einem Jahr ist Lady Mary von den Klippen gestürzt.«

»Ein Unfall, die arme Frau!« Pater Clement schüttelte den Kopf. »Amabilia hat den Leichnam eingekleidet, müsst Ihr wissen. Das Gesicht war vollkommen zerstört, schreckliche Wunden an Bauch und Beinen. Sie war zwischen den Felsen eingeklemmt, und das Meer hat sie hin und her gespült. In gewissem Sinn hat Lord Henry Glück gehabt. Wären die Felsen nicht gewesen, wäre ihre Leiche womöglich ins Meer hinausgetrieben, und weiß der Himmel, wohin!«

»War es denn Lady Mary?«

Pater Clement zog seinen Arm fort und sah sie beunruhigt an. »Nun ja, das Gesicht war arg in Mitleidenschaft gezogen, aber natürlich stimmten Größe und Haarfarbe. Ich weiß noch, dass Amabilia über einen Fleck an Lady Marys Arm sprach, den sie zuvor schon gesehen hatte, direkt unter dem Ellenbogen. Lady Mary kam immer mit Blumen für den Altar zu uns. Es machte ihr die größte Freude, sie in Körben im Allerheiligsten anzuordnen. Dabei zog sie häufig den Ärmel ihres Kleides hoch, und da ist es Amabilia aufgefallen. O ja, es war Lady Mary.«

»War Lady Mary in ihrer Ehe glücklich?«, fragte Kathryn abrupt.

Der Pfarrer ging weiter und schüttelte den Kopf. »Mistress Kathryn, Ihr stellt unverschämte Fragen. Manche kann ich beantworten, andere nicht. Ich habe Lady Mary die Beichte abgenommen, doch ich kann ihre Geheimnisse nicht preisgeben.«

»Das ist auch nicht meine Absicht, Pater. Entschuldigt, wenn ich Euch zu nahe getreten bin.«

»Keine Ursache.« Lächelnd betrachtete der Pfarrer sie aus den Augenwinkeln. »Lady Mary entstammte einer wohlhabenden Familie, sie bewunderte Lord Henry. Ich bin mir nicht einmal so sicher, ob er sie in der gleichen Weise liebte. Es kann sein, dass er sie wegen ihres Vermögens und ihrer Stellung geheiratet hat, oder um seine Interessen bei Hofe zu fördern. Oh, er war nicht unfreundlich, nicht ein einziges Mal hat sie sich über seinen Mangel an Großzügigkeit beklagt, doch das Feuer fehlte. Sie hat einmal gesagt, er behandle sie, wie er sein Lieblingspferd behandeln würde – freundlich, rücksichtsvoll, sanft, doch ohne Feuer, ohne einen Funken Leidenschaft.«

»Glaubt Ihr, dass sie ausgerutscht ist?«, fragte Kathryn.

»Ob ich meine, dass sich Lady Mary das Leben genommen hat? Nein. Sie war zu religiös, zu vergeistigt und sich der Gegenwart Gottes zu sehr bewusst.«

»Und Lord Henrys junger Knappe. Ihr erinnert Euch vielleicht an ihn, Pater, William Marshall, schmuck und mit wachem Verstand.«

»Ich erinnere mich an William«, stimmte der Pfarrer ihr zu. »Er hat Lady Mary oft als ihr bewaffneter Beschützer oder Bewacher hierher begleitet. Zuweilen können die Wege gefährlich sein, man weiß, dass Bettler oder Hausierer wehrlose Menschen angreifen. Ja, William war gebildet, ein Gelehrter, er sprach mehrere Sprachen. Besonders gefielen ihm die Gemälde, und er kam oft und hat mir bei meinen Steinmetzarbeiten zugesehen.«

»Hat er je über Lord Henry gesprochen?«

»Nie, er war Lord Henrys Mann, mit Leib und Seele.«

»Hat Lady Mary ihn mit besonderer Zuneigung behandelt?«

»Oh, Mistress Swinbrooke, Ihr habt ein Näschen für die Sünde.« Der Pater lachte. »Die Beziehung zwischen Lady Mary und William war die eines Knappen zu seiner Herrin, höflich, wie Chaucer sagen würde, ›parfait‹ in jeder Hinsicht. Mir sind keine Heimlichkeiten aufgefallen, kein Blick, kein Lächeln, keine Berührung. Nein, William Marshall war Lord Henrys Vasall. Er hat nie über die Angelegenheiten des Gutshauses gesprochen, oder darüber, was er und Lord Henry machten, weder bei Hofe noch im Ausland.« Pater Clement führte sie ins Querschiff, von wo es in die Krypta hinabging.

»Und die Strandräuber?«, fragte Kathryn.

»Ach, das war eine schreckliche Zeit.« Der Pfarrer hielt inne und steckte die Arme in die Ärmel der Soutane.

»Eine gewalttätige Bande aus Walmer und Umgebung – herzlose, sündige Männer. Sie stellten falsche Leuchtfeuer auf die Klippen, vor allem, wenn das Wetter schlechter wurde, lockten Schiffe an und ließen sie auf den Felsen zerschellen. Ich wollte nichts mit ihnen zu tun haben. Ich habe Adams Onkel, einem der Anführer der Strandräuber, das heilige Abendmahl und die Absolution verweigert. Tatsächlich habe ich sie einmal zu Pfingsten alle unter den schlimmsten Verwünschungen exkommuniziert, habe ihr Essen und Trinken verflucht, ihren Schlaf, ja sogar ihren Stuhlgang! Sie waren die Teufel aus der Hölle. Draußen auf dem Friedhof müssen in den Armengräbern mindestens dreißig, vierzig Leichen liegen, arme Seeleute und Reisende, die auf die Felsen gespült wurden. Ich habe sie in Frieden bestattet. Ich habe Seine Eminenz, den Erzbischof Bourchier gebeten, diese Angelegenheit bei Hofe vorzutragen. Natürlich musste erst Lord Henrys Bruder sterben, bis sich die Rache des Königs bemerkbar machte. Das waren gesetzlose Zeiten! York gegen Lancaster, eine Familie gegen die andere, die Worte des Psalms waren wahr geworden, Bruder gegen Bruder, Vater gegen Sohn. Dämonen wie die Strandräuber genossen alle Freiheiten, die sie brauchten.«

»Ist es einigen der Strandräuber gelungen, zu entkommen?«, fragte Kathryn.

Der Pfarrer trat näher. »Elias hatte bei dem ganzen Unheil seine Hand mit im Spiel, so wie ein paar andere – Benedict der Notar, Roger der Arzt, selbst unser Totengräber. Während die Strandräuber diese Gegend hier beherrschten, kamen all diese Männer und ihre Frauen zu bemerkenswertem Wohlstand. Sie konnten sich Luxusgüter leisten, gute Weine, Kleidung und Möbel für ihre Häuser. Die Strandräuber waren ein Geheimbund, sie schworen einander die Treue. An ihrem Rand hiel-

ten sich andere auf, die ihre Gold- und Silbermünzen annahmen, um wegzuschauen.«
»Und Lord Henry?«, fragte Colum.
»Oh, er kam über Walmer wie der Zorn Gottes. Zuerst wussten wir nicht einmal, dass er hier war. Er wohnte auf einem Bauernhof weiter landeinwärts. Über Nacht schlug er zu. Die Leuchtfeuer wurden angezündet, doch Lord Henry war einsatzbereit, draußen auf dem Meer war sogar eine Kriegskogge, und er hatte die Sheriffs angewiesen, alle Kräfte aufzubieten, die ihnen zur Verfügung standen. Der gesamte Küstenstreifen wurde abgeriegelt. Lord Henry rückte vor. Die Strandräuber versuchten, sich auf dem Strand zu halten. Manche wurden niedergemetzelt, der Rest wurde verurteilt, als wären sie Verräter in einer Schlacht. Lord Henry verkündete die Urteile vom Rücken seines Pferdes und benutzte sein Schwert als Kreuz. Er verfluchte sie im Namen des Königs, erklärte sie für schuldig und gab den Befehl, das Urteil sofort zu vollstrecken. Zwei Dutzend von ihnen hängte er an einen großen Galgen, einen nach dem anderen. Ihre Leichen wurden geteert und blieben dort als Warnung für andere hängen. In der darauffolgenden Woche brachte er den Rest zur Strecke. Manche wurden umgebracht, andere flohen aus der Gegend. Sie wurden Gesetzlose, Wölfe, die in den Wäldern leben. Keiner kehrte nach Walmer zurück. Seither wurde der Friede nie wieder gestört.«
»Aber der Groll muss noch tief sitzen«, stellte Kathryn fest.
Der Pfarrer zog ein langes Gesicht. »Ich glaube nicht, Mistress. Die Strandräuber waren Gesetzlose, gehasst und gefürchtet unter ihresgleichen. Was sie angestellt haben, war eine Todsünde, der Hölle würdig. Meint Ihr denn, ehrlichen Bauern und Händlern gefällt der Anblick von aufgedunsenen Wasserleichen mit blauweiß

angelaufenem Gesicht, starren, weit aufgerissenen Augen, die von der Küste heraufgebracht werden, um sie hier auf unserem Friedhof beizusetzen? Nein, Lord Henry wurde von vielen als Retter betrachtet. Er ist ein guter Lord, gerecht und gnädig. Nur Gesetzesbrecher hatten etwas zu befürchten. Aber kommt mit, ich will Euch etwas zeigen.«

Er nahm eine Kerze vom Marienaltar und führte sie die dunkle Treppe hinunter. Die Krypta war kalt und still. Pater Clement zündete mit der Kerze die Pechfackeln an der Wand am Eingang zur Krypta sowie eine große Kerze vor der Statue des heiligen Swithun an, die in der gegenüberliegenden Ecke stand. Die Krypta war tatsächlich nicht mehr als ein quadratischer, von Säulen gestützter Raum. In der Mitte stand ein Grabmal aus herrlichem goldenen Sandstein, mindestens fünf Fuß hoch und einen Schritt breit. Der Stein war sauber behauen, mit einer glatten Platte obenauf und gerippten Seitenwänden. Die Wände der Krypta waren mit sehr lebhaften Gemälden verziert, auf denen Szenen aus dem Alten und Neuen Testament dargestellt waren, die ausnahmslos mit dem Meer zu tun hatten: Jona, der vom Wal geschluckt wird, Jesus Christus, wie er über das Wasser geht, Petrus und die Apostel beim Fischen. Das letzte Bild zeigte Sünder, die nach ihrem langen Schlaf im Fegefeuer geweckt werden, darunter stand der Vers: Und an jenem Tag wird das Meer seine Toten aufgeben. Selbst bei dem schwachen Licht erkannte Kathryn, dass die Gemälde frisch waren.

»Dafür hat Lord Henry gesorgt«, flüsterte Pater Clement, »zum Gedenken an alle, die auf See verschwanden. Er ließ die Statue des heiligen Swithun meißeln und aus Leominster hierher bringen. Ich bot ihm an, es selbst zu übernehmen, doch er hatte dort eine Statue gesehen, der er den Vorzug gab. Dennoch« – er tippte mit dem Fuß

auf den Steinboden – »hat er hier Lady Mary die letzte Ruhestätte gegeben, und darüber ist ihr Grabmal.«
Er zeigte ihnen die Klageweiber, die in den Nischen zu beiden Seiten des Grabmals eingemeißelt waren, Vorder- und Rückseite waren den Wappen von Lord Henry und Lady Mary vorbehalten. Kathryn machte keinen Hehl aus ihrer Bewunderung für die Steinfiguren; manche waren deutlich erkennbar, andere noch unvollendet, und stellten die Geburt Christi dar; Joseph und Maria zeigten Gottes Sohn im Tempel; dann Jesus als Junge, der seiner Mutter bei verschiedenen Aufgaben zur Hand ging.
»Das ist ein Kunstwerk«, murmelte Kathryn. »Pater, herzlichen Glückwunsch, Ihr müsst zufrieden sein.«
Der Pfarrer lächelte bescheiden. »Ja, ich arbeite gern mit Stein. Mir gefällt seine Beschaffenheit und seine Farbe. Die Fähigkeit, etwas zu erschaffen, nicht aus dem Nichts, sondern etwas, das nicht da war. Ich betrachte einen Steinblock und denke: ›Ah, ich weiß, was du sein kannst.‹ Vielleicht sieht Gott uns auf diese Weise.«
»Und Lady Mary ist hier beigesetzt?«
»Ja, unter den Steinplatten. Es wird eine würdige Gedenkstätte, wenn sie erst einmal fertig ist. Das hier war früher das Beinhaus: Als der Friedhof geleert wurde, hat man die Knochen hier aufgestapelt. Lord Henry hat eine Stelle in den nahe gelegenen Wäldern zur Verfügung gestellt als Erweiterung für den Friedhof. Den Knochen wurde ein ehrenvolles Begräbnis zuteil, während er diesen Raum hier in eine Votivkapelle zum Andenken an seine Frau umgewandelt hat.«
»Kommt Lord Henry oft hierher?«, fragte Colum.
»Sonntags besucht er die Messe in seiner eigenen Kapelle«, erwiderte Pater Clement. »Einmal in der Woche kommt er in die Kirche und kniet hier vor der Grabstätte nieder, nicht länger als eine Stunde. Er hält seine An-

dacht, trinkt ein Glas Wein mit mir und geht wieder.«
»Hat er je über den Tod seiner Frau gesprochen?«
»Niemals!«, erwiderte der Pater. »Aber ich sehe, dass er zerstreut ist, irgendetwas bereitet Lord Henry Sorge.« Pater Clement lächelte schmal. »Und wenn ich mir noch so große Mühe gebe, er will mir seine Geheimnisse nicht anvertrauen.«
Kathryn hätte dem Pfarrer gern noch mehr Fragen gestellt, doch sie hatte seine Gastfreundschaft und Güte schon über Gebühr in Anspruch genommen und wollte ihn nicht gegen sich aufbringen. Sie und Colum, der noch immer den Sack festhielt, verabschiedeten sich. Sie verließen die Kirche und gingen über den Friedhof.
»Und?«, fragte Colum, als sie am Rand des Gemeindelands standen und zwei zerlumpte Jungen dabei beobachteten, wie sie den Reifen eines Fasses zwischen sich hin und her rollten. »Bist du nun klüger als zuvor, schönste Gemahlin?«
»Mein wilder Ire«, murmelte Kathryn, »ich bin eher verwirrt denn unterrichtet. Wie der gute Pfarrer schon sagte: Diese Gemeinde hat ihre Geheimnisse, versteckte Leidenschaften, Eifersüchteleien und schwärende Wut. Irgendetwas ist geschehen, und ich weiß nicht, was. Wer auch immer Elias und die anderen umgebracht hat, er ist ein erfahrener Giftmörder, jemand, der sich sehr gut mit Kräutern auskennt.«
»Wenn dem so ist, muss unser edler Arzt an erster Stelle unserer Liste aller Verdächtigen rangieren.«
»Schon möglich«, stimmte Kathryn ihm zu.
»Und Pater Clement?«, fragte Colum.
»Kann sein.«
Kathryn sah den beiden Jungen fasziniert zu. Einer sah aus wie Wulf, das Findelkind. Müßig fragte sie sich, was er wohl gerade machte.
»Kathryn«, riet Colum, »der Pater ist ein erfahrener Stein-

metz, ein freundlicher Mann, der vielleicht hin und wieder ziemlich gnadenlos sein kann. Trotzdem habe ich in seinem Haus nichts gesehen, was darauf hinweisen könnte, dass er sich mit Kräutern und Heiltränken auskennt oder etwas über die Kraft und die Möglichkeiten gewisser Pülverchen weiß. Er hat am meisten mit uns geredet, andererseits ist er ihr Pfarrer, ihr Anführer.«

»Einverstanden, Colum, der Giftmörder könnte jeder von denen sein, mit denen wir am Tisch gesessen haben, oder jemand, dem wir noch gar nicht begegnet sind. Die Morde an Elias und Isabella sind besonders rätselhaft. Woher kam dieser Wein? Warum war sich der Giftmörder so sicher, dass der Wein an jenem Abend getrunken würde? Dasselbe gilt für den Mord an Adam den Apotheker. Colum, ich habe das Gefühl, als wäre ich durch einen dunklen Raum getaumelt. Ich habe Dinge berührt, habe etwas gesehen, aber nichts, was meine Sinne reizen oder meinen Verdacht erregen würde. Das Problem ist«, fügte sie hinzu, »ich habe nicht damit gerechnet, so etwas während unserer Flitterwochen zu tun!« Sie griff nach seinem Arm. »Colum, hier sind wir …«

»Verliebt bis über beide Ohren!«, beendete er ihren Satz. Sie stellte sich auf Zehenspitzen und küsste ihn auf die Wange. »Wir sind leidenschaftlich verliebt, Ire! Was tun wir also hier vor einem Friedhof? Wir reden über Gifte und sind auf dem Rückweg zu einem Gutsherrn, der ebenso viele Geheimnisse hat wie seine Dorfbewohner.«

»Ja.« Colum tippte mit der Fußspitze auf den Boden. »Und bald werden wir ein großes Dinner erleben. Lord Henry hat entschieden, seine Gäste in entspannter Atmosphäre fürstlich zu bewirten.«

»Wenn das so ist«, erwiderte Kathryn, ergriff Colums Hand, hob sie an den Mund und küsste sie, »sollten wir zurückgehen. Ich muss mich etwas ausruhen und nachdenken.«

»Mir sind diese Franzosen gleichgültig«, überlegte Colum. »Sanglier sieht aus wie ein Fuchs, hat aber das Temperament eines Wiesels. Könnten die Giftmorde in Walmer etwas mit ihm zu tun haben?«
»Diese Frage würde ich gern bejahen«, Kathryn lachte, »aber die Franzosen haben ihre eigenen dunklen Geheimnisse, sie kümmern sich nicht um das Tun und Treiben von Dorfbewohnern.«
Sie gingen zurück über die Mercery und die High Street, auf der die Standbesitzer den Arbeitstag gerade beendeten. Der Constabler war dort mit seinen Bütteln, die alle an Colum und Kathryn vorbeisahen, ohne zu grüßen.
»Meinst du, Constabler Walter ist gewalttätig?«, fragte Kathryn.
»Ich weiß, dass er es ist«, erwiderte Colum. »Ich habe seinesgleichen so oft in Lagern überall im Königreich angetroffen. Schlägertypen, denen man ein bisschen Macht gegeben hat und die Möglichkeit, nach Belieben damit umzugehen.«
Sie überquerten den sich leerenden Marktplatz. Bettler wimmerten um Almosen, Kinder, die auf ihre Eltern warteten, spielten. Kathryn erblickte den Prediger, der auf den Stufen des Marktkreuzes saß. Er hob den Kopf, als sie vorübergingen, und machte das Segenszeichen. Kathryn nickte ihm anerkennend zu.
»So, da ist ein Mann, der mir Fragen zu beantworten hat.« Kathryn ließ Colums Arm los und ging zurück. Der Prediger saß mit gesenktem Kopf da.
»Sir?«
Der Prediger bekreuzigte sich und blickte auf, einen Rosenkranz um die Finger gewickelt.
»Ich habe gebetet.« Der Prediger blinzelte sie an. »Ich habe um Führung gebetet, Mistress.«
»Seid Ihr in Walmer geboren?«, fragte Kathryn.

»Ich bin in allen Städten und Gemeinden gebürtig, in die mich Gott der Herr schickt.«

»Ich habe Euch eine Frage gestellt, Sir. Seid Ihr in Walmer geboren?«

»Ich komme und gehe, wohin der Wind mich trägt.« Er warf einen schrägen Blick auf Colum, der Kathryn gefolgt war. »Aber, um Eure Frage zu beantworten, Mistress, ich bin aus dem Westen.«

»Und was hat Euch nach Walmer geführt?«

»Das ist Gottes Werk. Warum, Mistress, verdächtigt Ihr mich dieser heimtückischen Giftmorde? Ich versichere Euch, durchsucht mich. Ich habe ein paar Pennies für einen Laib Brot und einen Kelch gewässerten Wein. Wenn Ihr mir etwas gebt, dann werde ich heute Abend vielleicht besser essen.«

Kathryn griff in ihre Geldbörse und nahm eine Silbermünze heraus.

»Ihr habt mit einem der Opfer des Giftmörders gesprochen?«

»Ja, mit dem Apotheker – aber nur kurz über spirituelle Dinge.«

»Und Ihr interessiert Euch für Benedict, den Notar?«

»Nur weil er ein Mann des Gesetzes ist.« Der Prediger sah lächelnd zu Kathryn auf. »Ein Wanderprediger ist immer auf der Hut vor dem Gesetz.«

»Warum habt Ihr ein Stück Pergament vom Apotheker erstanden? Ein ähnliches Stück Pergament mit einer Warnung in schwarzer Tinte wurde am vergangenen Sonntagmorgen an die Tür des Pfarrers geheftet.« Kathryn beugte sich hinunter und berührte die schwarzen, staubigen Finger des Predigers. »Eine zweite Warnung wurde auf den Kirchenboden gekritzelt.«

Der Prediger, der zu lächeln aufgehört hatte, erhob sich. »Ja, Mistress, und ich habe in der Nähe der Kirche geschlafen, aber« – er breitete die Hände aus – »meine

Hände sind schwarz, weil ich Holzkohle für ein Feuer sammle, während ich das Stück Pergament für eine Predigt verwendet habe.«

»Wo ist es jetzt?«

»Ich habe es danach im Feuer verbrannt.« Er sah Colum finster an. »Ich habe nichts Unrechtes getan. Nichts kann gegen mich angeführt werden.«

Kathryn reichte ihm die Münze.

»Mistress, ich danke Euch.« Der Prediger biss auf die Münze. »Ich werde auf Euer Wohl trinken und für Euch beten. Mistress, ich weiß nichts über diesen Ort, seine Einwohner, geschweige denn ihre Sünden. Wenn ich etwas erfahre, werde ich Euch aufsuchen und darüber unterrichten.« Dann nahm er seinen Stab und ging davon.

»Er ist kein Prediger, Colum«, murmelte Kathryn, als sie den Marktplatz verließen und den gewundenen Weg zum Gutshaus hinauf einschlugen.

»Wie kommst du darauf?«

»Sieh dir seine Hände und Handgelenke an, Colum, vollkommen vernarbt. Er ist ein Mann des Schwertes, und die Schwiele am vierten Finger seiner rechten Hand – er hat auch so manchen Bogen gespannt. Ein Soldat, glaube ich.«

»Ich kenne seinesgleichen«, stimmte Colum ihr zu. »Haben einen Schlag auf den Kopf bekommen, eine Vision gehabt und sich Gott zugewandt.«

»Ich glaube nicht, dass er sich Gott zugewandt hat«, erwiderte Kathryn. »Ich glaube, er führt Unheilvolles im Schilde. Ich habe keinen Beweis dafür, aber allein diese Augen. Unser Prediger hat eine Schwäche nicht nur für Wein, ob gewässert oder nicht, sondern auch für hübsche Gesichter. Außerdem sollten wir Lord Henry genauer befragen. Wir müssen ihn mit den Rätseln konfrontieren, die ihn ebenso betreffen wie jene, die seine

Dorfbewohner bedrohen, aber nicht heute.« Sie gingen den Pfad hinauf und traten zur Seite, als Karren an ihnen vorbei zurück in den Ort rumpelten.
»Lord Henry kauft Vorräte«, erklärte Colum. »Ich glaube, er will bei seinen Gästen Eindruck schinden.«
Als sie ins Gutshaus zurückkehrten, sah Colum zunächst nach ihren Pferden. Kathryn ging in ihr geräumiges Zimmer auf der ersten Galerie. Die Wände waren fast vollständig mit herrlichem Holzwerk verkleidet, und der weiß getünchte Wandstreifen darüber war mit Triptychen, Kreuzen und dicken Goldbehängen verziert. Das Bett war das Werk eines Könners in seinem Fach, mit dunkelblauem Samt behängt, Laken und Bezüge aus feinstem Leinen. Truhen und Kästen, Schemel und Tische, selbst ein elegant geschnitzter Schreibtisch standen Kathryn und Colum zur Verfügung. Auf den Tisch neben dem Bett hatte ein Diener zwei Kelche und einen Krug Wein gestellt, jeweils mit einer weißen Serviette abgedeckt, die Lord Henrys Wappen trugen. Kathryn entfernte die Serviette und roch an dem Wein. Er duftete frisch und stark, doch Kathryn hatte das Gefühl, wenn sie etwas tränke, würde sie einschlafen, und sie wollte etwas trinken. Sie beschloss, ihr Armband abzulegen: Sie öffnete die große Truhe am Fußende des Bettes und hielt inne. Alles war in Ordnung, doch Kathryn kniete nieder und öffnete ihre Schmuckschatulle, ebenso den Kosmetikkasten direkt daneben.
»Ich bin mir sicher«, flüsterte Kathryn. Sie sah zur Tür, die sie für die Dienerschaft offen gelassen hatten. War es einer von ihnen? Jemand war an dieser Kiste gewesen, hatte ein paar Kleider verschoben und die Kästen geöffnet, doch nichts fehlte. Vielleicht ein neugieriger Diener? Kathryn schloss die Truhe, trat ans Fenster und öffnete es. Von dem Zimmer aus hatte man einen klaren Blick auf die Klippen und das Meer, das in der Sonne am

späten Nachmittag glitzerte. Sie ließ den Blick über die Landschaft gleiten, das grüne Gras des Heidemoors, den Pfad, der zum Schafott hinaufführte. Eine Gestalt bewegte sich darauf; Kathryn war sich sicher, Mother Croul zu erkennen.

»Ich frage mich nur, ob Ihr mir mehr erzählen könnt«, murmelte Kathryn vor sich hin.

Sie ging an den Waschtisch hinüber, spritzte sich Wasser ins Gesicht, öffnete einen ihrer Parfümtiegel und tupfte sich etwas daraus an den Hals. Sie tauschte ihre weichen Lederschuhe gegen Reitstiefel, nahm ihren Umhang und ging auf der Suche nach Colum hinaus zu den Ställen. Er war in eine Unterhaltung mit einem Pferdeknecht vertieft und bewunderte einen Sattel auf seinem Gestell.

»Das Werk eines Fachmanns«, verkündete Colum und fuhr mit der Hand darüber. »Kathryn, was machst du hier?«

»Ich möchte ausreiten.«

»Allein?«

»Nur zu den Klippen hinauf«, erwiderte Kathryn.

Colum überquerte den Hof und holte ein friedliches Reitpferd heraus. Er sattelte es, half ihr beim Aufsteigen und hielt mit einer Hand die Zügel fest, die andere hatte er auf ihr Knie gelegt.

»Dann versprich mir, dass du dich nicht weit entfernen wirst, nur an die Klippen oben und wieder zurück. Ich werde einen Diener ins Torhaus stellen, der dich beobachten soll. Er wird dort bleiben, bis du zurückkommst.« Er schmunzelte. »Wohin du auch gehst, stets scheint dir die Gefahr auf den Fersen zu sein.«

Kathryn beugte sich zu ihm herab und zwickte ihn in die Wange. »Lass mich los, Ire, ich muss aufbrechen!« Sie trieb das Pferd an, Colums Warnung noch in den Ohren. Sobald sie den gepflasterten Hof verlassen hatte, wen-

dete Kathryn das Pferd und ritt an der Außenmauer entlang. Dabei traf sie auf die drei Franzosen, die im Schatten saßen und sich einen kleinen Krug Wein teilten. Sie erhoben sich und klopften sich die Krumen vom Wams. Kathryn zügelte ihr Pferd.
»Madame.« Sanglier verneigte sich, die anderen beiden taten es ihm gleich. »Hätten wir gewusst, dass Ihr allein ausreitet, hätten wir darum gebeten, Euch begleiten zu dürfen.«
»Sir, wenn Ihr mich begleitet hättet, wäre ich nicht allein geritten, oder?«
Der Vicomte lachte. »Madame, genießt Euer englisches Wetter. Es heißt, die Sonne wird bald verschwinden.«
Kathryn nahm die Zügel auf und sah die drei Franzosen unverwandt an. Sie mussten hier draußen sein, damit niemand ihre Unterhaltung belauschen konnte.
»Wie ich hörte, hat Lord Henry noch mehr Ärger im Ort«, verkündete Sanglier. »Ein Todesfall nach dem anderen. Tja, der Herr hat gegeben, der Herr hat genommen.«
»Was soll das heißen?«, fragte Kathryn und beugte sich hinab. »Mylord, was wollt Ihr damit sagen?«
»Oh, wisst Ihr es denn nicht?« Der Franzose strich sich über den Schnurrbart. »Das Dorf Walmer gehört dem Gutsherrn. Stirbt ein Mann, geht sein Landbesitz wieder an Lord Henry zurück. Wenn diese Todesfälle so weitergehen, wird er am Ende der Woche reicher sein.«
»Lord Henry hat genug.« Kathryn gefiel der spöttelnde Ton des Franzosen nicht. »Er hat den Besitz von Toten nicht nötig.« Sie trieb ihr Pferd an. Einer der Franzosen hinter ihr lachte, doch Kathryn drehte sich nicht um. Aus den Augenwinkeln erblickte Kathryn die Steinmauer des Gutshauses, das sich vor dem blauen Himmel erhob. In den Fenstern spiegelte sich das Sonnenlicht, zu ihrer Rechten glänzte das Meer, während die Sonne allmählich unterging. Was für ein herrlicher Nachmittag, dachte

Kathryn. Die Klippen waren üppig mit Gras und Stechginster bewachsen, und es duftete nach Wildblumen in allen Farben. Über ihr kreischte eine Möwe. Ein Kaninchen hoppelte über den Weg. Vor sich sah Kathryn Mother Croul neben dem Schafott wie vor einer Statue knien. Sie regte sich erst, als Kathryn abstieg und dem Pferd die Fesseln zusammenband. Sie setzte sich ins Gras neben der Hinrichtungsstätte, und Kathryn gesellte sich zu ihr, den Blick auf das Meer gerichtet.

»Es ist so ruhig hier, nicht wahr?« Mother Croul blinzelte, als versuchte sie, etwas hinter dem fernen Horizont zu sehen. »Seht Euch das Meer an, Mistress, wie Glas. Ich sehe gern zu, wenn die Sonne untergeht und das Meer sich rot färbt.«

Kathryn blickte zu dem dreiarmigen Galgen auf, einer hoch aufragenden Ungeheuerlichkeit aus schwarzem Holz mit grausamen Haken und Ösen. Daran baumelte ein Stück Seil.

»Heute zumindest ist es friedlich«, gestand Mother Croul, »doch ich war hier, Mistress, als man sie hängte. Ein Karren nach dem anderen, Leitern führten auf das Schafott. Männer sprangen auf, Schlingen um den Hals, die Karren fuhren ab und ließen die Körper zucken und tanzen. Die andere Hinrichtungsstätte war größer als diese hier, insgesamt sechs Galgenstränge, obwohl dieser hier schon grauenhaft genug ist. Genug vom Tod. Gefällt Euch Euer Aufenthalt in Walmer Manor?«

»Ich hatte es gehofft.« Kathryn lächelte. »Der Ort ist sehr schön. Das Meer ist so ruhig, ich kann die Wellen kaum hören.«

»Kommt im Winter wieder, dann werdet Ihr sie hören.« Mother Croul lachte. »Dann donnert es wie ein Riese, der einzubrechen droht. Ihr habt also vor kurzem das Ehegelübde mit diesem strammen Iren abgelegt? Sie haben Angst vor ihm, wisst Ihr, die Leute aus dem Ort, andererseits würden sie sich vor jedem Iren fürchten. In den letzten Kriegen gab es derer viele hier, und sie verbreiteten Angst und Schrecken!«

»Wer eine Kutte trägt, ist noch lange kein Mönch«, antwortete Kathryn mit einem Zitat aus Chaucer.

»Ich weiß, was Ihr sagen wollt, aber dennoch ist Euer Ire ein Kämpfer. Das sehe ich ihm an. So wie er zum Schwert gegriffen hat, dachte ich, er würde uns allen den Kopf abschlagen.«

Kathryn lachte. »In der Schlacht ein Krieger«, erwiderte sie, »zu Friedenszeiten ein vollkommener, freundlicher Ritter.«

»Männer sind nicht freundlich«, entgegnete Mother Croul, »sie sind gewalttätig. Nein, das ist falsch. Mein erster Mann war lieb und nett: Er hätte keiner Fliege etwas zuleide getan und hätte sich um den gebrochenen Flügel eines Vogels gekümmert. Mein zweiter hingegen – ach, Mistress, wir Frauen können närrisch sein. Wild war er, und schlimmer. Manchmal, Mistress, glaube ich, wir sind wie Pferde; man kann ein Pferd haben, das im Grunde genommen gut ist. Dann findet man ein anderes, an dem etwas Böses ist. So war es mit meinem zweiten Mann. Er hat sich den Strandräubern angeschlossen, nicht weil er auf Beute aus war, sondern weil er gern tötete.«

»Warum kommt Ihr dann hierher?«, fragte Kathryn.

»Ich habe immer Blumen hingelegt«, erwiderte Mother Croul, »und eine Kerze angezündet. Schließlich dachte ich, wozu eigentlich? Manchmal komme ich einfach her, um eine Totenwache zu halten, um das Requiem aufzusagen und zu beten.« Sie hob ihre Hand; ein Rosenkranz war um ihre geäderte Hand geschlungen. »Manchmal komme ich einfach nur her, um seinen Geist zu treffen.«

»Ihr habt ihn geliebt, nicht wahr«, fragte Kathryn, »Euren zweiten Gemahl?«

»Der Herr sei mir gnädig, Mistress«, flüsterte Mother Croul, »aber Ihr habt recht, ich habe ihn geliebt, und dann so ein Tod! Hin und wieder begegnet man einem Mann, der sich weder um Gott noch die Menschen schert.« Sie verstummte. »Aber Ihr seid gekommen, um mir Fragen zu den hinterhältigen Morden zu stellen.«
»Erzählt mir etwas über Walmer, bitte.«
»Ihr haltet mich also für die Klatschbase des Dorfes?«
»Ich betrachte Euch als eine weise Frau«, erwiderte Kathryn, »die auf diese Klippen gestiegen ist in der Hoffnung, dass ich zu ihr kommen würde.«
Mother Croul lachte und steckte dann eine Hand suchend in die Tasche ihres dunkelbraunen Kleides; sie holte ein Stück Käse heraus, brach es entzwei und bot Kathryn die eine Hälfte an. Der Käse war frisch und köstlich.
»Ich mache ihn selbst«, sagte Mother Croul, »und was die Bewohner des Dorfes betrifft, nun, da ist der Pfarrer, Pater Clement, ein Mann der in seiner eigenen Welt lebt, seine Steine bearbeitet und seine Gebete spricht. Ein freundlicher Pfarrer, doch ich spüre eine gewisse Kraft in ihm. Er kann barsch sein und eine donnernde Predigt halten. Dem reumütigen Sünder gegenüber ist er gut und freundlich, zu allen aber, die sich Gottes Gnade und den Mahnungen der heiligen Mutter Kirche widersetzen, hart wie Feuerstein. Vor sechzehn Jahren war er schon hier. Er hat die Strandräuber aus dem Allerheiligsten vertrieben und die Kirchentür vor ihnen verriegelt. Er hat sie mit Verwünschungen überhäuft und die teuflische Bande an jedem Tag ihres Lebens verflucht. Ich habe diesen Fluch vernommen. Ich habe meinem Mann gesagt, er sei exkommuniziert! Er hat nur gelacht. Da wusste ich, dass Satan kommen und sich holen würde, was ihm gehörte.«
»Und Amabilia?«, fragte Kathryn.

»Eine liebe Seele. Manchmal frage ich mich, ob sie richtig bei Verstand ist. Oh, es hat Gerüchte gegeben, sie und ihr Bruder seien wie Mann und Frau, Ihr wisst, wie die Leute sich das Maul zerreißen, aber das sind nur schmutzige Gedanken und boshafte Worte. Pater Clement ist ein guter Pfarrer, ein Schäfer, der eher an seinen Schafen, denn an der Wolle interessiert ist.«

»Und Benedict und Ursula?«

»Ah!« Mother Croul legte die Hände aneinander und leckte sich die Finger, um keinen Käsekrümel zu verlieren. »Die zwei stehen sich in nichts nach, engstirnig und hartherzig. Benedict kommt nicht aus dieser Gegend, sondern aus dem Norden. Zwischen ihm und den Strandräubern herrschte gutes Einvernehmen. Er gehörte ihrem Zirkel an, jedoch nur am Rande, zwischen Schatten und Licht. Er machte sich bei Lord Henry unentbehrlich. Er erledigt juristische Arbeiten zu diesem und jenem und bringt seine Botschaften überall hin.«

»Ist er ein Mörder?«, fragte Kathryn. »Könnte er jemanden umbringen?«

»O ja. Er hat habgierige Hände. Er würde mich von hier nach London peitschen, wenn er dafür auch nur einen Silberling bekäme.«

»Und seine Frau Ursula?«

»Affektiertes Gehabe, Mistress. Sie ist so hart wie er, kehrt aber die große Dame raus. Zwischen ihrer Schwester und ihr hat es immer Konkurrenz gegeben.«

»Glaubt Ihr, dass Adam der Apotheker seine Frau vergiftet hat?«

»Nein, Mistress, das glaube ich nicht, das weiß ich.«

»Was macht Euch so sicher?«

»Ich habe keinen Beweis, doch Adam war ein Alptraum. Wenn ich mir all die Jahre rückwirkend betrachte, frage ich mich, wie vielen er in die Dunkelheit verholfen hat.

Andererseits ist das nur das Geschwätz eines alten Weibes. Adam muss sich für seine Verbrechen vor Gott verantworten. Und bevor Ihr fragt, Mistress, der Totengräber ist ein Säufer, voll mit Ale und Bosheit. Er hat auch sein Geheimnis, verborgene Geschäfte. Habt Ihr das Liebespaar auf dem Friedhof gesehen?«

Kathryn lächelte.

»Eine übliche Erscheinung«, fuhr Mother Croul fort. »Simon macht nichts lieber, als sie auszuspionieren. Er glaubt, es sei ein Geheimnis, an dem er sein Herz erwärmt. Ich habe ihn dort gesehen, als er, wie ein Wiesel im Gras, jungen Leuten bei der Paarung zugesehen hat. Es verschafft ihm großes Vergnügen, ganz zu schweigen von der Macht, die es ihm verleiht. Mehr als einmal hat er einer jungen Frau damit gedroht, er werde alles aufdecken, wenn sie nicht genau mache, was er will.«

»Und unser Constabler?«

»Der feiste Walter.« Mother Croul hielt inne, als eine Möwe schreiend über sie hinwegstrich. »Ich glaube immer, dass die Schreie dieser Vögel Geisterstimmen sind, doch das ist Einbildung. Walter hat seine Schwächen, er ist begabt, aber er ist ein Schlägertyp. Er und seine Büttel haben den größten Spaß daran, einen Bettler an die Gemeindegrenze zu hetzen oder eine Wanderhure oder das Mädchen eines Kesselflickers nach Strich und Faden auszupeitschen.«

»Und schließlich kommen wir zu unserem Arzt.«

»Roger ist ein talentierter Mann, der aber seine Geheimnisse hat. Er stammt nicht aus dieser Gegend, sondern aus London. Gerüchten zufolge hat er einmal ein großes Herrenhaus bewohnt, Silber und Gold rann durch seine Finger, aber irgendetwas ist geschehen. Ein Wanderhausierer hat mir erzählt, Roger habe der Frau eines mächtigen Händlers ein falsches Mittel verabreicht. Roger musste aus der Stadt fliehen und sich in

Walmer vergraben. In vieler Hinsicht ist er ein guter Arzt, hat Scharfblick, einen wachen Verstand und ist stets bereit, einen Heiltrank für dies und ein Pulver gegen das anzurichten, und solange man ihn bezahlt, kümmert es ihn nicht weiter. Ein Mann, der einen Groll hegt, verbittert und verkorkst.« Sie drehte sich zu Kathryn um und sah sie offen an. »Wir sind nicht reizvoll, oder? Ich bin mir sicher, Euer Ire hat Szenen gesehen, die er lieber vergessen möchte. Und was ist mit Euch, Mistress?«

»Kathryn, bitte, sagt Kathryn zu mir.«

»Nun, Mistress Kathryn« – Mother Croul griff nach ihrem Krückstock, stand auf und schaute auf sie hinunter – »welche Geheimnisse habt Ihr?«

»Eine Ehe ohne Liebe«, erwiderte Kathryn, »zumindest vor der jetzigen, ein trunksüchtiger Mann.«

»Ah.« Mother Croul strich ihr sanft über den Kopf. »Wir alle haben unsere Vergangenheit wie einen Sack auf dem Rücken, und manchmal kann uns allein das Gewicht zerbrechen.«

»Sagt mir«, bat Kathryn und erhob sich, »diese drei Lancastrianer, die auf der Flucht ins Asyl oder an einen Zufluchtsort waren – wart Ihr an deren Tod beteiligt?«

Mother Croul stützte sich auf ihren Stock und schüttelte den Kopf. »Die armen Männer«, sagte sie mitfühlend, »es war ihr Fehler, nach Walmer zu kommen und in den Silbernen Schwan zu gehen. Sie hätten bis in einen der Fischerhäfen reiten sollen. Nein, ich war nicht dabei, als sie starben, aber ich habe gehört, was passiert ist, Elias und der Rest heulten wie ein Rudel Hunde und verfolgten sie durch die Straßen. Ich habe Gerüchte gehört, dass der junge Knappe versuchte, sich zu ergeben. Als sie an den Friedhof kamen, warf er das Schwert weg und hielt die Hände hoch. Elias und die anderen zeigten keine Gnade. Sie waren erpicht darauf, Lord Henry und

allen anderen ihre Loyalität zum König zu beweisen.« Sie sah Kathryn eindringlich an und kam näher. Kathryn roch den leichten Lavendelduft ihrer Kleidung. »Das haltet Ihr für wichtig, nicht wahr?«
»Vielleicht«, erwiderte Kathryn. »Der Tod dieser drei Fremden kann in gewisser Weise mit den Giftmorden in Verbindung stehen. Es ist nur eine Vermutung. Ich tappe im Dunkeln.«
»Dann kehrt lieber wieder zurück.« Mother Croul lachte. »Die richtige Dunkelheit wird bald über uns hereinbrechen. Die Klippen hier oben können gefährlich sein. Walmer, von Schatten bedeckt, verborgen durch die Nacht, ist nicht dasselbe wie untertags, wenn es hell ist. Kommt, ich begleite Euch.«
Kathryn löste die Fußfesseln ihres Pferdes und kam wieder auf den Weg. Mother Croul begann, auf verschiedene Pflanzen hinzuweisen, und erzählte, dass Bauern einst versucht hätten, das obere Ende der Klippen zu pflügen.
»Doch der Boden ist zu salzig«, sagte sie. »Der Wind weht vom Meer herein. Ihr könnt die Wellen jetzt nur murmeln hören. Im Winter ist der Wind wie eine Furie, nur wenige kommen hier herauf. Jedenfalls«, sagte sie schmunzelnd, »heißt es, hier spuke es, und die Geister der Strandräuber würden hier durchs Fegefeuer gehen.«
»Wie viele Menschen kennen sich mit Kräutern aus?«, fragte Kathryn. »Ich meine: im Dorf?«
»Wir alle, Mistress, das wisst Ihr. Roger der Arzt, Benedict, selbst Walter, und Adam der Apotheker hatte natürlich ein Schatzhaus, eine Liste mit Pulvern für alles.«
Kathryn warf ihr einen scharfen Blick zu. »Mord inklusive?«
»Ihr sagt es, Mistress, Mord inklusive.«

Sie kamen an den Eingang des Gutshauses. Mother Croul verabschiedete sich, und Kathryn ging in den Hof. Sie blieb verwundert stehen. Alle schienen dort versammelt. Lord Henry führte stolz einen erst kürzlich erstandenen Zuchtfalken vor, einen herrlichen, blaugrauen Vogel, dessen spitzes dunkles Gesicht von einer kleinen Kappe verhüllt war. Er saß auf seinem Ständer, die Glöckchen an den Fußfesseln klingelten wie die aus einem Elfenreich. Lord Henry zeigte den Vogel stolz den drei Franzosen. Colum leistete seinen Beitrag und verglich die Qualität dieses Vogels mit den anderen. Pferdeknechte und Stallburschen standen herum, doch in der Ecke, stellte Kathryn erstaunt fest, saß der Prediger auf einer Steinplinthe, einen Kelch Rotwein in der einen, ein Stück Brot in der anderen Hand. Er aß genussvoll, trank aus dem Kelch und verfolgte die Szene, als wäre es Theater. Kathryn reichte einem Stallknecht die Zügel des Pferdes. Lord Henry begrüßte sie. Kathryn bemerkte seinen strahlenden Augen, seinen fröhlichen Mund; so glücklich hatte sie ihn noch nicht gesehen, seit sie in Walmer war.
»Ich führe nur den Vogel vor, Mistress Kathryn, einen edlen Falken. Colum glaubt, der Zwergfalke sei schneller, tödlicher. Stimmt es, Mylord« – er wandte sich an Sanglier – »dass der Marstall Eures Herrn in Paris jede Falkenart unter der Sonne beherbergt?«
»Seine Hoheit ist ein begeisterter Falkner«, erwiderte Sanglier, »und liebt die Jagd, vor allem in der Nähe der Marschen.«
»Wir alle lieben die Jagd.« Lord Henry streichelte die Brust des Vogels mit dem Finger. »Ist schon gut«, sprach er besänftigend auf ihn ein, »meine Schönheit.«
»Was macht der hier?«, fragte Kathryn und zeigte auf den Prediger.
»Das habe ich mich auch gefragt«, meldete sich Sanglier

zu Wort. »Ich habe ihn umherschreiten sehen wie einen Richter, der zur Urteilsverkündung kommt.«
»Ihr habt einen scharfen Blick, Vicomte.«
Henry reichte den Falken einem seiner Diener, klatschte in die Hände und rief den Prediger herbei. Der Mann erhob sich, aß das Brot auf und spülte es mit einem letzten Schluck Wein hinunter. Er warf den Kelch einem Diener zu, kam herüber und ergriff Lord Henrys Hand, der ihn zu sich heranzog und ihm einen Arm um die Schultern legte. Eine solche Geste der Freundschaft überraschte selbst Colum. Die drei Franzosen kniffen argwöhnisch die Augen zusammen.
»Hier ist ein Mann Gottes«, hob Lord Henry sardonisch an, »bekannt als der Prediger. Er reist hierhin und dorthin, auch über den Kanal nach Frankreich.«
»Wenn dem so ist«, unterbrach Sanglier barsch, »kann ich ihn das nächste Mal, wenn er in Paris weilt, bewirten. Mylord, dieser Mann ist ein Spion.«
»Er sammelt Informationen.« Lord Henry hatte offensichtlich seinen Spaß. »Und er ist kürzlich aus Paris zurückgekehrt. Sein richtiger Name ist Richard Blandford, Beamter des Grünen Siegels. Er hat einst, wie Ihr, Sir« – er zeigte auf Delacroix – »Theologie studiert, bis ihm klar wurde, dass Gott einen anderen Weg für ihn vorgesehen hatte. Seine Kenntnisse der Schriften sind daher umfangreich.«
Blandford genoss das Unbehagen der Franzosen.
»Nun, Master Blandford kommt frisch aus Paris, wo er bei den Vagabunden lebte. Ich glaube, Sir, es gibt dort so etwas, was Ihr La Guilde de Pecheurs nennt, die Bruderschaft der Sünder, wie man es auch übersetzen könnte«, fuhr Lord Henry fort, »doch es kann auch die Gilde der Fischer heißen, die in der Seine nach wertvollen Gegenständen suchen; sie holen Leichen, die ins Schilf oder an die schlammigen Ufer geschwemmt wurden.«

»Und?«, wollte Sanglier wissen. – »Marshalls Leiche wurde gefunden. Er wurde an dem Ring an seiner Hand erkannt, der meine Insignien trägt.« Sanglier trat zurück, Delacroix und Cavignac stellten sich hinter ihn.
»Was soll das alles?«, fragte Sanglier herausfordernd.
»Wir haben Neuigkeiten«, wiederholte Lord Henry, »William Marshalls Leiche wurde gefunden. Sie wurde den Filles de Dieu übergeben, den Guten Schwestern, die das Kloster in der Nähe der Porte Saint Denis führen, damit sie ihn begraben.«
»Und?«, fragte Sanglier.
»William Marshall ist nicht ertrunken«, fuhr Lord Henry ungerührt fort, und der Humor war aus seinem Gesicht verschwunden. »Marshall wurde umgebracht, seine Kehle war ein zerfetzter Spalt, aufgeschlitzt von einem Ohr zum anderen, klaffend wie ein zweiter Mund. Er wurde ermordet.«
»Ihr wollt seinen Tod doch nicht meinem Herrn in die Schuhe schieben?«, protestierte Sanglier. »Ihr glaubt doch nicht etwa, einer von uns hatte dabei seine Hand im Spiel? Paris ist voll von Dieben, genau wie London. Monsieur Marshall hätte nicht auf der Seine angeln sollen.«
»Wer hat Euch gesagt, dass er zum Angeln ging?«
»Ihr.«
»Ah ja, Vicomte, aber wonach hat er geangelt?«
Lord Henry drehte sich zu seinem Spion um und klopfte ihm auf die Schulter; kleine Staubwolken erhoben sich aus dem groben, schwarzen Stoff.
»Sagt es ihnen selbst.«
»Ich habe mich drei Monate lang in Paris aufgehalten.« Die Stimme des Predigers war barsch. »Unter den pecheurs herrschte starke Konkurrenz, wer die Leiche von William Marshall, des Engländers, der ertrunken war,

finden würde. Es gab auch noch andere, ich weiß nicht, wer«, fügte er sarkastisch hinzu, »die auch Gold und Silber boten, falls die Leiche mit allem Drum und Dran gefunden würde.«
Sangliers Blick war wie versteinert.
»Wurde denn etwas gefunden?«, meldete sich Cavignac.
»Nichts! Der arme Marshall wurde in den Kleidern gefunden, die er getragen hatte, ein paar Münzen in der Geldbörse, doch der Dolch aus seiner Scheide war verschwunden.«
»William Marshall war ein guter Mann.« Lord Henrys Stimme brachte den Aufruhr im Hof zum Schweigen. »Sein Tod wird gerächt werden.« Dann streckte Lord Henry den Arm aus und verlangte, man solle seinen Lieblingsfalken auf sein von einem Lederhandschuh geschütztes Handgelenk setzen. Er verneigte sich vor all seinen Gästen und ging über den Innenhof zurück durch eine schmale Tür, die in seine Privatgemächer führte.
Sanglier und seine Begleiter zogen sich auf der Stelle zurück, redeten miteinander und begaben sich an den Brunnen am Eingangstor, weit entfernt von allen Lauschern. Colum sah dem Stalljungen beim Absatteln des Pferdes zu, auf dem Kathryn ausgeritten war.
»Na, das ist ja ein Ding!«, hauchte er.
»Was, Ire?«
»Lord Henry ist Verwalter des Geheimen Siegels, weil hinter dem glatten, ruhigen, gut aussehenden Gesicht ein Verstand ist, in dem es zugeht wie in einer Kiste voller Würmer.« Colum schüttelte den Kopf. »Er ist verschlagen und durchtrieben, Sanglier mehr als ebenbürtig.«
Der Prediger schlenderte herbei, zwinkerte Kathryn zu und folgte Lord Henry ins Gutshaus.
»Ich bin mir nicht sicher, was hier vor sich geht, Kathryn«, murmelte Colum. »Lord Henry hat ein Spiel

eröffnet, und ob es ihnen gefällt oder nicht, Sanglier und seine Begleiter müssen ihre Rollen spielen.«

»Marshall ist also umgebracht worden«, stellte Kathryn fest. »Die entscheidende Frage ist, von wem? Von den Franzosen?«

»Genug der Fragen.« Colum ergriff ihre Hand und küsste ihre Finger.

»Der Prediger ist demnach ein Spion und ein Lügner«, beharrte Kathryn, »und mehr noch ...«

»Genug!« Colum lächelte. »Genug fürs Erste!«

6

Er achtete nicht auf den Text,
der besagt, dass Jäger keine Heiligen sind.

GEOFFREY CHAUCER

Eine Magd hatte ein abgedecktes Kohlebecken in ihr Zimmer gerollt, dessen glühende Holzkohle, mit Kräutern bestreut, einen köstlichen, frischen Duft verbreitete. Kathryn setzte sich eine Weile auf die Bettkante und betrachtete ein Bestiarium, das Lord Henry dort als Höflichkeitsgeschenk aus seiner Bibliothek hingelegt hatte. Sie blätterte durch das bunt bemalte Pergament und musterte die dunklen Rot- und Grüntöne. Bei einem merkwürdigen Geschöpf, das der Künstler in bläulichem Purpur dargestellt hatte, hielt sie inne.

Der Ire zog sich gerade aus, um sich zu waschen. Kathryn tippte auf die Seite. »Wusstest du Colum, der Wildesel lebt in Afrika, und ein Männchen herrscht über eine ganze Herde von Weibchen.« Sie lächelte. »Nach dem, was hier steht, ist das Männchen so eifersüchtig auf jedes neugeborene männliche Fohlen, dass es ihm die Hoden abbeißt. Am Vorabend des fünfundzwanzigsten März, Mariä Empfängnis, wird der Wildesel zwölfmal in der Nacht und zwölfmal tagsüber schreien. Zugleich jedoch repräsentiert er den Teufel, weil der Wildesel den Unterschied zwischen Tag und Nacht nicht kennt.« Sie schlug die Seiten um und betrachtete das eigenartig skizzierte Kamel. Sie deutete auf die Zeichnung. »Davon habe ich eins gesehen, als mein Vater mich mit in den Tower von London nahm. Dem Verfas-

ser zufolge käut es wieder wie ein Ochse und kann an einem Tag Hunderte von Meilen zurücklegen.« Sie klappte das Buch zu und legte es auf das Bett.
Der Ire tunkte eine Serviette in die Schüssel und wusch sich den Körper ab. Kathryn bemerkte die gekreuzten Narben an seiner Seite und auf dem Rücken.
»Wie viele Wunden hast du, Ire?«
»Mehr als ich zählen kann. Manche stammen aus Schlachten, andere aus Kämpfen in dunklen Straßen und stinkenden Gassen. Stoßen sie dich ab?«
»Nichts an dir stößt mich ab, Ire.« Kathryn hätte die Neckerei fortgesetzt, doch mit der abendlichen Brise wehte plötzlich der Klang einer Glocke in den Raum.
»Simon, der Totengräber«, erklärte sie. »Ich frage mich, was jetzt wieder nicht stimmt.« Die drei Leichen fielen ihr ein. »Sie werden sie segnen«, bemerkte sie leise, »Elias, Isabella und Adam. Sie werden kurz vor Einbruch der Dunkelheit mit Weihrauch beräuchert. Pater Clement wird morgen die Totenmesse lesen. Am Ende des Tages werden sie auf dem Gottesacker bestattet sein. Ist es nicht eigenartig, Colum, wie schnell das Leben sein kann?« Sie schlug das Buch auf und zeigte auf das Bild eines Löwen. »So ist der Tod, eine alles verschlingende Bestie, die aus dem Gras zuschlägt, oder ein Falke, der vom Himmel herabstößt.«
Colum zog ein frisches Hemd an, trat zu ihr und legte ihr die Hand unter das Kinn. »Wenn das so ist, meine kleine Philosophin, sollten wir den Tag genießen, solange er dauert. Bist du glücklich, Kathryn?« Er setzte sich neben sie auf das Bett. »Oder beschäftigst du dich in Gedanken noch immer mit der Vergangenheit?«
»Wenn ich an die Vergangenheit denke, Ire« – sie schlang ihm die Arme um die Taille und lehnte den Kopf an seine Brust – »dann nur, weil ich so glücklich bin, es ist so ein Gegensatz, doch wenn ich die Totenglocke

höre, dann habe ich zuweilen Albträume, Alexander Wyville liege nicht auf einem einsamen Friedhof im Westen begraben, sondern wandele wie der Teufel umher auf der Suche nach Unheil. Eines Tages könnte er zurückkehren und wie ein Einbrecher in mein Leben platzen.«

Colum strich ihr über das Haar. »Wenn, dann wird er das Haus, in das er eindringen will, gut bewacht vorfinden, und einen wilden Iren mit Schwert und Waffengurt, zu allem bereit.«

»Das ist mein grausamer Soldat«, murmelte Kathryn. Sie küssten sich. Colum stand auf, schloss die Tür ab und kam zurück. Sie liebten sich. Draußen wurde es dunkel, und Ruhe breitete sich aus im Gutshaus. Kathryn schlief ein, den Kopf auf Colums Brust. Als sie wach wurde, war es Nacht geworden. Der Ire lag schlafend neben ihr. Sie stand auf und trat ans Fenster. Im Hof draußen flackerten Pechfackeln vor der Dunkelheit, die Flammen wurden von der auffrischenden Brise gepeitscht. Sie öffnete das Fenster. Das Meer war jetzt deutlicher zu hören, und der Wind brachte Salzgeruch mit. Rasch zog sie sich an, ging hinaus auf die Galerie und die Treppe hinunter. Sie kam an Lord Henrys Schreibzimmer vorbei, dessen Tür nur angelehnt war. Der Klang einer Flöte zog Kathryn an. Sie spähte durch den Lichtspalt. Zunächst wollte sie ihren Augen nicht trauen. Das Schreibzimmer war ebenso kostbar und gut eingerichtet wie alle anderen Räume des Gutshauses, doch Lord Henry schrieb nicht. Er stand nur in Hemd und Kniehose und ohne Stiefel da und tanzte eine Gigue, wie es bei Männern in einer Schenke üblich war, während der Prediger die Flöte spielte. Lord Henry spürte, dass er beobachtet wurde. Er drehte sich um, und Kathryn hastete davon, als die Tür laut ins Schloss fiel. Der leise Klang der Melodie verfolgte sie auf ihrem Weg die Treppe hinunter in die lange

Eingangshalle. Sie war leer, doch die Diener, die damit beschäftigt waren, das morgige Festmahl vorzubereiten, hatten einen Imbiss aufgebaut: kaltes Fleisch, frisch gebackenes Brot, Töpfe mit Butter und Honig, Krüge mit Wein, Malvasier und Ale. Kathryn füllte einen Teller mit Streifen von Lamm, Gans, Fasan sowie zwei Weißbrötchen. Sie nahm noch zwei Servietten und trug alles in ihr Zimmer hinauf, wo Colum sich bereits gerührt hatte und mit verschlafenem Blick auf der Bettkante saß. Kathryn schlug die Fensterläden auf und drängte Colum, etwas zu essen.

»Es ist so merkwürdig«, überlegte sie. Sie betrachtete den sechsarmigen silbernen Kandelaber; Colum hatte die Kerzen angezündet, während sie draußen war, und ihn auf das Fensterbrett gestellt, in sicherer Entfernung von Vorhängen und Gobelins. Die Flammen flackerten in der Brise, die durch die Spalten im Fenster und unter der Tür hereinwehte, und warfen tanzende Schatten.

»Was ist eigenartig?« Colum setzte sich an den Tisch und zupfte an einem Stück Fleisch. Er hob den Kelch und bewunderte die Edelsteine an seinem Rand.

»Lord Henry«, erklärte Kathryn. »Er ist ein Vertrauter des Königs, ein hoher Beamter, ein Mann, der in Angelegenheiten des Krieges wie in Kanzleigeschäften erfahren ist. Er steigt in der Gunst des Königs auf, er wird nach Walmer geschickt, um seinem Bruder Gerechtigkeit widerfahren zu lassen, und rächt sich an einer Bande Strandräuber. Ein wohlhabender Mann, der tief in den Kelch des Lebens geblickt hat. Er bekommt dieses Gutshaus und die umliegenden Ländereien geschenkt. Er wird mit einer schönen Frau verheiratet, wenn auch eher aus Vernunft denn aus Liebe« – sie beugte sich vor und tippte Colum auf die Nase – »anders als andere, die ich kenne! Vor einem Jahr nun starb Lady Mary bei einem Sturz von den Klippen an Gallows Point.

Ich bin heute dort gewesen, Ire, und habe Mother Croul getroffen.«
»Ich weiß.« Der Ire schmunzelte. »Mein Wächter hat mir genau gesagt, wen du getroffen hast. Du hast im Gras gesessen und geschwatzt.«
»Ich habe sie nicht ein einziges Mal nach Lord Henry gefragt. Ich hielt es nicht für angebracht. Am Rand der Klippe wurde mir klar, wie leicht eine verzweifelte Frau dort ausrutschen kann. Der Boden ist flach und fällt urplötzlich ab. Dass jemand in erregtem, verängstigtem Zustand einen unachtsamen Schritt tut und stürzt, ist leicht vorstellbar. Was auch immer er sein mag, ich glaube nicht, dass Lord Henry ein kaltblütiger Mörder ist, und ich glaube auch nicht, dass seine Frau Selbstmord begangen hat. Ihr Tod war ein unglücklicher Unfall. Sechs Monate darauf werden Lord Henry und sein Leibwächter, ein hoch angesehener Beamter, in Angelegenheiten des Königs nach Paris gesandt. Der offiziellen Geschichte zufolge hat Marshall auf der Seine geangelt. Dennoch bin ich mir sicher, wenn ich noch weitere Nachforschungen anstelle, werde ich herausfinden, dass Marshall kein Interesse am Angeln hatte. Er wollte jemanden treffen. Er hatte einen Auftrag von Lord Henry und verschwand.«
»Und der Geheimcode?«, fragte Colum.
»Ich bin mir nicht so sicher, ob er das Buch bei sich trug.« Kathryn trank einen Schluck Wein. »Glaubst du im Ernst, Colum, ein so erfahrener Mann wie Lord Henry oder ein erfahrener Beamter wie William Marshall würde mitten im feindlichen Lager ein so wertvolles Dokument mit sich herumtragen?«
»Ja, das habe ich mich auch schon gefragt.«
»Einerlei, Marshall verschwindet, und Lord Henry kehrt verzweifelt nach England zurück. Kurz darauf wird dem Kanzler, Erzbischof Bourchier, ein Brief in

Lady Marys Handschrift geschickt, in dem Lord Henry des Mordes an seiner Frau, Lady Mary, beschuldigt wird; sie habe keinen Unfall erlitten, sondern sei gestoßen worden, obwohl es nur wenig Beweise gibt, die das erhärten. Der Brief, der in deinem Besitz ist, war offensichtlich in ihrer Handschrift abgefasst. Ich bin sicher, wenn du ihn mit anderen Dokumenten vergleichst, stimmt es – außerdem trägt er ihr Siegel. Bourchier hat dich gebeten, und somit auch mich, diese Angelegenheit zu untersuchen.

Jetzt kommen wir nach Walmer, Anfang Oktober des Jahres 1472. Drei französische Gesandte sind in England eingetroffen, um über Frieden zu verhandeln. Lord Henry ist aufgeregt, ihm ist unbehaglich zumute, und er macht sich Sorgen um seinen Schreiber und den Geheimcode. Die Franzosen scheinen ihren Spaß zu haben. Ach, ganz nebenbei, Colum, haben sie ein großes Gefolge mitgebracht?«

»Soldaten, doch sind Bewaffnete hier im Gutshaus nicht erlaubt, man hat sie in einem Bauernhaus weiter landeinwärts einquartiert.«

»Die Sache nimmt ihren Lauf«, fuhr Kathryn fort. »Der Prediger trifft ein, aber er ist ebenso wenig ein Prediger wie ich. Es ist Richard Blandford, ein englischer Spion aus dem Amt des Grünen Siegels, von Lord Henry benutzt, um Botschaften an seine Agenten zu bringen, sowie in Frankreich Informationen zu sammeln. Der Prediger kommt nach Walmer. Er spielt seine Rolle, obwohl er hier weiß Gott was treibt. Am Ende betritt er Walmer Manor, wo Lord Henry ihn als seinen Spion vorstellt, was bedeutet, dass Blandford nie wieder nach Frankreich zurück kann, jetzt, da Sanglier diese Information hat. Lord Henry glaubt, diese Enthüllung lohne sich, um seine Gegner darüber in Kenntnis zu setzen, dass William Marshall keinen Unfall erlitten hat, sondern hinterrücks ermordet wurde.« Sie hielt inne und biss in ein Stück zartes Wildbret.

»Was willst du damit sagen, Kathryn?«

»Vorhin bin ich in die Küche hinuntergegangen. Ich hatte Hunger und wollte etwas für mich und meinen verschlafenen Iren zu essen besorgen. Ich komme an Lord Henrys Schreibzimmer vorbei. Er hat sich mit seinem Schreiber Richard Blandford zurückgezogen, der auf der Flöte spielt, während Lord Henry die Stiefel abgestreift hat und Gigue tanzt wie ein fröhlicher Zecher in einer Schenke. Er hat gefeiert, sich über irgendetwas gefreut, aber worüber?«

»Und?«, fragte Colum.

»Ich glaube Folgendes, Colum, obwohl ich es nicht beweisen kann.« Kathryn wischte sich die Finger an einer Serviette ab. »Erstens: Lady Mary hat einen tragischen Unfall erlitten. Lord Henry fühlte sich schuldig, war aber nicht verantwortlich. Er ist auch unschuldig am Tod von William Marshall, und doch interessiert ihn das Schicksal seines Kameraden. Deshalb weist er den Prediger an, seinen Agenten in Frankreich, in Paris zu bleiben und die Wahrheit herauszufinden. Das ist ihm offensichtlich gelungen. Zugleich lädt Lord Henry Sanglier, einen der engsten Berater des französischen Königs, zusammen mit zwei hochrangigen Hofbeamten nach England ein, um hier in Walmer über einen möglichen Friedensvertrag zu verhandeln. Sie treffen ein. Lord Henry weiß, dass Sanglier sehr viel über ihn erfahren hat, vor allem Einzelheiten um Lady Marys Tod.«

»Stimmt das?«, rief Colum aus.

»Nun ja, das Bild, das ich entwerfe« – Kathryn kaute auf ihrer Unterlippe – »ist undeutlich, aber meine Schlussfolgerung ist die, dass Lord Henry den Brief eigenhändig geschrieben hat.«

»Was du nicht sagst!«

»Ja, ich glaube, Lord Henry hat den Brief an Bourchier geschrieben.«
»Aber warum?«
»Aus zwei Gründen: Erstens kann es sein, dass sich Lord Henry für den Tod seiner Frau verantwortlich fühlte, wir wissen nicht warum, aber eine solche Beichte mag seine Seele läutern. Und zweitens, wie ich vermute, wollte er, dass die Franzosen es herausfinden.«
Colum rückte vom Tisch ab. »Kathryn, das ergibt keinen Sinn, es ist nicht logisch.«
»Jetzt hör zu«, entgegnete Kathryn, »der Brief war in Lady Marys Handschrift verfasst, doch Lord Henry ist ein sehr erfahrener Beamter, so belesen, dass er Wahrer des Geheimsiegels des Königs ist, ein Schreiber, ein Mann, der sich mit Buchstaben auskennt. Es ist nicht unmöglich für ihn, die Handschrift seiner Frau zu imitieren, ihren Schreibstil, ihre Formulierungen. Und es ist auch nicht unvorstellbar, dass er eines ihrer Siegel behalten und für diesen Brief benutzt hat.«
»Aber wie sollten die Franzosen es herausfinden?«
»Im Ort gibt es einen Notar«, erwiderte Kathryn, »Benedict. Lord Henry setzt ihn ein, um Botschaften nach hier und dort zu bringen, im Inland wie im Ausland.«
»Ah, verstehe.« Colum lächelte. »Er würde Benedict den Notar bitten, den Brief zu Bourchier nach Canterbury zu bringen ...«
»Kurz darauf wird Benedict nach Frankreich entsandt, wo er in einer Schenke einem von Sangliers Agenten alle Gerüchte preisgeben würde, die ihm bekannt waren. Lord Henry jedoch ist ein sehr verschlagener Mann, er führt die Franzosen absichtlich in die Irre. Sie sollen denken, er sei ein schwacher, verletzbarer, verwirrter Mann, der besorgt ist über die Geschichten, die sich um den Tod seiner Frau ranken, um Marshalls Verschwin-

den und um den Verbleib des Geheimcodes. Er spricht diese Einladung aus ...«
»Und die Franzosen beißen an.«
»Es ist kein Zufall«, stimmt Kathryn ihm zu, »dass der Prediger zur selben Zeit eintrifft, zu der auch Sanglier und seine beiden Begleiter Beamten in Walmer sind. Lord Henry hält sie vorzüglich zum Narren. Jetzt sind sie hier, müssen nach seiner Pfeife tanzen, aber ich frage mich, wohin er sie führt.«
»Sollen wir ihn mit der Frage konfrontieren?«, fragte Colum.
Kathryn schüttelte den Kopf. »Nein, vielleicht liege ich falsch. Obwohl ich glaube, dass wir auf dem richtigen Weg sind. Nur der gute Lord weiß, wohin der Weg führt. Und jetzt«, sagte sie, als sie sich wieder ihrer Mahlzeit zuwandte, »dachte ich, wir bekämen vielleicht einen Brief von Thomasina.«
»Ich bin sicher, in Canterbury ist alles in Ordnung.« Colum schüttelte den Kopf. »Thomasina wird vor sich hin schnattern, durch das Haus gehen, dies und jenes tun, oder draußen im Garten Rache am Unkraut nehmen. Agnes und Wulf werden sich entweder gegenseitig hänseln oder sie zur Verzweiflung bringen.«
»Und meine Patienten?«, fragte Kathryn.
»Deine Patienten.« Colum tätschelte ihr die Hände. »Da ist immer noch Pater Cuthbert im Poor Priests Hospital. Wir genießen unsere Hochzeitsreise!«
»Tatsächlich, Ire? Hast du mich deshalb mit nach Walmer genommen?«
Colum zog die Hand fort. »Diese Sache im Ort?«, fragte er und kratzte sich am Kopf.
»Die Giftmorde.« Kathryn fuhr mit einem Finger über den Rand ihres Kelches. »Colum, ich glaube nicht, dass es etwas mit der Sache hier im Gutshaus zu tun hat. Jemand ist auf Rache aus, aber ich weiß nicht, warum

oder zu welchem Zweck. Ich weiß nur – ein Gefühl, eine Vermutung –, dass diese Morde mit jenen an den drei Lancastrianern zu tun haben, die auf dem Friedhof umgebracht wurden. Wusstest du, dass sie womöglich versucht haben, sich zu ergeben?«

»Wenn dem so ist«, erwiderte Colum, »dann sind alle, die sie getötet haben, theoretisch des Mordes schuldig.«

»Du warst hier, Colum, du hast ihre Leichen gesehen. Hat denn niemand gefragt, warum sie hier waren?«

»Walmer liegt an der Küste.« Er zuckte mit den Schultern. »Vielleicht haben sie gehofft, ein Fischerboot zu mieten und über den Kanal nach Hainault oder Brabant zu fliehen. Damals haben die Fischer und Händler Englands sehr davon profitiert, Flüchtlinge ins Ausland zu schaffen.«

»Aber diese drei«, fragte Kathryn, »standen auf keiner Verbannungsliste, oder? Sie waren keine feindlichen Kommandeure, sondern einfache Menschen. Soldaten, die auf der falschen Seite gekämpft hatten. Ich frage mich nur, Colum, ob sie zu einem anderen Zweck nach Walmer kamen.« Sie sah sich im Zimmer um.

»Du meinst den Schwertgurt, den wir gefunden haben?«

»Ich habe ihn Lord Henry gegeben. Er sagt, er sei Eigentum der Krone und sollte ans Schatzamt in London geschickt werden.«

»Und die beiden Hauptbücher?« Colum zeigte auf die Truhe neben dem Bett.

»Ich will sie mir genau ansehen«, erklärte Kathryn. »Vielleicht enthalten sie etwas, wenn ich auch nicht weiß, was.« Kathryn erhob sich und stellte sich ans Fenster. Sie konnte gerade noch die Umrisse der Hinrichtungsstätte vor dem nächtlichen Himmel erkennen, und als sie die Augen nach rechts wandern ließ, erblickte sie die Lichter des Ortes, die hier und da aufleuchteten.

»Soll ich mit Lord Henry reden?«, fragte Colum barsch.

»Behalte deine Meinung für dich, Ire«, erwiderte Kathryn, »obwohl ich zu gern wüsste, was hier vor sich geht.«
»Ich werde es für dich herausfinden.« Colum schmunzelte, drehte sich um und ging hinaus. Kathryn setzte sich wieder an den Tisch und trank ihren Wein aus. Sie sah auf die Truhe am Fußende des Bettes. »Nein«, flüsterte sie, »ich kann bis morgen warten.« Sie erhob sich, zog sich aus und streifte ihr Nachthemd über, gerade als Colum wieder ins Zimmer trat.
»Lord Henry und der Prediger sitzen allein in der großen Halle und essen. Sie scheinen ganz zufrieden zu sein. Als ich hereinkam, sprachen sie über Falken und Jagdhunde. Lord Henry versprach Blandford gerade, ihn mit auf die Jagd zu nehmen, jetzt, da er in der Heimat bleiben werde.«
»Bist du Blandford schon einmal begegnet?«, fragte Kathryn.
»Nein, aber ich habe seinen Namen gehört, ein zuverlässiger Beamter, einer der Männer, die im Zwielicht leben, die zwischen Hof und Lager pendeln. Ich hatte Freunde, Kameraden, die es auch so hielten. Manche wurden von den Franzosen gefangen genommen und erhängt. Andere wurden von Lancastrianern umgebracht, ein paar verschwanden auf Nimmerwiedersehen, der Himmel weiß, wo ihre Knochen liegen.«
»Und die Franzosen?«, fragte Kathryn.
»Weder gesehen noch gehört.« Colum grinste. »Offenbar haben sie sich in Sangliers Zimmer zurückgezogen und besprechen wichtige Angelegenheiten. Der Rest des Haushalts bereitet sich auf das große Fest morgen vor. Ich bin sicher, Lord Henry will sie ködern. Sanglier besteht nun darauf, dass die eigentlichen Verhandlungen beginnen.«
»Mit anderen Worten«, bemerkte Kathryn, »Sanglier will abreisen.«

»Ich glaube, ja.« Colum saß auf der Bettkante und sah sie an. »Er merkt, dass er in eine Falle geraten ist, und will nach Hause. Und jetzt komm, löse dein Haar.«
Kathryn schlang die Arme um seinen Hals. »Warum, Ire?« Sie blickte ihn mit flatternden Augenlidern an. »Was hast du vor?«

Kathryn schrak aus dem Schlaf hoch, nackt zwischen den Laken. Sie war mit einem wohligen, leidenschaftlichen Gefühl eingeschlafen, doch die Nachtluft war kalt geworden. Colum hatte die Kerzen gelöscht, und die Glut der Kohlebecken war schwächer geworden. Sie schob die Decken zur Seite, fand ihr Nachthemd, zog es an, nahm einen Umhang, legte ihn sich über die Schultern und trat ans Fenster. Es musste weit nach Mitternacht sein. Das Gutshaus lag still da. Die Pechfackeln im Hof brannten noch. Die Nacht war wirklich schön, der Vollmond stand am wolkenlosen Himmel, während die Sterne wie helle Edelsteine an einem dunkelblauen Vorhang funkelten. Kathryn konnte noch immer den Weg erkennen, der zu den Klippen führte. Sie legte die Hand ans Glas und lauschte den Geräuschen des Meeres, der Flut, die gegen die Felsen brandete. Sie öffnete das Fenster, um die Brise zu spüren. Der Sommer war vorüber, an den Bäumen zeigten sich die ersten Blätter in den warmen Farben des Herbstes.
Sie schloss das Fenster und warf einen Blick über die Schulter. Der Ire schlief tief und fest. Kathryn sah noch einmal kurz in den Hof hinunter. Sie glaubte einen Schatten gesehen zu haben, der sich bewegte, doch vielleicht war es eine Katze oder einer von Lord Henrys Wachen gewesen. Nächte wie diese waren nicht von langer Dauer. Das Wetter würde umschlagen, Regen würde einsetzen, scharfer Wind würde aufkommen und Kälte. Die Zeit für Feuer, Kohlebecken und wärmende Bett-

pfannen brach an, die Zeit, in der man gern einen heißen Kelch Glühwein in den Händen hielt.

»Ich sollte die Zeit nutzen«, flüsterte Kathryn, die sich erfrischt fühlte und nicht schlafen konnte. Sie fand ein Paar weiche Lederstiefel und zog sie an. Sie legte sich einen schweren Umhang um die Schultern, nahm einen Wanderstock aus der Zimmerecke und verließ das Zimmer. Es war still im Gutshaus. Überall leuchteten abgedeckte Kerzen. Eine Laterne im Treppenhaus gab genug Licht, sodass sie die Treppe gefahrlos benutzen konnte. Bei der schwachen Beleuchtung entwickelten die Gemälde an den Wänden ein Eigenleben: Der Apostel Petrus blickte besorgt auf sie herab; der heilige Sebastian wand sich, als er von Pfeilen getroffen wurde. Kathryn kam am Fuß der Treppe an und schrak zusammen, als ihr eine Katze über den Weg lief. Ein verschlafener Türsteher neben der Seitentür kam mühselig zu sich und fiel fast von seinem Schemel. Kathryn drückte ihn sanft wieder zurück.

»Keine Sorge.« Sie hob den Riegel. »Ich komme schon klar.« Sie überquerte den Hof, auf dem die Wache aufmerksamer war und sie anrief. Kathryn gab eine Antwort, und der Mann beeilte sich, die kleine Hintertür zu öffnen, die hinaus ins Moorland führte. Sie schlüpfte hindurch und wappnete sich gegen die volle Kraft des Nachtwindes. Gras und Stechginster beugten sich, und ringsum erklangen nächtliche Schreie und Rufe. Eine Eule schwebte vor ihr wie ein gefiederter Geist und verschwand in der Dunkelheit.

Kathryn schlug den Weg ein, der zu Gallows Point hinaufführte. Sie sah zum Gutshaus zurück. Hier und da schimmerte eine Kerze oder eine Laterne. Sie ging weiter und genoss die erfrischende Wirkung der nächtlichen Brise. Leichter Hunger stieg in ihr auf. Ob die Küche wohl noch offen war, damit sie sich Brot, Fleisch und vielleicht etwas Wein holen konnte? Sie warf einen Blick zurück auf den Weg und lauschte zerstreut dem Raunen des Meeres. Ein Geräusch ließ sie aufblicken, und sie hätte beinahe laut aufgeschrien beim Anblick der Gestalt, die ihr in den Weg getreten war.

»Verzeiht, Mistress.« Der Prediger deckte die Laterne auf, die er bei sich trug, und sah Kathryn fröhlich an.

»Ihr seid wie eine Katze!«, fuhr Kathryn ihn an. »Müsst Ihr unbedingt mitten in der Nacht hier draußen im einsamen Moor so leise auftauchen?«

»Wenn es danach geht, wer hier unbedingt etwas muss, Mistress: Wisst Ihr eigentlich, wie gefährlich es ist, hier draußen allein herumzulaufen?«

»Oh, ich kenne die Gefahren«, entgegnete sie und trat näher, »aber« – sie hob den Wanderstock – »ich kann mich verteidigen.«

»Eine solche Schönheit im Mondschein«, murmelte der Prediger.

»Warum seid Ihr hier?«, wollte sie wissen.

Der Prediger schloss die Laterne und stellte die Flamme kleiner. »Wie Ihr, Mistress, so kann auch ich schlecht schlafen, wenn es etwas zu erledigen gibt.«

»Lord Henry ist zufrieden, nicht wahr?«, fragte Kathryn. »Jetzt, da Ihr mit Neuigkeiten aus Frankreich gekommen seid.«

»Er ist nicht zufrieden mit Marshalls Tod«, bemerkte der Prediger, drehte sich um und sah zum Gutshaus zurück. »Er trauert um ihn, doch andererseits ist sein Kummer sechs Monate alt. Nun tröstet er sich damit, dass er die Wahrheit kennt, oder einen Teil davon.«

»Stellt Lord Henry gerade eine Falle auf?«, fragte Kathryn. »Erwartet er, dass Sanglier und die anderen beiden hineintappen? Wird sich die Tür hinter ihnen schließen?«

Der Prediger lachte, drehte sich plötzlich um, packte

Kathryns Hand, hob sie an die Lippen und küsste ihr die Fingerspitzen.

»Lord Henry hat über Euch gesprochen, Mistress.« Er hielt Kathryn fest, obwohl sie sich wehrte. »Messerscharf, durchdringend wie ein Fallbeil; ich sehe, dass er recht hat. Ihr müsst Euch nur so verhalten, Mistress, als wärt Ihr in einer Komödie, lehnt Euch zurück und genießt, was sich vor Euren Augen abspielt.«

»Heute Nacht werden Jäger unterwegs sein.« Kathryn deutete auf den Mond. »Ihr kennt das alte Sprichwort, Master Prediger: ›Der Jäger muss stets auf der Hut sein, nicht zum Gejagten zu werden.‹«

»Ich werde es mir merken.« Er ging um sie herum, wünschte ihr eine gute Nacht und verschwand in der Dunkelheit Richtung Gallows Point.

Kathryn kehrte durch den Hintereingang ins Gutshaus zurück. Kurz bevor sie es betrat, drehte sie sich noch einmal um. Ihre Nackenhaare stellten sich hoch, ein kalter Schauer lief ihr über den Rücken. War da noch jemand? War das ein Geräusch der Nacht oder das Scharren eines Stiefels? Sie atmete tief durch. War der Prediger hinausgegangen, um allein zu sein, oder wollte er jemanden treffen? Kathryn war der Hunger vergangen. Sie bedankte sich bei der Wache, überquerte den Innenhof und kehrte in ihr Zimmer zurück.

Kathryn wachte am nächsten Morgen spät auf. Colum war bereits aufgestanden und draußen gewesen. Auf dem Kopfkissen neben sich fand sie eine weiße Rose, frisch geschnitten und noch von Tau benetzt. Sie stand auf, zog sich aus, wusch sich und legte frische Kleidung an, einen weißen Kittel mit einem grünen, bis an den Hals geschlossenen Sarsenettkleid. Dann zog sie Wollstrümpfe an und schlüpfte in Sandalen, deren Schnallen sie schloss. Sie stand vor der blank polierten Kupferscheibe, die als Spiegel diente, um sich zu kämmen und das Haar hinten hochzustecken, bevor sie es mit einem weißen, gestärkten Schleier bedeckte. Sie betrachtete sich prüfend. Ihre Haut war weich und ohne Falten, die dunklen Ränder unter den Augen waren verschwunden. »Keine große Schönheit«, murmelte sie, »aber dennoch die Liebe seines Lebens.« Sie verließ das Zimmer und ging die Treppe hinunter, auf der sich nun Diener drängten, die mit den Vorbereitungen für das große Festmahl am Abend beschäftigt waren. Der Duft nach allerlei Pasteten, die in den Öfen des Backhauses gebacken wurden, hing schwer in der Luft.

Sie ging zur Kapelle. Niemand war dort, weshalb Kathryn vor dem Hochaltar niederkniete und wie immer für Colum, die Seelen ihrer Eltern und das Wohlergehen aller Bekannten in Canterbury betete. Sie sprach auch das Totengebet für alle, die in Walmer gestorben waren. Sie ließ ihre Gedanken abschweifen und fragte sich, was am Abend zuvor geschehen war. Warum streifte der Prediger draußen in der Nacht umher? Und hatte sich noch jemand an der Mauer versteckt? Sie wandte sich wieder ihren Gebeten zu, bekreuzigte sich, erhob sich und kniete dann vor dem Marienaltar nieder. Sie sprach das Ave Maria und entzündete eine Kerze für Thomasina und all die anderen in ihrem Haushalt in Canterbury.

Danach ging sie in den großen Saal. Lord Henry, Colum und die drei Franzosen waren dort in eine hitzige Diskussion vertieft. Sie verstummten, als Kathryn eintrat. Sanglier und die anderen erhoben sich, um sie zu begrüßen. Lord Henry bestand darauf, dass sie sich auf seinen Stuhl am Kopfende des Tisches setzte, während er auf die Bank neben Colum rutschte. Ein Küchenjunge trug ein Brett mit Käse, getrocknetem Fleisch, frisch gebackenem Brot, Töpfen mit Butter und Honig und einem Lederkrug Milch mit Honig auf.

»Habt Ihr gut geschlafen, Mistress?«

»Ja, ganz ordentlich.« Kathryn lächelte Lord Henry an. »Warum das Schweigen?« Sie blickte in die Runde. »Als ich hereinkam, vernahm ich erhitzte Worte.«
»Der Prediger ist verschwunden«, verkündete Colum. »Sein Bett ist unberührt, er ist fort, spurlos.«
»Ich habe ihn letzte Nacht getroffen«, gestand Kathryn. »Ich war hinausgegangen, um die Nachtluft zu genießen. Ich dachte, ich sei einigermaßen sicher. Der Prediger begegnete mir auf dem Weg. Er hatte eine Laterne bei sich. Wir tauschten ein paar Worte aus. Er schien ziemlich ruhig und gelassen. Dann trennten sich unsere Wege.«
»Ja«, stimmte Lord Henry ihr zu, »meine Wache hat Euch gesehen, ebenso wie Euch, Vicomte.« Er wandte sich an Sanglier.
Der Franzose zuckte mit den Schultern. »Wenn ich nachts frische Luft schnappen will, dann ist das meine Angelegenheit. Wenn Mistress Kathryn unter dem Sternenhimmel spazieren gehen kann, warum dann nicht auch ein Franzose? Ich bin Euer Gast, Lord Henry, nicht Euer Gefangener.«
»Und, habt Ihr die Nachtluft genossen?«, fragte Kathryn.
»Sehr sogar. Es ist eine gute Zeit, um nachzudenken, Mistress. Ich bin dem Prediger nicht begegnet. Hat er nicht lauthals verkündet, Mylord, er komme und gehe wie jeder ...«
Kathryn war sich sicher, er wollte »Gauner« sagen.
»Wie jeder andere eben«, beendete Sanglier taktvoll seinen Satz. »Er kommt bestimmt wieder.« Lord Henry schien sich dessen nicht so sicher zu sein. Er hatte ein wenig an Jovialität eingebüßt, der lässige Charme und das kaum verhohlene Glücksgefühl des Tags zuvor waren verschwunden. Er schob das Brett mit dem Frühstück von sich, erhob sich, nickte seinen Gästen zu und ging hinaus. Sanglier und seine beiden Begleiter folgten

kurz darauf. Kathryn war sich unschlüssig, in welcher Stimmung sie waren: Sie waren ruhig, aber ihre Gesichter waren angespannt, als wären auch sie in Sorge.
»Ich wusste nicht, dass du mitten in der Nacht gegangen bist«, neckte Colum sie.
»Nun ja, Sir, Ihr habt fest geschlafen und wart zu nichts zu gebrauchen«, hänselte Kathryn ihn, »daher dachte ich mir, ich genieße die Nacht, obwohl ich schon bald wieder zurückkehrte, ausgetrocknet und durchkühlt. Glaubst du, der Prediger ist verschwunden?«
»Schon möglich.« Colum rieb sich die Augen.
»Aber Lord Henry hat heute Morgen hier mit ihm gerechnet.«
»Ein Meer von Rätseln«, murmelte Colum. »Der Herrgott allein kennt die Wahrheit.« Er hielt inne, als im Dorf eine Glocke läutete. »Die Totenmesse wird in der nächsten Stunde stattfinden. Lord Henry nimmt daran teil, und ich habe mich bereit erklärt, ihn zu begleiten. Kommst du mit, Kathryn?«
Sie schüttelte den Kopf. »Ich war lange genug mit den Dorfbewohnern zusammen. Ich möchte hier bleiben, Colum. Ich muss nachdenken.«
Zerstreut wandte sie sich ihrer Mahlzeit zu. Colum stand auf und drückte ihr einen Kuss auf die Stirn, Kathryn reagierte gedankenverloren. Kurz darauf verließ sie den großen Saal und begab sich in ihr Zimmer. Colum war bereits gestiefelt und gespornt, hatte den Umhang über den Arm gelegt und schnallte sich den Kriegsgurt um.
»Du bleibst besser hier im Gutshaus«, verkündete er. »Es wäre mir lieber, Kathryn, jetzt, da der Prediger verschwunden ist.«
Kathryn war einverstanden, gab ihm zum Abschied einen Kuss und lauschte ihm nach, als er die Treppe hinunterging. Sie öffnete ihren Schreibranzen und baute die Schale mit den Federn, ein geschlossenes Tintenfass

und mehrere Blätter Pergament vor sich auf, die sie zwischen zwei harte Lederstücke geklemmt hatte. Sie setzte sich, schraubte das Tintenfass auf und begann zu schreiben. Kathryn beschloss, Lord Henrys Tun und Treiben und das, was im Gutshaus passiert war, außer Acht zu lassen, und konzentrierte sich stattdessen auf die makabren Morde im Ort.

Primo, schrieb sie, *»Mene, mene, tekel, u-parsin« – warum waren diese Worte auf den Kirchenboden gekritzelt worden? Offenbar wurden sie erst am Sonntagmorgen gesehen, andererseits jedoch ...* Kathryn hörte auf zu schreiben. Die Kirche war nach Einbruch der Dunkelheit offen geblieben, sodass die Worte in der Nacht zuvor womöglich hingeschrieben und erst bei Tageslicht gesehen wurden.

Sie waren auf jeden Fall eine Warnung, noch dazu eine, die den Gemeindepfarrer in Rage brachte, besonders, da er eine eigene bedrohliche Ankündigung erhalten hatte. Hatte der Prediger diese düsteren Warnungen verfasst? Wenn ja, warum? Was verband diesen rätselhaften Fremden mit Walmer? Kathryn bedauerte es nun, den Prediger nicht danach gefragt zu haben, doch als ein Mann, der an Täuschung gewöhnt war, hätte er alles geleugnet.

Secondo – Was wollten der Schmied und seine Frau feiern? Woher stammte das Weinfass? Wie war der Wein vergiftet worden? Warum hat Isabella es ausgerechnet an jenem Abend angezapft? Wer war in den Hof geschlichen und hatte das Gift in das Wasserfass gekippt?

Tertio – Adam der Apotheker – er war offenbar nach Hause gekommen, nachdem er die beiden Leichen nach St. Swithun gebracht hatte; er war durch die Hintertür hineingegangen, hatte den Lederkrug vom Haken genommen und mit Ale gefüllt, um sich dann in seiner Kammer der Pulver einzuschließen. Warum hatte er den

Lederkrug gewählt, der das Gift enthielt? Wie hatte der Mörder das so einrichten können, und wie war es ihm gelungen, das Haus unbemerkt zu betreten?

Kathryn lehnte sich auf ihrem Stuhl zurück. Sie hatte gestern so viel gesehen – flüchtige Blicke, bezeichnende Blicke, Gegenstände, die sie nicht einzuordnen vermochte, wie ein Wirrwarr aus Wörtern auf einem Stück Pergament. Sie ergäben nur dann einen Sinn, wenn man sie an die richtige Stelle setzte.
Wieder läutete die Glocke im Dorf, die Totenmesse begann. Kathryn schloss die Augen. Sie konnte sich die drei Särge unter den Begräbnisschabracken vorstellen, die vor dem Hochaltar standen, umringt von purpurnen Kerzen auf schwarzen Eichenständern; Pater Clement, wie er mit der Messe begann, das Weihwasser verspritzte; dann die Predigt und wie die Särge anschließend durch die Leichentür hinausgetragen wurden, um bis zur Auferstehung auf dem Gottesacker zu ruhen. Kathryn hielt inne, als es an ihrer Tür klopfte.
»Herein«, rief sie. Ein Diener kam mit einem Tablett herein, auf dem ein mit einer Serviette abgedeckter Krug stand, sowie ein Silberteller mit warmen, gewürzten Fleischstücken.
»Lord Henry hat mir aufgetragen, nach Euch zu sehen.« Der Diener stellte das Tablett auf den Tisch gleich neben der Tür.
Kathryn bedankte sich zerstreut. Nachdem er wieder gegangen war, holte sie das Tablett an den Tisch neben dem Fenster und schob das beschriebene Pergament und die Federn beiseite. Sie kostete von dem Fleisch und dem Bier. »Circumspecte agatis«, flüsterte sie vor sich hin. »Handle jederzeit umsichtig.« Sowohl die Mahlzeit als auch das Getränk schienen in Ordnung zu sein. Kathryn zupfte gedankenverloren am Fleisch, trank ei-

nen Schluck Ale, während sie aus dem Fenster auf die einsame Hinrichtungsstätte blickte, die sich deutlich vor dem Himmel abzeichnete.

In ihrer Kate am Rande des Waldes bereitete Mother Croul ihr Mittagessen vor. Sie hockte vor dem provisorischen Herd und rührte langsam im Kessel, sah zu, wie das Wasser blubberte, wie sich die zarten Kaninchenstücke mit den Kräutern und dem Gemüse vermischten.
»Füge noch ein wenig Gewürz und Salz hinzu«, murmelte sie vor sich hin, »und alles ist gut.« Die beiden Katzen Gog und Magog streckten sich neben ihr aus und genossen die Hitze, nachdem sie den ganzen Morgen auf Jagd gewesen waren. Mother Croul verließ sich auf die beiden. Besonders Gog konnte ein junges Kaninchen, einmal sogar noch lebend, anschleppen und auf ihre Türschwelle legen. Manche würden es als Zauberwerk bezeichnen. Mother Croul sah die Katze an.
»Dir gefällt es, mit deinen Opfern zu spielen, du Grausamer.« Mother Croul rührte weiter. Die Ärztin ging ihr nicht aus dem Sinn, die Frau aus Canterbury, die mit ihr am Rand der Klippen gesessen hatte. Mother Croul vertraute ihr. Kathryn Swinbrooke hatte ein ehrliches, offenes Gesicht, dessen klaren Augen nichts entging.
»Aber sie ist verliebt«, flüsterte Mother Croul sarkastisch vor sich hin, »sie ist blind, dessen bin ich mir sicher, und kann nicht richtig denken. Ich könnte ihr so viel erzählen. Alles, was ich gesehen habe.«
Mother Croul hielt wieder inne, als die Glocke von St. Swithun läutete, zum Zeichen, dass die Messe jetzt zu Ende war und die Leichen zur Beisetzung hinausgetragen wurden.
»Der Herr sei ihnen gnädig«, flüsterte sie. Plötzlich stand eine Katze auf. Mother Croul vernahm ein Geräusch und wirbelte herum, doch die Gestalt, die mit langen Schrit-

ten auf sie zukam, war zu schnell. Mother Croul erblickte eine aufblitzende Schneide, dann war sie tief in ihr, drehte sich in ihrem Bauch; der Mörder packte sie im sehnigen Nacken und zog sie zu sich heran. Mother Croul schrie auf und sah die Augen des Mörders durch das schwarze Visier. Sie wusste, wer es war, auch als ihr Augenlicht schwand und sie sich vor Schmerzen krümmte. Sie war wieder oben am Klippenrand, ihr Mann war dort, der Strandräuber, der Mann, den sie hängen wollten. Mother Croul spürte einen zweiten, Schwindel erregenden Schmerz – sie ruderte mit beiden Armen und hörte ihre Katze miauen, und die ganze Zeit dieser schreckliche Schmerz, der zunehmende Druck in ihrem Bauch. Sie hustete und schmeckte ihr Blut. Sie hatte keine Zeit, »Miserere mei« zu flüstern, ehe sie in die Finsternis sank. Der Mörder ließ sie fallen und zog den Dolch aus ihr heraus. Die Katzen flohen. Der Mörder nahm eine Ölpfanne und die Talgkerze aus ihrer Halterung – letzte Handgriffe, um das mörderische Werk in der kleinen, verfallenen Kate am Rande des Waldes zu verbergen.

Kathryn wurde vom Sturmläuten einer Glocke geweckt. Sie hatte sich entschlossen, sich auszuruhen und war fest eingeschlafen. Das Geläut war so nachhaltig, dass sie aus dem Bett sprang und ans Fenster lief. Warum wurde Alarm geschlagen? War wieder jemand vergiftet worden? Sie ging zur Tür und öffnete sie. Die Diener des Gutshauses liefen unten beunruhigt herum und fragten sich, was wohl geschehen war. Sanglier kam mit großen Schritten aus Lord Henrys Bibliothek, Delacroix und Cavignac folgten ihm wie zwei Schatten. Sie redeten hastig in ihrer Muttersprache aufeinander ein, bevor sie einen Diener fragten, ob er wisse, was los sei, doch der Mann breitete nur hilflos die Arme aus und schüttelte den

Kopf. Kathryn ging wieder in ihr Zimmer und zog sich rasch Stiefel und Umhang über. Sie kam gerade in den Hof, als sie Hufklappern hörte. Colum und Lord Henry ritten mit einem kleinen Gefolge in den Hof. Colum schwang sich aus dem Sattel und eilte auf sie zu.

»Ich glaube, du kommst am besten mit, Kathryn.«

»Wieder ein Todesfall?«

»Ja, aber kein Giftmord. Mother Croul! Wir haben gerade die Leichen auf dem Friedhof begraben, als Alarm geschlagen wurde. Wir sahen das Feuer über den Bäumen, die schwarzen Rauchwolken.«

Lord Henry war damit einverstanden, sie zu begleiten. Sobald Kathryns Pferd gesattelt war, ritten sie so schnell wie möglich in den Ort. Wegen der Beisetzung war der Handel an diesem Tag abgesagt worden, doch nun waren die Straßen voller Menschen, die sich vor Hauseingängen und den beiden großen Schenken versammelten. Lord Henry hatte einige Gefolgsmänner abgestellt, um die Neugierigen fernzuhalten. Als sie bei der Kate eintrafen, war das Feuer bereits unter Kontrolle, nicht so sehr wegen des Wassers oder der hineingeworfenen Erde, sondern weil alles verbrannt war, was brennen konnte. Der Brandherd und seine direkte Umgebung waren ein rauchender, verkohlter Haufen aus Schlacke und Asche.

Kathryn reichte Colum die Zügel ihres Pferdes, öffnete das Weidentor und ging unverwandt zum Ort des Geschehens. Der Boden, auf dem die Kate gestanden hatte, war schwarze Asche, selbst die provisorischen Ställe waren unter der Hitze angesengt und aufgeworfen. Die Asche war noch heiß, als Kathryn darüber hinwegschritt; Funken stoben auf, was ihr warnende Zurufe von Colum und Lord Henry eintrug. Kathryn zog sich zurück.

»Mother Croul«, rief sie über die Schulter, »ist sie ...?«

»Sie hat nicht an der Beerdigung teilgenommen«, erwiderte Lord Henry, »das machte sie nie. Sie sagte immer, sie habe genug Tode mit angesehen.«
Kathryn sah zu, wie der große Aschehügel unter den Wasserspritzern zischte. Noch mehr Funken stoben auf, doch schließlich ließ die Hitze nach. Lord Henry trat zu ihr und stellte ihr eine Frage, doch sie war so in den schrecklichen Anblick vertieft, dass sie nicht antwortete. Colum ging fort und kam mit einem Stock wieder, den er ihr in die Hand drückte.
»Den habe ich neben dem Stall gefunden«, sagte er. »Willst du, dass ich mitkomme?«
»Nein, nur der Herrgott weiß, wo die Überreste der armen Frau sind. Es ist am besten, wenn möglichst wenig Menschen über die Asche laufen, bis ihre Überreste gefunden sind.« Sie legte ihre Hand auf Colums Arm. »Wenn du bitte bleiben könntest?«
Dann nahm sie den Stock, bedeckte Mund und Nase mit einer Hand und ging über das Meer aus Asche und Schlacke. Rauchfahnen stiegen auf. Staub wirbelte hoch, Funken schossen in die Höhe und stachen ihr ins Gesicht. Colum und Lord Henry boten ihre Hilfe an, doch sie schüttelte den Kopf. Sie nahm die Hand vom Gesicht. Der Geruch nach Feuer und schwelender Asche war kräftig, doch es mischte sich ein anderer Geruch hinein, wie in einer Küche, wenn Öl in einer leeren Bratpfanne verbrennt. Mit dem Stab wühlte sie die Asche um. Hier und da waren dunkelgraue Stellen, obwohl nur wenig übrig geblieben war, nur verdrehte Zinnteile und Tongeschirr, der Hals eines Einmachglases, eine Messerklinge. Je tiefer sie wühlte, desto argwöhnischer wurde sie.
Das Feuer musste stark gewesen sein, alle Anzeichen deuteten darauf hin, dass es in der Mitte des Raumes ausgebrochen war, nicht direkt am Herd, der nur noch

ein Haufen zerfallener Steine war. Es musste absichtlich gelegt worden sein. Sie stieß die Klinge eines Beils, eine Messerklinge und einen Zapfhahn zur Seite und fand die Überreste von Mother Croul, kaum mehr als Schädel und Knochen. Die Haut war verschrumpelt, vom linken Arm war nichts zu sehen, angeschwärzte Fleischstücke hingen noch an den Knochen.

Kathryn kniete nieder und murmelte ein Gebet. Sie drehte den Schädel um und suchte nach einem Bruch, fand aber nichts; bei den Rippen war es dasselbe, obwohl die eine unter ihrer Berührung entzwei brach. Der Ölgeruch war allgegenwärtig.

»Sie muss über und über damit bedeckt gewesen sein«, flüsterte Kathryn vor sich hin. »Umgebracht, wahrscheinlich erstochen oder erdrosselt. Ihr Mörder hat die Leiche in Öl getränkt …«

»Kathryn, mit wem redest du?«, rief Colum ihr zu.

»Mit mir selbst«, rief sie zurück, drehte die Knochen um und legte sie so sanft wie möglich zusammen. Sie dachte daran, wie der heilige Augustinus einen Menschen beschrieben hatte, eine lebendige Seele voller Gedanken und Wünsche, Erinnerungen und Erfahrungen. Doch das alles war in der Zeitspanne eines Augenblicks verschwunden, wie eine Kerze, die gelöscht wird. Kathryn hatte diese alte Frau mit ihrem scharfen Blick und dem wachen Verstand gemocht.

Sie sah sich um. Inzwischen hatte sie sich an die Funken, die Asche und den beißenden Geruch gewöhnt. Rings um die Kate hatten sich Neugierige eingefunden, die sich untereinander austauschten. Ein Bauer und seine Frau, der einen Sack Korn bei sich trug, bestimmt für die Mühle im Ort. Ein Mädchen, das eine Gans hütete, stand da und lutschte am Daumen. Ein königlicher Jagdaufseher tauchte aus dem Wald auf, eine Reihe toter Kaninchen an einem Seil. Kathryn wandte sich nach

links. Dort waren noch mehr Menschen eingetroffen – Pater Clement, Amabilia, Benedict, Ursula, Constabler Walter und Simon der Totengräber, der so hastig aus einem Bierkrug trank, dass er sich das fette, triefäugige Gesicht bespritzte. Ohne besondere Aufforderung hielt sich der Pfarrer eine Hand über Mund und Nase und stapfte herüber, um die Gebete zu sprechen. Er nickte Kathryn zu und kniete nieder, doch die Hitze war zu stark, sodass er sich wieder erhob. Kathryn bat Colum um eine Holzplanke; der Ire legte sie vorsichtig neben Mother Crouls Überreste. Wieder kniete der Priester nieder, bekreuzigte sich und stimmte das Gebet an, das häufig verwendet wird, wenn der Leichnam aus einer Kirche auf den Friedhof getragen wird: »Geh hin, christliche Seele, und möge die Schar der Engel …«
Kathryn hatte genug gesehen; sie drehte sich um und ging zurück zum Weidentor. Simon und der Constabler brachten einen Pfeilkasten, und nachdem der Pfarrer fertig war, begannen sie den provisorischen Sarg mit den erbärmlichen Überresten zu füllen. Pater Clement ging seiner Wege, wobei der Constabler einen Witz riss, und der Totengräber, der noch immer an seinem Bierkrug hing, lachte heiser auf. Lord Henry rief ihnen zu, mehr Respekt zu zeigen, eine Anordnung, die der Pfarrer noch bekräftigte, denn er kam zurück und redete wütend auf sie ein. Kathryn klopfte sich die Asche vom Kleid, während Lord Henry eine Kanne Wasser brachte.
»Kann ich irgendetwas für Euch tun, Mistress?«, fragte er. Sie schüttelte den Kopf und trank einen Schluck.
»Dann möge Gott ihr die ewige Ruhe schenken. Ein Unfall?«
»Nein.« Kathryn seufzte.
Lord Henry schloss die Augen. »Der Herr sei uns gnädig«, murmelte er. »Noch ein Mord! Seid Ihr sicher?«
»Mother Croul hatte einen scharfen Verstand«, erwi-

derte Kathryn. »Es wäre leicht zu glauben, das Feuer sei im Herd ausgebrochen, aber das ist nicht der Fall, es brach in der Mitte des Raumes aus. Zweifellos hat ein Mörder sie getötet und die Leiche dann in Öl getränkt. Die Überreste sind erbärmlich.«

»Und der Mörder?«

Kathryn deutete auf das silberne Kreuz, das an einer goldenen Kette um Lord Henrys Hals hing. »Das weiß nur unser Herr und Gott.«

»Wenn ich es erfahre«, erwiderte Lord Henry, »werde ich dafür sorgen, dass dieser elende Schurke am höchsten Galgen hängt.« Er drehte sich auf dem Absatz um und verließ den Ort dieses schrecklichen Verbrechens.

7

Nirgendwo gab es einen so geschäftigen Mann wie ihn –
Und doch schien er geschäftiger, als er tatsächlich war.

Geoffrey Chaucer

Colum legte Kathryn einen Arm um die Schulter. Sie spürte, dass ihr Entsetzen über das Vorkommnis hinter der festen Entschlossenheit in den Hintergrund trat, den Übeltäter vor Gericht zu bringen. Das Tun und Treiben der Großen – Lord Henrys Amt des Geheimen Siegels, Sangliers Machenschaften – all das gehörte zum Stoff des Lebens. Wie die Armen würden auch die Mächtigen im menschlichen Dasein immer eine Rolle spielen. Elias und Isabella hatte sie nicht gekannt, dasselbe galt für Adam den Apotheker. Allem Anschein nach waren sie unsympathisch, an die Gewalt gewöhnt, der sie zum Opfer fielen, doch diese alte Frau war nicht gestorben, weil sie etwas getan oder gesagt hatte, sondern weil sie so war, wie sie war: eine Frau mit einem guten Gedächtnis und einem wachen Blick. Kathryn glaubte, dass sie ermordet worden war, weil man sie zum Schweigen bringen wollte, nur für den Fall, dass sie sich an etwas erinnerte. Der Mörder sah offensichtlich eine Gefahr in ihr. Kathryn schwor sich im Stillen, über alles nachzudenken, was Mother Croul ihr gesagt hatte, und fragte sich, ob der Mörder ihr Treffen an Gallows Point tags zuvor beobachtet hatte.

»Was ist passiert?« Pater Clement kam herüber, seine Augen tränten vom Rauch, das Gesicht war von Asche verschmiert, Amabilia stützte sich auf seinen Arm. Dahinter drängte sich der Rest der Gemeinde.

»Ich weiß es nicht.« Kathryn wollte so wenig wie möglich sagen. »Ich war im Gutshaus, als Alarm geschlagen wurde.«

»Und ich war auf dem Friedhof.« Pater Clement drehte sich um, hustete und spuckte aus »Wir ließen gerade die Särge in die Gräber hinab. Ich warf etwas Erde hinein und erteilte den letzten Segen, als Amabilia uns alarmierte, nicht wahr?«

Seine Schwester nickte zustimmend. Sie war blass. »Ich habe gesehen, wie über den Bäumen Rauch aufstieg. Zuerst dachte ich, es sei das Feuer eines Waldarbeiters, doch dann kamen die Flammen.«

»Wart Ihr alle auf der Beerdigung?«, fragte Kathryn. »Ist jemand von Euch früher gegangen?« Sie erhielt nur nichts sagende Blicke.

»Hat jemand von Euch die Beerdigung verlassen, entweder die Messe oder die anschließende Beisetzung?«

»Natürlich nicht!«, fuhr der Constabler sie an. »Wir waren alle dort, wir können es gegenseitig bezeugen. Was wollt Ihr damit sagen? Das Feuer hätte ein Unfall sein können.«

»Wenn Mother Crouls Tod ein Unfall war«, entgegnete Kathryn, »dann stimmt es nicht, dass Blumen wachsen und Tauben fliegen.« Sie deutete auf den Pfeilkasten, der jetzt gleich hinter dem Teppich aus Asche stand. »Wer wird für sie beten?«

»Ich«, meldete Amabilia sich zu Wort, »und mein Bruder wird eine Messe lesen.«

»Sagen wir drei.« Kathryn öffnete ihre Geldbörse und entnahm ihr zwei Silbermünzen. Pater Clement weigerte sich, sie anzunehmen, doch Kathryn drückte sie ihm in die Hand.

»Lest Messen für die Tote, Pater. Singt das Requiem für

sie. Sorgt dafür, dass sie nicht in jener Kiste, sondern in einem richtigen Sarg beerdigt wird, gutes Holz mit einem versilberten Kreuz darauf. Und ein Grabstein. Ich verspreche Euch, ich werde es bezahlen, ehe ich abreise.«
Der Pfarrer war einverstanden, drückte Kathryn warmherzig die Hand und bedankte sich für ihre Großzügigkeit.
Kathryn und Colum gingen durch den Ort zurück. Noch immer standen Menschen vor Hauseingängen und sprachen mit gedämpfter Stimme über die Ereignisse des Tages. Über die High Street zog eine Gruppe fahrender Komödianten; ihre Habe türmte sich hoch auf zwei Karren, die mit bunten Gesichtern grell bemalt waren. Der erste wurde von einem großen grauen Pferd mit gestutzter Mähne und einem kitschigen Geschirr gezogen. Das Pferd wurde von einem Mann geführt, der die Maske eines Scheusals trug. Kleine Jungen mit gelb gefärbtem Haar, bunte Wimpel an den zerlumpten Kleidern, liefen daneben her. Auf dem Karren, die Zügel in der Hand, saß eine Frau mit der Maske eines Dämons. Sie sah zu ihnen herüber; die geschminkten Lippen unter der Maske begannen zu lächeln und entblößten schwarze Zähne. Andere in der Truppe waren in makabres Schwarz und Grün gekleidet und trugen kleine Glöckchen an den Jacken aus gefärbtem Lammfell und abgetragenem Leder. Auf dem zweiten Karren erhob sich ein Galgen. An seinen Armen baumelten ausgestopfte Ratten und Katzen. Darüber flatterte ein Banner im Wind, auf dem in weißer Farbe stand: Timor Mortis Conturbat Me – Die Furcht vor dem Tod schreckt mich.
Kathryn verbarg ein Lächeln. Diese unheimliche Gruppe fahrender Schauspieler mit ihren eigenartig aufgeputzten Pferden, den grell bemalten Wagen und teuflischen Kostümen schienen die Atmosphäre im Ort wiederzugeben – Mord, der durch die Straßen zog, in

den Gassen spukte und plötzlichen Tod verbreitete. Doch wozu das alles?

Kathryn und Colum traten zur Seite, um die Komödianten vorbeizulassen. Einige Dorfbewohner begrüßten sie lautstark, andere lachten, manche beschimpften sie, was mit gleicher Münze heimgezahlt wurde. Die ganze Zeit tanzten die Schauspieler zur Flöte und zur Trommel. Kleine Jungen liefen mit Körben umher und bettelten um Münzen oder Nahrungsmittel, wurden aber von den meisten schroff abgewiesen. Kathryn und Colum sahen den Komödianten nach, und die Dorfbewohner kehrten wieder zu ihren Häusern zurück.

»Sie werden hier nicht Halt machen«, murmelte Colum, »wenn sie von den Todesfällen erfahren. Man wird sie nicht willkommen heißen, und sie werden weiterziehen. Du glaubst also, dass Mother Croul ermordet wurde?«

»Ja«, erwiderte Kathryn. »Nicht durch Gift. Ich vermute, sie wurde erdrosselt oder erstochen – es muss sehr plötzlich geschehen sein. Alles riecht nach Öl; das Feuer wurde mit Absicht gelegt.«

»Und der Mörder?«, fragte Colum.

»Das weiß nur der Giftmörder, wer es auch sein mag. Ein mutwilliger Akt, Mother Crouls Seele wurde in die Finsternis geschickt, und jetzt versteckt sich der Mörder oder die Mörderin so klug wie zuvor.«

»Aber wer ist es?«

»Das ist das große Geheimnis – du warst auf dem Friedhof, Colum, was ist dort passiert?«

»Ich stand am Rand der Menge, Lord Henry ein Stück weiter hinten. Ich habe vor allem Pater Clement beobachtet. Beerdigungen faszinieren mich immer, Kathryn. Wie die Särge in die Erde gleiten, mit Weihwasser besprenkelt werden, mit Weihrauch gesegnet, ehe sie mit Erde bedeckt werden. Dabei kommt mir immer derselbe Gedanke: Es ist, als würde eine Tür geschlossen.

Ich frage mich immer, ob dahinter noch etwas ist. Jedenfalls habe ich wie alle anderen auch die Gebete mitgesprochen, als Amabilia aus der Kirche gelaufen kam und auf die Rauchsäule zeigte. Chaos brach aus. Pater Clement bat lautstark um Ruhe und führte die Zeremonie zu Ende. Sobald er fertig war, schickte er einen Jungen hin, um zu sehen, was dort geschah. Der Kleine kam keuchend und stotternd zurück, Mother Crouls Kate brenne, aber von der alten Frau sei nichts zu sehen. Pater Clement gab den anderen Anweisung, Adams Grab zu füllen und ging in die Kirche zurück, und der Rest zog los, um selbst nachzusehen. Lord Henry und ich sind wieder ins Gutshaus gegangen – alles andere weißt du.«
Kathryn blinzelte in den Himmel. Graue Wolken zogen auf. Die Blätter, die über den Weg wirbelten, waren goldbraun.
»Lord Henry hat gefragt, wer es war«, flüsterte sie. »Ich mag mich irren, vielleicht ist der Mörder ein anderer als ich glaube, ein Dorfbewohner, dem wir noch nicht begegnet sind. Aber Colum, geh noch einmal in Gedanken auf den Friedhof zurück – du stehst auf dem Gottesacker, Adam der Apotheker wird beerdigt, die ersten Erdklumpen sind ins Grab geworfen worden. Pater Clement hat die Totengebete angestimmt und den Sarg mit Weihwasser besprenkelt – du musst dich umgesehen haben. Hast du gesehen, ob jemand gegangen ist?«
Colum blieb stehen und schloss die Augen. Er rief sich Pater Clement ins Gedächtnis in seinem schwarz-goldenen Messgewand mit dem weißen Chorhemd darunter, das vom Wind hochgeweht wurde, die Messdiener in ihren Chorhemden, der eine trug das Kreuz, der andere ein Weihwasserbecken und den Weihwedel, ein Meer von Gesichtern, Menschen, die miteinander tuschelten.
»Ich kann mich an nichts Außergewöhnliches erinnern«, gestand er. »Adams Sarg wurde von Tagelöhnern ins

Grab gesenkt. Ich weiß noch, dass Pater Clement ihnen den Sargpfennig gab, nachdem sie die Seile wieder nach oben gezogen hatten. Aber sonst nichts, Kathryn. Die Beerdigung hat eine Stunde gedauert, St. Swithun hat viele Türen, die Leichentür, die Tür am Portal. Jeder hätte hinausschlüpfen können. Soweit ich weiß, ist es durch den Wald nicht weit bis zu Mother Crouls Kate. Ich bin mir nicht sicher, wo Lord Henry war. Ich stand allein und habe mich in einem Querschiff an eine Säule gelehnt. Ich war ganz in die Zeremonie vertieft, habe den Worten gelauscht und das Wandgemälde zu meiner Linken bewundert. Kathryn, wenn du mich fragst: Jeder Einwohner hätte die Messe verlassen, zu Mother Croul gehen, sie umbringen, ihre Kate in Öl tränken und in Brand setzen können. Ich weiß es einfach nicht.«

Sie kamen zum Gutshaus. Colum bestand darauf, dass sie ihn in die große Halle begleitete, in der die Diener eine Mahlzeit aus Fleisch, Brot, Äpfeln und Käse aufgedeckt hatten. Die drei Franzosen standen eng beisammen, jeder hatte einen Weinkelch in der Hand. Lord Henry sprach mit ihnen.

»Er ist in Sorge«, flüsterte Colum, »er hat bereits Reiter ausgesandt, um nach dem Prediger zu suchen, bisher allerdings ohne Erfolg.«

Kathryn nahm Wein und einen gefüllten Teller von einem Diener entgegen. Sie mochte nicht, wie Sanglier sie anstarrte. Hin und wieder wandte er sich an Cavignac und flüsterte ihm etwas zu, dann kicherten sie und drehten ihr den Rücken zu. Ihr fiel auf, wie Sanglier eine Hand auf Cavignacs Schulter legte, eine vertrauliche und tröstende Geste. Lord Henry hatte sich entfernt und sprach mit Dienern über das für den Abend geplante Festmahl. Er kündigte an, es werde trotz der Beerdigungen im Dorf und des Todes von Mother Croul stattfinden.

Kathryn kehrte in ihr Zimmer zurück, um ihre Mahlzeit zu beenden. Colum schloss sich ihr an und sagte, er müsse wieder in die Stallungen. Kathryn saß auf einem Hocker. Sie aß nur wenig und nippte an dem Wein, dem besten Rotwein, den sie seit langem getrunken hatte. Draußen wurde es grau und ungemütlich; der Wind war aufgefrischt und trug das gedämpfte Donnern der Brandung herüber. Kathryn rief sich ins Gedächtnis, was sie über Mother Crouls Tod wusste. Es ergab alles keinen Sinn. Was den Prediger betraf – ihr fiel Sangliers Gelächter ein, und sie hatte nicht übel Lust, ihn zur Rede zu stellen. Was hatte der Vicomte so spät in der Nacht draußen zu suchen?

Schließlich merkte sie, dass sie nicht weiterkam; daher öffnete sie die Truhe und holte die Hauptbücher hervor, die sie bei Elias und dem Apotheker gefunden hatte. Sie blätterte sie sorgfältig durch. Elias' Buch war recht schlicht: gekaufte Waren, beschlagene Pferde, reparierte Eisenteile, doch nichts, was einen Verdacht aufkommen ließe. An dem Tag, an dem er starb, hatte er viel zu tun gehabt, ein Pferd nach dem anderen beschlagen, Hufe angefertigt, eine Schachtel Nägel an einen durchreisenden Kesselflicker verkauft. So sehr sie auch suchte, Kathryn konnte in den Wochen vor seinem Tod keinen Eintrag über ein erworbenes Weinfass finden.

»Überhaupt nichts«, murmelte Kathryn, klappte das Buch zu und legte es neben sich. Adams Hauptbuch war anders. Die Handschrift war geübter und sauberer, andererseits fand sich auch hier nichts, was Argwohn erregte. Eine Liste von Kunden und den verschiedenen Kräutern, die sie gekauft hatten: Schwarzer Senf, der, wenn man ihn zerstößt und mit Honig und Bienenwachs mischt, Male und Flecken entfernt, Prellungen lindert oder Schorf abträgt. Petersilie, um den Urin zu reinigen, Safran, um Wunden zu spülen. Selbst das eine oder andere verkaufte Gift – Adam hatte es sorgfältig notiert – »zur Ausrottung von Ratten und Ungeziefer«. Pulver zum Einschlafen, Härtling, um ein Anschwellen der Leistengegend zu lindern, Flockenblume gegen einen wunden Hals oder um Blut zu stillen. Fenchelsaft, aufgelöst in Wein und in die Ohren geträufelt, zur Schmerzlinderung bei einem entzündeten Zahn. Kathryn sah sich jeden Eintrag genau an. Die verkauften Gifte weckten keinerlei Verdacht; so manche Käufer kannte sie nicht einmal. Hin und wieder hatte Adam einen Eintrag verschlüsselt vorgenommen. Für Kathryn stand fest, dass es sich um Gifte handelte, die er an junge Frauen verkaufte als Hilfe gegen Schwangerschaft. Dennoch gab es keinen Hinweis auf einen Mörder, auf jemanden, der tödliche Pulver anhäufte. Sie schloss das Hauptbuch und legte es zur Seite.

»Aber natürlich würde der Mörder heimlich vorgehen«, sagte sie zu sich selbst. Sie ging an ihren Schreibtisch, setzte sich und stützte den Kopf in beide Hände. In Gedanken kehrte sie zur Kate zurück. Warum sollte Mother Croul umgebracht werden?, fragte sie sich. Weil sie etwas wusste! Was hatte sie ihr gestern erzählt? Nichts, bis auf Gerüchte – so würde Kathryn es beschreiben: die Dorfbewohner, das Schicksal der Strandräuber, Lord Henrys Laune, aber nichts Außergewöhnliches.

Colum kehrte aus den Stallungen zurück und erinnerte seine Frau daran, dass es bald Zeit sei für das Bankett. Kathryn öffnete die Reisetruhe und holte das Kleid heraus, das sie tragen würde, ein Kleid aus feinstem scharlachrotem und goldenem Damast mit hochgeschlossenem, weißem Kragen und passender Halskrause, darunter ein gestärktes Unterkleid und Halbstiefel aus dunkelgrauem Samt. Sie würde auf einen Schleier verzichten und das Haar offen tragen. Dem Schmuckkasten entnahm sie Haarspangen, Ohrringe, ein Armband und den Ring, den Colum ihr gekauft hatte. Wieder war sie sich sicher, dass jemand den Schmuck durchsucht hatte, doch es fehlte nichts, und sie wollte Colum nicht beunruhigen, der die Angelegenheit bestimmt vor Lord Henry zur Sprache bringen würde. Sie legte den Schmuck auf das Bett und trat an den Waschtisch. Sie zog ihr Kleid und Unterkleid aus und wusch sich sorgfältig. Als sie fertig war, drehte sie sich um und wurde vor Verlegenheit rot. Colum saß auf einem Stuhl und sah ihr zu.

»Wir sind Mann und Frau, Kathryn.«

»Wir sind Braut und Bräutigam!«, korrigierte sie ihn.

Sie ging hinüber ans Bett, nahm ihr Unterkleid und zog es hastig über, um ihre Blöße zu bedecken. Außerdem nahm sie ein kleines Glas mit kostbarem Parfüm heraus und zog den Stöpsel. Sie schloss die Augen, als sie den köstlichen Duft einatmete. Colum hatte es bei einem Händler in London erstanden, der behauptete, es in Alexandria in Ägypten gekauft zu haben.

»Wie hieß doch noch dieses Parfüm, Colum?«

»Kiphye«, antwortete Colum. »Man sagt, es sei aus dem blauen Lotus destilliert.«

»Es ist herrlich«, murmelte Kathryn. Sie tropfte sich etwas davon auf den Finger und trug es hinter den Ohren und am Hals auf, dann wischte sie sich den Finger am Unterkleid ab. Anschließend setzte sie sich vor den Spiegel und begann sich sorgfältig zu schminken. Sie blickte auf die Schachtel Belladonna – den schwarzen Lidstrich, den manche Damen verwendeten. Kathryn behielt ihn zwar, legte ihn jetzt aber nie mehr auf. Ungefähr anderthalb Jahre zuvor hatte sie in einer Abhandlung gelesen, dass das Pulver, auch wenn man es als Schminke benutzte, dennoch giftig war und der Körper es über die Haut aufnahm, sodass der Fluss der lebenswichtigen Körpersäfte gestört wurde.

Während sie sich ankleidete und vorbereitete, beschäftigte sich Kathryn in Gedanken mit Mother Crouls Tod. Ein Diener kam mit einem Tablett, auf dem ein Weinkrug, zwei Kelche und ein Teller mit frisch gebackenem Brot und köstlichem Käse standen. Kathryn trank einen Schluck Wein.

»Ich glaube, sie wurde umgebracht – um sicherzugehen.«

»Wovon redest du, Kathryn?«

»Mother Croul – sie wurde umgebracht, nur für den Fall, dass sie etwas wusste. So gnadenlos ist der Mörder, Colum. Wir sollten es als Warnung nehmen. Wer dieser Giftmörder auch ist, er oder sie ist entschlossen, immer wieder zu töten. Mother Croul wurde als Hindernis aus dem Weg geschafft, aber ich weiß bei Gott nicht, warum.«

»Und die Angelegenheit hier im Gutshaus?« Colum hockte sich neben sie, um den Spiegel zu benutzen, weil er sich rasieren wollte. Kathryn stand auf.

»Du wirst dich schneiden«, warnte sie, »setz dich auf den Hocker und mach es richtig. Ich glaube, Lord Henry spielt ein Spiel, ein kluger, raffinierter Trick, um diese Franzosen in die Falle zu locken. Er hat sie und den Prediger hierher geholt. Jetzt ist etwas schief gelaufen, aber ich weiß nicht, was.«

Colum antwortete mit Grunzen und war darauf bedacht, präsentabel auszusehen. Er zog ein weißes, hochgeschlossenes Hemd an und eine lohfarbene Jacke mit dazu passender Kniehose. Dann streifte er einen Ring über den Finger, schnallte sich einen Dolchgurt um die Taille und schlüpfte in weiche schwarze Stiefel.

»So«, keuchte er, »mehr kann ich nicht tun. Sieh dich nur an, Kathryn.« Er trat zu ihr, nahm ihre Hände und kniete vor ihr nieder.

»Wir sind wie dieses Gemälde in der Kirche, nicht wahr? Wie Tugend und Laster. Du die Schönheit und ich die Missgestalt.«

Kathryn küsste ihn sanft auf den Mund. »Für mich, Ire, wirst du immer alles sein, was gerecht und gut ist am Menschen. Aber komm, ich bin sicher, unser Gastgeber wartet schon.«
Das Bankett sollte nicht im großen Saal, sondern in Lord Henrys privatem Erkerzimmer abgehalten werden, einem üppig ausgestatteten Raum. Wunderschöne Gobelins hingen über der dunklen Holztäfelung; sie stellten klassische Szenen dar: Jason und seine Argonauten, Achilles auf Chios, das Hölzerne Pferd, das nach Troja geschoben wurde, Odysseus auf der Heimfahrt. Lord Henry erwartete sie, erpicht darauf, ihnen jeden Wandbehang in allen Einzelheiten zu beschreiben und ihnen auch alles Übrige in dem Erkerzimmer zu zeigen. Die königlichen Banner Englands und Frankreichs hingen von den Deckenbalken herab. Der Raum wurde von reinen Bienenwachskerzen hell erleuchtet; dunkle, geöffnete Schränke mit Glasfronten spiegelten das Licht wider. Die Stühle und Schemel, selbst die Bänke bestanden aus feinster Eiche, alles war glänzend poliert. In der Galerie der Minnesänger am anderen Ende bereiteten sich Musikanten vor. Ein Junge mit Engelsstimme probte die Hymne Dulce Mater.
Passend zu diesem Prunk war Lord Henry in Wams und Kniehose gekleidet, die die Farben des königlichen Haushalts zeigten – Scharlachrot und Gold. Dazu trug er eine Amtskette um den Hals. Das blonde Haar war gekämmt und geölt, der Bart sorgfältig gestutzt. Er führte sie an den Kamin, in dem die knackenden Holzscheite den Duft von Kiefern verbreiteten. Er servierte ihnen Weißwein, während sie auf die Franzosen warteten. Obwohl sich Kathryn die größte Mühe gab, wollte er nicht über das Treiben im Dorf reden, sondern beschränkte die Unterhaltung auf verschiedene Gegenstände im Raum. Er erklärte, wie sehr ihm die Helden-

taten der alten Griechen gefielen, und dass sein größter Ehrgeiz darin bestünde, eine diplomatische Mission anzuführen, die ihn zum großen türkischen Kaiser brächte. Schließlich nahm die Plauderei ein Ende, als Sanglier und Cavignac in den Raum schwebten.
Der Vicomte und sein Schreiber trugen die Farben des französischen Hofes – Blau, Weiß und Gold. Juwelen schimmerten an Hals und Fingern. Sie hatten sich gut vorbereitet und Lord Henry ein Geschenk mitgebracht, einen Psalter mit einem herrlichen juwelenbesetzten Einband, den sie in aller Form im Namen ihres königlichen Herrn überreichten. Lord Henry nahm das Geschenk entgegen und hielt sich streng an die Etikette. Er bedankte sich für ihre Großzügigkeit und hieß sie noch einmal offiziell in seinem Gutshaus willkommen – in der Hoffnung, man werde schlussendlich doch noch einen dauerhaften Frieden zwischen den Königshäusern Frankreichs und Englands aushandeln. Sobald die Zeremonie vorbei war, bat Lord Henry sie an den runden Holztisch in der Mitte des Raumes. Er setzte Kathryn zu seiner Linken, Sanglier zu seiner Rechten und bat die anderen durch Gesten, ihre Plätze einzunehmen.
»Wo ist Monsieur Delacroix?«, fragte er.
Cavignac zuckte mit den Schultern.
»Ist er nicht heruntergekommen, Mylord?«, murmelte Sanglier. »Wir haben an seine Zimmertür geklopft. Ich bin sicher, er wird bald hier sein.«
Lord Henry war sichtlich erbost über einen solchen Mangel an Etikette, hob jedoch eine Hand zum Zeichen, dass das Bankett beginnen konnte. In der Galerie der Minnesänger trug der Junge mit weicher, flötender Stimme die schönen Hymnen Dulce Mater und Virgo Pia vor. Die Diener trugen Tabletts mit in Mandeln gebratenem Kapaun und Lachs im Zimtmantel mit Weinsauce herein. Lord Henry war darauf bedacht, seinen Wohl-

stand und seine Macht zur Schau zu stellen. Ein jeder Gast hatte eine Serviette aus Damast sowie Messer und Löffel mit Bernsteingriffen; ihre Scheiden waren mit Silberfäden bestickt. Lord Henry erklärte, das seien seine Geschenke für sie, und die Bestecke könnten mitgenommen werden. Golden ziselierte Wasserkaraffen und Krüge wurden von Dienern herumgereicht, damit sie sich die Hände waschen konnten, und Kathryn genoss den zarten Duft von Rosenwasser.

Der zweite Gang, eine Gemüsesuppe aus einer goldenen Schüssel, wurde aufgetragen, doch Delacroix war noch nicht aufgetaucht. Lord Henry entschied sich, eine solche Unhöflichkeit zu übergehen und unterhielt die Anwesenden mit Geschichten über seine Reisen nach Hainault, Brabant und in die Städte am Rhein. Er scherzte, dass sein königlicher Herr am liebsten einen anderen englischen Reisenden ergreifen würde, Henry Tudor, den letzten Thronanwärter der Lancastrianer, der im Verdacht stand, in Frankreich Unterschlupf gefunden zu haben. Sanglier weigerte sich, anzubeißen. Rebhuhn – der dritte Gang – wurde gereicht, und diesmal wurden die Zinnkelche durch golden ziselierte Becher und langstielige Kelche aus kostbarem venezianischem Glas ersetzt. Am Ende widmete Lord Henry dem leeren Stuhl seine Aufmerksamkeit. Er hob die Hand, unterbrach Sangliers Geschichte über einen französischen Spaßmacher, und zitierte seinen Kammerherrn herbei.

»Geht hinauf zu Monsieur Delacroix«, befahl er. »Sagt ihm, sein Gastgeber erwarte ihn.«

Der Kammerherr entfernte sich eilends, und die Mahlzeit wurde schweigend fortgesetzt. Der Kammerherr kehrte völlig aufgelöst zurück.

»Mylord«, er wedelte mit den Händen, »ich erhielt keine Antwort. Ich habe versucht, die Tür zu öffnen, doch sie scheint abgeschlossen und verriegelt zu sein.«

Sanglier schob abrupt seinen Stuhl zurück, desgleichen Cavignac.
»Da stimmt doch etwas nicht«, murmelte der Vicomte. »Delacroix verspätet sich nie. Verzeiht, Mylord.«
Die Mahlzeit wurde unterbrochen. Lord Henry bestand darauf, Sanglier und Cavignac zu Delacroix' Zimmer im ersten Stock zu begleiten. Lord Henry ging die Treppe hinauf, sichtlich aufgebracht. Er blieb vor dem Zimmer stehen und klopfte an. Kathryn und Colum waren den anderen gefolgt. Eine Zeit lang herrschte Verwirrung; Lord Henry und Sanglier gaben sich die größte Mühe, eine Antwort zu erhalten. Dann legte sich Lord Henrys Zorn, ein Ausdruck der Besorgnis trat in sein Gesicht. Sanglier verlangte, die Tür aufzubrechen. Schließlich war Lord Henry einverstanden. Diener brachten Holzscheite aus dem Schuppen herauf und hämmerten unter Lord Henrys Anleitung gegen die Tür. Am Ende gab sie nach, die Schlösser oben und unten brachen entzwei, und die Tür krachte in ihren Lederscharnieren zurück. Eines davon sackte durch und verletzte Lord Henry, als er einzutreten versuchte. Sanglier bestand darauf, das Zimmer als Erster zu betreten.
»Mylord, es mag zwar Euer Haus sein, doch in diesem Zimmer wohnt ein akkreditierter französischer Gesandter.«
Die Tür wurde zur Seite geschoben und abgesichert, und sie betraten das Zimmer. Es war ebenso geschmackvoll eingerichtet wie die anderen Räume des Gutshauses. Auf dem Tisch brannte eine Öllampe. Noch als Sanglier um den Stuhl vor dem Fenster herumging, konnte Kathryn die Umrisse eines Kopfes und eines herabhängenden Arms ausmachen. Sanglier rief nach der Öllampe. Kathryn eilte hinüber.
Delacroix war tot. Sein Gesicht war schneeweiß, die Augen verdreht, der Kopf hing zur Seite, der Körper war entspannt, ein Arm ruhte im Schoß, der andere hing

über der Lehne. Kathryn hob den Weinkelch vom Boden auf und schnüffelte daran.
»Bittersüß«, verkündete sie, und obwohl sie ihr bestes Kleid trug, ging sie in die Hocke und roch an den Weinresten auf dem gewachsten Boden. Sie rochen genauso wie der Kelch. Kathryn erhob sich, trat an einen Seitentisch, auf dem der Weinkrug stand, doch Cavignac, der danebenstand, verkündete, er sei unvergiftet. Kathryn bemerkte eine kleine Tasche, die neben dem Weinkrug lag und aufgeschnürt war. Sie nahm sie an sich und durchsuchte den Inhalt, ohne auf Sangliers Protest zu achten, der Franzose sei ein akkreditierter Gesandter. Nichts war Kathryn gleichgültiger; ein Mann war vergiftet worden. Sie schnüffelte noch einmal – ein bitterer, beißender Geruch.
»Ist das Gift?«, fragte Colum, als er zu ihr trat.
Kathryn schüttelte den Kopf. »Nein, nein.« Sie roch noch einmal, nahm ein paar Körner auf die Fingerspitze und probierte vorsichtig. »Nein, das ist nur Baldrian.«
»Delacroix hatte immer welchen bei sich«, meldete sich Cavignac. »Er nahm ihn ein, um zu entspannen oder einzuschlafen.«
»Durchaus gebräuchlich«, stimmte Kathryn ihm zu.
Lord Henry hingegen schritt im Zimmer auf und ab. Er hatte seinen Dolch aus der Scheide gezogen, als rechnete er mit einem heimlichen Angreifer, der hinter dem Wandbehang hervorstürmen oder in einer Ecke lauern würde. Sanglier stand vor dem Stuhl und starrte auf den Leichnam. Kathryn ging hinüber. Sie fühlte die Wange des Toten, eiskalt. Sie drückte fester und spürte, dass sich die Gesichtsmuskeln bereits zu verhärten begannen. Delacroix trug noch dieselbe Kleidung, in der sie ihn zuletzt in der großen Halle gesehen hatte.
»Er ist seit ein paar Stunden tot«, verkündete sie, »die Leiche ist kalt, der Körper beginnt bereits steif zu wer-

den. Ich nehme an, etwa seit drei, vier Stunden. Der Wein war vergiftet.«

»Unmöglich!«, rief Lord Henry. »Ihr habt alle aus demselben Krug im Saal etwas bekommen. Mylord«, wandte er sich an Sanglier. »Ihr wart dort, Delacroix hat seinen Kelch an sich genommen.«

Kathryn hörte der Auseinandersetzung zu und betrachtete das Gesicht des Toten, das zu Lebzeiten herbe Züge getragen hatte und jetzt grauenhaft fahl wirkte, die Augen halb geschlossen, die Lippen schmal, hart geworden im letzten Aufbäumen gegen den Tod. Kathryn stellte den vergifteten Weinkelch auf den kleinen Tisch neben dem Stuhl. »Mylords.« Sie klatschte in die Hände. Sanglier und Lord Henry brachen ihr Streitgespräch ab. »Es wäre vielleicht am besten, wenn wir hinausgingen und unsere Unterhaltung unten fortsetzten.«

Die Franzosen stimmten nur zögerlich zu. Sanglier protestierte, dass ein offizieller französischer Gesandter in Lord Henrys Haushalt vergiftet worden sei, doch der englische Lord wollte davon nichts wissen. Er beteuerte seine Unschuld und fügte hinzu, Delacroix' Tod habe nichts mit ihm oder irgendjemandem in Walmer zu tun.

»Was zu beweisen ist«, verkündete Sanglier, als er das Zimmer verließ.

Als sie ins Erkerzimmer kamen, warfen sich Lord Henry und Sanglier gegenseitig Beschuldigungen an den Kopf. Dieser Wortwechsel rief Kathryn die tiefe, dauerhafte Feindschaft zwischen diesen beiden Männern ins Bewusstsein, die ihre Abneigung hinter höfischer Etikette und diplomatischem Protokoll versteckten. Colum schließlich klopfte mit seinem Kelch auf den Tisch und stellte so eine gewisse Ordnung her.

»Mylords! So geht das nicht weiter.«

Cavignac gab ihm leise recht. Lord Henry atmete tief durch und setzte sich auf seinen Stuhl, die Augen geschlossen. Sanglier nahm seinen Weinkelch, überlegte es sich noch einmal und knallte ihn so fest auf den Tisch, dass der Wein überschwappte.

»Das ist vollkommen überflüssig, Vicomte.« Lord Henry schlug die Augen auf und streckte eine Hand aus. »Vicomte, Ihr seid mein Gast. Ich protestiere, ich hatte nichts mit dem Tod Eures Kameraden zu tun.«

Sanglier schlug die Hand aus, nahm die Entschuldigung aber an. Lord Henry ordnete an, das sonnige Erkerzimmer und die Galerie der Minnesänger zu räumen. Nachdem dies geschehen war, ließ er frische Kelche bringen und ein neues Fass Wein anstechen. Er trank als Erster, um die anderen zu beruhigen, und schenkte ihnen dann aus. Die Mahlzeit war inzwischen vergessen. Lord Henry versuchte sich zu behaupten und wies darauf hin, der vergiftete Weinbecher sei von keinem Geringeren als Delacroix höchstpersönlich aus dem Saal getragen worden.

»Er ist doch auf direktem Weg in sein Zimmer gegangen?«

»Ich war nicht bei ihm«, erklärte der französische Schreiber mit den wachsamen Augen in seinem mädchenhaften Gesicht.

Kathryn fiel auf, dass der Hemdkragen des Franzosen mit Spitze besetzt war. Er hatte das schwarze Haar so geölt, dass es sich in lieblichen Locken um sein Gesicht legte. An einem Ohrläppchen hing ein Ohrring, während an seinen langen, zartgliedrigen Fingern Juwelen glitzerten. Cavignac lächelte Kathryn an.

»Ich versichere Euch, Mistress – und ich kenne Euch bereits mit Eurem ernsten Blick – dass Delacroix allein in sein Zimmer ging. Er trug seinen Weinkelch bei sich. Es ist so üblich, und Monsieur le Vicomte wird mir beipflichten, dass wir mit dem, was wir in einem fremden Haushalt zu uns nehmen, sehr vorsichtig sind.« Lord

Henry funkelte ihn an. »In einem solchen Haus«, fuhr Cavignac vergnügt fort, »trinken wir unseren Wein in kleinen Schlucken und lehnen jeden Kelch ab, der nicht richtig schmeckt. Darüber hinaus hat mein Kamerad, so wie ich, die ganze Zeit die Hand über den Kelch gehalten, das ist durchaus gebräuchlich.« Selbst Lord Henry musste dem beipflichten.

»Er ist also sicher in sein Zimmer zurückgekehrt?«, fragte Kathryn.

Lord Henry nahm die kleine Glocke zur Hand, die hinter dem Kelch auf seinem Tisch versteckt stand, und läutete wild. Der Kammerherr tauchte auf, und Lord Henry donnerte einen Befehl. Kurz darauf stolzierte ein bewaffneter Gefolgsmann in der Livree des Hauses in die Halle, einen Schwertgurt um die Taille. Er hatte Panzerhandschuhe in der einen Hand, die andere ruhte auf dem Schwertgriff.

»Ah, Stephen.« Lord Henry winkte ihn zu sich. Der Mann war im Begriff niederzuknien, doch Lord Henry schüttelte den Kopf. »Ihr habt vor Delacroix' Zimmer Wache gestanden?«

»Ja, Mylord.«

»Und Ihr habt gesehen, wie er dorthin zurückgekehrt ist?«

»Ja, Mylord.«

»Und er hatte einen Weinkelch bei sich?«

Auch diese Frage bejahte der Gefolgsmann. »Und, Mylord, er war nicht vergiftet.«

»Woher wollt Ihr das wissen?«, fragte Sanglier, verdrehte die Augen und fuhr sich wütend durch den kurz gestutzten Bart.

»Mylord, er hat mir den Kelch gegeben, als er die Tür aufschloss. Ich hatte Durst. Der Franzose sagte, wenn ich wollte, könnte ich einen Schluck trinken. Das habe ich gemacht; erst da merkte ich ...«

»Dass Ihr ihn für den Franzosen geprüft habt?«, schaltete Kathryn sich ein.
»Ja, Mistress. Der Franzose hat den Kelch wieder an sich genommen und mich angelächelt. Er sagte, er traue befrackten Engländern nicht, und knallte die Tür zu. Ich hörte, wie die Riegel vorgeschoben und der Schlüssel umgedreht wurde. Ich blieb dort, bis die Glocke zur Vesper schlug; dann werde ich nicht mehr gebraucht, hatte der Hauptmann der Wache gesagt, da der Franzose herunterkommen und am Bankett teilnehmen würde.«
»Und Ihr habt Euren Posten verlassen?«
»Ja, Mylord.« Der Gefolgsmann zeigte auf Sanglier. »Gerade, als er mit dem anderen über die Galerie kam. Als ich die Treppe hinunterging, hörte ich, wie sie an die Tür klopften und den Namen des Franzosen riefen. Ich dachte, er wäre eingeschlafen. Meine Aufgabe war erledigt.«
»Und niemand hat Delacroix in seinem Zimmer aufgesucht?«, fragte Kathryn.
Der Gefolgsmann sah Lord Henry an, der ihm durch eine Geste bedeutete, zu antworten.
»Mistress, während ich Wache hatte, hat niemand das Zimmer betreten. Außerdem hat es der Franzose nicht verlassen. Ich habe ihn dort drin gehört, dann war es still.«
Kathryn rief sich das Zimmer ins Gedächtnis, die gebohnerten Dielen, die schweren Möbel.
»Mylord, einen anderen Eingang gibt es nicht?«
»Natürlich nicht!«, erwiderte Lord Henry und entließ die Wache.
»Und die Fenster?«, fuhr Kathryn fort.
»Sind verglast und zu schmal für einen Mann.«
»Und die Tasche neben dem Weinkrug enthielt nichts anderes als Baldrian, ein Heilmittel, das ihm helfen würde, sich zu entspannen und besser einzuschlafen, aber bestimmt nicht zum Herzstillstand führt.«

»Was wollt Ihr damit sagen, Mistress Kathryn?« Sanglier war ganz der Liebenswürdige, wenn er sie auch neugierig musterte.
»Mylord Vicomte, ich stelle nur fest, was auf der Hand liegt. Monsieur Delacroix verlässt den großen Saal. Er trinkt den Wein, der nicht vergiftet ist, sonst hätte er die Wirkung bereits auf der Treppe gespürt. Bewegungen wie Gehen oder Treppensteigen beschleunigen oft die Wirkung von Giften. Er reichte den Weinkelch dem Wachhabenden und bat ihn halb spöttelnd, davon zu trinken. Delacroix war also auf jeden Fall auf der Hut. Ihr müsst über gewisse Vorkommnisse im Ort erfahren haben?«
»Selbstredend«, fuhr Cavignac sie an, »und über den Tod der alten Frau.«
»Delacroix«, fuhr Kathryn munter fort, ohne auf die Einmischung des Franzosen zu achten, »hat nun wahrscheinlich beim Betreten seines Zimmers die Tasche mit dem Baldrian herausgenommen und etwas in seinen Kelch geschüttet. Er wollte sich entspannen und vor dem Bankett heute Abend ein wenig schlafen. Er trinkt den Wein und stirbt, nicht eines natürlichen Todes, sondern an einem kräftigen Gifttrank, tödlich wie Schlangengift. Es war nicht viel Wein übrig. Ich nehme an, er hat einen tiefen Schluck genommen, er kann sogar eingeschlafen sein, als das Gift sich bemerkbar machte, sodass er nicht imstande war, zu schreien oder um Hilfe zu rufen. Das verabreichte Gift, besonders in einer so starken Dosis, dürfte …« Kathryn machte eine kurze Pause, »ja, wie ein Feuer gewesen sein, das in seinem Körper wütete, eine Herzattacke, die Unfähigkeit, zu atmen, anschließend Bewusstlosigkeit.«
Kathryn blickte angestrengt auf die Silberplatte mit goldenem Rand; an allen vier Seiten funkelte ein kostbarer Edelstein.

»War einer von Euch heute bei Delacroix?«, fragte sie.
»Wir beide«, erwiderte Sanglier hastig. »Was wollt Ihr damit andeuten?«
»Nichts.« Kathryn wandte sich an Lord Henry. »Würdet Ihr Eure Wache bitte noch einmal kommen lassen?«
Lord Henry war einverstanden. Der Kammerherr brachte den Gefolgsmann mit. Auf Kathryns Nachfrage beharrte er auf seiner Darstellung, er habe eine Stunde vor Mittag seine Wache angetreten und sei erst gegangen, als er dachte, der Franzose werde sich seinen Kameraden zum Bankett anschließen.
»Ihr wisst, dass ich da war.« Er nickte Sanglier zu. »Ihr kamt herunter und habt an seine Tür geklopft. Er hat nicht reagiert. Ihr sagtet, er schlafe, und seid zum Bankett gegangen.«
»Und hat einer dieser beiden Herren«, Kathryn zeigte auf die beiden Franzosen, »Delacroix besucht, nachdem er seinen Weinkelch aus dem Saal mit hochgebracht hatte?«
»Nein.«
»Auch wir haben uns für den Abend fertig gemacht.« Cavignac meldete sich zu Wort. »Wie Delacroix haben auch wir uns ausgeruht, uns umgezogen und gewaschen. Danach, wie die Wache sagt, kamen wir beide herunter. Wir haben an Delacroix' Tür geklopft, aber keine Antwort erhalten. Wir dachten, er schlafe und würde uns bald folgen.«
Kathryn bedankte sich bei der Wache, und Lord Henry ließ den Mann abtreten. Kathryn betrachtete einen Wandbehang, auf dem der Leidensweg Christi dargestellt war; auf einer Schriftrolle darunter standen die Worte: Expectans, Expectavi, Dominum.
Sie erkannt das Zitat aus Psalm 39: »Ich hoffe auf dich, Herr ...« Sie schloss für einen kurzen Augenblick die Augen und bat um Führung.

»Wahrlich ein Rätsel.« Sanglier ergriff das Wort. »Hier sind wir nun, französische Gesandte im Königreich Edwards des Vierten, doch wir sind nicht sicher.«
»Unsinn!«, fuhr Lord Henry ihn an.
»Wir sind nicht sicher.« Cavignac nahm die Bemerkung seines Kollegen auf. »Wir sind als Gesandte hier. Delacroix war unser Freund und Kollege. Nun ist er hinterrücks vergiftet worden. Stimmt es nicht, Lord Henry, dass Bewohner Eures Dorfes vergiftet wurden?«
»Wollt Ihr damit sagen, dass derselbe Giftmörder auch in diesem Gutshaus sein Unwesen treibt?«, entgegnete Lord Henry. »Das ist doch lächerlich! Ihr habt keine Beweise dafür, dass Delacroix' Tod einem Engländer in die Schuhe geschoben werden kann.«
Sanglier setzte ein falsches Lächeln auf. »Wollt Ihr damit andeuten, dass diese mörderische Tat mir oder Cavignac oder uns beiden zur Last gelegt werden kann?«
»Was Lord Henry sagen will«, schaltete Colum sich ein, »ist, dass es einen höchst unglücklichen, bedauernswerten Todesfall gegeben hat. Monsieur Delacroix ist vergiftet worden. Wir wissen nicht, ob er sich das Leben nahm, von jemandem vergiftet wurde, der auch Menschen im Ort umbringt, oder von jemand anderem hier im Gutshaus.«
»Wieso sollte Delacroix sich das Leben nehmen?«, spöttelte Cavignac. »Er liebte das Leben, er hat es in vollen Zügen genossen. Er war glücklich und zufrieden.«
»Aber nicht so zufrieden, um gut zu schlafen«, bemerkte Kathryn leise. »Die Tasche mit dem Baldrianpulver?«
»Monsieur Delacroix hatte Schwierigkeiten beim Einschlafen. Er hatte Gewissensbisse, Mistress. Sie wissen, wie er sich kleidete?«
»Ah«, stellte Kathryn fest, »das habe ich beobachtet, eher wie ein Dominikanermönch, nicht wie ein Gesandter des französischen Königs.«

»Delacroix war ursprünglich für das Priesteramt bestimmt«, erwiderte Cavignac.

Kathryn fiel auf, dass sein Englisch, ebenso wie das von Sanglier, nahezu perfekt war. Sie wünschte, sie wüsste mehr über diese beiden klugen Franzosen, und war über deren Reaktion verwirrt. Einerseits schienen sie besorgt über den Tod des Kollegen, doch bis auf ihre anfänglichen Ausbrüche blieben sie beherrscht, ruhig und sicher im Auftreten.

»Und?«, fragte Kathryn.

»Delacroix wurde kein Dominikanermönch, wie er es seinen Eltern geschworen hatte. Sie starben, ehe er das feierliche Gelübde ablegte, und er trat aus dem Orden aus. Delacroix war diese Sache immer unangenehm. Tagsüber konnte man sich keinen schärferen Verstand vorstellen.« Cavignac trank einen Schluck Wein. »Doch in der Nacht, oder wenn er allein war, dann war er anders. Daher«, Cavignac zuckte mit den Schultern, »das Baldrianpulver.«

»Ich möchte gern sein Zimmer durchsuchen«, forderte Kathryn.

»Unmöglich.« Sanglier hob den Kopf. »Delacroix war ein akkreditierter französischer Gesandter. Sein Zimmer enthält Dokumente ...«

»Ich muss sein Zimmer durchsuchen«, beharrte Kathryn. »Monsieur le Vicomte, Ihr könnt nicht einfach hier zu Tisch sitzen, Eure Fäuste ballen, Gerechtigkeit fordern, Wahrheit, Antworten, und wenn ich dann zu helfen versuche, meine weitere Arbeit behindern.«

Sanglier öffnete den Mund, um zu antworten, wischte sich dann mit dem Handrücken über die Lippen und warf einen Seitenblick auf seinen Kameraden.

»Lasst uns einen Kompromiss schließen«, murmele Colum. »Warum durchsuchen Lord Henry und ich das Zimmer nicht in Eurem Beisein?«

Nach kurzem Zögern nahm Sanglier Colums Vorschlag an, und die vier Männer verließen den großen Saal. Sobald sie draußen waren, schob Kathryn ihren Stuhl zurück und stand auf. Sie trat an den Wandbehang und nahm ihn genauer unter die Lupe. Sie betrachtete die verschiedenen Farben, dunkle Rot- und Blautöne, und bewunderte die Art und Weise, wie der Künstler die düstere Stimmung am Kalvarienberg eingefangen hatte, dem Hügel mit den drei Kreuzen, den gepeinigten Christus, der vom Kreuz genommen und seiner Mutter in den Schoß gelegt wird. Sie drehte sich um und sah sich den polierten Holzfußboden an. »Was haben wir hier?«, murmelte sie vor sich hin, ging wieder an den Tisch und goss sich Wein nach. Der Feuerschein verblasste. Kathryn unterdrückte ein Schaudern. Das Erkerzimmer hatte nicht mehr die wohlige Wärme, jetzt, da es von der Kälte eines plötzlichen Todes berührt war. Sie setzte sich und versuchte, ihre Gedanken zu ordnen.

»Ein Franzose kommt herunter, um sich einen Becher Wein zu holen«, sagte sie zu sich, »er ist klug, umsichtig und verschlagen. Er bedeckt den Becher mit den Fingern und geht wieder in sein Zimmer. Er lässt die Wache davor vom Wein trinken; es hat keine schlimmen Folgen. Delacroix geht in sein Zimmer, verschließt und verriegelt die Tür, schüttet ein wenig Baldrian in den Wein und fällt in einen Schlaf, der tatsächlich der ewige ist. Man bekommt ihn nicht wach, und wir finden ihn – vergiftet. Keine geheimen Eingänge.« Das Fenster fiel ihr ein. »Niemand hätte sich da hindurchzwängen können.«

»Kathryn?« Colum stand an der Tür. Er kam herüber und zupfte einen losen Faden von seiner Jacke. Er setzte sich auf Lord Henrys Stuhl vor dem Kopf des Tisches, drehte ihn, um die langen Beine auszustrecken, und sah Kathryn an. »Ich habe zu viel getrunken, ich bin müde.«

»Und was ist mit dem Zimmer des Franzosen?«, fragte Kathryn.
Colum schüttelte den Kopf. »Bis auf das Baldrianpulver, was erwartet man schon groß im Zimmer eines Beamten zu finden? Kleidung, Dokumente, aber nichts Verdächtiges. Er wurde ermordet, Kathryn, nicht wahr?«
»Davon rede ich die ganze Zeit.« Sie lächelte. »Zumindest mit mir selbst. Wie kam jemand in ein verschlossenes Zimmer mit einem winzigen Fenster und keinerlei geheimen Zugängen, und vergiftete den Wein eines ziemlich argwöhnischen französischen Beamten? Du hast keinen zweiten Weinkelch im Zimmer gefunden?«
Colum schüttelte den Kopf. »Delacroix war offensichtlich sehr enthaltsam; er trank Wein, aber nur sehr selten, wenn er allein war.«
Kathryn schloss die Augen. »Bestimmt gibt es einen Weg, um da raus zu kommen.« Sie stand auf und zerzauste Colum zerstreut die Haare. »Komm, mein irischer Vagabund. Zeit, zu Bett zu gehen.« Sie stieß ihn spielerisch in die Schulter. »Und während du mich ausziehst, kannst du auch Chaucer zitieren, liebevolle Zeilen darüber, wie sehr mein Herz mit dem deinen zu reden begehrt und umgekehrt.«
Colum schob den Stuhl zurück, zog Kathryn an sich und küsste sie sanft auf die Stirn. Sie legte den Kopf an seine Brust und schlang ihm beide Arme um die Taille. Gerade als sie einen Blick auf Delacroix' unbenutzten Platz warf, an dem der Weinkelch noch im Licht funkelte und der Stuhl unter den Tisch gerückt war, fragte sie sich im Stillen, was wohl in jenem Zimmer passiert war. Wer hatte die Seele des Franzosen zu Gott geschickt?

8

Hitzig und wollüstig wie ein Sperling war er.
Geoffrey Chaucer

In den Folgejahren würden die Einwohner von Walmer diese Zeitspanne, als der Tod in ihr Dorf fegte und sein Lager gleich einer feindlichen Horde aufschlug, die »Tödliche Zeit« nennen. Der Tod zerstörte ihren Frieden und verstrickte ihre Gemeinde in ein Netz aus Verdacht, Täuschung und grauenhaftem Mord. An jenem Morgen jedoch, einen Tag nachdem Mother Crouls Kate niedergebrannt worden war, dachte Simon der Totengräber nicht an den Tod, sondern eher an seine geheimen Vergnügungen.

Der Morgen hatte sehr schön begonnen – einige weiße Wattewolken zogen vorüber, die Sonne schien kräftig, und der Himmel war so blau, dass man meinen konnte, der Sommer wäre wieder zurückgekehrt. Selbst die Erde fühlte sich warm an, während das hohe Gras, der Stechginster und die Brombeersträucher so üppig um die alte Eibe sprossen, dass sie ihm noch immer genügend Deckung verschafften. Simon war im Ort gewesen. Er hatte seinen Weinschlauch gefüllt, sich in einer Garküche ein Stück Pastete gekauft und war auf den Friedhof gegangen, um sich zu amüsieren. Er wusste, das Liebespaar würde bald kommen, Master Ralph und Alison. Sie war eines der drallsten und hübschesten Weibsbilder im Ort. Simon fuhr sich mit der Hand in den Schritt und streichelte sich. Er kannte ihre Gewohnheiten. Sie würden einem Morgen wie diesem nicht widerstehen können. Sobald ihre Eltern beschäftigt waren, würde sich Ralph, ein Lehrling, davonstehlen, um Alison hier zu treffen.

Die Morgenmesse war zu Ende, die Gemeinde hatte sich zerstreut, und auf Gottes Acker, auf diesem Friedhof, würde Ruhe einkehren unter dem Zauber von summenden Bienen und Schmetterlingen, die wie Farbtupfer über die Wildblumen hinwegflatterten. Simon hatte sich wie üblich abgesichert. Pater Clement hatte in der Krypta zu tun. Benedict, der Notar, wartete auf einen Klienten, sodass sie neben dem Taufbecken einen Vertrag abschließen konnten. Ursula war drüben bei Amabilia im Pfarrhaus. Sie würden nicht hierher kommen. Simon liebte diese Stelle. Er wusste immer, was im Dorf vor sich ging, welcher junge Mann welches Weibsbild begehrte, und das hier war der beste Ort, um alles zu erfahren. Simon zog den Stöpsel aus seinem Weinschlauch und trank einen Schluck. Er spülte ihn im Mund hin und her, um sein wundes Zahnfleisch zu besänftigen, bevor er schluckte. Herzhaft biss er in seine Pastete.

»Ich muss wachsam sein«, flüsterte Simon vor sich hin, »diese Morde.« Simon setzte sich aufrecht hin, um die Pastete nicht so zu verschlingen. Er lehnte sich an die Eibe und lauschte dem Gesang einer Drossel in den Ästen über ihm. Simon war still, er vergewisserte sich stets, dass er niemanden störte oder Verdacht erregte. Er wünschte, Ralph und Alison würden kommen, doch während er wartete, konnte er darüber nachdenken, was im Dorf vor sich ging, wer hinter jenen schrecklichen Giftmorden steckte. Elias und Isabella in kalte Fleischbrocken verwandelt! Adam der Apotheker, das Gesicht ganz gelblich, und jetzt Mother Croul, das Haus in Asche gelegt, ihr Leichnam nichts weiter als ein paar verkohlte Knochen.

»Haut und Knochen«, hatte Constabler Walter gescherzt.

Pater Clement hatte sich nach Kräften bemüht, die Überreste in ein weißes Leinentuch gewickelt, sie gesegnet und beweihräuchert, doch was nutzte es schon? Mother Croul war tot, und Simon war ziemlich erleichtert. Die Alte hatte einen scharfen Blick und ein loses Mundwerk; schon möglich, dass sie von seinen geheimen Vergnügungen erfahren hatte.
Simon biss in die Pastete. Das Fleisch war zart, der Saft kräftig und gut gewürzt. Er kaute bedächtig und dachte, was alle Welt im Blauen Eber und im Silbernen Schwan sagte: »Pass auf, was du isst und trinkst.« Simon nahm noch einen Bissen, da hörte er schon das Gelächter. Er erstarrte, schluckte die Pastete und stellte sich auf alle Viere, glitt auf den Bauch wie ein lauernder Fuchs. Er hob den Kopf und sah Ralph, der Alison an der Hand führte. Sie hatten die Mauer erklommen und machten sich auf den Weg an den üblichen Ort ihres Stelldicheins. Ralph trug eine Art Weinschlauch bei sich, und sie ein Leinentuch, wahrscheinlich mit Brot und Käse. Simon schluckte seine Enttäuschung herunter. Das bedeutete, dass sie zuerst essen und trinken würden.
Das Liebespaar kam an die Stelle, an der eine kleine Senke im Boden war, auf die Simon jedoch einen sehr guten Ausblick hatte. Atemlos sah er zu, wie sie das Leinentuch aufknüpften und anfingen, zu essen und zu trinken. Simon vernahm Bruchstücke ihrer Unterhaltung und hob den Kopf. Ralph spielte mit den Schnüren an Alisons Leibchen. Sie wehrte sich, doch er wurde hartnäckiger. Simons Hand fuhr in den Schritt. Ralph entkleidete sie. Simon sah gierig zu, wie das Unterkleid des Mädchens über ihre Schultern glitt und üppige Brüste entblößte. Alison lachte, legte den Kopf zurück, goldene Locken fielen herab, Ralph packte sie um die Taille, zog sie an sich, und dann fiel sie zurück. Leise stöhnte Simon vor Entzücken auf, als er ihre genießeri-

schen Schreie vernahm. Er schaute auf, sah die Beine des Mädchens hoch in der Luft, hörte Ralph grunzen und stöhnen. Vielleicht konnte er noch ein wenig näher rücken.

Simon spürte, wie er rot anlief. Schweiß brach ihm aus. Er würde beobachten und abwarten, und eines Tages, wann es ihm passte, würde er Alison hierher einladen. Er würde ihr sagen, was er gesehen hatte, und sein Schweigen hätte seinen Preis. Simon fuhr sich mit der Zunge über die Lippen. Er hatte eine Reihe von Weibsbildern auf diese Weise kennengelernt. Sie hatten immer Angst davor, ihre Eltern könnten etwas erfahren, sie könnten am Kirchenportal oder am Marktkreuz als unzüchtig verschrien werden, sodass sie seinen Bitten stets nachkamen; die einzige Ausnahme war diese übermütige Schlampe gewesen, Hawisa. Simon ergötzte sich an dem Gedanken, dass Mistress Alison eines Tages, schon bald, einen ähnlichen Tanz für ihn aufführen würde. Simon hatte so oft zugesehen, er wusste genau, wie nah er sich an das Liebesnest der beiden heranschleichen konnte. Er sah zu, wie die beiden sich liebten, Ralph begierig, Alison reagierte, und dann war es vorbei. Simon vernahm ihre leisen Stimmen, die geflüsterten Liebesbeteuerungen, und schlich wieder an seinen Platz.

Der Totengräber wartete eine Weile. Ein Liebespaar ging immer sofort, auch heute. Er sah Weißes aufblitzen, als Alison sich anzog. Ralph stand auf, schob die langen Haare zurück und band sie im Nacken mit einem Stück Kordel zusammen. Dann waren sie verschwunden. Simon schlang erregt die Arme um sich. Das hatte ihm gefallen. Er hob den Weinschlauch und lehnte sich mit dem Rücken an die Eibe; Simon schloss die Augen und rief sich die Szene ins Gedächtnis, die Befriedigung, die er empfunden hatte, und fragte sich, wann er Mistress

Alison zur Rede stellen sollte. Er würde ihr mit Constabler Walter drohen, und wenn Simon der Totengräber schon schlecht war, dann war der Constabler auch nicht besser.
Simon zog den Stöpsel und hob den Weinschlauch an die Lippen. Er hatte zwei, drei Schlucke getrunken, ehe er merkte, dass etwas nicht stimmte, nicht mit dem Geschmack des Weines, sondern mit dem Weinschlauch. Es war ihm zuvor nicht aufgefallen – der Unterschied war nicht groß. Entsetzt starrte er darauf. Das war nicht sein Weinschlauch. Er spürte schmerzhafte Stiche im Bauch, sprang auf, riss den Weinschlauch an sich und eilte auf das Pfarrhaus zu.
Noch im Gehen merkte Simon, dass es zu spät war. Der Schmerz in seinem Bauch verwandelte sich in Feuer, als hätte er den einfachsten Apfelwein getrunken; Schweißperlen bildeten sich auf seinem Gesicht, die Hände wurden kalt, je mehr er sich beeilte, desto schlimmer wurde es. Schließlich war der Schmerz so durchdringend, dass er stehen bleiben musste. Er griff sich an den Bauch, sank auf die Knie und versuchte, sich zu übergeben, doch seine Kehle schnürte sich zu, und das Pochen in seinen Schläfen war fast unerträglich.
Simon blickte auf. Er sah die Kirchentür, das Giebelfeld darüber, Jesus Christus beim Jüngsten Gericht, die Engel, die mit Feuerschwertern herabschwebten – kamen sie, um ihn zu holen? Der Totengräber versuchte sich zu erinnern, was am Morgen geschehen war, an den Wein, den er im Blauen Eber gekauft hatte. Er hatte zugesehen, wie sein Weinschlauch gefüllt wurde, doch nun schweiften seine Gedanken ab. Er versuchte, den Mund zu öffnen und um Hilfe zu rufen, doch er brachte nichts heraus. Er spürte bittere Galle aufsteigen, sein Magen wollte sich entleeren. Er sah noch einmal auf, und diesmal bewegte sich die Kirche, der Schweiß im Rücken

wurde kalt. Simon, der den Schmerz nicht länger ertragen konnte, brach zusammen, gerade als die Kirchentür aufging und Benedict der Notar heraustrat.
Er sah den Totengräber taumeln und auf die Knie sinken. Zunächst dachte der Notar, der Mann sei betrunken, doch als er Simon zusammenbrechen sah, lief er zu ihm. Der Totengräber lebte noch, er zuckte am ganzen Körper wie bei einem Anfall. Benedict kniete nieder und versuchte ihn umzudrehen, doch Simon setzte sich heftig zur Wehr und krallte sich mit Händen fest, als wäre Benedict ein Feind und nicht jemand, der ihm helfen wollte. Benedict konnte nichts tun. Er stand auf. Der Totengräber stank ekelhaft, und dem Notar wurde klar, dass seine Eingeweide sich im Todeskampf aufgelöst haben mussten; Simon hustete und würgte, bäumte sich auf und trat wie wild um sich.
Benedict blieb starr vor Schreck stehen – er hätte schnellstens den Pfarrer holen sollen, doch er stand da, fasziniert und angewidert zugleich. Schließlich stöhnte der Totengräber auf. Er versuchte noch einmal, aufzustehen, brach aber zusammen und blieb mit offenem Mund und einem starren Auge still liegen. Erst in diesem Augenblick wurde Benedict endlich klar, was passiert war. Er hob den Weinschlauch auf, der Simon aus der Hand gefallen war, und roch daran. Guter Rotwein, aber noch etwas, leicht ätzend. Der Notar ließ den Weinschlauch fallen, wischte die Finger hastig an der Kleidung ab, bevor er in die Kirche zurückeilte, um Alarm zu schlagen, um den Einwohnern Walmer wieder einmal zu verkünden, dass ein weiterer schrecklicher Todesfall eingetreten war.

Kathryn und Colum hatten in Lord Henrys Privatzimmer Platz genommen. Der Hausherr schritt vor ihnen auf und ab und blieb hin und wieder stehen, um den Gobe-

lin aus Brügge zu betrachten, der an der gegenüberliegenden Wand hing.
»Mylord«, wiederholte Kathryn, »ich habe um diese Begegnung gebeten, um die Wahrheit herauszufinden.«
»Was ist die Wahrheit?«
»Ich weiß zu schätzen, dass ich hier nur Euer Gast bin«, erwiderte Kathryn, »doch gestern Abend, nachdem ich mich zurückgezogen hatte, saß ich da und fragte mich, was hier vorgefallen ist.«
»So wie ich«, entgegnete Lord Henry. »Doch ich kam zu keinem Ergebnis.«
»Nun, kann ich Euch helfen, Lord Henry?«, fragte Kathryn.
Der Gutsherr setzte sich hinter den großen Eichenschreibtisch und legte die Hände an die Seiten des gebundenen Hauptbuchs. Er streckte die Hand nach einer Feder aus, als wollte er sich an etwas festhalten, ermahnte sich jedoch und griff stattdessen an die Silberkette mit den Insignien des Hauses York, die ihm um den Hals hing. Er beobachtete Kathryn aufmerksam und wunderte sich im Stillen über diese dunkelhaarige Frau mit den klaren Augen, die ihm etwas auf die Nerven ging. Lord Henry wusste, dass er sie alle bei der Verfolgung der Wahrheit an der Nase herumgeführt hatte. Nun war er verwirrt und leicht verängstigt. Er betrachtete sich als den Spielmeister, doch das Verschwinden des Predigers beunruhigte ihn zutiefst.
»Es ist wohl am besten, wenn Ihr redet, Mistress Kathryn.«
»Vor einem Jahr, nun, vor etwas mehr als einem Jahr«, begann Kathryn, »starb Lady Mary, Eure Gemahlin, bei einem Sturz von den Klippen an Gallows Point. Einige Leute tuschelten etwas von Selbstmord, andere über einen Unfall, wieder andere sprachen unter der Hand von Mord.«

Lord Henry ließ die Hand von der Kette sinken. Kathryn betrachtete unverwandt zwei wunderschöne Holzschnitzereien zu beiden Seiten des Gobelins aus Brügge. Das Holz war poliert, sodass das Schnitzwerk zu leuchten schien. Es stellte die Geschichte eines Ritters dar, der sich in einem Zauberwald verirrt hatte und von einer Elfe gerettet wurde.

»Ich war draußen an Gallows Point, Lord Henry.«

»Und was meint Ihr, Mistress Kathryn?«

»Lady Mary hat keinen Selbstmord begangen und wurde auch nicht ermordet. Statt dessen glaube ich, sie war so verzweifelt, dass sie ausrutschte und stürzte.«

Lord Henry begegnete ihrem Blick, ohne mit der Wimper zu zucken.

»Ich halte Euch nicht für einen Mörder, Lord Henry.« Kathryn überging Colums offensichtliche Erregung. Der Ire wusste nicht, welchen Weg Kathryn einschlagen wollte, und war zunehmend besorgt. Lord Henry konnte den ruhigen, feinen Höfling spielen, doch er hatte ein aufbrausendes Temperament. Colum würde nie die Schlacht bei Tewkesbury vergessen, als die siegreichen Yorkisten die Lancastrianer in die Abtei verfolgt hatten, deren heiliger Grund und Boden vom Klirren der Schwerter und den Schreien sterbender Männer entweiht wurde. Lord Henry war bei der Vorhut gewesen, hatte das Visier hochgeklappt und Schwert und Axt geschwungen.

»Ich warte, Mistress Kathryn. Er freut mich zu hören, dass ich kein Mörder bin.«

»Nun, nicht in dem Sinne«, erwiderte Kathryn und überhörte Colums Missfallensbekundung. »Doch es gibt hundert und einen Weg, ein anderes Lebewesen zu töten. Mein erster Mann hat sich dessen schuldig gemacht, ein Trunkenbold und Gewalttäter. Ganz allmählich hat er versucht, das Leben in mir abzutöten. Ihr habt

Lady Mary geheiratet, weil sie eine gute Partie war. Mag sein, dass sie Euch geliebt hat, aber Ihr habt sie nie richtig geliebt.«

»Ihr vermutet zu viel, Mistress, Ihr kennt mich nicht.«

»Das habe ich auch nicht behauptet, es ist reine Spekulation.« Kathryn richtete den Blick wieder auf die Holzschnitzereien.

»Lady Mary erkannte, dass Ihr sie nicht liebtet, aber etwas anderes geschah. Sie hat etwas gesehen oder gehört.« Kathryn suchte nach Worten. »Ihr habt sie verletzt, ich weiß nicht, warum oder wie, deshalb ritt sie nach Gallows Point hinaus, um nachzudenken, und dann stürzte sie. Es dürfte leicht passieren, dass eine Frau mit Tränen in den Augen sich verschätzt, wo sie hintritt. Was mir Sorge bereitet, ist die Frage, warum sie in diesem Zustand war. Ihr fühlt Euch gewiss schuldig – Ihr habt dafür gesorgt, dass in der Krypta von St. Swithun ein besonderes Grabmal für Eure Frau errichtet wird, doch Eure Schuldgefühle nehmen überhand. Ihr setzt Euch hin, gebt vor, Eure Gemahlin zu sein, verwendet ihr Siegel und schreibt einen Bekennerbrief an Seine Eminenz, den Erzbischof von Canterbury ...«

»Kathryn!« Colum packte sie am Arm, doch sie schüttelte ihn ab, ohne den Blick von Lord Henry abzuwenden. Er war bleich geworden, seine Erregung war offenkundig.

»Ich habe schon davon gehört, dass Menschen so etwas tun.« Kathryns Stimme war kaum mehr als ein Flüstern. »Sie müssen gestehen, sie müssen ihre Schuldgefühle lindern. Mag sein, dass Ihr den Brief später bereut, doch es musste getan werden.«

»Warum sollte ich das tun?«, fragte Lord Henry barsch. »Es würde mich in den Augen des Erzbischofs und des Königs herabsetzen.«

»Ihr fühlt Euch schuldig«, erwiderte Kathryn. »Ihr habt es als gerechte Strafe angesehen. Vielleicht habt Ihr es hinterher bereut, aber es ist geschehen.« Kathryn räusperte sich. »Der Brief wurde heimlich nach Canterbury geschickt – um seine wahre Herkunft zu vertuschen. Natürlich wäre der Erzbischof in Sorge, besonders da boshafte Zungen in Walmer dasselbe andeuteten. Benedict, der Notar, gehörte dazu, ein ehrgeiziger Jurist, den Ihr als Euren Boten benutzt. Er wäre nur allzu gern bereit, solch boshafte Gerüchte an die Franzosen zu verkaufen – so wie schon anderes Geschwätz, einschließlich der Tatsache, dass Euch viele Häuser in Walmer gehören.«

Colum hätte widersprochen, doch er sah Lord Henry an, dass Kathryn die Wahrheit sagte. Ihre früheren Verdächtigungen hatten sich nun zu einer Anklage erhärtet.

»Aber der Brief.« Colum musste etwas zur Verteidigung des Lords vorbringen. »Der Brief war in Lady Marys Handschrift verfasst.«

»Lord Henry ist ein erfahrener Beamter«, erklärte Kathryn. »Ich wette, er kann jede Handschrift kopieren, während nur er Zugang zu Lady Marys Siegel hatte, das nach ihrem Tod eigentlich hätte zerstört werden müssen – aber natürlich hat er es behalten. In gewisser Weise, Lord Henry, müsst Ihr erleichtert sein, dass der Erzbischof dem König den Brief zeigte, der dann Master Murtagh ins Vertrauen zog. Das hattet Ihr vermutet, nicht wahr? Eine Herabsetzung in ihren Augen war für Euch nur Wiedergutmachung. Ich habe Männer gekannt, die von London nach Jerusalem und wieder zurück gepilgert sind, um sich von einem entsetzlichen Verbrechen rein zu waschen. Euer Brief war Eure Pilgerfahrt und Buße.«

Lord Henry ließ den Kopf sinken. Colum schob verlegen seinen Stuhl zurück und sah auf seine Stiefelspitzen, als hätte er sie noch nie gesehen. Kathryn betrachtete die Holzschnitzereien.

»Die gefallen Euch, Mistress Kathryn?«, fragte Lord Henry. »Lady Mary liebte Holz, besonders Weißbuche.«
»Es heißt, ihre knorrigen Äste«, bemerkte Kathryn, »bieten Rotkehlchen ausgezeichneten Schutz.«
»Und Mördern«, fügte Lord Henry ruhig hinzu. »Lady Mary hatte ein Stück Haselnussholz in ihrem Zimmer, zum Schutz vor bösen Geistern. Als der König auf einer Reise durch seine östlichen Grafschaften hier war, erzählte er ihr, Bruder Bacon habe als Erster bewiesen, dass Haselnussholz unter anderem für die Herstellung von Schießpulver verwendet werde. Sie ist am zweiundzwanzigsten August gestorben ...«
»Dem Fest des heiligen Philibert«, beendete Kathryn seinen Satz. »Es ist der Tag, an dem man Haselnüsse sammelt, nicht wahr? Lady Mary dürfte es gewusst haben.«
»Das hat sie dem Diener gesagt«, stimmte Lord Henry ihr zu. »Sie wollte hinaus, um Haselnüsse zu sammeln. Hätte ich gewusst, dass sie nach Gallows Point gehen wollte, hätte ich Marshall gebeten, sie zu begleiten. Sie stürzte«, fuhr er hastig fort, »weil sie tags zuvor etwas gesehen hatte.«
Kathryn schwieg.
»Der Schmied kam ins Gutshaus und brachte seine Frau mit. Ich hatte sie schon immer attraktiv gefunden. Ich hatte zu viel Rotwein getrunken, während ihr Mann in den Ställen zu tun hatte. Ich nahm sie mit in den Garten.« Lord Henry rieb sich die Augen. »Keine Dummheiten, nur albernes Liebäugeln, ein Kuss, eine Umarmung, aber meine Gemahlin erwischte uns dabei.« Er zuckte mit den Schultern. »Der Rest ist Euch bekannt. Nach ihrem Tod war ich voller Schuldgefühle und sah in jeder Ecke Dämonen. Ich ging zu Pater Clement, um mich von meinen Sünden lossprechen zu lassen. Er erlegte mir als Strafe auf, ich solle etwas tun, um für meine Dummheit zu büßen.« Lord Henry seufzte. »Daher der

Brief. Ich habe es bereut, doch ich hatte das Gefühl, der Geist meiner Gemahlin diktierte es mir. Die Franzosen haben von meiner Schuld Wind bekommen, und dank Benedict bin ich auch sicher, dass sie mehr über meine Angelegenheiten wissen, als sie sollten.«

»Der Tod von William Marshall?«

Lord Henry richtete sich mühsam auf. »Oh, das ist eine andere Angelegenheit.«

»Wusste William Marshall von dem Brief?«, schaltete Colum sich ein.

»Er wusste, dass ich Schuldgefühle hatte. William riet mir einfach, ich solle ein prächtiges Grabmal bauen, einen Priester dafür bezahlen, Messen zu lesen, und mich auf Pilgerfahrt zum Schrein der Jungfrau Maria in Walsingham begeben, Marshalls Geburtsort.«

»Und was ist mit seinem Tod?«, hakte Kathryn nach.

»Marshall war ein fröhlicher Gesell.« Lord Henry nahm eine Schreibfeder und spielte damit. »Hochintelligent, ein Frauentyp, ganz ein Ritter, wie ihn Chaucer beschreibt. Lady Mary liebte ihn, doch wie einen Sohn, während er sie mit ausgesuchter Höflichkeit behandelte. William und ich reisten nach Paris und nahmen nicht weit von der Porte de St. Denis Quartier. Wir sollten dort unsere Spione treffen und gutes Silber an alle zahlen, die uns mit nützlichen Informationen versorgten.

Eines Abends kam William sehr aufgeregt in unsere Unterkunft; er hatte etwas erfahren, wollte aber nicht preisgeben, was. Er war in den Schenken an der Seine unterwegs gewesen. William kannte alle Gauner, war persönlich mit dem König der Bettler befreundet, dem Roi des Gueux.

Am darauf folgenden Tag schlich er sich kurz vor Mittag aus meiner Unterkunft. Ich sah ihn in den Stallungen, also lief ich hinunter. William war sehr aufgeregt, er sagte, er werde jemanden treffen, eine Dame, die einen scheußlichen Fehler begangen habe. Ich ging mit ihm durch die Straßen bis zur Treppe von St. Pierre an der Seine. Er stieg in ein Boot, und da habe ich ihn zum letzten Mal gesehen.«

»Und was ist mit dem Geheimcode?«, fragte Kathryn. »Marshall trug das Buch nicht bei sich?«

Lord Henry schüttelte den Kopf. »Marshalls Verschwinden verursachte Verwirrung und Chaos«, erklärte er. »Die Franzosen sollten nicht erfahren, dass er eine wichtige Persönlichkeit treffen wollte, daher habe ich sie in die Irre geleitet und durchsickern lassen, William trage dieses wertvolle Dokument bei sich.«

»Gibt es ein solches Buch?«, fragte Colum.

»Natürlich.« Lord Henry schob seinen Stuhl zurück, stand auf und bot ihnen einen Becher Wein an, den beide ablehnten. Er füllte seinen Becher bis an den Rand. Kathryn fiel auf, wie seine Hand zitterte, als er den Kelch an die Lippen hob.

»Glaubt Ihr, William hat Euch verraten?«, fragte Kathryn.

»Ich habe befürchtet, dass er tot war, Mistress, obwohl ich noch größere Angst davor hatte, so wie auch der König, dass man ihn gefangen genommen und gefoltert hatte.«

»Aber er war ein akkreditierter Gesandter«, unterbrach Colum. »Das würden die Franzosen nicht tun!«

»Das musste ich dann auch glauben.« Lord Henry kehrte an seinen Stuhl zurück. »Schließlich kam ich zu dem Schluss, dass man ihn ermordet hatte. Ich hatte keinen schlüssigen Beweis, doch ich glaubte, dass Sanglier und seine beiden kostbaren Beamten mit der Sache zu tun hatten. Hier kommt der Prediger ins Spiel. Nun, Ire, wie Ihr wisst, habe ich über ganz Frankreich verstreut meine Spione und Agenten. Der Prediger ist einer der besten, ein wahrhafter Windhund, ein Spürhund, wenn es um Geheimnisse geht. Er vernahm Gerüchte bei den Menschen an der Seine, einer ihrer Bootsleute sei am selben Tag wie William verschwunden. Seine Leiche, über und über mit Schlamm bedeckt, wurde aus dem Fluss gezogen. Ich vermutete, es war der Bootsmann, den William angeheuert hatte. Ich trug dem Prediger auf, seine Jagd fortzusetzen.« Er schmunzelte, als er Kathryns Verwunderung sah. »Jetzt wird es Euch klar, nicht wahr, Mistress?«

»Natürlich«, hauchte Kathryn, »Ihr habt Sanglier und seine Begleiter nicht eingeladen, um einen Friedensvertrag oder einen Waffenstillstand auszuhandeln. Ihr habt sie hierher geführt, um festzustellen, was mit William passiert ist, und falls sie damit zu tun hatten, ihnen eine Strafe zuzumessen.«

Lord Henry verbarg nun den unteren Teil seines Gesichts hinter dem Kelch.

»Aber sie sind offizielle Gesandte«, beharrte Colum. »Sie sind als Personen unantastbar.«

»Aber Unfälle kommen vor, nicht wahr, Lord Henry?« Kathryn blickte an dem Gutsherrn vorbei auf den großen Kaminsims. An jeder Ecke war das Gesicht eines Scheusals zu sehen – ein Affe mit einem menschlichen Antlitz, zu Schlitzen verengten Augen und aufgerissenem Maul, als brüllte er vor Lachen.

»Unfälle kommen vor?«, wiederholte Kathryn.

»Ja, Mistress, Unfälle kommen in der Tat vor. Ich wollte, dass Sanglier und seine beiden Schätze genau dann in England sind, wenn der Prediger mit Informationen zurückkehrt, wie immer sie aussehen mochten. Ich gebe zu, ich habe sie zum Narren gehalten, so wie sie mich hinters Licht zu führen versuchten. Sie haben von meiner Frau erfahren, sie wussten über das Verschwinden von William Bescheid. Ich habe sie glauben lassen, mein Schreiber habe den Geheimcode bei sich gehabt.

Ich habe sogar angedeutet, dass meine Seele vielleicht käuflich sei – dem hätte Sanglier niemals widerstehen können. Was er nicht wusste« – das Lächeln verschwand aus Lord Henrys Gesicht – »ist, dass ich William wie einen Bruder geliebt habe. Den Menschen in Walmer habe ich gezeigt, was mit denen geschieht, die mich oder einen meiner Angehörigen verletzen.« Lord Henry schwenkte den Wein in seinem Kelch. »Ich habe sogar seine Hoheit, den König, getäuscht. Niemand sollte wissen, was ich vorhatte. Mir war klar, der König würde den Brief mit der Zeit vergessen, besonders, wenn ich den Spinnenkönig in einem Netz meiner Machart einfangen würde.« Lord Henry trank seinen Wein aus. »Ich weiß, was der König will«, fügte er mysteriös hinzu, »und ich werde mir die größte Mühe geben, es zu erreichen.«

»Und was ist mit dem Prediger?«, fragte Colum.

»Nun«, antwortete Lord Henry, »Ihr kennt die Neuigkeiten, die er mitbrachte: Williams aufgeschwemmter Leichnam ist mit durchtrennter Kehle gefunden worden.«

»Aber Ihr traut dem Prediger nicht ganz?«, fragte Kathryn.

»Der Prediger wusste mehr, als er mir sagte. Und ehe Ihr fragt, Kathryn, so wahr Gott mein Zeuge ist, er wollte mir nicht erzählen, warum er durch das Dorf schritt, das in den Mummenschanz verwickelt war. Er war in seine eigene Suche vertieft. Schon möglich, dass er etwas zurückgehalten hat, was er an Sanglier zu verkaufen versuchte.«

»Und?«, fragte Colum.

Lord Henry umschloss den leeren Kelch mit beiden Händen.

»Hat der Prediger den Vicomte gesprochen, ihm für einen Beutel Gold Geheimnisse verraten, und ist dann verschwunden? Oder hat Sanglier oder einer seiner Männer dem Prediger die Kehle aufgeschlitzt und seinen Leichnam versteckt?«

»Was hat Euch darauf gebracht, Sanglier, Delacroix oder Cavignac könnten etwas mit Williams Tod zu tun haben?«, fragte Kathryn. »Ihr habt keinen Beweis.«

»William war Beamter, Mistress, ein ausgebildeter Spion. Er würde sein Leben nur dann riskieren, wenn der Lohn sehr, sehr hoch ist, und was gibt es Lohnenderes, als einen hochrangigen Beamten im Dienste des Spinnenkönigs?« Er lächelte schwach.

»Habt Ihr Delacroix umgebracht?«, fragte Kathryn.

Lord Henry hob eine Hand. »Beim Evangelium, Mistress, nein, obwohl ich ernsthaft in Versuchung war.«

Kathryn spreizte ihre Finger und betrachtete den schönen Verlobungsring. Sie glaubte sich der Wahrheit anzunähern. Die Logik diktierte ihre Erklärung um Lady Marys Tod, basierend auf den offenkundigen Tatsachen, dass nur Lord Henry einen solchen Brief geschrieben haben konnte – aus Reue und mit dem Wunsch, Buße zu tun. Was William Marshall betraf, so hatte Kathryn ihre Schwierigkeiten, musste jedoch zwangsläufig einräumen, dass das Eintreffen der französischen Gesandten nichts mit Friedensverträgen oder einem Waffenstillstand, sondern mit persönlicher Rache zu tun hatte. Schließlich würde das zu Lord Henrys Charakter passen, dem jungen Yorkisten, der vor Jahren über Walmer hergefallen war, um die Bande Strandräuber zu fangen und zu hängen. Kathryn atmete tief ein. Eine Biene brummte an einer Fensterscheibe. Colum saß ruhig neben ihr. Sie blickte rasch auf. Lord Henry hatte das in Leder gebundene Hauptbuch aufgeschlagen, als interessiere er sich für einen Eintrag. Er hob den Kopf und begegnete ihrem Blick.

»Ich weiß, was Ihr denkt«, murmelte er. »Ich bin ein Mann, der nach dem Gesetz des Blutes lebt – Auge um Auge, Zahn um Zahn, Leben um Leben. Es stimmt, wenn ich wüsste, dass Sanglier für Williams Tod verantwortlich war, würde ich ihm mit Freuden den Kopf abschlagen und auf einen Pfahl stecken, aber ich weiß nichts, Mistress, bis auf die Tatsache, dass der Prediger mitten in der Nacht hinausging und Sanglier ihm folgte.«

»Was ist mit dem Ratespiel?«, fragte Colum. »Um den Geheimcode; falls die Franzosen tatsächlich William umgebracht haben, wüssten sie doch bestimmt, dass er weder ein Buch noch eine Handschrift bei sich trug?«

Lord Henry schnalzte mit der Zunge.

»Daher wisst Ihr es, nicht wahr?«, fragte Kathryn. Colums Frage hatte ein Problem gelöst.

»Was?«, wollte Colum wissen.

»Falls William Marshall mit Einverständnis des französischen Königs umgebracht wurde, dann wüssten er und seine Vasallen, dass er kein Buch bei sich hatte. Sie hätten Geschichten als Lüge zurückgewiesen«, flüsterte Lord Henry, »denen zufolge William Marshall etwas Kostbares bei sich hatte, sie wären niemals in diese Falle gelaufen.«

»Und das bedeutet«, pflichtete Colum ihm bei, »dass Marshall von jemandem ermordet wurde, der auf eigene Faust handelte und nicht wagte, seinem königlichen Herrn und Meister die Wahrheit zu sagen?«

»Einverstanden«, erwiderte Lord Henry. »Es gibt viele Möglichkeiten.« Er schob den Stuhl zurück. »Haben Cavignac und Delacroix aus Gründen, die nur ihnen bekannt sind, William in den Tod gelockt, oder war es Sanglier, oder seine beiden Beamten, oder einer von beiden?«

»Wir sollten ihre Räume durchsuchen.« Kathryn erhob sich und trat ans Fenster.

»Ich bin sicher, Lord Henry, wir würden irgendwo in ihrer Habe einen Hinweis finden, obwohl nur der Herrgott weiß, was.«

»Aber das könnt Ihr nicht.« Lord Henry stellte sich neben

sie. »Es sind Diplomaten und Gesandte, sie würden lauthals ihre Immunität verteidigen und Entschädigung verlangen.«

»Das werden sie ohnehin.« Colum lachte. »Sie werden behaupten, Delacroix' Tod sei unsere Schuld.«

»Mord!«, verkündete Kathryn. Sie sah, wie ein Diener unten im Garten über einen Pfad lief. »Sie werden behaupten, wir hätten ihn umgebracht. Lord Henry, was wird geschehen?«

»Delacroix' Leichnam wird nach St. Swithun gebracht. Pater Clement war bereits hier, um den Leichnam zu salben. Sie können ihn nicht mit nach Frankreich nehmen. In wenigen Tagen tritt die Verwesung ein, sie werden ihn also hier bestatten lassen, und wenn der Leichnam verwest ist, wird der Sarg nach Frankreich transportiert. Pater Clement ist damit einverstanden, heute Abend eine Totenmesse abzuhalten, obwohl das Kirchenrecht es verbietet. Wir sollten ihre Zimmer deshalb zu diesem Zeitpunkt durchsuchen.«

Es klopfte an der Tür, und ein Diener eilte herein.

»Mylord, eine Botschaft aus dem Dorf. Wieder ein Giftmord! Simon der Totengräber wurde tot auf dem Friedhof gefunden.«

Das Leichenhaus von St. Swithun war eines der saubersten, die Kathryn je gesehen hatte: ein Steinhaus mit niedrigen Deckenbalken, das in einer entlegenen Ecke des Friedhofs gegenüber der Leichentür auf eigenem Grund stand. Die Wände waren weiß getüncht, der Boden bestand aus festgestampfter Erde. Laternen an Haken spendeten ein angenehmes Licht, während die vergitterten Fenster hoch oben an den Wänden für Frischluft sorgten. In der Mitte, in einem schmalen Kasten, der auf einem Gestell stand, lag die Leiche des Totengräbers. Man hatte wohl versucht, den Körper zu strecken, um die Schrecken eines so raschen und scheußlichen Todes zu vertuschen. Trotzdem war sein Gesicht bei der spärlichen Beleuchtung wahrhaft grausig anzusehen, aschfahl mit purpurnem Schimmer auf den Wangen, die Augen traten hervor, der Mund stand offen. Jemand, wahrscheinlich Pater Clement, hatte versucht, Pennies auf die Augenlider zu legen, doch sie waren verrutscht, und der Totengräber starrte mit leeren Augen, wenngleich von Entsetzen gepackt, auf etwas, das Kathryn nicht sehen konnte. Trotz der Weihrauchkessel und der mit Kräutern versetzten Holzkohle war der Geruch im Leichenhaus widerlich. Kathryn hielt sich einen Strauß Wildblumen vor die Nase. Außerdem nahm sie Brandgeruch wahr, und ihr wurde klar, dass er von Mother Crouls Überresten stammen musste, die hier gelegen hatten, ehe sie in einen Sarg kamen und vor den Hochaltar gebracht wurden. Sie legte den Blumenstrauß zur Seite und schnüffelte am Mund des Toten. Es roch stark nach Mandeln. Sie bekreuzigte sich, verließ das Leichenhaus und ging zu Colum und Pater Clement hinüber. Der Pfarrer hatte einen Rosenkranz in der Hand und stützte sich auf Amabilias Arm. Constabler Walter saß im Gras, zupfte einer Blüte die Blätter ab und murmelte vor sich hin. Benedict und Ursula tuschelten miteinander. Roger der Arzt hatte sich ein Stück entfernt und sah zu dem Gesicht des Scheusals hoch oben an der Kirchenmauer empor. Die Sonne war kräftig, es duftete nach frisch gemähtem Gras, Schmetterlinge segelten im leichten Wind, und der Friedhof war erfüllt vom zarten Gesang der Heimchen und Bienen.

»Wer hat ihn gefunden?«, fragte Kathryn.

Walter kam mühsam auf die Beine, seine Augen funkelten, sein Gesicht lief rot an. Der Constabler zeigte betrunken auf Benedict.

»Offensichtlich«, nahm Colum die Antwort auf Kathryns nächste Frage vorweg, »war Pater Clement in der Krypta und arbeitete an Lady Marys Grabmal. Ursula war drüben im Pfarrhaus und half Amabilia, die in der Sakristei zu tun hatte, um die Totenmesse für Mother Croul vorzubereiten. Unser edler Constabler befand sich auf der Straße, die zur Kirche führt, während der Arzt behauptet, in der Stadt gewesen zu sein.«
»Ich war in der Stadt«, fuhr Roger ihn an und wischte sich mit dem Handrücken die Nase ab.
»Und warum wart Ihr hier, Master Benedict?«
»Geschäfte, Mistress. Ich sollte einen Klienten treffen, einen Kleinbauern, der mich gebeten hatte, einen Vertrag unter dem Kirchenportal zu besiegeln. Meine Frau habe ich als Zeugin mitgebracht.«
»Ich habe Amabilia geholfen«, erklärte Ursula hitzig. »Sie bat mich, ein paar Aufgaben im Haus zu übernehmen, da sie in der Sakristei zu tun hatte.«
»Was ist hier also geschehen?«
Benedict berichtete, der Bauer habe seine Verabredung nicht eingehalten. Daraufhin habe er beschlossen, die Kirche zu verlassen und sich eine Weile in die Sonne zu setzen. »Ich kam aus dem Haupteingang. Ein Liebespaar muss hier gewesen sein. Ich hörte Gelächter, aber damit habe ich nichts zu tun. Dann sah ich Simon, der auf den Haupteingang der Kirche zutaumelte. Er war in Not, aber als ich bei ihm war, brach er zusammen. Schon kam jede Hilfe zu spät. Ich dachte, es sei ein Anfall, aber es war Gift, nicht wahr?«
Kathryn nickte.
»Was hatte Simon im Gras zu suchen?«, fragte Colum.
Der Frage des Iren wurde mit ausdruckslosen Mienen begegnet. Pater Clement wirkte verlegen, während der Constabler vor sich hin griente.
»Ihr findet es lustig, Constabler?«, fuhr Kathryn ihn an.

Walter fuhr sich mit der Hand an die Lende. Er zog das Lederwams hoch und kratzte sich an der eng sitzenden Hose, eine Geste, die Kathryn als beleidigend empfand, doch die Art, wie er auf den Beinen schwankte, zeigte, dass er zu viel Ale getrunken hatte.

»Ihr setzt Euch am besten hin, Walter«, sagte Pater Clement freundlich. Das musste man dem Constabler nicht zweimal sagen; er fiel förmlich auf den Grasstreifen an der Kirche.

»Es gefiel ihm, Liebespaare zu beobachten. Er dachte, niemand wüsste davon.« Walter blickte finster, als der Arzt leise hinter vorgehaltener Hand kicherte.

»Simon«, verkündete der Arzt, »lebte für das gute Wetter, wenn die Sonne warm wird und das Gras hoch steht. Liebespaare kommen hierher, Mistress. Das war schon immer so und wird auch so bleiben, auch wenn Pater Clement noch so viele Mahnungen von seiner Kanzel herabdonnert. Simon wusste das. Gerüchten zufolge hat Simon das, was er wusste, dazu benutzt, Weibsbilder im Ort zu nötigen. Es ist ein Vergehen, sich in der Öffentlichkeit unanständig zu verhalten, und kein Weibsbild will am Pranger stehen, nicht wahr, Walter?«

Kathryn blickte über den Friedhof. An einigen Stellen standen alte Eiben, umgeben von hohem Gras. Stellenweise gab es kleine Senken, ideale Plätze für ein Stelldichein und auch für Schnüffler wie den Totengräber. Sie sah zur Sonne auf. Es war kurz nach Mittag. Junge Liebespaare dürften sich entweder am Vormittag oder am Nachmittag oder bei Anbruch der Dunkelheit wegstehlen. Simon würde immer wie ein Fuchs im Versteck seiner Beute auflauern.

»Wusstet Ihr davon, Pater?«

Der Pfarrer löste sich vom Arm seiner Schwester und kam zu ihr hinüber. »Ich habe es vermutet«, erwiderte

er. »Ich habe auch mit Simon gesprochen, aber er konnte sich nicht zurückhalten.«
»Ich wusste immer, wenn er auf Jagd war«, lallte Walter, »unten im Blauen Eber oder im Silbernen Schwan ließ er dann seinen Weinschlauch füllen. Heute Morgen auch wieder. Das habe ich bereits entdeckt.«
»Er hat mir gesagt, er sei sehr vorsichtig.« Amabilias fröhliches Gesicht war hochrot, die Augen schwammen in Tränen. »Ich mochte Simon, er hatte durchaus auch seine netten Seiten, wisst Ihr. Er sagte, er werde vorsichtig sein mit dem, was er zu sich nähme.« Sie bückte sich, hob den Weinschlauch auf, der an der Kirchenmauer lehnte, zog den Stöpsel und reichte ihn Kathryn, die daran schnüffelte und rasch zurückwich.
»Er wurde vergiftet«, rief Kathryn, »mit demselben Gift wie die Frau des Schmieds. Es wirkt schnell, wie ein Pfeil, der direkt ins Herz trifft.«
»Ja, so ist er gestorben!« Roger der Arzt rieb die Hände aneinander.
»Zeigt mir, wo«, drängte Kathryn.
Sie gingen um die Kirche herum und folgten dem Pfad um die Grabsteine herum. Wieder fiel Kathryn auf, dass sie von Moos und Flechten befreit waren. Hier und da lagen Blumenbouquets oder Sträußchen, getrocknet und verwelkt in der Sonne. Man führte sie auf die Mauer zu, wo der Boden unebener wurde.
»Manchmal ist das Gras schwer zu mähen«, erklärte Pater Clement. »Simon war dafür zuständig.«
»Und er hat seine Verstecke immer geschützt?«, fragte Colum.
Kathryn blieb unten in der kleinen Senke stehen. Das Gras hier war platt. Sie bückte sich nach einer Haarnadel, die in der Sonne glitzerte. Am Rand oben wucherten Stechpalmen und Brombeersträucher. Ein Stück dahinter, im Schatten einer Eibe, fand sie die Stelle, an der Si-

mon gelauert haben musste. Auch hier war der Boden aufgewühlt, das Gras zertrampelt. An einer Stelle fand Kathryn Weintropfen, die auf der schwarzen Erde unter der Eibe glitzerten. Über ihr sang ein Vogel, eine traurige, schaurige Weise, als wüsste er über die grausigen Ereignisse Bescheid, die sich hier unten zugetragen hatten. Sie ging in die Hocke und sah, wie hinterhältig Simon gewesen war. Der Boden stieg leicht an und bot einen klaren Blick durch das Gewirr des Unterholzes auf die Stelle, wo sich das Liebespaar getroffen hatte.

»Simon hat sich hier Befriedigung verschafft«, sagte sie und stand wieder auf. »Er hat einen Weinschlauch mitgebracht, aber während er hier lag, muss jemand da gewesen sein und sein Getränk vergiftet haben.«

»Das ist doch lächerlich!«, verkündete Pater Clement.

»Er war immer stolz auf seine Verschlagenheit«, schimpfte Benedict. »Er dachte, niemand wisse über seine Schnüffelei Bescheid. Hätte sich jemals einer genähert, wäre er schnell wie ein Wiesel verschwunden. Der Friedhof ist groß, und Simon kannte jeden Zoll des Bodens.«

»Wenn er so verschlagen war«, überlegte Kathryn laut, »hätte er dann nicht immer auf der Hut sein müssen? Der Constabler hat gesagt, Simon habe seinen Weinschlauch heute Morgen im Blauen Eber füllen lassen und sei wieder hierher gekommen. Hat jemand mit ihm gesprochen?«

»Ich habe ihn auf der Straße getroffen«, erwiderte der Arzt, »aber er eilte an mir vorüber.«

»So wie an mir in der Kirche«, fügte Benedict hinzu. »Er suchte Pater Clement.«

»Ich war in der Krypta«, erwiderte der Pfarrer. »Simon kam nicht hinunter, sondern rief mir zu, ob ich ihn brauche. Ich verneinte, und das Nächste, was ich hörte, war Benedict, der an der Glocke zog.«

»Wir sind alle zusammengelaufen«, erklärte Amabilia,

»und haben geholfen, den Leichnam ins Leichenhaus zu tragen.« Sie kämpfte mit den Tränen.
»Wo und wann wurde ihm also der vergiftete Wein gegeben?«
»Er ist nicht ins Haus gekommen«, flüsterte Amabilia. Die anderen schwiegen.
Kathryn warf Colum einen Blick zu, der nur mit den Schultern zucken und den Blick abwenden konnte. Kathryn streckte einen Arm aus und zog sacht einen Ast nach unten. Von ihrem Standpunkt aus konnte sie die Vorderseite der Kirche und das Giebelfeld mit Christus beim Jüngsten Gericht sehen. Sie war sichtlich verwirrt. Der Weinschlauch, den sie Amabilia zurückgegeben hatte, war noch halb voll und auf jeden Fall vergiftet. Wie hatte das Simon passieren können, der sich seiner Schläue und Wachsamkeit rühmte?
»Ich muss gehen«, verkündete Pater Clement. »Die Messer für Mother Croul lesen. Es gibt keine Trauernden.«
»Und wir können nicht teilnehmen«, meldete sich Benedict zu Wort, »ich habe schon genug Zeit verloren.« Seine Worte wurden von den anderen wiederholt.
»Ich bleibe zur Messe hier«, bot Kathryn an.
»Kathryn«, sagte Colum, während er sie von den anderen wegführte, »wir haben auch noch die Sache im Gutshaus. Lord Henry ist besorgt, Sanglier und Cavignac könnten abreisen.«
»Das werden sie nicht tun«, erwiderte Kathryn. »Delacroix' Leichnam ist noch nicht bestattet. Ich vermute, Pater Clement wird Mother Croul und den Franzosen gemeinsam beisetzen, kurz vor der Vesper. Wir haben Zeit genug. Jemand muss Mother Croul betrauern.« Sie löste sich aus Colums Griff. »Geh du zurück ins Gutshaus. Wenn du kannst, dann lenke Sanglier ab.« Colum wollte schon protestieren, doch Kathryn legte ihm einen Finger auf den Mund und ging.

»Pater Clement«, rief sie, »ehe Ihr geht, darf ich mir die Armengräber ansehen?« Der Pfarrer war einverstanden, und während Colum sich auf den Weg machte, ging Kathryn zu der abgezäunten Ecke des Friedhofs hinüber. Pater Clement öffnete das Törchen zu einem Gelände, das nicht größer war als eine kleine Pferdekoppel. In der Mitte stand eine ehrwürdige Eibe mit weit ausladenden Ästen. Ringsum waren gepflegte Erdhügel in Reih und Glied angeordnet, ein jeder mit einem verwitterten Holzkreuz versehen. Pater Clement, assistiert von den Dorfältesten, erklärte, dass dieser Teil des Gottesackers urkundlich als Bestattungsort für Fremde, Arme und für Menschen ohne Verwandte abgetrennt worden sei.
»Für gewöhnlich Bettler«, erläuterte Benedict. »Menschen, die durch Walmer reisen und zu Gott gerufen werden, ein Hausierer, der in einer Schenke zusammenbricht, oder ein Bettler, der tot auf der Straße aufgelesen wird.«
»Ihr verreist häufig, nicht wahr?«, fragte Kathryn. »Ihr dient Lord Henry als Bote nach Canterbury, ja sogar nach Frankreich?«
Das schmale Gesicht des Notars lief rot an, die Augen wurden wachsam. »Ich bin Jurist, Mistress, und mein Beruf führt mich häufig ...«
»Ihr fahrt auch nach Paris, habe ich das richtig verstanden?«
»Zwei- oder dreimal im Jahr.« Benedict verscheuchte einen Schmetterling, als wollte er Kathryn ablenken. Er warf einen Blick über die Schulter auf Walter, der im Gras saß und fest schlief.
»Seht ihn an.« Roger trat dem Constabler gegen den Oberschenkel. »Unser feiner Constabler. Wisst Ihr, Mistress, dieser ehemalige Gelehrte kämpfte als bewaffneter Krieger auf der Seite der Lancastrianer.«
»Und?«, fragte Kathryn.

»Er stand im Dienste des Herzogs von Somerset und war der Feigheit beschuldigt, obwohl die Anklage nie bewiesen wurde. Deshalb kam er hierher, um als Constabler zu arbeiten.« Roger kniff die Augen zusammen. »Aber beurteilt ein Buch nicht nach dem Einband. Walter kann sehr gefährlich sein.« Kathryn fiel ein, dass der Constabler in der Nähe der Kirche gewesen war, als der Totengräber starb.

»Was meint Ihr mit gefährlich?«

»Er kann keinen von uns leiden.«

»Sagt mir«, fragte Kathryn, »könnt Ihr anderen Euch untereinander leiden?«

»Mistress, warum sind wir hier?« Pater Clement trat ungeduldig von einem Fuß auf den anderen. »Ich habe eine Messe zu lesen und Leute zu besuchen.«

»Die drei Flüchtlinge«, Kathryn sah sich um, »wo sind sie begraben?« An der Reaktion ihrer Begleiter merkte sie, dass sie über diese Sache nicht reden wollten. Der Notar zischte missbilligend, und Ursula schnippte verärgert mit den Fingern und wandte Kathryn den Rücken zu.

»Warum interessiert Ihr Euch für die?«, fragte Amabilia.

»Darum«, erwiderte Kathryn. »Ich interessiere mich für alle Mordopfer.«

»Mord?« Constabler Walter war aufgewacht. Er saß da, die Ellenbogen auf die Knie gestützt, die Hände baumelten zwischen den Beinen. »Mord?«, wiederholte er und rülpste laut.

»Richtig, Master Constabler, per Gesetz wird Mord als ungesetzliches Töten eines anderen Menschen definiert.«

»Das waren Verräter.« Der Constabler wackelte mit den Fingern.

Kathryn fiel auf, dass sie mit Farbe verschmiert waren.

»Haben sie nicht angeboten, sich zu ergeben«, entgegnete sie, »nur um dann erschlagen zu werden?«

»Hier sind sie«, schaltete Pater Clement sich rasch ein. Er führte sie um die große Eibe an drei Erdhügel; an jedem war ein Holzkreuz in die Erde gerammt.
»Man hat sie in alte Lumpen gewickelt«, murmelte Pater Clement, »nackt und blutig von Kopf bis Fuß. Der Schmied, der große Dummkopf, hat die Beerdigung überwacht.« Er schaute mit angespanntem Gesicht auf. »Ihr habt recht, Mistress, ihr Blut klebt an unseren Händen.«
Benedict wollte schon protestieren, doch Pater Clement machte auf dem Absatz kehrt, murmelte etwas von der Messe, die abzuhalten sei, und ging hinüber zur Kirche, Amabilia folgte ihm.
Kathryn verabschiedete sich von den anderen und ließ sie miteinander tuscheln, während sie dem Pfarrer in die Kirche folgte. Das Querschiff war voller Licht, das durch die verglasten Fenster fiel, schön und klar wie die reinigende Gnade Gottes. Vor dem Lettner stand Mother Crouls Sarg auf einem hohen Gestell, abgedeckt mit einem schwarz-goldenen Tuch und umringt von purpurnen Kerzen auf feierlichen Ständern. Amabilia zündete sie nun mit einer Wachskerze an. Kathryn ging durch das Kirchenschiff; ihre festen Sohlen hallten wie eine schlagende Trommel wider. Die Schwester des Pfarrers hielt inne und lächelte ihr zu. In dem spärlichen Licht wirkte ihr Gesicht jünger, hübscher.
»Ihr versetzt die Gemeinde in Angst und Schrecken. Wir werden nicht gern an unsere Sünden erinnert«, sagte Amabilia.
Kathryn betrachtete den Sarg. In der Mitte der Sargschabracke lag das Franziskanerkreuz des heiligen Damian.
»So viele Totenmessen« – Amabilia zündete die letzte Kerze an – »so viele Todesfälle, und nun geht Mother Croul oder das, was von ihr übrig ist, unter die Erde.«

Kathryn warf einen Blick auf den Lettner und das große Kreuz, das über dem Allerheiligsten hing. Das Gesicht des Gekreuzigten wirkte verärgert. Im Allerheiligsten selbst leuchteten Kerzen. Kathryn drehte sich um, als Pater Clement aus der Sakristei in die Votivkapelle ging, die sich im Querschiff vor dem Altar der Jungfrau Maria befand. Er nickte Kathryn zu, beugte das Knie vor dem kleinen Altar und begann mit der Messe.

Kathryn und Amabilia knieten auf Polstern im Eingang der Votivkapelle, zu beiden Seiten der große Holzlettner, der den Altar und den kleinen Raum davor abtrennte. Über dem Altar zeigte ein Glasfenster Antonius von Padua, wie er den Vögeln eine Predigt hielt, was darauf schließen ließ, dass die Kapelle von jemandem gegründet worden war, der den Franziskanern nahe stand. Kathryn hörte den Worten des Pfarrers nur halb zu, abgelenkt durch die drei einsamen Gräber auf dem Armenfriedhof und die Leiche, die im Leichenhaus erstarrte.

Der Tod des Totengräbers war ihr unverständlich. Wie konnte er so brutal und rasch ermordet werden? Doch je mehr sie darüber und über andere groteske Ereignisse in Walmer nachdachte, desto überzeugter war sie, dass der Tod der drei Fremden eine Rolle dabei spielte.

Pater Clement war nun bei der Hymne von Thomas von Celano über den Zorn Gottes angelangt.

»*Wundersam die Trompete wird schallen*«, beschrieb Pater Clement den Tag des Jüngsten Gerichts.

»Über die Grabstätten der Erde wird sie hallen,
Vor dem Thron, zusammen mit allen,
Was soll ich schwacher Mensch erbitten?
Wer soll seine Stimme für mich erheben,
Wenn schon die Gerechten um Gnade beben?«

Ja, dachte Kathryn, was würde am Tag des Feuers geschehen, wenn die Himmel aufreißen und die Elemente in Flammen aufgehen? Was würde in Walmer geschehen, wenn all diese ermordeten Seelen auferstehen, um Gerechtigkeit einzuklagen? Die meiste Zeit während der Messe war sie abgelenkt. Pater Clement hatte die Votivkapelle verlassen, als Amabilia ihr leicht auf die Schulter klopfte.
»Ihr scheint beunruhigt.«
»Ich muss die ganze Zeit an die drei Fremden denken, erschlagen ...«
»Der Herr möge ihnen die ewige Ruhe schenken. Wollt Ihr etwas essen oder trinken, vielleicht einen Becher Buttermilch?«
Kathryn schüttelte den Kopf. Die Leichentür ging auf, und Roger der Arzt kam mit dem Constabler im Gefolge herein. Allem Anschein nach bemerkten sie Kathryn nicht, sondern gingen durch das Kirchenschiff und betrachteten die Wand neben dem Taufbecken, gleich am Haupteingang. Sie tuschelten miteinander.
»Was ist los?«, fragte Kathryn.
»Oh, wusstet Ihr das nicht?« Amabilia kam näher, ihr Atem roch gut. »Unser Arzt und unser Constabler haben eine besondere Begabung, sie sind Maler.«
»Wie bitte?« Kathryn erhob sich.
»Ja, ich weiß, es klingt eigenartig.« Amabilia lachte leise. »Doch beide haben Talent. Sie haben auf Bitten meines Bruders eine Reihe von Wandmalereien angefertigt – das heißt, bis sie anfingen zu streiten.«
Sie führte Kathryn durch das Kirchenschiff. Roger und Walter drehten sich um und stöhnten gemeinsam auf.
»Ich dachte, Ihr hättet zu tun«, stellte sie fest.
»Das haben wir auch«, entgegnete Roger. Er deutete auf das halb fertige Gemälde an der Wand, das den jungen Christus darstellte, der, von seinen Eltern getrennt, bei

den Gelehrten im Tempel sitzt. Kathryn hatte schon ähnliche Gemälde gesehen. Diesem hier fehlte es an der Genauigkeit einer Szene aus einer illustrierten Handschrift, doch das Gemälde strahlte mit seiner auffälligen Farbgebung eine eigentümliche Vitalität aus. Der Tempel war eigentlich eine Kirche, Jesus war wie ein beliebiger Dorfjunge gekleidet, Joseph trug das Werkzeug eines Zimmermanns, während Maria eine geschäftige Hausfrau war.

»Wo habt Ihr malen gelernt?«, fragte Kathryn.

»Das haben wir nicht«, erwiderten Walter und Roger einstimmig wie Zwillinge. Verlegen trat der Constabler von einem Bein auf das andere.

»Ich war früher einmal Lehrling. Ich habe in Ortschaften wie Ely und Norwich gearbeitet, bis der Krieg ausbrach.«

»Früher«, erklärte der Arzt, »habe ich Handschriften ausgemalt, doch die Großen interessierten sich auf einmal mehr dafür, einander umzubringen, als ihr Stundenbuch illustrieren zu lassen. Ich habe Walters Begabung entdeckt.« Der Arzt vermochte den Sarkasmus in seiner Stimme nicht zu unterdrücken.

»Nein!«, verkündete der Constabler. »Ich war betrunken, als ich ...«

»Einerlei«, schaltete Amabilia sich taktvoll ein, »als Pater Clement sich an sie wandte, haben sie eine Reihe von Gemälden angefertigt, bis ...«

»Bis wir uns nicht einig wurden.« Walter schniefte. »Es geht um die Farbe, versteht Ihr, Mistress. Ich bin der Meinung, sie sollte mit Öl vermischt werden. Diese Todesfälle«, nuschelte er weiter, »haben uns beide ins Grübeln gebracht. Das Leben ist zu kurz.« Er hielt inne. Der Arzt hatte es eilig, zu gehen, daher verabschiedeten sie sich.

»Ich muss auch gehen.« Amabilia berührte Kathryns

Hand. »Pater Clement und ich sollen Lebensmittel zu einem Bauernhof bringen. Bleibt noch, wenn Ihr wollt.« Sie verschwand in der Sakristei.

Kathryn dachte an jene Gräber und ging wieder auf den Friedhof.

Die Nachmittagssonne ließ nach, und der Wind vom Meer wurde spürbar kühler; er löste die Blätter von den Bäumen und wirbelte sie durch die Luft.

»Es ist Herbst«, flüsterte Kathryn. Der Anblick der grüngoldenen Blätter ließ plötzlich Heimweh in ihr aufkommen. Sie fragte sich, wie Thomasina mit den Patienten zurecht kam, und obwohl St. Swithun eine schöne Kirche war, der Himmel darüber hellblau, obwohl die Sonne schien und der Sommer noch immer spürbar war, fehlten ihr die schmalen Straßen von Canterbury. Sie ging zu den Armengräbern und kniete neben den drei namenlosen Gräbern nieder.

»Ihr seid gestorben«, sagte Kathryn laut, »und vor Ablauf eines Jahres begannen die Morde.« Kathryn fragte sich, warum sie zu einem solchen Schluss gekommen war. »Zwei Gründe«, sagte sie zu sich. »Erstens: Diesen hinterhältigen Giftmorden fehlt jegliches Motiv. Zweitens: Wieso zweitens? O ja.« Kathryn grub ihre Finger in einen der Erdhügel. »Bevor man Euch umbrachte, hat es keine Morde, kein Gift gegeben.« Sie zog die Hand heraus und machte das Kreuzzeichen. Vielleicht irrte sie sich.

Dann stolperte sie über einen dritten Grund. Alle, die ermordet wurden, gehörten zum Kreis der Dorfältesten. Gab der Mörder, oder gaben die Mörder ihnen die Schuld für etwas? War es der Mord an diesen drei Fremden, oder etwas anderes? Ihr fiel Lord Henry an seinem Schreibtisch ein, wie er das Gesicht hinter den Händen verbarg. Standen die Giftmorde mit früheren Sünden der Einwohner von Walmer in Verbindung? Mit den wilden, blutigen Morden an den Strandräubern?

9

Aus der Not eine Tugend zu machen.
GEOFFREY CHAUCER

Kathryn kaute auf ihrer Unterlippe und fragte sich, ob die Geister der Ermordeten auf diesem Friedhof spukten. Sollte sie Gottes Racheengel sein? Doch wie lange konnte sie in Walmer bleiben? Sie ging wieder zur Kirche zurück, um sich die Wandgemälde in den Querschiffen anzusehen.

Sie musste zugeben, dass sowohl der Constabler als auch sein Kollege das Talent besaßen, derbe, aber lebensechte Bibelszenen darzustellen. Der Prophet Samuel, der kommt, um David zu salben, Abraham im Begriff, Isaak zu opfern, das Messer in der Hand, ein brennendes Holzscheit in der anderen. Kathryn las einige erdrückende Bibelverse unter diesen Gemälden:

Rette mich, Herr, vor bösen Menschen, vor gewalttätigen Leuten schütze mich. Denn sie sinnen in ihrem Herzen auf Böses, jeden Tag schüren sie Streit. Wie die Schlangen haben sie scharfe Zungen, und hinter den Lippen Gift wie die Nattern.

»Wohl wahr!«, seufzte Kathryn.

Amabilia kam in die Kirche, um Kathryn wissen zu lassen, dass sie und Pater Clement nun gingen. Kathryn nickte geistesabwesend. Kurz darauf hörte sie den Karren über das Pflaster rumpeln. Sie stieg die Treppe hinab in die Krypta. Die tödliche Stille jagte ihr einen Schauer

über den Rücken; sie hatte das Gefühl, von einer Horde von Geistern aus der Dunkelheit beobachtet zu werden. In der Krypta blakte eine Fackel, es roch durchdringend nach Teer und Harz. Zwei Laternen waren am Sarkophag der Lady Mary aufgestellt worden. An den Werkzeugen und den herumliegenden Steinbrocken erkannte sie, dass Pater Clement den reinen weißen Kalkstein eifrig bearbeitet hatte. Langsam drehte sie ihre Runde durch die Krypta, ehe sie die Klageweiber näher betrachtete, die in den Nischen auf beiden Seiten des Sarkophags eingemeißelt waren. Schmunzelnd nahm sie zur Kenntnis, dass auf jeder einzelnen Fläche ein Baum war. Sie konnte die breite Eiche ausmachen, die hängende Weide, die hohe, elegante Birke. Unter jedem Baum war eine Szene aus der Bibel dargestellt: Maria und Joseph auf der Flucht nach Ägypten, der Auftritt Jesu im Tempel. Einige dieser Figuren waren noch zu polieren und zu glätten, doch sie zeugten von Pater Clements unzweifelhaftem Talent.
Kathryn wurde sich bewusst, wie still es in der Kirche geworden war. Sie glaubte, Schritte zu hören, doch als sie rief, erhielt sie keine Antwort. Sie setzte sich auf den Schemel, den Pater Clement benutzte, wenn er den Stein bearbeitete, und betrachtete ein Stück Pergament. Sie hob es auf. Es war ein Brief von Lord Henry, in dem er Pater Clement Anweisungen erteilte, wie der Sarkophag zu meißeln sei. Kathryn ließ das Stück Pergament sinken und fragte sich, was in dem Gutshaus vor sich ging. Sie war sich inzwischen sicher, dass Lord Henry die französischen Gesandten nach England geholt hatte, um den Tod von William Marshall zu rächen. War er demnach verantwortlich für Delacroix' Tod?
»Denk nach«, flüsterte Kathryn vor sich hin. Während sie ihr Gedächtnis durchforstete, kamen und gingen unterschiedliche Bilder. Sanglier und Cavignac in der Halle.

Delacroix, eingeschlossen in seinem Zimmer. Er war ein Spion, ein listiger Fuchs, der vermutlich niemandem über den Weg traute, nicht einmal den eigenen Gefährten. In seinem Zimmer befand sich die kleine Tasche mit Baldrianpulver, von dem Delacroix ein paar Körner in seinen Wein mischte, sobald er sich entspannen oder schlafen wollte. Möglich war, überlegte Kathryn, dass der Mörder sich auf irgendeine Weise heimlich Zugang zu seinem Zimmer verschafft, eine identische Tasche mit Gift gegen die mit Baldrian vertauscht und dann wieder zurückgetauscht hatte. Sie dachte an Lord Henry, dann an Colum, und schmunzelte. Der Ire war die meiste Zeit gar nicht richtig wach.

»Außer nachts«, sagte Kathryn laut, und ihre Stimme hallte in der Krypta wider. Wenn Colum eine solche Tasche neben seinem Weinkelch liegen hätte, wäre es ein Leichtes für sie, diese mit einer anderen zu vertauschen, doch Colum hatte Vertrauen, besonders zu ihr. Delacroix war anders. Ein Raubtier, stets begierig und auf der Hut, nicht selbst zur Beute zu werden. Er dürfte wachsam gewesen sein; Kathryn war klar geworden, dass er seine beiden Gefährten hasste. Sie wusste, wie vorsichtig er mit seinem Wein gewesen war. Wäre er dann nicht in seinem Zimmer ebenso umsichtig gewesen?

»Es sei denn, er war zerstreut«, flüsterte Kathryn. Sie dachte an den Abend, als sie den Prediger zum letzten Mal lebend gesehen hatte. Noch ein Raubtier, ein ehemaliger Soldat, mit Gefahren vertraut wie ein Vogel mit seinen Schwingen. Er ging auf jeden Fall hinaus, um jemanden zu treffen. Sanglier? Kathryn erinnerte sich, wie unbehaglich ihr zumute gewesen war. In jener Nacht war jemand anderer dort draußen gewesen, tief im Schatten verborgen. Sanglier war zweifellos ein Mörder, doch der Prediger würde wachsam sein. Wenn Sanglier ihn getroffen hatte, wenn ein Kampf stattgefunden hatte, konn-

te der Franzose den Prediger so leicht umbringen? Und was hatte der Prediger überhaupt oben am Klippenrand zu suchen? Hatte er Informationen zu verkaufen?
»Kathryn!«
Sie fuhr zusammen.
»Kathryn!«
Sie kannte die Stimme nicht. Ein Mann, eine Frau? Jemand rief sie aus der Kirche. Kathryn sprang auf. Krachend fiel der Schemel um.
»Kathryn!« Die körperlose Stimme hallte wider, wie eine Geisterstimme. Kathryn wollte schon zurückrufen, doch ein tiefes Unbehagen, ein kalter Schauer, der ihr über den Rücken lief und die Art, wie ihr die Hände klamm wurden, hielten sie davon ab. Kathryn wusste, dass sie in Gefahr war. Schatten tanzten im spärlichen Licht durch die Krypta. Sie musste hier raus! Hier saß sie in der Falle! Sie hob ihren Rocksaum und rannte die Treppe hinauf, blieb oben stehen und schlüpfte in die Kirche. Sie hörte eine Maus piepsen, die von einer der purpurnen Kerzen um Mother Crouls Sarg huschte und im Dunkeln verschwand. Kathryn versteckte sich hinter einer Säule, ihr Herz begann zu rasen, ihr Magen verkrampfte sich. Sie sah niemanden. Wenn jemand nach ihr suchte, warum zeigte er sich dann nicht?
»Kathryn!«
Sie sah sich im Kirchenschiff um, nahm all ihren Mut zusammen und eilte auf die Leichentür zu. Sie hörte, wie eine Bogensehne gespannt wurde, dann schwirrte auch schon ein Pfeil über ihren Kopf hinweg und knallte gegen eine Säule. Kathryn erreichte die Leichentür, zog an der Klinke, doch zu ihrem blanken Entsetzen war die Tür verschlossen. Natürlich, sie wurde nur zu Beerdigungen geöffnet. Sie spähte durch das Kirchenschiff. Die Haupttür stand offen. Die Säulen des Querschiffs als Deckung nutzend, versuchte sie, durch den Schatten zu

schleichen. Kaum hatte sie einen Schritt getan, klatschte ein weiterer Pfeil an die Mauer hinter ihr. Trotz ihrer Aufregung hockte Kathryn sich hinter die nächste Säule. Da die Leichentür verschlossen war, kam sie nur durch die Sakristei oder den Haupteingang der Kirche ins Freie. Doch wenn sie den Schatten und den Schutz der Säule verließe, würde der mörderische Bogenschütze wieder zuschlagen. Kathryn fiel ein, was Colum ihr erzählt hatte, wie er mit anderen zusammen in Hainault Forest in einen Hinterhalt von Bogenschützen der Lancastrianer geraten war. »Es war am Vorabend von Corpus Christi«, hatte Colum gesagt. »Wir suchten nach einer Schenke und verirrten uns.« Kathryn schlang die Arme um sich, während sie sich zu erinnern versuchte. »Eines habe ich gelernt, Kathryn, wenn ein Bogenschütze sich an dich heranpirscht, versteck dich, lass ihn zu dir kommen. Wenn du wegläufst, wirst du nur zu einem wilden Tier im Wald, einem Ziel für seine Kunstfertigkeit.«
Kathryn holte tief Luft und unterdrückte das Bedürfnis, fortzulaufen. Aus der Tiefe des Querschiffs hallte ein Laut wider. Sie lugte um die Säule, erhaschte einen kurzen Blick auf einen geduckten Schatten und zog sich wieder zurück. Im selben Augenblick schwirrte der nächste Pfeil durch die Luft. Kathryn wandte sich um, doch da war nichts, was ihr Schutz gewährte. In ihrer Tasche hatte sie nur ein kleines Messer. Sie versuchte, Speichel im Mund zu sammeln, doch ihre Kehle war trocken. Sie schrie so laut sie konnte. Wieder ein Geräusch – der Bogenschütze bewegte sich rechts von ihr – und weitere Pfeile wurden abgeschossen. Bald würde sie sich zum nächsten Pfeiler fortbewegen müssen. Plötzlich rüttelte es an der Leichentür. Kathryn schrie noch einmal, doch das Rappeln an der Leichentür hörte auf. Sie kniete nieder und schluchzte atemlos.
»Was ist los?«

Kathryn spähte um die Säule. Amabilia war durch das Hauptportal der Kirche getreten.
»Was ist los?«, rief sie noch einmal. »Wer ist das, Mistress Swinbrooke?« Die Schwester des Pfarrers schrie plötzlich auf, als ein Pfeil über ihren Kopf hinwegflog und sich tief in den Türpfosten über ihr bohrte. Sie floh, als Kathryn noch rasche Schritte zur Sakristei hinüber vernahm. Sie wartete eine Weile, stand auf und trat langsam um die Säule. Sie starrte zum Hochaltar empor, nahm all ihren Mut zusammen und lief auf den Haupteingang zu, stürmte hinaus ins Sonnenlicht, taumelte die Treppe hinunter über den Pfad und warf sich neben einen Grabstein.
Amabilia und ein bleichgesichtiger Pater Clement kamen eilenden Schrittes um die Kirche gelaufen. Der Pfarrer trug ein rostiges Schwert; Amabilia hatte eine Axt in der Hand.
»Mistress Swinbrooke.« Die beiden hockten sich neben sie. Amabilias Gesicht war rot und schweißüberströmt. Sie lockerte den Kragen ihres Kleides, warf die Axt nieder und wischte sich mit einem feuchten Tuch über das Gesicht.
»Was geht hier vor?«
Kathryn setzte sich auf und fasste sich. Amabilia ergriff ihre Hand.
»Mistress, was war das?«
»Ich weiß nicht.« Kathryn machte es sich an dem Grabstein bequem. »Ich war unten in der Krypta. Eine Stimme rief mich. Ich kam in die Kirche hinauf, und da war ein Bogenschütze.« Kathryn hielt inne, und im ersten Moment glaubte sie, sich übergeben zu müssen.
»Soll ich Euch Wasser holen?«, bot Amabilia an. Kathryn schüttelte den Kopf. »Der Schütze muss etwa sieben, acht Pfeile auf mich abgeschossen haben.«
»Ein Mann?«, fragte Pater Clement.

»Ich weiß nicht«, gestand Kathryn. »Ich habe die Gestalt nur schemenhaft gesehen. Gott sei Dank seid Ihr gekommen. Ich dachte, Ihr wärt unterwegs, einen Besuch abstatten.«

»Das waren wir auch.« Amabilia kam mühsam auf die Beine und klopfte ihrem Bruder auf die Schulter. »Clement wurde übel. Nein, nein, nichts Ernstes, er hat nur etwas Falsches gegessen. Wir sind wieder zurückgekehrt. Ich wollte kurz in der Kirche nach dem Rechten sehen. Mitunter spielen hier Kinder, vor allem Hawisa.«

»Hawisa?«, fragte Kathryn.

»Oh, Ihr werdet sie kennenlernen. Es heißt, sie sei übersinnlich. Wie dem auch sei, ich hörte einen Schrei«, fuhr Amabilia fort. »Die Seitentür war verschlossen, deshalb bin ich durch das Hauptportal hinein, als dieser Pfeil über mich hinwegpfiff. Ich kam mir vor wie in einem Albtraum. Ich lief hinaus und weckte Pater Clement.«

»Unser Angreifer ist geflohen«, erklärte Kathryn, »in die Sakristei.«

»Ach, ich dachte, ich hätte sie abgeschlossen«, gestand Amabilia, »aber als ich mit Clement zurückkam, sah ich, dass sie aufgerissen war. Der Schurke muss über den Friedhof gelaufen und über die Mauer geklettert sein. Kommt, Mistress!« Kathryn ergriff ihre Hand und stand auf. Ihr war schwindelig, sie schwitzte am ganzen Leib, während sie Amabilia in die Kirche folgte. Die Schwester des Pfarrers ging umher und hob die verstreuten Pfeile auf, insgesamt neun, einen Meter lang mit grauen Gänsefedern und grausamen Widerhaken an der Spitze. Pater Clement ließ sie stehen, leise vor sich hin auf den Bösewicht fluchend, der es gewagt hatte, Gottes heilige Stätte zu entweihen.

»Ich gehe am besten zum Gutshaus zurück«, verkündete Kathryn.

Amabilia ergriff ihre Hand. »Wollt Ihr, dass ich mit Euch gehe?«
Kathryn drückte ihre Finger. »Nein, es geht schon.« Sie zeigte auf einen Haufen Stöcke aus Eschenholz neben der Tür. »Wenn ich mir einen davon borgen könnte, ich bin nicht ganz sicher auf den Beinen.« Sie gingen zur Kirchentreppe. Kathryn wollte sich schon verabschieden, als eine schöne klare Stimme zu singen begann:

»Nun hat sich die Sonne gewendet,
Ebenso wie mein Herz.
Es stirbt der Tag, nicht aber meine Liebe.
Die Dunkelheit fällt herab, erhellt durch dich.
Die Kälte wird warm im Gedenken an dich.
Die Jahreszeiten wandeln sich, niemals aber meine Liebe!«

»Das habe ich schon einmal gehört«, rief Kathryn aus und ging die Stufen hinunter. »Ich kenne den Stil.« Sie warf einen Blick zurück auf Amabilia. »Wir haben Bänkelsänger, die nach Canterbury kommen, sie rezitieren Poesie zu fröhlichen Klängen. Soweit ich weiß, ist es unter den Gelehrten in den Hallen von Oxford und Cambridge so Mode.« Kathryns Augen suchten den Friedhof ab, und sie nahmen eine Bewegung an der Mauer wahr, ein blauer Umhang und schneeweißes Haar blitzten auf.
»Das ist Hawisa«, erklärte Amabilia. »Ihr müsst sie kennenlernen. Manche behaupten, sie sei ohne Geist und Verstand. Sie lebt mit ihrer Mutter am anderen Ende des Dorfes, in einem kleinen Haus am Pfad, der zum Meer hinunter führt. Die Mutter ist Witwe eines Troubadours. Vor einigen Jahren sind sie hierher gezogen. Er wurde bei einer Schlägerei in einer Schenke erstochen. Niemand hat je herausgefunden, wer zugestochen hat. Vier

Monate später kam Hawisa zur Welt. Es heißt, die Fee habe es gemacht.«

»Was?«

»Ihr werdet schon sehen, Mistress. Sie hält sich von hier fern, kommt jedoch ab und an und singt ihre Lieder. Mitunter nimmt sie Milch und Honig an, dann wieder starrt sie mich nur an oder fragt, wo ihr Vater begraben liegt. Sie ist kein richtiges Kind, eher eine junge Frau. Es heißt, ihr Vater sei von einem der Strandräuber umgebracht worden.« Amabilia ging die Treppe hinauf, blieb aber auf halbem Weg stehen. »In Walmer geht das Böse um. Mein Bruder sagt, es stinkt nach alten Sünden, seid also auf der Hut, Mistress.«

Kathryn packte den Stock und ging über den gewundenen Pfad zum Friedhofstor. Kurz davor blieb sie stehen und blickte über den Grasstreifen, der sich an der Friedhofsmauer entlangzog. Hawisa saß dort mit dem Rücken zu ihr, ihr schneeweißes Haar fiel auf ein dunkelblaues Kleid, das sauber ausgebessert war. Kathryn setzte sich an die Mauer und legte den Stock neben sich. Hawisa wiegte sich unentwegt vor und zurück.

»Seid Ihr eine Heilerin?«

»Ich versuche es«, erwiderte Kathryn.

»Hat er Euch verwundet? Ich habe eine Gestalt gesehen, schwarz wie die Nacht, die auf die Friedhofsmauer kletterte. Die Hände steckten in dunklen Handschuhen.«

»Du hast ihn gesehen?«

»Ich habe auch Eure Schreie gehört, aber das hier ist ein blutiger Ort, Mistress. Ihr seid nicht sicher, selbst wenn Ihr in einem Gutshaus lebt. Der Tod kommt in mannigfacher Gestalt. Mann und Frau, Gut und Böse, sind gleichermaßen betroffen.«

»Hast du meinen Angreifer gesehen?«, fragte Kathryn und versuchte ruhig zu bleiben. »Hast du dich nicht geirrt?«

»Ich habe gesehen, was ich gesehen habe.« Hawisa

drehte sich um und kam auf allen vieren auf Kathryn zu, die sich größte Mühe gab, ihre Überraschung zu verbergen. Hawisa war eine Albino, milchig weiße Haut mit rosa umrandeten, blauen Augen. Sie war von eigenartiger Schönheit. Kathryn war versucht, ihr Gesicht zu berühren, glatt und blass wie Perlmutt, das Haar weiß wie frischer Schnee. Ungeachtet des geflickten Kleides wirkte die junge Frau makellos sauber und roch gut nach Minze und Rosenwasser.

»Seid Ihr erschrocken, Mistress?«

»Ich bin überrascht.« Kathryn lachte. »Du hast eine wunderschöne Stimme.«

»Meine Mutter hat es mir beigebracht.« Hawisa kniete sich so nah neben Kathryn, dass sich ihr Knie in deren Oberschenkel bohrte. Sie betrachtete Kathryns Gesicht wie ein Kind und versuchte, aus ihr schlau zu werden. »Ich habe Euch gesehen, als Ihr den Marktplatz überquert habt. Ich habe gehört, wie Ihr zu diesem Schwein von Constabler gesagt habt, er solle die Leute aus dem Pranger freilassen.« Ein Finger mit langem Nagel drückte sich in Kathryns Wange, dann rieb sie den Schweißfilm von Kathryns Stirn. »Freundlich ist, wer Freundliches tut«, bemerkte sie, hielt dann inne und küsste Kathryn direkt auf den Mund. »Der Totengräber hat das versucht.« Sie lachte und setzte sich auf die Fersen. »Sie halten mich für einfältig. Er hat mich ein verängstigtes Kaninchen genannt, genau wie der Constabler.« Abrupt riss sie die andere Hand hoch, in der sie ein übel aussehendes Messer mit langer, dünner Klinge hielt. »Ich habe ihnen gesagt, ich würde ihnen die Schwänze abschneiden! Ihr habt keine Angst, Kathryn, nicht wahr?«

»Woher kennst du meinen Namen?«

»Jeder weiß, wie Ihr heißt.«

»Und was weißt du über das Dorf, Hawisa?«

»Manche gut, manche schlecht, und einige gleichgültig. Adam der Apotheker war eine finstere Seele; meine Mutter sagte, er habe Leute vergiftet. Er hat mich einmal in Versuchung geführt und gesagt, er könne mir ein Pulver verkaufen, um die Farbe meiner Augen zu verändern!«

»Und?«, fragte Kathryn.

Sie war sich bewusst, dass der Tag zur Neige ging; das Sonnenlicht verblasste, die Meeresbrise frischte auf, doch dieses rätselhafte Geschöpf faszinierte sie. Kathryn hatte ihresgleichen schon kennengelernt. Männer und Frauen, die aufgrund ihres Rufes oder ihres Äußeren an den Rand des Lebens geschubst wurden, ausgeschlossen von den kleinen Dingen des Alltags, behandelt wie Aussätzige. Solche Menschen waren wachsam, stets auf der Hut und erhaschten oft Dinge, die andere nicht sahen.

»Der Pfarrer ist ein guter Mann«, plauderte Hawisa weiter, »und seine Schwester auch. Sie sind nett. Mother Croul war gut, deshalb bin ich hierher gekommen, um ein Lied zu singen. Ich wäre in die Kirche gegangen, doch dann sah ich den dunklen Schatten, der geduckt durch das Sonnenlicht lief, schnell und geschmeidig wie eine Ratte.«

»Wer könnte es sein?«, fragte Kathryn.

»Jeder aus Walmer, sogar der große Lord, sie alle haben Geheimnisse. Ich habe ihre Leiche gefunden, müsst Ihr wissen, die von Lady Mary. Ich finde vieles am Strand.« Sie drehte sich um und zog den Lederbeutel zu sich heran. »Das hier sind meine Schätze. Wollt Ihr sie sehen?« Hawisa starrte auf die Brosche, die Kathryn an ihren Umhang gesteckt hatte, das Geschenk eines Patienten, der Thomas Beckets Schrein besucht hatte. Hawisa streckte die Hand aus und strich über das Silber. Vor sich hin murmelnd öffnete sie den Beutel und leerte den Inhalt auf den Boden. Sie durchstöberte die glänzenden Muschelschalen und Schmuckstücke. Kathryns Blick fiel auf einen schönen Silberknopf. Sie hob ihn auf und erkannte das Wappen.

»Bastard von Faucomberg!«

»Wer?«, fragte Hawisa.

Kathryn drehte den Knopf um. »Wo hast du den gefunden?« Hawisa presste die Lippen fest zusammen und tippte sich an die Nase. »Ich gebe dir die Brosche dafür.« Hawisa nickte lächelnd. Kathryn öffnete die Brosche und reichte sie ihr. »Und, wo hast du ihn gefunden? Als die Männer hier umgebracht wurden?« Hawisa schüttelte den Kopf.

»Kann ich den Eschenstock haben? Ich mag einen guten Wanderstab.«

Kathryn reichte ihn ihr. Hawisa erhob sich, nahm Kathryn an die Hand, führte sie über den Friedhofspfad zurück und zeigte auf die Kirchentreppe.

»Hier habe ich ihn gefunden.« Hawisa ging in die Hocke und schüttelte das Unkraut, das zwischen den Steinplatten wucherte. »Bevor sie begraben wurden, habe ich ihn dort gesehen und an mich genommen. Ich dachte, er gehört ihnen. Ich war an dem Tag, an dem sie kamen, im Dorf. Ich habe ihr Wappen gesehen. Sie hätten nicht hierher kommen sollen. Von Teufeln erwartet man keine Hilfe. Ich muss jetzt Mother Croul treffen und mich verabschieden.« Sie ging die Treppe hinauf und klopfte mit dem Eschenstock auf die Steinplatten.

»Oh, Mistress Kathryn.« Grinsend drehte Hawisa sich um. »Ich habe Euch gesagt, dass ich Sachen finde. Heute Morgen habe ich eine Leiche gefunden. Ich habe es Lord Henry gesagt.« Sie klopfte auf den kleinen Geldbeutel, der an ihrer Taille hing. »Er hat mir eine Silbermünze geschenkt.«

»Wessen Leiche?« Kathryn trat einen Schritt vor.

»Die des glutäugigen Predigers. Sie steckte zwischen den Felsen. Das Meer hat sie wieder ausgespuckt; die Kehle war durchtrennt« – sie deutete den Schnitt mit dem Finger an – »von einem Ohr zum anderen. Er war vollkommen ausgeblutet, wie ein Schwein am Stand eines Metzgers. Lebt wohl, Ärztin. Für ihn kommt Eure Hilfe zu spät.«

Kathryn eilte bereits den Weg hinab ins Dorf, um so schnell wie möglich ins Gutshaus zu kommen. Einmal rutschte sie auf dem Pflaster aus, doch es gelang ihr, das Gleichgewicht zu wahren. Menschen traten zur Seite, wohl wissend, dass diese Frau, die mit bleicher, verängstigter Miene durch die High Street eilte, zu Gast bei ihrem mächtigen Großgrundbesitzer weilte.

Sie stieg den Weg zum Tor hinauf und traf Lord Henry und Colum im Innenhof. Die Leiche des Predigers war bereits in ein Leinentuch gewickelt, die Füße in Sandalen, von Meerwasser durchweicht, schauten daraus hervor.

»Kathryn.« Colum trat auf sie zu und ergriff ihre Hände. »Du siehst blass aus. An deinem Umhang ist Gras.«

Kathryn starrte einfach nur auf die durchweichten Sandalen.

»Eine eigenartige junge Frau hat ihn gefunden«, murmelte Colum.

»Ich weiß«, erwiderte Kathryn, »ich habe sie auf dem Friedhof kennengelernt.«

»Ihr wart länger fort, als ich dachte.« Lord Henry trat hinzu, elegant in ein blaues Gewand mit hohem Kragen gekleidet, die aufgekrempelten Samtärmel legten schneeweiße Manschetten frei. Er spielte mit einer Silberkette vor der Brust, wie andere es mit einem Rosenkranz tun würden, und wirkte ruhig und gefasst.

»Ermordet!« Lord Henry deutete mit einer Kopfbewegung auf die Leiche. »Die Kehle aufgeschlitzt und wie ein Sack von den Klippen geworfen. Das Meer hat ihn zurückgebracht.« Er rief den wartenden Gefolgsleuten einen Befehl zu. Sie eilten herbei, nahmen den in Leinen gewickelten Leichnam und brachten ihn in ein Nebengebäude.

»Wir gehen lieber.« Lord Henry nickte. »Ich habe meine Stallknechte angewiesen, einen Karren bereitzustellen. Sanglier bringt seinen Toten hinunter nach St. Swithun.«

Lord Henry begleitete sie zum Gutshaus, durch den Korridor bis zur Bibliothek. Diener brachten Krüge mit kaltem Ale. Lord Henry fragte Kathryn nach ihrem Besuch in der Kirche, ob sie etwas über die Identität des Giftmörders herausgefunden habe. Kathryn antwortete ausweichend. Colum funkelte sie wütend an, doch sie wollte ihm nichts über den Angriff in der Kirche erzählen. Lord Henry spürte ihre Stimmung. Er stellte den Alekrug ab und setzte sich ihr gegenüber.

»Verdächtigt Ihr mich, Kathryn?«

»Ich verdächtige alle außer Colum.«

Lord Henry lachte.

»Ihr seid ein merkwürdiger Mann, Lord Henry«, stellte Kathryn mit weit ausholender Geste fest. »Ihr verhaltet Euch wie ein Gelehrter, ein Sammler von Büchern, der Erbauer eines schönen Hauses mit gut angelegten Gärten, doch die Wahrheit ist, dass ihr auch ein mörderischer Mann seid. Ihr führt ein Dasein im Schatten, und wenn nötig, teilt ihr plötzlichen Tod aus.«

Lord Henry war nicht verblüfft. Er zuckte mit den Schultern und spielte mit dem Ring am kleinen Finger. »Ihr beschreibt mich, als wäre ich Tiptoft.«

»Ich bin sicher, sie meint es nicht so«, schaltete Colum sich ein.

»John Tiptoft, Earl von Worcester, ein Gelehrter und ein großer Reisender«, erklärte Lord Henry. »Er hat die Walachei besucht und Vlad den Pfähler kennengelernt. Als

er nach England zurückkehrte, brachte er das Pfählen mit, bis man ihn gefangen nahm und auf dem Tower Hill köpfte.« Lord Henry trank einen Schluck Ale. »Wollt Ihr andeuten, ich sei ein Tiptoft?«
»Ihr wollt Rache für William Marshall.«
»Oh, nicht nur das.« Lord Henry legte den Kopf schief. »Ah, unsere französischen Freunde begleiten ihren toten Kameraden auf seiner letzten Reise.« Kathryn vernahm das entfernte Quietschen von Wagenrädern, knallende Peitschen und das Wiehern von Pferden, während Lord Henrys Gefolgsleute den Sarg zur Kirche hinunter eskortierten.
»Pater Clement hat zu tun«, bemerkte Lord Henry und stellte den Krug ab, »und auch wir werden nicht untätig sein.«
Sobald er sicher sein konnte, dass die Franzosen fort waren, nahm der Gutsherr Kathryn und Colum mit nach oben. Sein Kämmerer wartete bereits mit einem Schlüsselbund auf sie. Lord Henry nahm ihn entgegen und steckte einen Schlüssel ins Schloss. Es knackte, als sich die Tür öffnete, da die Franzosen oben und unten Wachsiegel angebracht hatten, die nun zerbrochen waren. Der Raum dahinter war aufgeräumt, Satteltaschen und Truhen bereits gepackt.
»Sie wollen im Morgengrauen aufbrechen«, murmelte Lord Henry.
Zwei kleine Kisten waren verschlossen. Lord Henry indes durchwühlte mit Kathryns und Colums Unterstützung die ledernen Satteltaschen, klappte die Truhen auf und leerte den Inhalt auf den Boden, doch sie fanden nichts als Kleidung, Tand, ein Stundenbuch und ein paar persönliche Gegenstände. Lord Henry stöhnte, als sie fertig waren. Er befahl seinem Kämmerer, den Raum gründlich zu durchsuchen. Der alte Mann tat, wie ihm geheißen, knurrte kaum hörbar vor sich hin, doch nichts

war versteckt worden. Sie suchten Cavignacs Zimmer auf, und auch seine Tür war versiegelt. Sie brachen sie auf, nur um dasselbe wie bei Sanglier vorzufinden – eine kleine verschlossene Kiste, fertig gepackte Körbe und zwei Truhen, deren eine noch nicht geschlossen war. Ihre Suche erwies sich hier als ebenso erfolglos.
»Die wichtigen Dokumente haben sie wohl bei sich«, sagte Colum.
»Aber was ist mit diesen abgeschlossenen Kisten?«
»Sie sind zu klein«, erwiderte Kathryn kryptisch.
»Wofür?«, fragte Lord Henry. Kathryn setzte sich auf einen Schemel und legte ihr Kinn in die hohle Hand.
»Sanglier wird seine helle Freude daran haben«, bemerkte Lord Henry verbittert, »er wird zurückkommen und sich aufführen ohnegleichen, dass einer seiner Männer ermordet und die Habe der anderen beiden französischen Gesandten durchwühlt und geplündert worden ist.«
»Eigenartig«, Kathryn ließ die Hand sinken. »Sanglier hat gegen den Tod von Delacroix nicht sonderlich protestiert, oder?«
»Oh, das wird er in Bälde schon tun«, bemerkte Lord Henry, »nicht wahr, Colum, sobald er in London angekommen ist? Doch der eigentliche Sturm wird in Paris losbrechen. Die Spinne wird enorme Wiedergutmachung fordern.«
»Kathryn«, fragte Colum, »wonach suchst du?«
»Wo sind Delacroix' Habseligkeiten?«
»Aber wir haben sein Zimmer doch durchsucht.«
»Kommt, wir prüfen alles noch einmal.«
Der Kämmerer erklärte ihnen, Sanglier habe darauf bestanden, die Sachen des Toten persönlich zu packen. Wieder öffneten sie Truhen und Satteltaschen.
»Was um alles in der Welt!«
Kathryn blickte auf. Colum hatte die größte Truhe umgekippt und den gesamten Inhalt, bestehend aus Klei-

dung, Stiefeln und einem Gürtel, auf den Boden geleert. Darunter befanden sich zwei Kleider und eine Holzschachtel, auf die ein Frauengesicht gemalt war. Kathryn hob sie auf, öffnete sie und fing an zu kichern. »Schminke für das Gesicht!«, erklärte sie.

Sie setzten ihre Suche fort. Andere Gegenstände wurden gefunden, ein Kragen, der für Kathryns Hals zu eng war, eine Phiole mit Parfüm, ein Paar Strümpfe. Auch Lord Henry begann zu lachen.

»Ich habe ja schon viel gehört. Mistress Kathryn, wie seid Ihr darauf gekommen? Hat Delacroix sich gern wie eine Frau gekleidet? In London gibt es gewisse Schenken, Treffpunkte, in denen Männer sich wie Frauen kleiden und die Hure geben können.« Er hielt inne, schloss die Augen und klatschte dann vergnügt in die Hände. »Marshall! Das ist die Frau, die er treffen wollte. Er hat Delacroix' Geheimnis entdeckt und wurde ermordet.«

»Schon möglich«, erwiderte Kathryn ausweichend.

»Was wollt Ihr damit sagen?«

»Das ist nicht alles«, erwiderte Kathryn. »Wir wollen alles wieder an Ort und Stelle legen, bis auf diese Gegenstände. Lord Henry, Euer Kämmerer soll einen Reisekorb bringen, mit diesen Sachen füllen und in die Bibliothek bringen. Wir wollen auf die Rückkehr der Franzosen warten.«

»Kathryn«, warnte Colum, »du solltest uns die Wahrheit sagen.«

»Colum, mein Liebster, ich kenne sie selbst noch nicht. Ich werde den Mörder mit einer Lüge in die Falle locken. Das habe ich schon einmal gemacht. Wenn ich etwas Falsches sage« – sie zwinkerte – »kann Lord Henry mich verantwortlich machen. Doch zunächst einmal möchte ich etwas essen.«

Sie ging, noch ehe Colum seine Befragung fortsetzen konnte, in die Halle, wo die Diener das Abendessen vor-

bereiteten. Lord Henry und Colum schlossen sich ihr an. Beide versuchten, sie auszufragen, doch Kathryn deutete auf die Diener. Lord Henry und Colum gaben auf und ließen Kathryn ihre Mahlzeit zu sich nehmen.
Danach kehrte sie in ihr Zimmer zurück und legte sich eine Weile auf das Bett, um ihre Gedanken zu ordnen. Sie sank in einen leichten Schlaf und wurde durch lautes Rufen geweckt. Die Franzosen waren zurückgekehrt! Es klopfte an der Tür, und Kathryn öffnete. Lord Henrys Kämmerer bat sie erregt und wild gestikulierend, in die Bibliothek zu kommen.
»Die Franzosen«, jammerte er, »sind aufgebracht. Ich habe Angst um meinen Herrn.« In höchster Eile richtete Kathryn sich so her, dass sie einigermaßen ansehnlich war. Als sie in die Bibliothek kam, standen Lord Henry und Sanglier kurz davor, sich zu schlagen. Sie standen nur wenige Handbreit voneinander entfernt, schrien sich an, erhoben alte Klagen und wechselten in ihrer Wut vom Englischen ins Französische. Lord Henry packte den Griff seines Dolches, Cavignac, der hinter Sanglier stand, hatte bereits sein Schwert gezückt, während Colum die Klinge seiner Waffe flach auf der Schulter liegen hatte. Kathryn setzte sich auf einen Stuhl. Sie nahm einen Bierkrug und warf ihn zu Boden.
»Meine Herren!«, rief sie. »Ich will eine Geschichte erzählen!«
Sanglier antwortete mit einem Schwall von Obszönitäten. Cavignac lachte. Colum hätte sich auf ihn gestürzt, doch Lord Henry schaltete sich ein, hob die Arme und trat Colum in den Weg.
»Vicomte.« Kathryn schenkte Sanglier ein süßliches Lächeln. »Ihr seid von adliger Herkunft; wie immer Eure Beschwerde lauten mag, könnt Ihr nicht mir, einer Dame, ein wenig Zeit einräumen?«

Sanglier atmete hörbar, als wäre er zornig. Kathryn sah, dass er sich königlich amüsierte.
»Setzt Euch, Vicomte.« Sie tippte auf den Tischrand. Sanglier gehorchte, Cavignac an seiner Seite. Sie saßen Kathryn gegenüber, während Lord Henry und Colum ihre Plätze weiter unten am Tisch einnahmen.
»Es tut mir leid, Madame.« Sanglier ergriff Kathryns Hand, und noch ehe sie sich zur Wehr setzen konnte, küsste er ihr die Fingerspitzen.
»Ich entschuldige mich überaus für meine hitzigen Worte, doch ein Gesandter des französischen Königs, seiner Christlichsten Majestät, wurde hinterrücks ermordet. Unsere Siegel erbrochen, unsere Habseligkeiten durchwühlt ...«
»Und Ihr, Vicomte«, erwiderte Kathryn leise, »habt den Frieden unseres Königs verletzt. Ihr und Monsieur Cavignac seid des Mordes schuldig! Der Tod von Monsieur Delacroix, erst recht das Hinscheiden des Mannes, der als Prediger bekannt war, geht zu Euren Lasten.«
Sanglier war so betroffen, dass er den Mund aufriss. Cavignac hätte sich über den Tisch gestürzt, doch ihm fiel noch rechtzeitig ein, wo er sich befand.
»Man könnte Euch inhaftieren«, fuhr sie fort. »Ihr könntet Euch auf Eure Immunität berufen, doch ich glaube nicht, dass Ihr darauf zurückgreifen werdet.«
»Ich protestiere!« Sanglier stand auf. Cavignac folgte seinem Beispiel.
Kathryn sah die Angst in den Augen des Franzosen.
»Man wird Euch in Dover gefangen nehmen«, beharrte Kathryn. »Wir werden Eure Habe zurückschicken, einschließlich der Frauenkleider, des Schmucks, des Parfüms und der Schminke. Unser edler König Edward wird in einem offenen Brief an Euren König nachfragen, warum seine französischen Gesandten solche Gegenstände mit sich führen. Warum setzt Ihr Euch nicht wie-

der, meine Herren? Ihr wolltet doch erst im Morgengrauen aufbrechen.«
Sanglier sah Cavignac an, der nickte. Sie nahmen wieder Platz.
»Wir sind für das, was Ihr in Delacroix' Truhen und Kisten gefunden habt, nicht verantwortlich«, antwortete Cavignac.
»Wer hat Euch gesagt, dass wir sie dort gefunden haben?«
»Erzählt Eure Geschichte«, fuhr Sanglier sie an.
»William Marshall war eine Frohnatur«, begann Kathryn. »Ich sage das, obwohl ich ihn nie kennengelernt habe. Er war Knappe, Leibdiener Lord Henrys, und ich schätze, auch seiner Gemahlin. Ein Mann, der gern Schenken aufsuchte, eine flotte Gigue hinlegte, eine Liebesballade schrieb oder ein fröhliches Lied sang. Er lernte die Schlupfwinkel von Paris kennen, in denen alle zwielichtigen Geschöpfe leben, jene mysteriösen Treffpunkte, in denen Männer ihre bizarren Träume ausleben. Der junge William war ein charmanter Mann und persönlich mit dem König der Bettler befreundet, der alle Höhlen und Verstecke Eurer großen Stadt kennt.«
Cavignacs Gesicht war nicht mehr olivfarben. Ein besorgter Mann, überlegte Kathryn, er weiß, dass ich die Wahrheit sage. Und Sanglier? Das Fuchsgesicht des Vicomte war gerötet, seine hellblauen Augen blickten verstohlen. Er wird abwarten, bis ich meine Geschichte erzählt habe, dachte Kathryn, und dann wird er, wenn er kann, auf mich herabstoßen.
Cavignac war durch Kathryns starren Blick zermürbt und rutschte unruhig auf seinem Stuhl hin und her.
»Wollt Ihr damit sagen, er habe Delacroix getroffen?«
»Nein, Monsieur, er hat entweder Euch oder, was noch wahrscheinlicher ist, Euer Geheimnis kennengelernt.«
Cavignac wäre am liebsten aufgesprungen.
»Oh, führt Euch nicht auf«, fuhr Kathryn ihn an, »keinen

Mummenschanz. Ihr wisst, dass ich die Wahrheit sage, Ihr kleidet Euch wie eine Frau, Cavignac. Ich sehe es Euch an, eine Frau sieht, wenn sie eine Frau vor sich hat ...«
Cavignac sprang auf, die Hand am Dolch. Sanglier erhob sich und schob ihn auf seinen Platz.
»Ihr habt Beweise dafür, Mistress«, krächzte der Vicomte.
»Cavignacs Fingernägel«, antwortete Kathryn. »Seht sie Euch an, poliert und sauber. Die Schminke entfernt er. Mir ist ein roter Farbtupfer in seinem Mundwinkel aufgefallen. Ihr indes, Mylord Vicomte, wisst darüber Bescheid. Ihr und Cavignac seid ein Liebespaar.«
»Habt Ihr Beweise?«, fragte Sanglier leise und gab Cavignac ein Zeichen, ruhig zu sein und sitzen zu bleiben. Kathryn warf einen Blick auf Colum und Lord Henry und sammelte Kraft für die Lüge.
»Marshall hat Euer Geheimnis entdeckt und diese Information in einem beeidigten Dokument bei einem Notar in der Rue Saint Antoine hinterlegt: Dieses Dokument ist von Zeugen unterschrieben worden.« Kathryn beschloss, alles auf eine Karte zu setzen. »Einem Priester, der denselben Treffpunkt aufzusuchen pflegte. Der Prediger hat das Dokument zurückgebracht – es ist verschlüsselt, und nicht einmal er kannte seinen Wert.«
»Ein gefährlicher Zeitvertreib«, murmelte Sanglier, »für königliche Diener und Beamte.«
»Tatsächlich?« Kathryn lächelte. »Gibt es nicht auch andere am französischen Hof? Diese Neigungen gibt es in Paris wie in London. Männer, die eine Frau sein wollen: Männer, die Gefallen am Körper anderer Männer haben?« Sie blickte zur Decke empor und bemerkte, dass der Steinmetz weiße und rote Rosen gemeißelt hatte, deren Blütenblätter leicht vergoldet waren. »Die Heilige Mutter Kirche hat Bezeichnungen für solche Praktiken: Unzucht und Sodomie, beide sind sowohl

nach Kirchenrecht als auch nach den Verordnungen Eures Königs verdammt. Man verbrennt solche Männer auf dem Scheiterhaufen – das heißt, wenn man ihrer habhaft wird. Aber natürlich, wer würde es wagen, Informationen gegen den mächtigen Vicomte Sanglier weiterzugeben? Ihr seid ein Paar. Weiß der Himmel, vielleicht ist die Liebe zwischen Euch beiden so tief wie die zwischen Master Murtagh und mir. Ich habe gesehen, wie Ihr Euch berührt habt.«

»Und Marshall?«, fragte Cavignac.

Kathryn sah rasch zu Lord Henry und Colum, die sich die größte Mühe gaben, ihren Schreck und ihre Überraschung zu vertuschen.

»Marshall hoffte, Euch zu erpressen«, fuhr Kathryn fort. »Ich weiß nicht, ob er das Geheimnis von Euch beiden oder nur von einem aufdeckte. Ich vermute Letzteres; deshalb ließ er sich darauf ein, Euch zu treffen.« Sie zeigte auf Cavignac. »Marshall war wild, ein Mann, der an Schlägereien auf der Straße gewöhnt war, der mit Schwert und Dolch umgehen konnte; er würde sich vor einem Mann nicht fürchten. Ihm unterlief ein entsetzlicher Fehler, der ihn das Leben kostete: Nicht einer wartete auf ihn, sondern zwei. Ihr habt ihm zu zweit die Kehle durchgeschnitten und ihn in die Seine geworfen. Lord Henry meldete seinen wichtigsten Spion als vermisst; er schmückte die Geschichte aus mit dem Hinweis auf einen Geheimcode. In Wirklichkeit hat er Euch damit geködert. Ihr wusstet und er wusste, dass es keinen Geheimcode gab. Doch was solltet Ihr machen? Ihr konntet nicht widerlegen, was er sagte, ohne zuzugeben, dass Ihr für den Mord an einem akkreditierten Gesandten Englands verantwortlich wart.« Kathryn zeigte auf die Kiste. »Sie enthält Frauenkleidung – Eure Kleidung, Cavignac. Ihr hättet die Kleider, die Schminke, den Schmuck vernichten sollen, doch das konntet Ihr natürlich nicht, deshalb habt Ihr versucht, sie unter Delacroix' Sachen zu schmuggeln.«

»Und wer hat ihn umgebracht?«, fragte Sanglier zaghaft.

»Nun, Vicomte, das habt Ihr beide vollbracht.« Sie hob eine Hand. »Bitte, keinen Widerspruch. Es handelt sich hier nicht um irgendein Rätselspiel, und ich bin der leeren Eide und nichts sagenden Drohungen überdrüssig. Der Prediger traf im Gutshaus ein. Er brachte nicht nur die Nachricht über das Auffinden von Marshalls Leiche mit, sondern er war der Wahrheit auf die Spur gekommen, vermute ich. Er spielte dasselbe Spiel wie Marshall, doch der Himmel mag wissen, was er wirklich wusste. Ihn traf indes dasselbe Schicksal wie Marshall, denn er beging denselben Fehler. Er ging hinauf an den Klippenrand und rechnete damit« – sie zeigte auf Sanglier – »Euch zu treffen. Der Prediger fürchtete sich vor nichts. Er war ein Kämpfer, er wollte Euch Informationen über Cavignac verkaufen, die er seinem eigenen Herrn verschwieg. Statt dessen traf er auf Euch beide, ihm wurde die Kehle durchgeschnitten, und seine Leiche wurde über die Klippen geworfen, wo sie ins Meer hinaus und wieder an Land gespült wurde.«

»Ich war nicht …« Cavignac atmete laut.

»Was, Monsieur, Ihr wurdet an jenem Abend nicht außerhalb des Gutshauses gesehen? Ich habe Euch gesehen«, verkündete Kathryn, »ich habe Eure Gegenwart gespürt. Ihr seid ein erfahrener Spion und Mörder. Sich heimlich aus einem Gutshaus wie diesem zu stehlen und unbemerkt wieder zurückzukehren, ist ein Leichtes bei Euren Fähigkeiten!«

»Und Delacroix?« Sangliers Stimme verriet seine Furcht.

»Oh, Delacroix war ehrgeizig, und er war kein Narr. Vielleicht hat er von Anfang an gewusst, dass etwas nicht stimmte, und was für eine Belohnung! Zu seinem König in Frankreich zurückzukriechen und der Spinne seinen

Verdacht einzuflüstern: Delacroix war gefährlich, ein Erzrivale, deshalb musste er zum Schweigen gebracht werden. Ihr indes hattet den Plan, die Schuld Lord Henry zu geben und wieder nach Paris zu reiten – zufrieden mit der Art, wie das Spiel lief. Niemand konnte Euch für Marshalls Tod verantwortlich machen. Euer königlicher Herr und Meister vermutet wahrscheinlich, dass es keinen Geheimcode gibt, was immer er auch andeuten mag. Ihr würdet die Gerüchte, die in Umlauf sind, als das abtun, was sie waren, als Lügen, als pure Phantasiegebilde aus Lord Henrys furchtbarem Hirn.«

»Delacroix!« Cavignac stieß den Namen wie einen Fluch aus.

»Scharf wie eine Schwertklinge«, erwiderte Kathryn. »Er hatte seinen Verdacht in Bezug auf Euch beide, wenngleich ich nichts darüber weiß. Es mag sein, dass der Prediger an ihn herangetreten ist, doch auch hier habe ich keine Beweise, ich kann Euch nur sagen, was ich weiß. Vielleicht hat Delacroix Euer Verhältnis längst geahnt, noch ehe er Frankreich verließ. Er muss etwas gesehen, einen Verdacht gehegt haben, doch er hätte erst dann einen Schritt gegen den großen Vicomte unternommen, wenn er im Besitz von Beweisen gewesen wäre.«

Kathryn spielte mit dem Ring an ihrem Finger. »Vielleicht habt Ihr seinen Tod beschlossen, bevor Ihr aus Paris abgereist seid. Seht, meine Herren, ich glaube wirklich, dass William Marshall, dem Prediger und Delacroix derselbe Fehler unterlief. Sie haben einen von Euch verdächtigt, nicht Euch beide. Marshall und der Prediger sind eines gewaltsamen Todes gestorben. Hier in Walmer indes habt Ihr von den Vergiftungen erfahren, und das hat Euch sowohl die Mittel als auch die Gelegenheit verschafft; es ist eine Sache der Logik. Monsieur Delacroix, wie Ihr beide wohl wisst, war sehr vorsichtig mit dem, was er zu sich nahm. Er bedeckte seinen Kelch mit einer Hand und passte stets auf, wer ihm den Wein einschenkte. In seinem Zimmer fühlte er sich sicher. Niemand außer Euch beiden hat es betreten. Der Herrgott mag wissen, wen er verdächtigte. Er fühlte sich sicher, wenn Ihr ihn zu zweit aufsuchtet. Ich vermute, Ihr, Sir« – sie zeigte auf Cavignac – »wart wahrscheinlich der Verdächtige. Am heutigen Tage ist Delacroix gestorben, Ihr wart beide in seinem Zimmer, um Euch mit ihm über die Ereignisse in Walmer zu unterhalten, und Sanglier hat die Gelegenheit benutzt, eine kleine Tasche gegen eine genau gleiche auszutauschen. Dann seid Ihr hinausgegangen und wusstet, es würde nicht lange dauern, bis Delacroix die Tasche öffnen, den vermeintlichen Baldrian in seinen Wein schütten und seinen eigenen Tod trinken würde. Und jetzt erinnert Euch daran, was geschah, als wir Delacroix' Zimmer betraten? Mitten in der Nacht, bei spärlichem Licht, die Menschen drängten hinein, zunächst einmal in Sorge um Delacroix. In diesem Durcheinander war es ein Leichtes, eine kleine Tasche im Handumdrehen gegen eine andere auszutauschen. Wieder in Paris, würde der Vicomte fröhlich berichten, der Mord an Delacroix sei das Werk der heimtückischen Engländer, des verräterischen Lord Henry.«

»Und Ihr erwartet, dass unser Herr das glaubt?«

Lord Henry schob seinen Stuhl zurück und erhob sich. Er setzte sich zwischen Sanglier und Cavignac. Kathryn sah das reine Vergnügen in seinen Augen aufblitzen, so schadenfroh, dass er kaum an sich halten konnte. Gleich einem Gegner in einem Glücksspiel, der dreimal gewürfelt und gewonnen hat.

»Meine Herren« – Lord Henry streckte die Hand aus, um seine Worte zu unterstreichen – »wir alle spielen Schach.« Er lächelte. »Und, Messieurs, das Spiel ist fast zu Ende.

Ich kenne Euren König. Louis der Misstrauische, der niemandem traut; hat er nicht sogar seinen eigenen Obsthain?«
Kathryn sah, dass Sanglier schluckte. Cavignac sackte zusammen, als wäre ein Todesurteil gegen ihn ergangen.
»Hat er einen Obstgarten, in den er seine eigenen Früchte hängt?« Lord Henry lachte in sich hinein. »Die Diener, die ihn getäuscht haben? Wir haben Marshalls Tod, den Mord an einem akkreditierten englischen Gesandten. Wir werden verkünden, er habe keinen Geheimcode bei sich gehabt, wir werden zu Tage fördern, was wir hier in Truhen und Kisten gefunden haben. Wir werden den Tod des Predigers beschreiben. Schließlich seid Ihr, Mylord Vicomte, in der Nacht hinausgegangen, um ihn zu treffen. Nun haben wir den Mord an Delacroix und vor allem William Marshalls Aussage, die sicher in meiner stabilsten Kassette verschlossen ist.«
»Die wollen wir sehen!«, schnarrte Sanglier.
»Unsinn«, entgegnete Lord Henry, »und die Namen zuverlässiger Agenten in Paris verraten! Ist das Eure beste Verteidigung, Vicomte – uns aufzufordern, ein Dokument vorzulegen? Bedenkt doch«, drängte er, »wie das klingt. Ihr gesteht beinahe Eure Schuld ein und betrachtet diese Aussage als Beweis, eine schlechte juristische Verteidigung! Was würde die große Spinne nur denken«, Lord Henry zuckte mit den Schultern, »wenn Ihr mich erpresst?« Er schnalzte mit der Zunge. »Oh, ich weiß alles über den Verrat des Notars Benedict. Er hat Euch die Geschichten über den rätselhaften Tod meiner Gemahlin verkauft und jeden Klatsch und Tratsch, den er im Dorf auftreiben konnte. Jetzt bin ich an der Reihe. Zugegeben, die Beweislage ist nicht erdrückend, doch wir werden die Saat in Louis' misstrauischem Hirn ausbringen, und das Unkraut wird gedeihen. Wie lange, Vicomte, wird er Euch wohl noch vertrauen – einen Mo-

nat, drei Monate? Wollte ich eine Wette abschließen, würde ich sagen, bis Ostern seid Ihr in Ungnade gefallen, etwa Mitte des Sommer tot, wahrscheinlich in Montfaucon erhängt.« Lord Henry lehnte sich auf seinem Stuhl zurück. »Das heißt natürlich, wenn wir Euch erlauben, Walmer zu verlassen. Ihr steht im Verdacht, meinen Knappen ermordet zu haben.« Ein schwaches Lächeln umspielte seine Lippen. »Marshall war ich ebenso zugetan wie Ihr Cavignac. Dann ist da noch mein guter Diener, der Prediger, der vorzeitig sein Leben lassen musste.«
Cavignac hob den Kopf, das Gesicht angstverzerrt. Sanglier redete rasch auf Französisch auf ihn ein. Kathryn sah an seinen Gesten, dass er ihm befahl, den Mund zu halten.
»Eine interessante Geschichte. Was wollt Ihr?« Sanglier hob die Hand vom Tisch, und Kathryn fiel der feuchte Abdruck auf dem polierten Holz ins Auge.
»Ich könnte nach Euren Spionen in London fragen, nach den Namen, ihrer Identität, den Wohnorten.«
»Ausgeschlossen!«, rief Cavignac. »Wir würden unser eigenes Todesurteil unterschreiben!«
»Das dachte ich mir schon.« Lord Henry rieb sich die Hände. »Mein Preis ist ganz einfach. Henry Tudor!« Er lächelte, als er Kathryns Überraschung sah. »Der Tudor«, fuhr Lord Henry fort, »der letzte Thronanwärter der Lancastrianer. Euer Herr gewährt ihm Unterschlupf und Unterhalt.«
»Er wird Henry Tudor nicht ausliefern«, verkündete Sanglier.
»Darum bitten wir nicht. Er soll aus Frankreich verbannt werden. Wir wollen Garantien, dass er weder bei Eurem Feudalherrn noch einem seiner Untertanen willkommen ist. Ihr könnt ihm diesen Rat geben, Vicomte, das ist der Preis!«

Kathryn senkte den Kopf. Darum ging es also letzten Endes. Lord Henry mochte zwar Gerechtigkeit für seinen ermordeten Knappen angestrebt haben, doch er hatte Sanglier nach England geholt, um ihm eine Falle zu stellen. Die Verbannung Henry Tudors aus Frankreich war das eigentliche Ziel seines heimtückischen Spiels gewesen. Kathryn warf einen Blick auf Colum am Ende des Tisches; er hatte den Kopf in die Hände gestützt. Als er sie verwundert ansah, konnte Kathryn ihm nur zublinzeln. Bei jeder anderen Gelegenheit wäre sie aufgestanden, zu ihm gegangen und hätte ihm das ehrliche Gesicht gestreichelt. Sie hätte ihm die Stirn geküsst und eine Hand auf seine Brust gelegt, um ihn zu trösten. Sie hätte ihm versichert, dass seine Überraschung nicht an mangelndem Scharfsinn lag, sondern vielmehr einem ehrlichen Herzen entsprang, das nicht an solch dunkle Ränke gewöhnt war. Sanglier hatte die Augen geschlossen und krallte sich mit den Fingern an den Tischrand.
»Und wenn ich einverstanden bin?« Er sprach bedächtig.
Lord Henry sah Kathryn an. Die verzog das Gesicht, doch Lord Henry schwieg und bat sie mit Blicken, eine Lösung anzubieten.
»Ihr könntet nach Paris zurückkehren«, erwiderte Kathryn, »und berichten, dass Eure Verhandlungen Erfolg hatten, dass Euer Herr und Gebieter sich einen dauerhaften Frieden zwischen England und Frankreich überlegen solle, dass Marshalls Tod eine Verirrung und die Geschichte vom Geheimcode ein Märchen gewesen sei. Am Ende ratet ihr, Henry Tudor solle vertrieben werden und kein Asyl auf französischem Boden mehr erhalten.«
»Und der Tod von Delacroix?«
»Ein bedauernswerter Unfall; Ihr habt Euch davon überzeugt, das alles mit rechten Dingen zuging. Als Gegen-

leistung dafür«, fuhr Kathryn rasch fort, »werden Eure drei Opfer nicht erwähnt, während Euer Verhältnis mit Cavignac geheim bleibt.«
»Woher wollen wir wissen«, fuhr Cavignac sie an, »dass Ihr in Zukunft Euer Wort halten werdet?«
»Ich werde einen Eid leisten.« Lord Henry erhob sich und ging in die hintere Ecke der Bibliothek. Er legte eine Hand auf die Bibel, die an das hohe Lesepult gekettet war. »Ich schwöre nun beim Worte Gottes, bei der Seele meiner Gemahlin, bei meinem Leben nach dem Tod, dass diese Angelegenheiten der Vergessenheit angehören.« Lord Henry versuchte, ernst zu klingen. »Sie werden vergessen sein, als hätten sie überhaupt nie existiert.« Er ließ die Hand sinken. »Aber Ihr traut mir nicht, Sanglier? Ich wäre daher nicht überrascht, wenn Ihr und Cavignac, sagen wir in einem Jahr, den königlichen Dienst quittiert. Tudor indes muss bis Weihnachten verschwunden sein. Ihr habt freies Geleit nach Dover. Delacroix' Tod ist Entschädigung genug für den des armen Marshall.«
Sanglier starrte Cavignac an, und der nickte.
»Wenn es so ist«, erwiderte Sanglier und erhob sich, »werde ich Euch nicht die Hand reichen, Lord Henry, aber ich werde hier aufbrechen, noch ehe es dunkel ist.« Er drehte sich um und deutete vor Kathryn eine Verbeugung an.
»Madame, Ihr wart mir von Anfang an nicht geheuer. Ihr erinnert mich an einen Wanderfalken, den ich einst besaß. Ihr sitzt da und beobachtet. Das ist eine sehr machtvolle Gabe, wenn auch mitunter eine gefährliche.« Er lächelte und deutete auf die Pfeilkiste. »Wir werden die Sachen nicht mitnehmen. Schließlich hätten wir sie gar nicht erst mitbringen sollen.« Dann machte er auf dem Absatz kehrt und verließ die Bibliothek; Cavignac folgte ihm.

10

*Dieses würdige Beispiel gab er seinen Schäfchen,
dass er erst handelte und dann lehrte.*
GEOFFREY CHAUCER

Sobald die Tür ins Schloss gefallen war, ließ Lord Henry seinem Vergnügen freien Lauf, lachte und klatschte in die Hände. Er schüttelte Colum die Hand und küsste Kathryn auf beide Wangen, wobei er ihr versprach, ihr jeden Wunsch zu erfüllen.

»Was hat Euren Verdacht erregt?« Er trat zurück und ergriff ihre Hände. »Seht Euch nur an, das ruhige Gesicht einer Nonne, doch Augen und Verstand scharf wie ein Schwert. Ihr solltet vorsichtig sein, Colum.« Er drückte ihre Finger, ließ sie los und führte Kathryn wieder an den Kopf des Tisches. Sobald sie Platz genommen hatte, reichte er ihnen Wein.

»Sagt, Kathryn, woher rührte Euer Verdacht?«

»Eine Mutmaßung, nehme ich an.« Kathryn war verlegen und wünschte sich, sie wäre nicht rot geworden. Colum grinste sie an. Lord Henry setzte sich ihr gegenüber und strahlte, als könne er sein Glück noch immer nicht fassen.

»Ich werde es erklären.« Kathryn trank einen Schluck Wein, der süß und kühl schmeckte. »Mir war klar, dass der Brief Eurer Gemahlin nur von Euch stammen konnte, das habe ich bereits erklärt. Ich fragte mich auch, warum William Marshall ein so wertvolles Dokument durch Paris tragen sollte. Ich erkannte, dass sein rätselhaftes Verschwinden Euch ernsthaft verstörte. Marshall musste aufgebrochen sein, um eine wichtige Person zu treffen. Er sagte Euch, es handle sich um eine Frau, doch das war sein ganz persönlicher Scherz. Als ich Cavignac kennenlernte, fielen mir seine verschmierten Lippen auf, wie sorgfältig er sich die Nägel pflegte, doch ich war fasziniert von der Art, wie er mich musterte – nicht wie Ihr, Mylord. Er schien eher davon angetan, was ich trug. Eines Morgens hatte ich in meinem Zimmer das unbehagliche Gefühl, als habe jemand meine Sachen durchwühlt, aber es fehlte nichts. Ich glaube, es war Cavignac, der seine Neugier nicht zu zügeln vermochte; ein Diener hätte etwas gestohlen. Ich erhaschte auch zufällig einen Blick auf Cavignac und Sanglier in der Halle, an dem Nachmittag vor dem Bankett. Die Art, wie sie einander berührten, so wie Colum und ich, eine Geste unter Liebenden, die mir die Augen öffnete.«

Sie umschloss den Weinkelch mit beiden Händen. »Ich dachte über die drei Todesfälle nach – Marshall, der Prediger und Delacroix. Diese Opfer waren keine dummen Bauern, sondern selbst wachsame Mörder, an Verrat gewöhnt wie Fische ans Wasser.« Sie stellte den Weinkelch ab. »Alle drei starben jedoch von einem Augenblick auf den nächsten. Ich zog daraus den Schluss, dass es zwei Mörder gewesen sein mussten, die sie umgebracht hatten, besonders bei Delacroix. Das bedeutete, dass entweder Ihr, Mylord, und ein Mittäter, oder Sanglier und Cavignac die Täter waren. Sie haben einen Fehler gemacht. Cavignac führte ein geheimes Dasein, und dieses Leben hat er mitgebracht, wie ein Mann, der nicht ohne den Geschmack des Weines im Mund leben kann. Diese eine Schwäche ist es, die ihn zu schrecklichen Risiken zwingt, sei es, diese Kleider mitzunehmen oder in mein Zimmer einzudringen. Solche Risiken führen zu Fehlern, so hat Marshall es wahrscheinlich herausgefunden. Am Ende …«

»Was, Kathryn?«, fragte Colum.

»Vielleicht ist Monsieur Cavignac wie alle anderen«, erwiderte Kathryn matt. »Wir alle tragen unterschiedliche Masken. Wir können sie problemlos anlegen und wieder absetzen. Für Cavignac ist es schwieriger, er nimmt eine andersartige Rolle an. Er trägt seine Maske offener als andere.« Kathryn drückte den Weinkelch an die Wange. »Sein Rätsel zu lösen, war, als steckte man wahllos Schlüssel in Schlösser«, murmelte sie. »Ihr habt Euren Brief an Kardinal Bourchier gerichtet, Lord Henry. Damals war es eine Möglichkeit, Eure Schuld zu sühnen, später indes wart Ihr nicht zu stolz, ihn als Köder zu benutzen, so wie Ihr es mit Marshalls Tod gemacht habt. Der Notar Benedict, diese Schlange, würde dafür sorgen, dass die Franzosen alles über Eure Verlegenheit erfuhren.« Sie schob den Weinkelch von sich. »Eine Angelegenheit, die Ihr mit anderen Informationen ausschmücken würdet, wie zum Beispiel mit der über den Geheimcode. Als die Franzosen es nicht rundweg leugneten, vertiefte sich Euer Verdacht. Der Spinnenkönig mochte sich über die Wahrheit der Geschichte wundern, doch Sanglier war nicht in der Position, einen Kommentar abzugeben, und je weniger über das Verschwinden von Marshall gesagt wurde, desto besser. Euch war auch bewusst, dass Euer Spion nicht angeln ging – nicht im wörtlichen Sinne – sondern sich auf das große Spiel einließ. Sein Fehler war, Euch nicht in Kenntnis zu setzen, aber« – Kathryn zuckte mit den Schultern – »er wollte sichergehen. Marshall war ungestüm, jung, er wollte seine Herren beeindrucken. Er dachte, Cavignac, zutiefst verlegen, würde allein kommen ...«
»Marshall wusste nichts über Cavignacs illegales Verhältnis mit Sanglier?«, fragte Colum.
»Nein, und sie haben ihn zu zweit umgebracht, um ihr Geheimnis zu wahren«, fuhr Kathryn fort. »Nun mag es sein, dass Delacroix seine Kollegen verdächtigte, aber

mehr nicht. Sanglier und Cavignac waren eifrig darauf bedacht, über Marshalls Tod hinwegzugehen und ihren Wert in den Augen der königlichen Spinne zu erweisen, indem sie Lord Henry als verletzbar hinstellten. Sie kamen hier anstolziert wie Hähne im Hühnerhof, begierig, jede Gelegenheit zu nutzen. Als der Prediger ihren Weg kreuzte, wurde alles anders. Der Prediger, ein gerissener Fuchs, brachte Euch verblüffende Informationen über den Mord an Marshall. Er streifte durch das Dorf und lehrte die Menschen Gottesfurcht.«

»Warum?«, fragte Lord Henry. »Das habe ich ihn auch gefragt. Er antwortete, dass er seine Rolle genieße …«

»Unsinn!« Kathryn trank einen Schluck Wein. »Der Prediger war hinterhältig und hat beide Seiten gegeneinander ausgespielt. Auch er kannte alle Geschichten über Lady Marys Tod, war aber auch von den Giftmorden angetan. Er wollte wissen, ob es eine Verbindung zwischen dem Eintreffen der Franzosen und den Vergiftungen gab; das war nicht der Fall, wie er feststellte.«

»Und dann verlegte er sich darauf, Cavignac zu erpressen?«, fragte Colum.

»O ja«, stimmte Kathryn ihm zu. »Ich bin mir nicht ganz sicher, was genau geschah. Ich vermute, der Prediger hat eifrig sowohl für Euch als auch zu seinen eigenen Gunsten in Paris spioniert und ist über dieselbe vernichtende Entdeckung gestolpert, die Marshall über Cavignac gemacht hatte. Bedenkt, Lord Henry, Ihr hattet ihn insgeheim mit allen Einzelheiten über Marshalls Tod versorgt. Der Prediger machte also seine eigene Entdeckung und kehrte entzückt nach England zurück: Lord Henry würde ihn für seine Information über Marshalls Ermordung belohnen, doch zugleich würde er die wahre Identität des Predigers offenlegen müssen, sodass es keine Reisen nach Paris mehr für ihn geben würde.

Wie der ungerechte Verwalter im Evangelium muss der Prediger für die Zukunft vorsorgen. Er wendet sich mit gewissen Kenntnissen an den Vicomte. Natürlich erkennt der Prediger nicht die volle Wahrheit: Sanglier ist ebenso wütend wie verängstigt, nicht nur hinsichtlich des Predigers, sondern auch in Bezug auf den stets neugierigen Delacroix, an den sich der Prediger auch wenden könnte, also mussten die beiden Männer sterben.«

»Deshalb hat Sanglier weder übermäßig protestiert, noch den Beweis in Frage gestellt«, überlegte Colum laut. »Deine Geschichte, Kathryn, ist von bestechender Logik. Louis von Frankreich wäre fasziniert und würde es nie vergessen.«

»Sie sind nicht nur Mordgesellen, sie sind auch ein Liebespaar«, fügte Lord Henry hinzu, »eifrig darauf bedacht, sich gegenseitig zu schützen.«

»Und daher sehr ängstlich«, murmelte Kathryn.

»In England inhaftiert zu werden?«, fragte Lord Henry.

»Sanglier wird wieder in Frankreich sein«, erwiderte Kathryn, »bevor ihm klar wird, dass seine Inhaftierung in diesem Land, selbst seine Hinrichtung, der englischen Krone wenig nutzen würde: Sanglier und Cavignac würden einfach durch Geschöpfe ihresgleichen ersetzt.« Kathryn stand auf. Sie war müde und wollte allein sein. »Ich vermute, der Vicomte wird den königlichen Dienst quittieren.« Sie klopfte Colum auf die Schulter. »Doch solange er lebt, wird er Walmer nicht vergessen.«

Lord Henry blieb noch, um zu feiern. Colum, über alle Maßen stolz auf das, was Kathryn erreicht hatte, folgte ihr hinaus in den Hof, wo er sie umarmte und küsste. Er bat sie inständig, sich der Feier anzuschließen. Kathryn indes schützte Müdigkeit vor und kehrte in ihr Zimmer zurück.

Dort ruhte sie sich eine Weile aus und beobachtete, wie die Schatten länger wurden, je tiefer die Sonne sank. Ein

Diener brachte ihr etwas zu essen und einen Kelch Wein. Kathryn knabberte an den Wildbretstreifen, dann schob sie die Platte von sich. Sie rief sich Hawisa ins Gedächtnis, wie sie an der Friedhofsmauer gesessen hatte, den silbernen Knopf unter ihren Schätzen.
»Warum?«, flüsterte Kathryn. »Warum wurde ein so wertvoller Schatz übersehen?«
Sie dachte daran, wie diese drei Fremden niedergemetzelt und all ihrer Kleidung und Waffen entledigt worden waren, welche die Dorfbewohner unter sich aufgeteilt hatten. Woher also kam der Knopf? Kathryn ging an den Schreibtisch, zündete die Kerzen an, öffnete ihren Schreibranzen und nahm zwei Pergamentseiten heraus. Sie legte sie auf den Tisch, klappte das Tintenfass auf und spitzte die Schreibfeder an. Sie überhörte den Lärm von unten, während sie darüber nachdachte, was sie über die Giftmorde erfahren hatte.
Es wurde dunkel, als Kathryn ans Fenster trat und auf den Hof sah. Drei Diener hockten neben dem Springbrunnen. Einer hatte eine Flöte mitgebracht und spielte eine bittersüße Melodie, die Erinnerungen an halb vergessene Träume weckte. Kathryn dachte an ihren ersten Mann, Alexander Wyville. Er konnte sehr gut Flöte spielen. Ihr fiel ein, wie sie ihn zum letzten Mal gesehen hatte, das Gesicht blutverschmiert, den Bauch voller Ale, das Herz voller Wut, stand er mit geballten Fäusten über ihr, ehe er aufbrach, um sich den Truppen der Lancastrianer vor Canterbury anzuschließen. Auch er war nach den großen Siegen der Yorkisten zum Flüchtling geworden.
»Da hat alles angefangen.« Kathryn lehnte sich an die Wand neben dem Fenster. Die Männer, die in Walmer umgebracht worden waren, befanden sich auf der Flucht, zwei Bogenschützen, angeführt von einem Knappen. Offenbar waren sie nach Walmer gekommen, um

sich ein Boot für eine rasche und sichere Überfahrt ins Ausland zu sichern. Oder für etwas anderes? Warum hatte Hawisa den Knopf so nah an der Kirche gefunden? Kathryn ging an ihren Schreibtisch hinüber, setzte sich, tauchte die Feder in die Tinte und begann zu schreiben.

Item: *Drei Männer werden im Frühsommer des Jahres 1471 auf dem Friedhof von St. Swithun umgebracht, keiner weiß, wer sie waren oder warum sie nach Walmer kamen.*
Item: *Lady Mary stürzt im August 1471 an Gallows Point von den Klippen und ist tot.*
Item: *William Marshall verschwindet gegen Ende des Frühjahrs 1472 in Paris.*
Item: *Im September 1472 kritzelt jemand den Satz aus dem Buch Daniel auf den Boden der Kirche St. Swithun. Auch Pater Clement wird bedroht. Vom Prediger? Nein!*
Item: *Am Vorabend von St. Michaeli werden der Schmied und seine Frau vergiftet. Der Mann stirbt, weil jemand Gift in ein Wasserfass geschüttet hat, aus dem nur er trinkt. Wer hat das getan? Wie und wann? Seine verzweifelte Frau geht in die Küche und zapft das mysteriöse Fässchen Rotwein an, doch woher kam es? Wie ist es dem Mörder gelungen, dass die Frau zur gleichen Zeit stirbt wie ihr Mann? Warum war er, oder sie, sich so sicher, dass der Schmied und seine Frau an jenem besonderen Abend dem Tode bestimmt waren?*

Kathryn kaute am Ende ihrer Schreibfeder. Den Tod des Schmieds fand sie höchst rätselhaft. Kathryn fuhr fort zu schreiben.

Item: *Adam der Apotheker, ein mysteriöser Mann mit schwarzer Seele. Doch wie war der Mörder in sein Haus gekommen? Er oder sie könnte die Außentreppe hinauf-*

gegangen sein und das Schlafzimmer von Adams Mutter durchquert haben. Der Mörder hätte dann innen die Treppe hinuntergehen und Gift in den Lederkrug geben müssen. Doch wie war er oder sie unbemerkt ein- und ausgegangen? Und warum hatte er diesen speziellen Krug gewählt? Woher wusste der Mörder, dass Adam daraus trinken würde?

Kathryn schloss die Augen. Sie hatte in jenem Haus etwas Falsches gesehen, aber was? Sie schlug die Augen auf und griff nach der Schreibfeder.

Item: *Mother Croul? Wer hatte die Beerdigung verlassen, war zu der einsamen Kate geeilt, hatte die alte Frau umgebracht und war dann wieder zurückgekehrt, ohne aufzufallen? Und warum hatte er sie umgebracht? Sie gehörte zum Kreis der Dorfältesten, hielt jedoch von vielen ihrer Kollegen nicht viel.*
Item: *Simon der Totengräber, der wie eine Viper durch das hohe Gras schlich: der Spanner, der Tyrann, der Gefallen daran fand, junge Liebespaare auszuspionieren! Er war sehr vorsichtig mit dem, was er aß und trank. Er hatte seinen Weinschlauch in einer Schenke gefüllt; wie war es dem Mörder also gelungen, den vergifteten Wein anzubieten?*
Item: *Wer ist mir in die Kirche gefolgt, mit Pfeil und Bogen bewaffnet? Hawisa hat den Mörder gesehen, offensichtlich einen Mann, der aus der Kirche floh und über die Friedhofsmauer kletterte.*

Kathryn hielt inne und dachte über alles nach. Colum kam hinauf, voll des guten Weines, fröhlich und darauf bedacht, Kathryn noch einmal zu gratulieren. Sie hörte ihm zerstreut zu, lehnte aber sein Angebot ab, mit zu Lord Henry hinunterzugehen.

Er verließ das Zimmer, und Kathryn nahm ihre Gedankengänge wieder auf. Sie konzentrierte sich auf den Mord an Adam den Apotheker, und je länger sie darüber nachdachte, desto sicherer war sie, dass Adams Mutter log. Kathryn war so ungeduldig, die Wahrheit herauszubekommen, dass sie ihre Pantoffeln abschüttelte und ein Paar Stiefel anzog. Sie schnappte sich ihren Umhang vom Haken und ging hinunter ins Erkerzimmer, wo Lord Henry und Colum saßen, umgeben von einer Gruppe Gefolgsleute, und die Köpfe zusammensteckten wie zwei Jungen, die ein Glücksspiel spielten.

»O nein!« Colum schlug die Hände vors Gesicht.

»Ich muss nach Walmer.« Kathryn tippte mit der Stiefelspitze auf den Boden. »Und ich muss jetzt los!«

»Kathryn, du wirst bald ...« Die Worte erstarben Colum auf den Lippen. Kathryns Gesicht war ernst, ihr Blick wild entschlossen.

»Ich könnte mir nichts Schöneres vorstellen«, stöhnte er, »als einen Spaziergang.«

Lord Henry bot an, mitzukommen, doch Kathryn lehnte das Angebot dankend ab.

Kurz darauf verließ sie mit Colum das Gutshaus und ging den Pfad hinunter ins Dorf.

»Du sollst mir helfen«, zischte Kathryn und stützte Colum ab, der weinselig stolperte und schwankte. Er blieb stehen, packte sie, zog sie zu sich heran und blickte in den Himmel.

»Spürst du die kühle Brise, Kathryn?«, flüsterte er. »Sieh mal, der Himmel ist klar, wir könnten uns ins hohe Gras legen.«

»Ich ziehe mein Bett vor«, konterte Kathryn.

Seufzend ließ Colum sie los. Sie legte einen entschlossenen Schritt vor. Als sie das Dorf erreichten, war Colum klarer im Kopf, die nächtlichen Geräusche und die zunehmende Kälte hatten ihn ernüchtert. Die High Street

lag verlassen da, bis auf den einen oder anderen Dorfbewohner, der nach Hause eilte, oder eine Tür, die geöffnet wurde, um einen Hund hinauszulassen oder eine Laterne an den Türpfosten zu hängen.
Sie kamen an das Haus des Apothekers. Kathryn erblickte einen Lichtschimmer durch das Fenster und ging vor Colum die Außentreppe hinauf. Sie klopfte an die Tür.
»Herein!«, kreischte Mistress Mathilda.
Kathryn stieß die Tür auf. Eine junge Frau aus dem Dorf säuberte die Töpfe vom Abendessen.
»Du kannst jetzt gehen.« Die Alte funkelte sie an. »Sag deiner Mutter, der Eintopf soll das nächste Mal wärmer sein.«
Das Mädchen warf Kathryn einen Blick zu, verdrehte die Augen und ging in die Küche hinunter.
Das Zimmer war gereinigt worden und roch besser, die Kleider hingen auf Haken, die Truhen und Kisten waren geschlossen. Die Leinentücher auf dem Bett waren gestärkt, wenn auch hier und da von frischen Eintopfflecken gezeichnet. Auf der anderen Seite des Bettes schimmerte eine dicke Talgkerze unter ihrer Zinnabdeckung. Auf die Truhe am Fuß des Bettes hatte man eine Laterne gestellt, eine weitere direkt neben die Tür, die ins Zimmer des Apothekers führte.
»So nehmt doch Platz.« Mathilda zeigte auf den Schemel neben ihrem Bett. »Habt Ihr mir Bonbons mitgebracht?« Sie verdrehte die kleinen schwarzen Augen und zog den Schal enger um sich. »Ganz Walmer spricht über Euch.« Sie zeigte auf Colum. »Und gebt Acht, wohin Ihr Eure großen Stiefel setzt. Unter dem Bett steht ein Nachttopf.«
Colum verschränkte die Arme und funkelte sie an. »Mir ist einerlei, was mein Sohn getan hat«, fuhr Mathilda sie an. »Ihr hättet mir etwas Süßes mitbringen können.«
Kathryn öffnete ihren Geldbeutel. Mathilda bewegte

sich rasch, sie fuhr ihre Klauenfinger aus und riss Kathryn die Münze aus der Hand.
»Davon könnt Ihr Euch etwas Schönes kaufen«, verkündete Kathryn liebenswert und versuchte, ihre Wut zu beherrschen. »Und ich werde Euch noch eine schenken, wenn Ihr mir die Wahrheit sagt.« Ihr Lächeln verschwand. »Und wenn nicht, werde ich Euch ins Gutshaus zur Vernehmung bringen lassen.«
Mathilda ließ den Kopf hängen. »Ich habe die Wahrheit gesagt«, jammerte sie, »ich bin nur eine alte Frau.«
»Ihr seid eine Lügnerin«, erwiderte Kathryn barsch. »Ihr habt das Leben Eures verstorbenen Sohnes ruiniert.«
»Was wollt Ihr damit sagen?«
»Er konnte Eure Nörgelei nicht ertragen, deshalb hat er Euch jeden Abend einen Trank verabreicht. Was war es? Buttermilch oder Ale? Mit einem Schlafmittel! Ihr seid nie früh am Morgen aufgewacht, sondern habt lange und tief geschlafen, sodass Euer Sohn ein wenig Ruhe hatte. Der König und seine Armee hätten hier durchmarschieren können, ohne dass Ihr etwas davon mitbekommen hättet!«
»Ich würde kein Pulver von ihm einnehmen. Ach, übrigens, Euer Ire ist eingeschlafen.« Colum schreckte auf.
»Vielleicht habt Ihr ihm Pulver verabreicht, Mistress?« Kathryn war im Begriff, aufzubrechen. »Die Wahrheit ist«, fuhr Mathilda hastig fort, »dass mein Sohn mir Pulver gegeben hat. Zuerst habe ich mich geweigert, doch das hat mir auch Ruhe verschafft. Ich konnte schlafen und träumen.«
»Und Ihr wisst, was passiert ist?« Kathryn versuchte, auf den Punkt zu kommen. »An dem Morgen, an dem Euer Sohn umgebracht wurde, kam jemand die Außentreppe herauf, ging durch Euer Schlafzimmer und hinunter in die Küche, wo er das Gift in den Lederkrug schüttete.« Kathryn zog eine zweite Münze aus ihrem Geldbeutel.

»Und jetzt, Mistress Mathilda, sagt Ihr mir, woher der Mörder wusste, welchen Krug er wählen sollte.« Die Alte begann zu schluchzen, die Hände vor dem Gesicht, die Schultern zuckten; Kathryn sah, dass ihre Tränen nicht echt waren. »Es tut Euch nicht leid, dass Euer Sohn gestorben ist.« Kathryn zog eine Hand der Alten von ihrem Gesicht. »Jetzt habt Ihr dieses Haus und das Vermögen, das er angesammelt hat. Ihr könnt Leute einstellen, die hierher kommen und sich um Euch kümmern, wie um eine vornehme Dame. Ihr trauert eigentlich nicht um Euren Sohn; er betrachtete Euch als lästig, während Ihr nicht viel besser über ihn dachtet.«
»Er war ein Mörder und ein Dieb«, kreischte Mathilda. »Er spielte den Trauernden, aber er hat diesen Drachen von Frau umgebracht.«
»Und der Lederkrug?«, fragte Colum. Anfangs war er wütend gewesen, als Kathryn ihn bat, sie zu begleiten, doch nun war er neugierig. Colum zog den Dolch und legte ihn auf das Bett. »Was ist mit dem Krug?«, wiederholte er.
»Der Krug ist nicht wie die anderen«, gestand Mathilda eilig, sich des bedrohlichen Dolches wohl bewusst. »Sein Onkel, mein Schwager, war einer der Strandräuber.«
»Ah!« Kathryn schloss die Augen und kratzte sich die Stirn. »Ich weiß, was Ihr sagen wollt, Mistress. An dem Morgen, als ich hier war, fiel mir auf, dass der Krug ungewöhnlich schwer in meiner Hand lag.«
»In Wirklichkeit ist es ein silberner Krug«, sagte Mathilda mit einfältigem Lächeln, »der in einer Lederhülle verborgen ist. Sein Onkel hat ihn von einem der Schiffe mitgenommen. Lord Henry verlangte, dass alle diese Schätze auf Gedeih und Verderb zurückzugeben seien, doch Adam wollte sich nicht davon trennen.«
»Daher hat er ihn in einer Lederhülle versteckt«, vollendete Kathryn den Satz. »Ja, das dürfte Eurem Sohn diebi-

sche Freude bereitet haben, aus einem solchen Krug zu trinken. Doch der Mörder wusste es auch. Sagt, wie viele Menschen wussten über diesen Krug Bescheid?«
Die alte Frau war im Begriff, den Kopf zu schütteln, doch Colums Hand schob sich auf ihren Unterarm und drückte ihn sanft nach unten.
»Adam hat immer damit angegeben. Eine Reihe von Leuten wusste davon. Ich vermute, er hat es den einen, ich den anderen erzählt – eins dieser Dorfgeheimnisse. In vielen Häusern in Walmer liegt noch Beute aus den Schiffen verborgen.«
Kathryn erhob sich und trat an die innere Tür. Sie ging die schlecht beleuchtete Treppe hinunter. Seit ihrem letzten Besuch schien sich nichts verändert zu haben. Es roch frischer, die Küche war gewischt und geschrubbt worden, während die Lederkrüge noch immer an ihren Haken hingen.
Kathryn entdeckte bald, dass der wertvolle Krug verschwunden war – entweder vom Mörder gestohlen, schloss sie daraus, oder von einem Dorfbewohner, der Adams Geheimnis kannte. Sie ging wieder ins Schlafzimmer zurück.
»Ich glaube nicht, dass ich je einen Iren in meinem Schlafzimmer hatte«, fauchte Mathilda.
»Wenn es mir nach ginge«, murmelte Colum, »wäre ich auch der Letzte!«
»Was wollt Ihr damit sagen?«
Kathryn schaltete sich taktvoll ein; sie gab der alten Frau die zweite Münze, verabschiedete sich und schob Colum förmlich zur Tür hinaus.
»Du hättest sie noch genauer befragen sollen«, sagte Colum mürrisch, als sie unten an der Treppe ankamen. Kathryn sah die Straße entlang, abgelenkt von den Katzen, die sich auf einem Misthaufen balgten. Irgendwo schrie ein Kind, ein Mann schimpfte, und der Wind trug

das melodiöse Zupfen einer Harfe durch die Nachtluft. Es war dunkel geworden, das einzige Licht war der Schimmer einer Kerze oder die tanzende Flamme einer Laterne in einem Fenster.

»Und?«, fragte Colum.

»Die alte Frau konnte uns nicht mehr erzählen. Wie auch? Am Morgen, als ihr Sohn umgebracht wurde, hat sie fest geschlafen. Der Mörder wusste das, durchquerte ihr Schlafzimmer, ging hinunter, schüttete das Gift in den Krug und kam zurück. Oh, im Übrigen ist der Krug jetzt nicht mehr da, doch von dem Wenigen, was ich über diese Dorfbewohner weiß, bin ich mir sicher, dass Mistress Mathilda zahlreiche Besucher mit gierigen Augen und nervösen Fingern hatte. Komm, mein ruhmreicher Ire.«

Sie hakte sich bei ihm unter und ging durch die High Street zurück. Als sie am hell erleuchteten Blauen Eber vorbeikamen, stolperte ihnen der Constabler entgegen. Er hob die Laterne, starrte sie mit glasigen Augen an und taumelte auf das einladende Licht der Schenke zu, kaum hörbar vor sich hin murmelnd.

Kathryn und Colum kamen wieder zum Gutshaus. Unterwegs hatte eine beißend kalte Brise vom Meer den Weg erschwert. Colum sah nach Lord Henry, während Kathryn in ihr Zimmer ging. Was sie von Mathilda erfahren hatte, war wichtig. Kathryn stellte eine Liste zusammen, auf der alle Dorfältesten genannt waren, und begann an den Fäden zu ziehen, die diese Menschen miteinander verbanden. Sie berührte einen Knopf an ihrem Kleid und erinnerte sich, was sie von Hawisa bekommen hatte. Sie legte die Schreibfeder zur Seite.

»Sie wurden nicht auf dem Friedhof umgebracht!«

Kathryn schloss die Augen. Sie rief sich die Warnung ins Gedächtnis, die vorn in die Kirche gekritzelt worden war. Der Friedhof draußen, die grauen Grabsteine und die Armengräber mit den einsamen Kreuzen. Im Geiste ging sie in die Krypta hinunter. Colum kam herein und brachte etwas zu essen mit, aufgeschnittenen Schweinebraten, in einer Marinade knusprig gebraten, Brot und Käse und einen Krug Ale. Er blinzelte über Kathryns Schulter auf die Liste von Namen, die sie in Kreisform aufgeschrieben hatte. In der Mitte befanden sich drei Kreuze.

»Vergiss es.« Er beugte sich zu ihr herunter und küsste ihr Haar. »Iss etwas, ruh dich aus und komm mit ins Bett, Liebste.«

»Gleich«, murmelte Kathryn.

Colum streifte seine Stiefel ab und legte sich auf das Bett. Er stützte sich auf den Ellenbogen. Kathryn hatte ihre Mahlzeit nicht angerührt, sondern saß reglos da, die Schultern leicht nach vorn geneigt, als würde sie beten. Colum stöhnte laut und legte sich zurück. Kathryn war jetzt in ihrer eigenen Welt, verstrickt in ein Problem, entschlossen, sich hindurchzuschlängeln und das Rätsel zu lösen. Er starrte hoch in die Dunkelheit. Kathryn war blass und abgelenkt. Colum fragte sich, was wohl in der Kirche geschehen sein mochte. Sollte er sie jetzt fragen oder lieber abwarten?

Er wurde wach und fror. Die Stundenkerze war über den zwölften Ring heruntergebrannt und hatte schon fast den nächsten erreicht. Kathryn saß noch immer am Schreibtisch, doch am Krug auf dem Boden neben ihr sah er, dass sie offensichtlich gegessen und getrunken hatte. Er rollte sich in die Tagesdecke, und noch ehe er sich dessen bewusst war, schlief er bereits wieder. Kathryn rüttelte ihn wach.

»Wie spät ist es?« Er spähte zu ihr auf.

»Die Stunde der Gerechtigkeit ist da, Ire!«, spottete sie. »Willst du die Tagesdecke für dich allein behalten?« Colum gab sie frei, Kathryn legte sich neben ihn und kuschelte ihren Kopf in seine Armbeuge.

»Was ist los?«, flüsterte er.

»Ich bin müde«, antwortete sie verschlafen. »Es ist noch dunkel, lass uns bis zum Morgengrauen warten.«

Als Colum einige Stunden später aufwachte, hatte Kathryn sich bereits gewaschen und umgezogen. Immer noch ein wenig blass, war sie ansonsten startklar für den Tag. Sie saß an ihrem Schreibtisch und betrachtete die eigenartige Verschlüsselung, die sie stets verwendete. Colum rollte sich aus dem Bett und ging ins Ankleidezimmer. Als er zurückkam, saß Kathryn auf dem Bett.

»Komm her, Ire.« Lässig ließ er sich neben ihr nieder und vergrub sein Gesicht an ihrem Hals, doch Kathryn wich zurück und ergriff seine Hand.

»Hör zu.« Sie krallte sich fest. »Ich möchte, dass sich Lord Henry und die Dorfältesten in seinem Erkerzimmer treffen. Das Mädchen Hawisa ebenfalls. Nein, Lord Henry weiß, wer sie ist – doch, sie muss dabei sein.«

»Du wirst den Mörder stellen?«

»Ich weiß es nicht«, erwiderte Kathryn. »Doch noch ehe die Sonne im Zenit steht, werden wir uns zumindest der Wahrheit stellen.«

Es war Mittag, ehe Lord Henry alle im Erkerzimmer versammeln konnte. Pater Clement und Amabilia waren die Ersten, der Pfarrer wirkte noch immer bleich und hatte das Blutbuch der Gemeinde in einem Lederranzen über der Schulter hängen. Er trug eine dunkelbraune Soutane und erinnerte Kathryn an einen Franziskanerpriester. Amabilia war in Schwarz gekleidet mit einer weißen Haube, weil, wie sie Kathryn leise gestand, während sie ihren Platz einnahm, »so viele Tote Trauer fordern«.

Benedict und Ursula, seine Frau, kamen ebenfalls im Sonntagsstaat, der Notar trug sogar ein schwarzes Käppchen. Sein zerfurchtes Gesicht wirkte zutiefst verängstigt. Er fuhr sich immer wieder mit der Zunge über die

Lippen und fingerte an der Silberkette um seinen Hals, während Ursula nicht nahe genug an ihn heranrücken konnte. Sie saßen am Tisch wie zwei Übeltäter vor den Schranken des Gerichts.

Hawisa traf ein; sie trug ein dunkelgrünes Kleid und hatte das weiße Haar ordentlich auf die Schultern gekämmt. Auf dem Kopf hatte sie einen Kranz aus Wildblumen, und der Korb, den sie bei sich hatte, war halb mit wilden Kräutern gefüllt. Kathryn fragte, wo sie die gepflückt habe. Hawisa, die abseits der anderen saß, antwortete flüsternd, und Kathryn lächelte. Sie klopfte der jungen Frau auf die Schulter.

»Geht es dir gut hier?«

»Wenn Ihr hier bleibt, ja. Was für ein schönes Zimmer!« Hawisa sah sich träumerisch um. Sie bat Kathryn, ihr einen in rot und grün gehaltenen Wandbehang zu erklären, der den Fall von Troja darstellte.

Roger der Arzt und der Constabler kamen geschäftig herein. Beide hatten sich in aller Eile zurechtgemacht, doch ihre Hände zeigten noch Farbreste, da sie in der Kirche ihrer Malerei nachgegangen waren.

Colum schloss die Tür und lehnte sich dagegen. Lord Henry setzte sich an das eine Ende des Tisches, Kathryn an das andere. Ein Diener klopfte und trat ein. Er reichte Krüge mit Ale und kleine silberne Schalen mit Obst und Käse für Lord Henry und seine Gäste.

Kaum hatte der Diener den Raum verlassen, als zwei bewaffnete Gefolgsleute Lord Henrys hereinkamen und sich hinter ihren Herrn stellten, der sich nun ganz als der Gutsherr gebärdete. Lord Henry war noch immer hocherfreut über die Niederlage der Franzosen und hatte bis spät in die Nacht hinein gefeiert. Gleichwohl hatte er sich gewaschen und rasiert und kostbare Kleidung in Rot und Gold sowie die silberne Halskette eines Richters angelegt.

»Warum sind wir hier?«, fragte der Arzt und trommelte mit seinen dünnen Fingern auf die Tischplatte.
»Weil ich es Euch befohlen habe!«, erwiderte Lord Henry. »Ich bin der Richter des Königs in dieser Gegend.«
»Ist das hier ein Gericht?«, fragte Benedict der Notar.
»Wenn ich es so will«, antwortete Lord Henry. »Ich bin der Richter, und Mistress Kathryn wird den Fall vortragen.«
Der Constabler, nüchterner, als Kathryn ihn bisher erlebt hatte, bedachte Hawisa quer über den Tisch mit wütenden Blicken. Sie war mit ihrem Essen beschäftigt, hielt jedoch ab und zu inne und summte leise vor sich hin.
»Sie ist mein Gast«, warnte Kathryn.
Der Constabler gab einen rüden Laut von sich. Er hob den Krug vor das Gesicht und schluckte wie ein Hund.
»Die meisten von Euch«, hob Kathryn leise an, »die meisten von Euch sind des Mordes schuldig.« Kathryn hatte ihre Worte zeitlich absichtlich so gelegt, dass der Constabler sich an seinem Ale verschluckte.
Der Arzt erhob sich halb von seinem Stuhl. Lord Henry zog den Dolch und schlug mit dem Griff auf den Tisch, um Ruhe bittend.
»Im Frühsommer des Jahres 1471«, fuhr Kathryn fort, »trug der König zwei Schlachten aus, eine bei Barnet nördlich von London, die andere bei Tewkesbury im Westen. Die Lancastrianer erlitten eine schmähliche Niederlage, und die Straßen und Wege waren voll flüchtender Männer, die um ihr Leben liefen. Viele hatten nichts zu befürchten, da die Krone nur die Anführer inhaftieren ließ. Drei Getreue des Hauses Lancaster nun flohen nach Walmer, ein junger Knappe und zwei Bogenschützen ...«
»Rebellen und Verräter«, unterbrach der Notar sie.
»Über Verräter werde ich noch mit Euch sprechen«, konterte Lord Henry.
Der Notar lehnte sich verwirrt auf seinem Stuhl zurück.

Ursula, die vor Angst zitterte, klammerte sich an ihren Mann. Diese Frau wusste, was Kathryn sagen würde.
»Es waren Engländer«, erklärte Kathryn. »Sie flohen nicht nach Walmer, um ein Boot zu besteigen, sie kamen, weil sie in St. Swithun um Asyl bitten wollten. Nun ist es seit alters her in diesem Königreich Gesetz, dass jeder Mann und jede Frau, was immer sie verbrochen haben, die Heilige Mutter Kirche um Asyl und Schutz ersuchen dürfen. Wie viele von Euch waren dabei, als diese drei Armen starben?«
Bis auf den Pfarrer, Amabilia und Hawisa hob der Rest zögernd die Hand. »Ihr habt überall erzählt«, fuhr Kathryn fort, »sie seien auf dem Friedhof gefangen und umgebracht worden, doch das ist eine Lüge! Sie hatten die Kirche erreicht. Schon möglich, dass sie das Heiligtum sogar betreten hatten. Ihr, Master Constabler, und der Rest habt sie herausgezerrt.« Sie öffnete die Tasche und legte den kleinen Silberknopf, den Hawisa ihr gegeben hatte, auf den Tisch. »Dieser Knopf wurde auf den Stufen vor der Kirche gefunden, nicht wahr, Hawisa?« Die junge Frau nickte lächelnd.
»Aber Ihr habt uns gesagt ...« Pater Clement sprang auf, Flecken der Wut im Gesicht. Er drohte dem Constabler mit der Faust. »Ihr habt uns gesagt, sie seien vor dem Friedhofstor umgebracht worden.«
»Die Totschläger haben ein Sakrileg begangen und zudem drei Menschen ermordet«, fuhr Kathryn fort. »Jeder, der dabei war, ist eines gemeinen Verbrechens schuldig. Ihr habt den jungen Knappen herausgezerrt, und bei diesem Handgemenge riss einer seiner Knöpfe ab und landete in einer Ritze auf der Kirchentreppe. Dann habt ihr sie auf den Friedhof getrieben ...«
»Sie waren unbewaffnet!« Amabilia, leichenblass, breitete die Hände aus und sah flehentlich in die Runde. »Sie müssen unbewaffnet gewesen sein!«

»Das ist richtig«, stimmte Kathryn ihr zu. »Männer, die um Asyl bitten, müssen ihre Waffen vor dem Kirchenportal ablegen.«
Der Pfarrer und seine Schwester waren vor Entsetzen sprachlos. Amabilia begann zu weinen, ein wahrhaft herzzerreißender Anblick, die Tränen rannen ihr über das Gesicht, obwohl kein Laut über ihre Lippen kam.
»Stimmt das?«, fragte Lord Henry.
»Ihr habt sie herausgezogen«, wiederholte Kathryn, »Ihr habt alle drei totgeschlagen, unbewaffnete Männer, die unter dem Schutz der Heiligen Mutter Kirche standen.«
Der Constabler war im Begriff, zu protestieren, doch Kathryn hob den Silberknopf.
»Ihr habt die Leichen entkleidet. Ihr habt ihnen die gesamte Habe abgenommen und untereinander aufgeteilt, wie Soldaten es mit Kriegsbeute zu tun pflegen. So etwas wie das hier hättet Ihr nicht mit Absicht übersehen. Pater Clement und seine Schwester waren an jenem Tag unterwegs. Als sie zurückkehrten, war Eure mörderische Wut abgeklungen. Ihr hattet die Kirche gesäubert, und aus der offiziellen Version der Geschichte wurde Wahrheit; drei Verräter, Lancastrianer, die vor der königlichen Gerechtigkeit flohen, hatten sich nicht ergeben wollen, sodass man sie umgebracht hatte. Ihr habt ihre Leichen am Marktkreuz öffentlich zur Schau gestellt, bis Lord Henry eine anständige Beisetzung anordnete. Inzwischen wart Ihr, Pater Clement, und Amabilia zurückgekehrt, die drei Unglücklichen wurden in Leichentücher gehüllt und begraben. Eure Dorfältesten tischten Euch ein kunterbuntes Allerlei an Lügen auf, sodass Euch nichts anderes übrig blieb, als die Gräber zu segnen. Ihr müsst erschrocken und verzweifelt gewesen sein, doch Ihr habt es gut versteckt.«
»Das hat er nicht!« Der Constabler wackelte mit dem Zeigefinger. »Wisst Ihr noch?« Er blickte in die Runde,

die Augen traten ihm fast aus dem roten Gesicht. »Er und Amabilia bekamen eine merkwürdige Krankheit. Sie waren mindestens eine Woche lang in ihrem Haus eingeschlossen.«
»Stimmt«, fügte der Arzt hinzu. »Im Dorf ging eine Krankheit um, deshalb habe ich nicht weiter darüber nachgedacht.«
»Wer war dieser Knappe, Pater?«, fragte Kathryn leise. »Ein Bruder – oder ein Sohn?«
Der Pfarrer sah sie aus traurigen Augen an, ohne die Bestürzung wahrzunehmen, die Kathryns Frage ausgelöst hatte. Amabilia hielt den Kopf gesenkt.
»Sollen wir auf den Gottesacker gehen?«, beharrte Kathryn. »Soll ich Lord Henrys Diener bitten, die Gräber auszuheben? Werdet Ihr erklären, warum wir nur die Überreste von zwei Männern in ihren Leichentüchern vorfinden werden?«
Lord Henry starrte Kathryn fassungslos an. Selbst die Gefolgsleute hinter ihm hatten vergessen, warum sie dort waren, und sahen den Pfarrer verwirrt an.
»Nun, sollen wir?«, hakte Kathryn noch einmal nach. »Und sollen wir dann in die Krypta hinuntergehen und den Sarkophag von Lady Mary öffnen? Wenn wir das machen, werden wir zwei Leichen finden, die einer jungen Frau, die vor ihrer Zeit starb, und einen schönen Sarg aus Eibe oder Walnuss, der die Überreste jenes glücklosen Knappen enthält.«
»Stimmt das?« Lord Henry richtete seinen Dolch aus. »Enthält das Grab meiner Gemahlin zwei Särge?« Pater Clement indes schien seinen eigenen Gedanken nachzuhängen und lächelte still vor sich hin, als würde er sich über einen Scherz freuen, obwohl er immer wieder einen wütenden Blick auf den Constabler warf. Amabilia neben ihm verhielt sich wie eine Nonne, die Hände gefaltet, den Kopf gesenkt.

»Seid Ihr glücklich, Pater, dass Ihr für Euren Sohn Gerechtigkeit ausgeübt habt? Ja, ich werde ihn Euren Sohn nennen, bis Ihr mich korrigiert. Pater, wir haben alle Beweise, die wir brauchen. Der Armenteil des Friedhofs würde bestimmt beweisen, was ich gesagt habe. Für Euch und Amabilia wäre es ein Leichtes, die Leiche in der Nacht zu verlegen, einen Sarg anzufertigen, die Steinplatten in der Krypta aufzustemmen und den Sarg hinabzulassen. Ihr veranstaltet Euren eigenen Trauergottesdienst, ein Requiem mitten in der Nacht bei brennenden Kerzen. Ihr lest die Messe für den Toten, und Amabilia ist Euer Messdiener. Niemand würde es jemals erfahren. Ihr habt den jungen Mann geliebt. Eure Kirche ist angefüllt mit Gemälden und Schnitzwerk, die Josef und Maria mit Jesus als Kind oder Junge darstellen. Ähnliche Themen über die Jugend habt Ihr aus dem Alten Testament entnommen. Ihr wusstet, dass Lady Mary edle Hölzer liebte. Auf der Seite ihres Sarkophags habt Ihr verschiedene Bäume eingemeißelt, doch darunter ist stets eine Mutter mit Kind, ähnlich wie auf den Gemälden in der Kirche. Sie sind ein Geheimnis, ein stiller Tribut an den Sohn und die Frau, die Ihr geliebt habt.«

»Aber der Pfarrer kennt sich nicht mit Gift aus«, erklärte der Arzt.

»Das hat er Euch glauben lassen. Pater Clement und seine sogenannte Schwester sind tiefe Wasser. Lest Euren Chaucer, Arzt: ›Die Kapuze macht noch nicht den Mönch.‹ In diesem Fall macht die Soutane noch keinen Pater. Pater Clement und Amabilia haben sehr viel Erfahrung. Ihre Kirche und der Friedhof sind umgeben von Feldern, auf denen man Kräuter pflücken kann. Irgendwo in den Kellern dieses Pfarrhauses werden wir getrocknete Kräuter, giftigen Efeu, zerdrückte Vogelbeeren, Giftpilze, Schierling und vielleicht Gläser mit tödlichen Pulvern finden, rotes und weißes Arsen, ganz zu schweigen von dem Pulver, das innerhalb weniger Herzschläge tötet und durchdringend nach bitteren Mandeln riecht.«

»Was sagt Ihr dazu?«, fragte Lord Henry den Pfarrer.

»Streckt Eure Hände vor, Pater«, forderte Kathryn.

Clement verzog das Gesicht, streckte aber beide Hände über den Tisch.

»Ihr arbeitet mit Stein, Pater. Ich habe die Hände von Steinmetzen gesehen, rissig und zerschunden. Oft verheilen Wunden nur schlecht, doch seht Euch die Narben an Euren Händen an. Master Roger?«

Der Arzt beugte sich über den Tisch. »Fast nichts zu sehen«, murmelte er. »Daran habe ich nie gedacht.«

»Oder Eure Zähne«, fuhr Kathryn fort, »oder Eure Gesichtshaut. Euer Atem, und der von Amabilia ist frisch, weil Ihr wisst, wie wichtig es ist, Fenchel und Minze zu kauen. Ihr hättet einen guten Bader abgegeben. Mir fielen die Grabsteine auf Eurem Friedhof auf. Moos und Flechten wurden abgekratzt, während ich neben der Tür zu einem Nebengebäude einen Eimer mit sehr alter Milch fand.«

»Natürlich!«, schaltete der Arzt sich ein. »Ich habe von diesem Wundheilmittel gehört. Milch, die lange abgestanden ist, setzt an der Seite des Glases ein Pulver ab. Ja, ja«, fuhr er aufgeregt fort, »vermischt man das mit trockenem Moos, so heißt es, kann man sogar einen entzündeten Hals heilen, die Lunge von übermäßigem Schleim befreien; schmutzige Wunden werden sauber, und die Haut verheilt schnell.«

»Ihr behauptet, Ihr hättet Gelenkschmerzen«, erklärte Kathryn. »Das glaube ich nicht, ein Vorwand, um Mathilda nicht zu besuchen. Ganz bestimmt habt Ihr ihren Sohn Adam nicht aufgesucht, obwohl Ihr es behauptet habt. Sein Hauptbuch indes enthielt keinen Eintrag über

Euch oder Eure sogenannte Schwester. Ihr hattet keinen Grund, denn Ihr habt Euch selbst verarztet.«

»Ich wünschte, ich hätte Euch umgebracht«, brach es aus dem Pfarrer heraus. Er legte die Hände wie zum Gebet zusammen. »Ich wünschte, ich hätte Euch alle getötet, die Dorfältesten und andere aus dem Dorf. Seht mich an und verzweifelt; ich bin der Zorn Gottes.«

»Gezählt hat Gott die Tage deiner Herrschaft und macht ihr ein Ende, gewogen wurdest du auf der Waage und zu leicht befunden«, murmelte Kathryn.

»Das war ich«, sagte der Pfarrer gelassen, als spräche er mit sich selbst. »Ich habe diesem Haufen von Übeltätern jahrelang gedient. Ich habe ihre Kinder getauft; ich bin mitten in der Nacht hinausgegangen, um ihre Sterbenden mit heiligen Ölen zu salben. Ich habe die Messe für sie gesungen. Ich habe gepredigt; ich habe im Beichtstuhl gesessen; ich habe mir ihre hässlichen Sünden angehört. Ich habe ihnen gedient, aber sie haben meinen Sohn getötet.«

Der Schreck über das plötzliche, gezielte Geständnis des Pfarrers hatte seinen Gemeindemitgliedern anscheinend den Atem geraubt.

»Wie ich sehe, habt Ihr das Blutbuch der Gemeinde mitgebracht, worum ich Euch gebeten hatte«, stellte Kathryn fest. Sie erhob sich, ging am Tisch entlang, hob den Lederranzen auf und nahm ihn mit an ihren Platz. Weder Pater Clement noch Amabilia regten sich. Kathryn nahm das in Leder gebundene Buch mit den dicken Seiten heraus und schlug es auf.

»Ihr habt die Worte auf den Boden der Kirche gekritzelt, nicht wahr? Es war eine Warnung vor dem, was kommen würde. Der an Eure Tür geheftete Brief war nur ein Ablenkungsmanöver. Ihr habt ihn geschrieben, um den Verdacht zu zerstreuen.«

Pater Clement unterbrach sie. »Ich kam wie ein Dieb in

der Nacht, sie kannten weder Tag noch Stunde! Die Rache Gottes kam über sie.«

»Der Schmied und seine Frau waren die Ersten?«, fragte Kathryn.

»Mörder!«, höhnte Pater Clement. »Elias war immer schon ein Mörder, ich wusste, er war der Anführer.« Er warf einen Blick über den Tisch hinweg auf Lord Henry. »Elias und seine glutäugige Frau mit ihren vollen Lippen und den saftigen Brüsten, was, Lord Henry?« Der Gutsherr antwortete nicht.

»Ihr habt ihnen ein Fässchen Wein geschickt«, warf Kathryn dem Pfarrer vor. »Ihr wusstet, der achtundzwanzigste September war ihr Hochzeitstag. Ihr wusstet, sie würden feiern. Deshalb habt Ihr ein Fässchen Wein gekauft, ihn vergiftet und als anonymes Geschenk auf der Treppe hinterlassen. Elias und seine Frau waren habgierig, sie würden es als Geschenk betrachten, das nicht zu hinterfragen oder zu erwähnen war. Schließlich wird Schmuggel in dieser Gegend missbilligt. Sie zapften das Fässchen an, um zu feiern, weshalb sie nicht an der Sitzung der Dorfältesten teilnahmen. Ihr seid Pfarrer, Pater Clement, Ihr kennt alle Daten, das tägliche Allerlei des Dorfes, die persönlichen Angewohnheiten eines jeden Eurer Schäfchen. Amabilia würde es nicht schwer fallen, über den Hof der Schmiede zu schleichen und das Giftpulver in Elias' berühmtes Wasserfass zu schütten. Leute gingen ein und aus – wer würde es bemerken, wer würde sich erinnern? Wie lange dauert es, während es draußen dunkel wird und sich im Hof der Schmiede die Menschen drängen, bis eine Frau Pulver in ein Wasserfass schüttet?«

»Aber die Sitzung der Dorfältesten ...«, meldete der Arzt sich zu Wort. »Pater Clement war die ganze Zeit dabei.«

»Amabilia nicht«, verkündete der Notar, der sich jetzt auch an der Hatz beteiligen wollte. »Wisst Ihr nicht mehr,

sie ging immer aus und ein und brachte dem Pfarrer etwas zu essen oder Wein und eine Mahlzeit für uns?«
»Adam der Apotheker war der Nächste«, bemerkte Kathryn. »Ein schlechter Mann, der im Schutze der Dunkelheit Pulver und Zaubertränke verkaufte. Er genoss die daraus resultierende Macht und den Wohlstand – ein Mann, der ohne Zweifel seine eigene Frau umgebracht hat.«
Kathryn tippte auf das Blutbuch. »Pater Clement kannte den Jahrestag, an dem die Frau des Apothekers gestorben war. Ihr hieltet es für ausgleichende Gerechtigkeit, dass er am selben Datum starb wie sein Opfer. An jenem Morgen gelang es Euch, ihn für Eure Zwecke einzuspannen und die beiden Leichen ins Gutshaus zu bringen. Dann wurden sie zurückgebracht.«
Kathryn machte eine Pause. »Ihr und Eure Schwester hattet erfahren, wie der Apotheker seine Mutter behandelte, sodass sie morgens lange schlief. Ich bin Ärztin, und ich weiß, dass Schlafmittel sehr wirkungsvoll sind, vor allem bei alten Menschen. Sobald Ihr zum Gutshaus zurückgekehrt wart, schlich Amabilia durch das frühe Morgenlicht, stieg die Außentreppe hinauf, durchquerte das Schlafzimmer und ging in die Küche hinunter. Ihr wusstet über Adams Lieblingskrug Bescheid, der Beute aus einer Kogge, verborgen in einer schwarzen Lederhülle. Wie ich bereits sagte, der Klatsch einer kleinen Ortschaft wie Walmer erreicht am Ende das Ohr des Pfarrers. Adam hat diesen Krug immer benutzt, so auch an jenem Morgen. Nach seinem Tod seid entweder Ihr oder Amabilia wieder in sein Haus gegangen und habt den Lederkrug gestohlen. Seid versichert, wenn wir das Pfarrhaus von St. Swithun durchsuchen, werden wir ihn finden.«
»Das stimmt«, flüsterte Ursula, bleich vor Angst. »Wir trinken morgens alle Ale, Adam war da keine Aus-

nahme. Aber« – sie zeigte auf Amabilia – »man hätte sie sehen können.«
»Mit Umhang und Kapuze?«, erwiderte Kathryn. »Die kleine Amabilia, die sanfte Amabilia, im schwachen Licht des Morgengrauens oder in der Abenddämmerung. O ja, Amabilia, die niemand richtig zur Kenntnis nimmt. Wie lange dauert es, bis man eine Treppe hinauf oder über den Hof einer Schmiede gegangen ist? Ein paar Augenblicke? Ihr Gemeindemitglieder mögt Euch untereinander nicht leiden, warm also solltet Ihr die nette Amabilia für die Rache Gottes halten? Und natürlich gibt es andere, auf die man mit dem Finger zeigen kann, den Prediger zum Beispiel. Deshalb hat Pater Clement dem Prediger erlaubt, auf dem Friedhof zu übernachten, während er über den Besuch des Predigers beim Apotheker genau Bescheid wusste. Er beschloss, das alles zu verwenden, um den Verdacht von sich abzulenken.«
»Der arme Adam!«, jammerte Ursula.
»Er war ein Mörder!«, rief der Pfarrer. »Er hätte den Galgen verdient. Ich habe ihm nur Gerechtigkeit widerfahren lassen!«
»Und Mother Croul?«, fragte Kathryn. »Pater, das war eine heimtückische Tat! Sie hatte sich keines Verbrechens schuldig gemacht, bis auf die Tatsache natürlich, dass sie den Klatsch des Dorfes kannte. Vielleicht hat sie Informationen über Euer Vorleben gesammelt, die wahre Beziehung zwischen Euch und Amabilia. Sie hat so etwas angedeutet, als ich sie an Gallows Point traf. Habt Ihr oder Amabilia uns miteinander reden sehen und beschlossen, dass sie sterben musste? Sie hatte keine Zeit für andere aus dem Kreis der Dorfältesten, und sie war keine Heuchlerin. Ihr müsst gewusst haben, dass sie nicht an diesen Beerdigungen teilnehmen würde. Stellt Euch jenen Tag vor, Lord Henry: Die Leichen wurden hinausgetragen, um begraben zu werden,

und die Mörder schlugen wieder zu, nicht der Pfarrer, sondern seine Lebensgefährtin, die nun wie eine fromme Nonne hier sitzt, die Hände gefaltet, den Kopf gesenkt.«

Amabilia sah auf und lächelte unter Tränen, als wäre sie stolz, dass man ihr wahres Wesen enthüllt hatte.

»Die fleißige, eifrige Amabilia.« Kathryn hielt ihrem Blick stand. »Geht in der Sakristei ein und aus, in der Kirche ebenso, doch diesmal eilt sie schnell wie ein Hund über die Felder zu Mother Crouls Kate. Ihr habt die alte Frau umgebracht, habt es jedoch so eingerichtet, dass das Feuer erst ausbrach, nachdem Ihr gegangen wart. Wie habt Ihr das gemacht? Mit einem Docht oder einer dünnen Kerze, die bis in eine Öllache abbrennt, oder mit einem Stück Seil, das vom Tisch hängt und dessen Flamme ins wartende Öl hinabflackert?« Kathryn hielt kurz inne. »Als der Brand ausbrach, wart ihr wieder bei der Beerdigung auf dem Friedhof. Niemand würde Euch vermissen. Die Menschen sehen nur das, woran sie gewohnt sind, die fügsame Amabilia, die wie eine kleine Maus umherhuscht und sich um ihren Bruder kümmert. Wer würde schon annehmen, dass eine Frau mit frommem Gesicht einen solchen Mord begehen würde, nur um eine alte Frau ein für alle Mal zum Schweigen zu bringen?«

»Und Simon der Totengräber?«, bellte der Constabler.

»Oh, Simons Vorlieben waren wahrscheinlich besser bekannt, als er dachte. Stimmt das, Pater? Habt Ihr ihn gesehen, wie er sich im Gras versteckte, oder hat er es Euch gebeichtet?«

»Ich habe ihn immer vom Glockenturm aus beobachtet«, murmelte Pater Clement. »Eine Schlange, ein schlechter Mann, der sich am Anblick anderer ergötzte. Ich beschloss, er sollte in seinen Sünden sterben.«

»An jenem Morgen«, fuhr Kathryn fort, »war Simon sehr

vorsichtig. Natürlich hatte er wie alle Geschöpfe Gottes seine Gewohnheiten, er wollte wissen, wo alle waren. In Wirklichkeit war er ein Narr. Simon merkte nicht, dass sein Verhalten signalisierte, was er vorhatte. An einem schönen Morgen war er mit seinem Weinschlauch nach Walmer gegangen. Er wollte offensichtlich herumschnüffeln, also habt Ihr beschlossen, ihn zu töten. Benedict der Notar war am Portal, seine Frau ins Pfarrhaus geschickt worden, um kleinere Aufgaben zu übernehmen, Amabilia war in der Sakristei, und Pater Clement arbeitete in der Krypta. Simon kam und stattete Euch einen Besuch ab, nicht wahr, Pater, wie immer? Er rief nicht nur nach Euch, er wollte sichergehen und kam in die Krypta hinab. Natürlich wollte er nicht, dass Ihr den Weinschlauch seht, weshalb er ihn oben an der Treppe stehen ließ. Amabilia versteckte sich im Schatten, sie tauschte zwei identische Weinschläuche gegeneinander aus. Simon wähnte sich in Sicherheit. Er eilte aus der Krypta nach oben, nahm den Weinschlauch an sich, eine Sache von wenigen Sekunden nur, dann war er wieder draußen auf dem Friedhof und trank seinen eigenen Tod.«

»Ich habe den Totengräber immer gesehen«, stellte Hawisa abrupt fest. »Er spionierte mich aus und dachte, ich wüsste es nicht, dabei habe ich ihn beobachtet!«

»So wie mich«, erklärte Kathryn, »an dem Tag, an dem ich in der Kirche angegriffen wurde.«

»Was!« Colum sprang auf. Kathryn legte ihm beruhigend eine Hand auf den Arm.

»Das hast du mir nicht gesagt«, rief er.

»Ich sage es dir jetzt«, erwiderte Kathryn. »Es ist jedoch nichts passiert.« Sie wandte sich an die junge Frau. »Hawisa, du hast den Mörder fortgehen sehen, nicht wahr?«

Hawisa nickte. »Er hat beide Hände benutzt, um über die Mauer zu klettern; weil der Mörder nämlich Pfeile und

Bogen zwischen den Grabsteinen versteckt hatte, wo er sie mit seiner Komplizin später holen konnte. Pfeile und Bogen sind schwer, wenn man laufen oder über eine Mauer klettern muss. Ihr wart es, Pater«, beschuldigte Kathryn ihn. »Ihr habt einen Pfeil nach dem anderen abgeschossen, doch Ihr wusstet, dass Hawisa auf dem Friedhof war. Das Spiel hatte zu lange gedauert. Ihr hattet alles geplant. Ihr gabt vor, jemanden zu besuchen, und habt die Leichentür abgeschlossen. Danach habt Ihr Krankheit vorgetäuscht. Kein Wunder, dass Ihr bleich wart, nachdem ihr durch die dunkle Kirche geeilt wart. Amabilia spielte die Unschuldige, kam durch den Haupteingang, und für Euch war es höchste Zeit zu fliehen.«
»Wir wollten Euch nicht umbringen«, erwiderte Amabilia mit treuem Augenaufschlag. »Wir wollten Euch nur Angst einjagen. Ihr wart nicht stärker durch die Pfeile gefährdet als ich.«
»Ich werde dafür sorgen, dass Ihr gehängt werdet.« Colum beugte sich über den Tisch.
Amabilia ergriff die Hand ihres Geliebten. »Hätten wir die Absicht gehabt, sie zu töten«, fuhr sie munter fort, »hätten wir es getan. Clement ist ein vorzüglicher Bogenschütze. Ihr seid sehr nett, Mistress.« Sie redete gelassen. Kathryn fragte sich, ob diese Frau den Verstand verloren hatte und nicht erkannte, in welcher Gefahr sie wirklich schwebte. »Wir würden Euch nicht umbringen«, wiederholte Amabilia, »Ihr seid verliebt, Ihr wart freundlich und nett zu uns, aber Ihr habt scharf nachgefragt und genau hingesehen.« Amabilias Lächeln verschwand. »Wir dachten, Ihr bekämt es mit der Angst zu tun und würdet abreisen.«
»Warum?«, wollte Kathryn wissen. »Sagt mir, wie alles geschah?«
»Ich werde gestehen«, Pater Clement kräuselte die Lip-

pen, »hier, im Angesicht meiner Feinde. Ich war einst ein Steinmetz, der beste in ganz Dover, doch ich hatte auch einen Ruf zum Priester. Die Kirche nahm mich auf, bildete mich aus und weihte mich. Ich dachte, ich hätte mein Lebenswerk gefunden, bis ich Amabilia kennenlernte. Sie war eine junge Witwe, ihr Mann, ein Bader, war von den Franzosen umgebracht worden, oder er starb auf See, als sie die Kogge versenkten, auf der er diente.« Er legte den Arm um Amabilia. Kathryn war erstaunt, wie diese beiden alle Welt ausschlossen und sich anscheinend des Durcheinanders nicht bewusst waren, das sie angerichtet hatten. »Amabilia war mittellos, doch der Bastard von Faucomberg besaß Wohnungen in der Stadt. Ich hatte ihm gut gedient und ersuchte ihn daher, eine davon Amabilia zu geben. Sie half in der Gemeinde, in der ich eingesetzt war. Wir haben uns verliebt.« Er legte die Hände ineinander. »Sie wurde schwanger und gebar einen prächtigen Jungen.«

»Ich wollte nicht, dass ihm das Priesteramt entzogen wurde«, brachte Amabilia vor. »Ich wusste damals nicht, wie sehr er mich liebte. Ich ging zu Faucomberg« – Amabilia blinzelte, um die Tränen zu unterdrücken – »ein grausamer Mann zwar, aber gerecht. Er beschützte mich während meiner Schwangerschaft und nahm mich in seinen Haushalt auf. Der Junge kam zur Welt, wir tauften ihn auf den Namen James. Danach, als Clement versetzt wurde, ging ich mit ihm und nahm die Rolle als seine Schwester und Haushälterin an. James wuchs bei Faucomberg auf, er wurde sein Page und Knappe. Als er volljährig wurde, sagte man ihm, wer seine leiblichen Eltern seien. Er hat uns nie in Walmer besucht, wir haben uns immer anderswo getroffen, in sicherer Entfernung vor neugierigen Blicken und Plappermäulern. Er war ein herrlicher Junge.« Sie seufzte. »Ein guter Krieger. Er sagte, er wolle bis in den Tod an Faucombergs Seite kämpfen. Wir liebten ihn, und er liebte uns.«

»Er kam zu uns«, schaltete Pater Clement sich ein, »als alles verloren war. Er suchte kein Asyl, er wollte mich und seine Mutter nur besuchen, ehe er ins Ausland floh. Ihr aber« – Pater Clement richtete sich auf seinem Stuhl auf – »ihr Missgeburten, denen ich jahrelang gedient habe, deren schmutzige Sünden ich vergeben habe. Ihr mit euren mörderischen Herzen und eurer niedrigen, gemeinen Seele, ihr habt ihn abgeschlachtet, ihr habt ihn aus dem Heiligtum gezerrt, ihn und seine Begleiter erschlagen und dann ihre Leichen geschändet.« Er wiegte sich vor und zurück. »An jenem Tag war ich nicht da. Ich dachte immer, ich sei euer Hirte, doch bei meiner Rückkehr, als wir vernahmen, was geschehen war, verbargen wir unsere Trauer hinter unserer Wut. Ihr seid keine Schäfchen«, spie er förmlich aus, »ihr seid rabenschwarze Wölfe.«

»Ihr habt ihren Tod also geplant?«, fragte Colum.

»Nein, Ire, ich habe Gottes Rache geplant. Diese Botschaft, die ich auf den Kirchenboden gekritzelt habe, war eine Warnung, dass ich kommen würde.« Er wedelte mit der Hand in Kathryns Richtung. »Ich erkannte, dass Ihr uns verfolgt. Ich war entschlossen, möglichst viele sterben zu lassen. Mother Crouls Tod bedaure ich, doch sie war gefährlich; das graue, zerfurchte Gesicht verbarg einen scharfen Verstand und einen Hang zu Klatsch. Es war nur eine Frage der Zeit, ehe sie anfangen würde zu schnüffeln.« Er zuckte mit den Schultern. »Der Rest aber, der Abschaum, wie ich sie nannte, musste sich vor Gott für seine Sünden verantworten.«

»Und Ihr, Sir«, brüllte Lord Henry, »werdet Euch vor dem König verantworten.«

Der Pfarrer sprang auf und stieß den Stuhl um. Colum erhob sich, als Lord Henrys Gefolgsleute ihre Schwerter zogen.

»Lasst Eure Schwerter stecken«, höhnte der Pfarrer. »Ich habe einen besseren Schutz als die. Ich werde den Klerus um Beistand bitten. Ich kann nur von einem Kirchengericht verurteilt werden.«

»Eure Geliebte wird hängen oder auf dem Scheiterhaufen verbrennen«, erwiderte Lord Henry.

Pater Clement schnalzte mit der Zunge und schüttelte den Kopf, eine Hand auf Amabilias Schulter.

»Lord Henry.« Er versuchte gar nicht erst, seinen Sarkasmus zu verbergen. »Was immer Mistress Kathryn sagt, Amabilia ist unschuldig. Ich werde all diese Morde gestehen. Ich werde sagen, dass sie damit nichts zu tun hatte.«

»Aber in Gottes Augen ist sie eine Mörderin«, erklärte Colum.

»Ach wirklich, Ire? Und Ihr?« Der Pfarrer drehte sich zu Colum um. »Wie viele Männer habt Ihr in der Schlacht getötet? Welches meiner sogenannten Opfer war unschuldig? Selbst Mother Croul wusste, was geschehen war. Hat sie protestiert? Elias und die anderen, sie haben Gott gelästert, ein Sakrileg, sie haben unschuldige Männer ...«

»Sie waren Verräter«, rief der Constabler.

»Unschuldige Männer«, wiederholte der Pfarrer und funkelte ihn boshaft an. »Unschuldige Männer, aus dem Heiligtum gezerrt, und Ihr habt sie abgeschlachtet. Oh, übrigens« – der Pfarrer zeigte auf den Constabler – »Ihr solltet Gott auf den Knien danken, denn Ihr Schweinehund wart der Nächste, der erschlagen werden sollte!«

»Nehmt sie fest!« Lord Henry wandte sich an seine Gefolgsleute.

»Ich bin froh, fort zu kommen.« Pater Clement streckte die Hand nach Amabilia aus, die sich erhob und seine Hand ergriff, als wären sie ein Liebespaar auf dem Weg zur Trauung.

»Bringt sie in den Keller!«, rief Lord Henry. Er wandte sich an den Rest. »Ihr geht am besten auch«, verkündete er leise, »obwohl es sich hier um Angelegenheiten handelt, Master Constabler, die ich mit Euch besprechen will. Was Euch betrifft, Sir« – er zeigte auf Benedict – »Ihr werdet bis Allerseelen Walmer verlassen haben und außerhalb meiner Reichweite bleiben.«
Die übrigen Dorfältesten machten sich rasch und verstohlen auf den Weg. Hawisa blieb ruhig sitzen und spielte mit einem Rosenkranz, den sie aus ihrer Tasche geholt hatte. Kathryn fragte sich, wie viel sie wohl von dem, was geschehen war, verstanden hatte. Lord Henry flüsterte Hawisa ins Ohr. Sie blickte auf, lächelte und küsste ihn direkt auf den Mund – so schnell, dass Lord Henry sie nicht davon abhalten konnte. Dann war sie verschwunden.
»Sie sollten gehängt werden.« Colum hatte die Hände auf den Tisch gelegt. »Alle beide. Sie haben einen Mordanschlag auf dich geplant.«
Kathryn schüttelte den Kopf. »Ich glaube nicht. Sie hatten Erfahrung darin, anderen den Tod zu bringen, sie wollten mir Angst einjagen, sie wollten, dass ich hier verschwinde, um ihr blutiges Werk fortsetzen zu können.«
»Und werden sie hängen, Lord Henry?«, fragte Colum.
Der Gutsherr schenkte Wein ein. Kathryn lehnte dankend ab. Lord Henry bediente Colum und prostete Kathryn zu. Er setzte sich und sah über seine Schulter zur Tür.
»In gewissem Sinn sind sie unschuldig, bis auf den Mord an Mother Croul, denn sie haben Gerechtigkeit geübt.« Er seufzte tief. »Pater Clement wird sich um Hilfe an den Klerus wenden. Er wird versichern, dass Amabilia vollkommen unschuldig ist, auch wenn die Beweise dagegensprechen.«
»Und?«, fragte Kathryn.

»Man wird ihn in ein einsames Kloster sperren. Amabilia wird freigesprochen, doch ich vermute, dass sie ihm überallhin folgen wird.«

»Und ihr Sohn?«, fragte Colum.

»Mir ist aufgefallen, dass sie das nie richtig erwähnt haben«, erwiderte Lord Henry. »Obwohl die Beweislage sie zu ihrem Geständnis zwang. Gäbe ich mir die Mühe, zu graben, würden wir nur zwei Leichen im Armenteil des Friedhofs finden. Ihr armer Sohn liegt jetzt mit meiner Gemahlin in einem Grab. Lass die Toten ihre Toten begraben.« Er lächelte kurz über das Zitat. »Ich werde sie beide dort ruhen lassen. Mistress Kathryn, ich bin zutiefst dankbar. Welche Belohnung kann ich Euch anbieten?«

Kathryn sah zum Fenster hinaus. Der Himmel bezog sich, das Sonnenlicht verblasste.

»Hawisa?«, fragte sie.

»Ich werde mich um sie kümmern – ich meine, ehrenhaft«, fügte Lord Henry rasch hinzu. »Aber Ihr, Mistress, Ihr werdet froh sein, diesen mörderischen Ort zu verlassen ...«

Kathryn beobachtete, wie sich die Schatten bewegten, als die Sonne hinter den Wolken verschwand. »Wir werden nach Canterbury zurückkehren, Lord Henry – aber, und das versichere ich Euch,« – sie warf Colum einen Blick zu – »wohin wir auch gehen, auf Schritt und Tritt wird uns das Verbrechen verfolgen!«